红血女王 Ⅱ

［美］维多利亚·艾薇亚德 Victoria Aveyard／著　吴华／译

玻璃之剑

GLASS SWORD

天地出版社 | TIANDI PRESS

图书在版编目（CIP）数据

红血女王. 2，玻璃之剑 /（美）维多利亚 · 艾薇亚德著；吴华译. —成都：天地出版社，2018.6

ISBN 978-7-5455-3443-6

Ⅰ. ①红… Ⅱ. ①维… ②吴… Ⅲ. ①长篇小说—美国—现代 Ⅳ. ①I712.45

中国版本图书馆CIP数据核字（2017）第302294号

著作权登记号 图字：21-2016-137

红血女王2：玻璃之剑

HONG XUE NV WANG 2: BOLI ZHI JIAN

出品人　杨　政
著　者　[美] 维多利亚 · 艾薇亚德
译　者　吴　华
责任编辑　杨永龙　朱迪婧
封面设计　思想工社
电脑制作　尚上文化
责任印制　葛红梅

出版发行　天地出版社
（成都市槐树街2号　邮政编码：610014）
网　址　http://www.tiandiph.com
http://www.天地出版社.com
电子邮箱　tiandicbs@vip.163.com
经　销　新华文轩出版传媒股份有限公司

印　刷　三河市兴博印务有限公司
版　次　2018年6月第1版
印　次　2018年6月第1次印刷
成品尺寸　145mm×210mm　1/32
印　张　14.5
字　数　372千字
定　价　42.00元
书　号　ISBN 978-7-5455-3443-6

咨询电话：（028）87734639（总编室）
购书热线：（010）67693207（市场部）

本版图书凡印刷、装订错误，可及时向我社发行部调换致我的祖父母，你们永远在我身边。

GLASS SWORD

第一章

我微微瑟缩。法莱给我的粗布衣服挺干净的，可仍然能闻见血的气味。我不该在意这个的，因为之前浑身的衣服都浸满了血。红色的血是我的，当然。银色的血则各有来处：伊万杰琳、托勒密、水泉人的族长，以及其他试图在尸骨碗杀死我的人。我想也许有一些还是卡尔的。他血溅沙场，被那些行刑的刽子手横劈竖砍，揍得鼻青脸肿。此刻他正坐在我对面，低头看着自己的脚，任凭身上的伤口慢慢地自然愈合。我瞥了一眼胳膊上的刀痕——这大概是拜伊万杰琳所赐——它仍未凝固，而且深得足以留下伤疤。这么想着，我有点儿开心：这些参差不齐的伤口，再也不会在愈疗者的冰冷抚摩之下神奇消失了。我和卡尔已经离开了银血族的世界，离开了那个可以轻易抹掉惨烈痕迹的世界。我们逃出生天了——至少是我——锁住卡尔的镣铐，实实在在地提醒着他身怀的异能。

法莱推了推我的手，她的触碰竟然很温柔："遮住你的脸，闪电女孩，你可是他们追踪的目标。"

难得一见地，我照做了。其他人也拉起红布，罩住了鼻子和嘴巴。卡尔是最后一个，但也没耽搁太久。法莱给他系上了遮面的围巾，他没反抗，最终看起来就像我们中的一员。

如果他真是，该多好。

一阵电流嗡鸣让我热血沸腾，提醒着我们此刻正乘坐脉冲啸叫的地下列车，不可逆转地向着那座曾经的避难所——纳尔希绝尘而去。列车不断加速，呼啸着驶过古老的轨道，就像银血族的疾行者飞过空地。我听着金属摩擦的刺耳声音，感受着它以一种寒冷的痛感侵入骨髓。在角斗场重回体内的愤怒和力量，此刻看来就像遥远的恍惚回忆，留下的只有痛苦和恐惧。我根本不敢去想象卡尔当下的思绪。他失去了一切，失去了他一直拥有并珍视的一切——一个父亲，一个弟弟，一个王国。卡尔是如何在这摇晃的列车上强撑着免于崩溃的，我无从知晓。

谁也不必解释我们如此匆忙的理由。法莱和她的红血卫兵们，个个都紧绷得如同高压电线，这就是明白无误的解释：我们仍在逃亡。

梅温曾走过这条路，他会再走一次，带着他的士兵、他的母亲、他的新王冠，暴戾席卷而来。昨天他还是王子，今天却已成为国王，我本来视他为朋友、未婚夫，现在才看清他的真面目。

我曾经信任梅温，如今却知道了要恨他，要忌惮他。他为求王位杀父弑君，以十恶不赦的罪名诬陷自己的哥哥。他知道废墟之地被辐射包围这件事是假的——是个花招儿——他也知道我们的列车会开到哪儿去。法莱建起的避难所已经不安全，无法再保护我们。无法保护我。

我们甚至有可能是在加速驶向某个陷阱。

一只手臂紧紧地环住了我，感受到了我的不安。谢德。直到此刻我仍不能相信我的哥哥就在这里，活着，而且最奇异的是，他和我一样：既是红血族，也是银血族——而且比二者更强大。

“我不会让他们再带走你。”他喃喃说道，声音低得我快要听不见。我想，这是因为忠于红血卫队以外的任何东西——包括家人——都是不被允许的。“我向你保证。”

他的存在宽慰了我，把我拉回过去的时光。那时谢德还未入伍，在那样多雨泥泞的春日里，我们仍然可以假装自己是孩子，除了烂泥、村庄，以及对未来视而不见的愚昧习惯之外，什么都没有。而现在，我所思所想的全部就是未来，反复思量着的，是自己做过的那些事，已经把我们推向了怎样的黑暗末路。

“现在我们要做些什么？”我直接向法莱发问，眼睛却看向了奇隆。他站在她旁边，下巴紧绷，系着染血的绷带，已是一副忠实卫兵的模样——可他不久以前还是个渔夫的学徒呢。像谢德一样，他也给我一种百思不得其解的感觉，仿佛穿越而来的游魂。

“想逃的话，总有地方可去。”法莱回答道，显然意有所指，针对的是卡尔。

她以为他会跳起来反抗、拒绝，但他什么反应都没有。

过了好一会儿，她才转向谢德说：“你要牢牢抓住她。”我哥哥点点头，放在我肩头的手掌使了劲儿。“我们不能丢了她。”

我既不是将军，也不是谋士，但法莱这样说的理由显而易见：我是闪电女孩——活的电流、人形闪电。人们知道我的名字、我的面孔、我的异能。我颇有价值，能力卓然，梅温会想尽一切办法阻止我反击。我的哥哥怎样才能护我周全，免受那变态新王的迫害呢？尽管他与我是同类，尽管他能神速移动，比我见过的任何东西都快，我还是对此十分茫然。但我必须相信，就像相信一个奇迹，毕竟我见识过不少不可思议的事了，再一次逃亡，也不过是小巫见大巫。

准备作战了，子弹上膛的咔嗒声和枪筒滑动的声音回荡在整个列车里。奇隆走到我旁边，微微凑过来，低头看我，神情柔和。他的手紧紧地握住挎在胸前的步枪，想假笑逗我，那双绿色的眼睛里却满是黯然和恐惧。

和他相反，卡尔安静地坐着，甚至称得上平和。尽管他要怕的东西最多——锁链加身、被敌人环伺、被自己的弟弟追杀——可他仍然一脸安详。我并不吃惊，卡尔是天生的战士，战争是他透彻了解的东西，而我们此刻显然身处战场。

“我希望你谋划的不是去战斗，”在长久的沉默之后，卡尔终于开口了，他的眼睛看着我，说的话却是冲着法莱，“还是多想想怎么逃跑吧。”

“省省吧，银血族，”法莱张了张肩膀，“我知道我们该做什么。”

我忍不住脱口而出道：“卡尔也知道。”法莱瞪着我，目光灼灼，我则回报以更尖刻的眼神，毫不畏缩犹疑。“卡尔知道他们会如何布阵，知道那些银血族会怎样阻止我们，所以，好好利用他。”

被人利用的感觉如何？在尸骨碗地下的监牢里，他曾冲我吼过这样的话，让我恨不得以死谢罪，如今听来却很难刺痛我了。

“他们会动用‘金鱼草’。”卡尔冷冷地说。

奇隆大声笑道：“花儿吗？”

“喷射机，”卡尔的眼睛里闪烁着厌恶，“橘色机翼，银色机身，单人制动，易机动调遣，城市突击战的完美选择。每架金鱼草可携带四枚导弹，一个空中编队就是四十八枚，再加上轻武器，你们认为可以招架得住？”

回答他的只有沉默。不，我们招架不住。

“‘恶龙’倒是不必操心的了，它们只会围成一圈做防卫战，让我们动弹不得，直到地面部队就位。”

卡尔垂下眼睛，飞速思索着，他在想自己会如何部署——如果处于另一方，如果国王是他而不是梅温。“他们会包围，提出条件，要你们交出梅儿和我，换得你们逃跑的机会。”

又是牺牲、献身。我缓缓地吸了一口气。今早，昨日，在这一切不可收拾的疯狂发生之前，我很乐意献出自己，去保护奇隆和哥哥。但现在……现在我知道自己是特别的，还有其他人需要我的守护，我不能再拿自己当筹码。

“我们不会同意那条件的。”我说出了苦涩的真言。奇隆的目光沉甸甸地压下来，但我没抬头看他：我忍不了他的审视。

卡尔倒没表现出什么苛责，他点点头，赞同我的意见。“国王根本没指望我们会妥协，”他说，“喷射机会把我们炸个稀烂，其他人会荡平除掉余下的生还者，和大屠杀差不多。”

法莱真是个骄傲的造物，即便在如此走投无路的时刻。“你的建议是什么？”她向卡尔弯下身子，语带鄙视地问，“全体投降吗？”

卡尔脸上划过一抹不悦：“就算投降，梅温还是会杀了你。不管是在牢房里还是在战场上，他都不会放过我们任何人。”

“那我们还是决一死战的好。”奇隆的声音很大，他的手指却抖个不停。他像其他起义者一样，愿意为这事业做任何事情，但我的这位朋友仍然害怕。他只是个男孩，还未满十八岁，活下去能做的事情多得是，让他送死的理由却少之又少。

面对奇隆牵强无谓的主张，卡尔嗤之以鼻，但他什么都没说。他心里有一幅图，深知我们急切地冲上去赴死是帮不了任何人的。

法莱没有受卡尔这种情绪的影响，她挥了挥手，解散了其他所有人。在我背后，谢德也照做了。

他们知道一些我们不了解的事情，至于到底是什么，现在还不会告诉我们。梅温已经言传身教：所有真相的代价都是错付。

“今天送死的人不是我们。”法莱只丢下这句话，就朝列车前部走去，她的靴子踏在金属车厢里，犹如声声锤击，每一声都充满了激昂顽强的决绝。

在切实感觉到列车慢下来之前我就发觉了，电流渐渐衰减，消失，最终列车驶入了地下车站。我们会在头顶之上的天空看见什么——白色的雾或橘色机翼的喷射机，我无从知晓。而其他人却仿佛根本不在意，只是目标明确地踏上了站台。在他们的静默之中，这荷枪实弹、面具遮脸的红血卫队看起来就像真正的军队，然而我心里清楚得很：他们招架不了临头的大难。

“你要做好准备。”卡尔的声音在我耳畔嗞嗞作响，让我一阵战栗。这让我想起了很久以前的时光，想起了在月光下共舞的时刻。“别忘了你有多强大。”

我正要告诉卡尔，我此刻全部的信念就是自己的强大和异能，但奇隆走过来用肩膀把他撞开，隔开了我们。血管中蹿动的电流，大概是我在这世上唯一信任的东西了。

我很想信任红血卫队，当然也想信任谢德和奇隆，但我不能放任自己那么做，因为我对梅温的信任，盲目的信任，已经搞砸了一切。至于卡尔，是更不用考虑的了。他是囚犯，是银血族，是只要他想就能背叛我们的敌人——如果他真有地方可去的话。

但是，不知道为什么，我仍然能感觉到他对我的吸引力。我还记得那个忧虑重重的男孩，在我一无所有的时候，是他给了我一枚银币。就是那样的一个动作，改变了我的未来，也毁了他自己的未来。

而我俩乃是同盟——由血色和背叛锤炼而成的、颇为尴尬的同盟。我们彼此联结，团结一致——对抗梅温，对抗所有欺骗了我们的人，对抗这个行将自我割裂的世界。

等待我们的是一片寂静，灰暗潮湿的薄雾笼罩在纳尔希的废墟之上，把天空拉得如此之低，仿佛抬手就能碰到。天气很冷，带着秋天这个改变和死亡的季节的寒意。空中尚无追兵，喷射机也还没有投下雨点般的炸弹，对这已然千疮百孔的城市再施打击。法莱步履轻快，带领众人离开铁轨，来到一片开阔空旷的广场。那些废墟残骸犹如张开大口的峡谷，比我印象中的更阴沉，更破败。

我们沿着街巷往东，走向遮蔽下的码头。高耸、半塌的建筑向我们倾斜下来，窗户犹如一双双眼睛，盯着我们走过。银血族可能就守在那些破损的涵洞里、阴影中的拱桥里，时刻准备着对红血卫队大开杀戒。梅温会强迫我看着他把反叛者一个个击杀，干净痛快的死法乃是奢侈，他不会给我的。*或者还要更糟，我想，他根本就不让我死。*

这样的想法让我血管发冷，就像被银血族的冰槊者触碰一般。尽管梅温对我满口谎言，我还是了解他内心的一小部分。我还记得他隔着牢房的栏杆，用颤抖的手死死抓住我，也记得他背负的那个名字，这让我觉得他的胸膛里，心跳仍在——“*他叫托马斯，我眼睁睁地看着他死掉。*”当时他没能救下那个男孩，但是他能救我，以他自己的扭曲方式。

不，我绝不会给他这种满足感的。我宁可去死。

虽然已尽己所能，我还是忘不了自己曾经以为的，他所身处的那片荫翳。那个失意的、被遗忘的王子，我希望是真实存在的，而非仅仅停留在我的记忆里。

纳尔希的废墟中响起了奇异的回声，这里原本不该如此寂静。我心里一个激灵，明白了这是为什么：*避难者离开了*。打扫灰尘的女人，在排水沟里躲着玩儿的孩子，我的红血族兄弟姐妹的身影——他们都已逃离。这里除了我们，没有别人了。

“想想你要从法莱那儿得到什么，但也别忘了，她可不傻。”我还没找到机会发问，谢德就先回答了，“昨天晚上，她一从阿尔贡逃脱回来，就下了撤退疏散的命令。她觉得你或梅温会承受不了折磨而供出我们。”

她错了。根本没必要折磨梅温，他所知道的信息和想法都是四敞大开的。他把自己的脑袋给了他老妈，任由她的爪子到处乱翻。地下列车、秘密城市、那份名单……现在全是她的了，就像他也是她的一样。

红血卫队的士兵们在我们身后拖拖拉拉地走着，他们不过是一群带着枪的男女、毫无组织的乌合之众。奇隆紧跟在我后面，紧张地左顾右盼，法莱带队，两个粗鲁的士兵紧抓着卡尔的胳膊，迫使他亦步亦趋。配上蒙面的红色围巾，他们看上去如同噩梦，但现在我们人数太少了，可能只有三十人，还都带着伤，失魂落魄的。从那一战里幸存下来的，太少了。

“虽说我们再次逃脱了，但要想把起义进行下去，这些人可不够。”我轻声对哥哥说。低回的薄雾令声音滞涩，但他还是听得到我的话。

他扯了扯嘴角，极力摆出微笑的样子：“那不是你要考虑的问题。”

我正要再追问，前面的人停了下来。他不是唯一一个。在队列最前方，法莱举起拳头，盯着瓦灰色的天空，其他人也像她一样，搜寻着我们看不见的什么东西。只有卡尔仍然看着地面，他已经知道我们的命运如何了。

远处，无情的尖厉声音冲破雾霾，劈面而来。那声音机械、持久，在上空盘旋着。除此之外，还有十二道狭长的阴影划过天空，橘色的机翼在云中时隐时出。我还从没有这样完完整整地看过喷射机，离得这么近，还没有夜色的遮挡，所以当它们冲进视野的时候，我不禁张大了嘴巴。法莱大吼着冲红血卫队下命令，但我什么都没听见。我只管瞪着空中，盯着机翼划出了死亡弧度。像卡尔的车子一样，这些机器也相当漂亮，不可思议地由弯曲的钢铁和玻璃制成。我猜，磁控人在打造这些尤物的过程中一定起了作用——除了他们，还有谁能让金属飞起来？机翼之下，淡青色的发动机轰鸣着，泄露了电流的痕迹。它带来的刺痛就像往皮肤上吹一口气，我勉强才能感觉到。可是那速度太快了，我根本影响不了它们，只能看着——心怀恐惧地看着。

它们在纳尔希岛的上空啸叫着，盘旋着，往复不停地兜着圈子。我几乎要相信它们是完全无害的，只是些好奇的鸟类，来看看被剿灭的叛军残余。接着，一道灰色金属从我们头顶掠过，拖着烟尾，快得让人看不清。它击中了广场上的一座建筑，随着损毁的窗户一起消失了，随之而来的是橘红色的爆炸火球，席卷了整个地面和摇摇欲坠的房屋。那房子从里到外粉碎得稀烂，只留下上千年的地基，一根根像牙签似的还立着。整座建筑翻转倾侧，缓缓坍塌，看上去有一种很不真实的感觉。它倒在街上，堵住了我们面前的路，我的胸口嗡嗡作响。烟尘混合的浓雾兜头兜脸地袭来，可我没退缩。现在，这些不足以吓到我。

在灰褐色的一片朦胧里，卡尔仍然站在我身边，而押解他的人早就蹲下趴下了。我们的目光短暂相接，他的肩膀耷拉着——他让我目睹的受挫之感，仅此而已。

法莱抓住了离自己最近的一个红血卫兵，挣扎着站起来。“解散！”她一边大叫一边指着我们一侧的街巷，“到北边去，到隧道里去！”她指点着她的副官，告诉他们应该做什么。“谢德，去公园那边！”我哥哥点点头，很清楚她在说什么。另一枚导弹楔入了旁边的建筑，把法莱的声音淹没，但她嘴里喊着什么，再容易理解不过了。

跑。

有一半的我想留下来，站在这里，去战斗。我的白紫色闪电毫无疑问可以让我变成目标，把喷射机从逃散的红血卫队那里引开，没准儿还能打下一两架来。但我不能那么做。我的价值远不止于此，远不止于红色的遮面围巾和绷带。谢德和我必须活下来——就算不是为了什么事业，也要为了其他人，为了那名单上的几百人活下来。他们像我俩一样——突变的、异常的、荒谬的、不可思议的红血族与银血族的混合体——要是我和谢德死了，他们也绝没有活路了。

谢德和我一样，对此心知肚明。他用胳膊环着我，力气大得几乎要把我的胳膊挫伤。我们轻而易举地一起拔腿开跑，在他的带领下离开了空旷的广场。灰绿色的树丛虬结疯长，蔓延到街巷两边，我们钻了进去，越往深处去，枝叶就越厚重，彼此粗粝地纠缠着，仿佛畸形的手指。上千年的无人过问，让这一小块密林变成了免死的庇护所，它把我们和天空隔绝开来，只能听见喷射机不停盘旋，越来越近。奇隆跟在后面，离得不远。有那么一瞬间，我都以为是回到了家里，在干阑镇四处游荡，寻乐子，找麻烦——不过最终到手的总是麻烦。

谢德终于停下来的时候，脚下沾满了泥块，我这才有机会打量四周。奇隆在旁边站着，毫无用处地用枪对着天空瞄准，但谁也没理他。街巷看不见了，废墟里四散逃窜的红布也看不见了。

我哥哥透过树枝往外看，等着那些喷射机飞远，把我们甩在射程之外。

“我们要去哪儿？”我上气不接下气地问。

奇隆替谢德回答了。“河边，”他说，“然后是大海。你能带我们去吗？”他瞥了瞥谢德的手，好像能从那平淡无奇的血肉上看出什么异能力似的。但谢德和我一样，我们的异能是深藏在内的，除非我们选择展露，否则谁也看不见。

我哥哥摇了摇头。“跳一下可到不了，太远了。而且我宁愿选择跑，以保存我的力量，”他的眼神黯淡了，“等到我们真正需要的时候再使用它。”

我点头赞同。我太了解那种能量用尽的感觉了，那种精疲力竭是渗入骨髓的，动都不能动一下，更不用说战斗了。

“他们会把卡尔带到哪儿去？”

我的问题让奇隆缩了一下。

“要是我的话，就送他去地狱。”

“嗯，你干得出来。”我反击道。可就连我的声音也犹豫地颤了颤。

不，他干不出的。我也不会那么做。如果曾经的王子已然离去，你也只能听之任之。“他会帮我们摆脱这一切，会和我们并肩战斗。”

“要是给他机会，他绝对会立马逃跑，要么就是杀了我们。”奇隆咬牙切齿地扯下脸上的红布，露出阴沉的怒容。

我的脑海里，出现了卡尔的火，它们燃尽了挡路的一切，不管是金属还是血肉之躯。“他早就能杀了你。”我说道。这可不是夸大其词，奇隆清楚得很。

“有时候我还以为你们俩已经长大了，不会再拌嘴了，”谢德说着，走到我和奇隆中间，“我真是有够蠢的啊。”

奇隆咬牙切齿地挤出一句“抱歉”，但我没理他。我的注意力都在那些喷射机上，它们的电力马达如心跳一样应和着我的，随着距离越来越远而渐渐减弱。“这会儿它们飞远了，如果我们要走，现在就得走。”

哥哥和奇隆都是一脸惊讶地盯着我，不过也都没生气。“这边。”谢德指了指树丛。一条几乎看不见的小路蜿蜒其中，上面的浮土被扫开了，露出下面的石头和沥青路面。他又一次拉起我的胳膊，而奇隆一马当先，步履轻快地为我们引路。

枝丫层层叠叠，左右环绕，厚厚地覆盖在整条路上，让我们没法儿并排狂奔。谢德非但没松开我，反而抓得更紧了。而我则意识到，他紧抓着的不是我，是空气，是整个世界。一切的一切仿佛都在紧迫黑暗的时刻被死死抓住。接着，只不过一眨眼，我们就穿过了树丛，来到了另一边，回头看着奇隆和植物纠缠。

“但是他刚刚在前面啊。”我嘀咕着，来来回回看着谢德和那条小路。我们已经回到了街区中心，头顶是天空和爆炸的烟尘。“你——”

谢德咧开嘴笑了。这动作和不远处喷射机的啸叫声可不怎么相称。“姑且称之为……我跳过来的。只要紧拉住我，你就可以一起跳过来。”他说着，把我带到了旁边的一条小巷子里。

想到刚才那一下就是“隔地传动”，我的心跳都加快了：这完全可以一解我们当前的窘境。

喷射机很快就想起了我，卷土重来，在北边投下一枚导弹，炸塌了一幢楼房，就像地震似的。烟尘如浪涌一般冲进了巷子，给我们涂上又一层灰暗。我对浓烟和火焰已经相当不敏感了，燃烧的灰烬像雪花一样落下来，我都没闻到什么异样。烟灰上有我们的脚印，也许那是我们留下的最后印记。

谢德知道我们要去哪里，也知道要怎么跑起来。奇隆的枪虽然很占分量，但他毫无困难地跟了上来。现在，我们已经又回到了刚才的广场。东边，一道黎明的日光刺穿了污物和尘埃，犹如一脉旋涡，带着一股海洋的咸味扑面而来；西边，首先倒塌的那座大楼像个巨人似的瘫在地上，把所有向地下列车撤退的路都挡住了。破碎的玻璃，建筑物的钢筋铁骨和四周支棱出来的褪色屏幕围绕着我们，仿若一座废墟宫殿。

*这以前是什么？*我黯然猜测，*朱利安一定知道。*可只是想一想这个名字就叫我心痛，我飞快地甩开了这些念头。

在烟尘滚滚中，有几面红色的旗子在飞速移动，我搜寻着熟悉的身影，可是并没有看见卡尔，这让我极度恐慌起来。

“我绝不丢下他离开！”

谢德根本不用问就知道我说的是谁。

“那位王子会和我们一起走，我向你保证。”

“我不相信你的保证。”这回答把我撕成了两半。

谢德是一名战士，他的生命从来就不轻松，痛苦对他来说，已是家常便饭。但我的话仍然深深地伤害了他，这一切都写在了他的脸上。

*以后会道歉的，*我对自己说。

如果还有“以后”的话。

又一枚导弹从上空飞过，击中了几条街以外的地方。远处惊雷般的爆炸声没有遮掩住四周响起的更刺耳、更可怖的声音——

那是千万军队行进中的步履。

GLASS SWORD

第二章

浓尘厚烟，一片模糊，这为我们赢得了片刻工夫，可以好好看看将至的末日。士兵的身影从北边的街区沿路而下，我还没看见他们带不带枪，不过，银血族杀人也用不着枪。

几个红血卫兵从我们面前闪过，冒冒失失地冲过广场，那样子看起来就像此刻还能跑得掉一样。可是能跑到哪儿去呢？这外面不是河就是海，根本无路可退，无处可藏。军队行进缓慢，这拖延的步调很是让人费解。我眯起眼睛，努力地想透过尘霾看清他们。而当我意识到那是什么，意识到梅温的意图时，震惊席卷而来，身体里闪过电光，让谢德和奇隆向后退开了好几步。

"梅儿！"谢德半是震惊半是愤怒地大喊着，而奇隆什么也没说，只是看着我站在原地恍惚踌躇。

我抓住了他的胳膊，而他没躲开。电火花已经退去，他知道我不会伤到他。"看。"我指着前面。

CHAPTER2
第二章

我们都知道军队会来，卡尔早就警告过我们，梅温会在喷射机之后派出军团。但即便是卡尔也预料不到眼前的这一切，只有心灵扭曲如梅温那样的人，才能造就如此噩梦。

站在队伍第一排的人，不是卡尔那些训练有素的、穿着铁灰色制服的银血族士兵——他们根本就不是士兵。那是奴仆，穿着红色衣裤、披着红色围巾、束着红色外套、踩着红色鞋子的——奴仆。涌动的红色犹如血流，在他们脚下，叮叮当当拖过地面的，是铁链。这声音刺向我，淹没了喷射机和导弹的声音，甚至淹没了藏在红血肉盾之后的银血军官的无情狂吠。我能听见的，就只有那些铁链脚镣。

奇隆怒不可遏，他低吼着向前一步，举起了枪想要射击，手却颤抖不已。军队还在广场的另一边，就算没有人盾，对一个专业的狙击手来说也太远。而现在看来，这简直比不可能的任务还要更糟。

“我们不能站着不动。”谢德喃喃自语。他的眼睛里灼烧着怒意，但他知道此刻必须做什么，必须忽略什么，好活下去。“奇隆，要么现在就跟我们走，要么就留下。”

哥哥的话像一根刺似的，把我从恐惧的恍惚中刺醒了。看到奇隆站着不动，我拉住他的胳膊，在他耳边低语，想盖过那些脚镣的声音。

“奇隆，”这语气，我曾在哥哥们离家入伍时对老妈用过，也在又一波呼吸困难喘不过气来时对老爸用过——事情崩坏的时候，我就会用这样的语气，“奇隆，我们留在这儿于事无补，对他们无益。”

他从牙缝里挤出几个字。“你不是说真的，”他越过自己的肩膀低头看我，“你必须做些什么，你可以救他们。”

这会让我背负永恒的羞愧，但我还是摇摇头：“我做不到。”

我们仍在奔跑，奇隆也是。

更多的导弹四处轰炸，每分每秒都更快，更近，我连自己耳朵里的嗡嗡作响都快听不见了。钢筋和玻璃像稻草一样在空中飞过，弯曲、破碎，最终变成了银色的雨从天而降刺痛着我们。没过多久，连跑都太危险了，于是谢德一只手紧抓住我，另一只手抓着奇隆，在世界彻底崩塌的一刻跳开了。每当黑暗压过来的时候，每当陷落的城市贴近的时候，我的胃都会绞痛不已。灰烬和水泥粉尘遮蔽了视线，连呼吸都变得困难。玻璃在这明亮的风暴中碎裂，浅浅地擦过我的脸和手，撕裂了衣服。奇隆看起来比我还糟，他的红色围巾上都是鲜血，但他还是紧紧跟随，并且小心地不超过我们。我哥哥的手没松开一点儿，但他每一次起跳都让我感觉得到，他已经开始累了。我也不是完全没用的。那些谢德躲不开的锋利金属弹片，我用自己的电火花把它们挡开了。可是这样还不够，连保住我们自己活命都不够。

“还有多远？”我的声音听起来邈远而微小，仿佛被战争的狂潮淹没了一般。在尘霾之中，我甚至几英尺之外都看不清。但我仍然能够感知，感知那些机翼、马达、电流从头顶上呼啸而过，猛然俯冲，越来越近。我们就像一群呆立在地上的老鼠，等着被鹰隼一把扯起。

谢德领着我们短暂停留，他蜜糖色的眼睛前前后后地打量着。有那么恐怖的一瞬，我以为他迷路了。“等一下。”他说，似乎知道些我们不了解的事情。

他仰头向上，盯着一座建筑物残留下的空架子。它巨大无朋，比映辉厅最高的尖顶还要高，比阿尔贡的恺撒广场还要更宽更阔。一阵战栗直穿我的脊骨，因为我意识到——它在动。它前后左右地摇晃着，那几个世纪经久失修的支撑已然抵达了分崩离析的临界点。我们眼睁睁地看着它先是慢慢地倾侧、滑塌，就像一位老人陷入他的椅子里似的；接着便越来越快，劈头盖脸地冲着我们倒了下来。

“抓着我！”谢德的声音压过倒塌的轰然巨响，他紧紧拉着我，用胳膊环抱着我的肩膀，把我扯向他，死死地箍紧，力气大得我快承受不住。我原本以为又要有一次不舒服的跳跃了，但是那并没有发生，取而代之的是我更熟悉的东西——

枪响。

这一刻救我一命的不是谢德的异能力，而是他的血肉之躯。一颗射向我的子弹打中了他的上臂，另一颗则击中了他的腿，爆裂开来。他愤怒地吼着，几乎要倒下去了。我能感知到谢德中了枪，却没时间为他痛苦，因为有更多的子弹在空气中呼啸着，速度极快，数量极多，让人连害怕都顾不上。我们只能撒腿就跑，逃离那些倒塌的建筑和紧随的追兵。在银血族军团和我们之间，扭曲的钢筋倾颓而下，我们将一个一个地被消灭掉——至少原本应该是这样。地心引力和枪弹炮火使这些建筑栋榱崩折，但磁控者却用他们的意念控制着那些断壁残垣，不让它们将我们吞没。我回过头时，能看见那银色头发和黑色胸甲，他们总共有十几人，正扫开坠落的横梁和钢筋。我离得很远，看不清他们的面孔，但我知道那是萨默斯家族，这已足够。伊万杰琳和托勒密向他们的族人发号施令，扫清整条街巷的障碍物，于是军团便得以向前推进。那么，他们也就可以完成之前已经开了头的大事了——杀死我们。

要是卡尔当时在角斗场上给托勒密致命一击该多好，要是我能以伊万杰琳之道还治其身该多好，那样的话，我们也许还有机会。而我们的仁慈正在付出代价，那或许是我们的生命。

我紧抓住哥哥，尽最大力气支撑住他，奇隆则承担了大部分重压，半抬半拽地把他往冒着烟的弹坑里拉。我们总算钻了进去，在枪林弹雨里找到了一处藏身之所。但这远远不够，坚持不了多久。

奇隆气喘吁吁地擦掉眉毛上的汗珠儿，扯下自己的一条袖子当作绷带，包扎谢德的腿，血很快就浸透了。“你还能跳吗？”

我哥哥紧皱眉头，不是为了那些伤，而是为了他的力量。我很明白那种感觉。他缓缓地摇了摇头，神色黯淡地说：“现在还不行。”

奇隆低声骂了一句，然后问：“那么我们该怎么办？”

我愣了一下才意识到，他是在问我。他不是在向我哥哥发问，不是在向我们中间更了解战斗的战士发问。但他实际上也并不是在问我，不是在问干阑镇的梅儿·巴罗——那个小贼，那个朋友。奇隆求索发问的那个人，是王宫大厦里的我，是角斗场沙地上的我。

他是在问闪电女孩。

“梅儿，我们该怎么办？”

“你们赶紧走，这就是办法！”谢德咬着牙齿低吼，抢在我前面回答了奇隆，“你们往河边跑，找到法莱。我一能行动了马上就会去找你们。”

“别对骗子撒谎。”我极力忍着不打战。哥哥是从死亡里重生的鬼魂，唯一回到我身边的就只有他了。我不会再让他离开，无论如何也不会。“我们会从这儿逃脱的，我们一起。”

军团行进的声音震动着地面，我向弹坑外一瞥就知道，他们离这儿不到一百码了，而且还在加速。我能看见红血人盾缝隙间闪现的银血族，步兵穿着暗灰色的作战服，但其中也有些佩着胸甲，上面镶嵌着家族色——出身贵族的武士。我看见了蓝色、黄色、黑色、褐色，等等，那意味着水泉人、电智人、闪锦人、铁腕人——银血族动用了最强大的力量来对付我们。在他们眼中，卡尔是弑君者，我是恐怖分子，他们要倾覆整座城池来消灭我们。

卡尔。

要不是我哥哥流着血，奇隆不安地喘着粗气，我就要跳出弹坑了。我必须找到他，必须。就算不是为了我，不是为了什么事业，也需要他来掩护撤退。卡尔能抵得上一百个精兵强将，他就是一面黄金盾牌。但他也许早就走了，逃脱了，在这座城市彻底崩塌之前，熔掉镣铐离开了。

不，他不会逃跑的。他绝不会逃离这军队，躲避梅温，或者，离开我。

希望我没想错。

希望他还没死。

“把他扶起来，奇隆。”在映辉厅里，博洛诺斯夫人曾教过我如何像王妃一样讲话——冷漠、强硬，不留丝毫质疑的余地。

奇隆从命，但谢德还有能耐抗议：“我只会拖慢你们。”

“事后再致歉吧。”我说着帮他站起来，注意力很难集中在他的腿脚上，而是飘到别处去了。“走吧。”

“梅儿，如果你想让我们丢下你——”

我转向奇隆，手掌上燃起火花，心里坚定无比。他把话咽了回去，目光越过我，落在那些每分每秒都在靠近的大军上面。电智人和磁控者扫除着街上的残骸碎片，在金属剐蹭岩石的刺耳声音中，开出一条路来。

“跑。”

奇隆再次从命，而谢德也只能一瘸一拐地跟着他，把我留在了后面。他们艰难地挪出弹坑，往西边爬去，我则小步往东。大军会为我停下的，他们必须停下。

恐怖的一瞬之后，红血族的人盾慢了下来，锁链随着他们的喘息发出叮叮当当的声音。在他们身后，银血族举起了黑色的步枪，架在人盾的肩膀上，仿佛他们的命根本不值一文。那些物资运输车，有着花纹轮胎的精妙机器，也在军队之后慢慢地停了下来——我能感知到它们的能量正在我的血管中轻轻游走。

军队离我相当近，都能听见军官们大喊着发号施令：“是闪电女孩！”“保持队形，站稳！”“瞄准！”“停火待命！”

最糟的事终于来了。突然静下来的街上响起了托勒密的声音，还是那样充满了仇恨和愤怒。

“礼让国王——”他喊道。

我晃了下神：梅温派军队来是意料之中的，但我可没想到他本人也会来。他不是他哥哥那样的战士，对于领导军队更是毫无建树。可他来了，傲然穿过肃立的军团队列，托勒密和伊万杰琳紧随其后。当他在红血族的人盾之后驻足的时候，我的两膝几乎要打战了。他佩着漆黑发光的胸甲，披着殷红的披风，不知怎的看起来似乎比今早高了些。他仍然戴着他父亲的烈焰王冠，尽管那东西在战场上一点儿用也没有。我猜，他是想向全世界炫耀，炫耀他以谎言赢得的、窃取的——珍贵无价的赃物。尽管他距我还有一段距离，我还是能感觉到他灼热的视线和沸腾的怒意。这让我从内到外都激燃起来。

喷射机仍然盘旋在空中，这是整个世界仅剩的声音。

“看来你还是那么勇敢，”梅温的声音从广场上传来，在废墟之间碰撞出回响，如同奚落着我，“还是那么蠢。”

就像在尸骨碗的角斗场一样，我不会让他满意于我的愤怒和恐惧的。

“他们应该叫你闭嘴女孩。”梅温生硬地笑了，他的军队也学着他笑起来，而红血族的人盾则一片沉默，眼睛死盯着脚下——他们不想看即将发生的事情。“好啦，闭嘴女孩，告诉你那些老鼠朋友，一切都结束了，玩儿完啦。他们已经被包围了，叫他们乖乖走出来，我还能赐他们个好死法。”

就算我真能如此下令，我也绝不会那么做。“他们已经走了。”

别对骗子撒谎，而梅温是所有骗子里最大的骗子。

他看起来有些犹豫，因为红血卫队已经逃脱了很多次，在恺撒广场，在阿尔贡，所以也许现在他们也能逃脱。那样的话，事情可就尴尬了，他的统治一开始就来了个不祥之兆。

“那么叛国者呢？”他的声音尖刻起来。伊万杰琳也更靠近了一点儿，她的银色头发像利刃似的泛着光，比她抛光的胸甲还要亮。但梅温一把推开她，就像猫推开玩具似的。“我那卑劣的哥哥，我那堕落的王子呢？”

他别想听见我的回答，因为我也没有答案。

梅温又笑了起来，这次直刺我的心。“他也抛弃你了吗？他逃了？那个懦夫杀了我们的父亲，还想窃取我的王位，现在却溜之大吉，匿影藏形了？”他咄咄逼人，假装是为了贵族和士兵。在这些人面前，他必须扮演好自己的角色：一个悲剧中的小儿子，一个无意于王位的国王，一个只想为死者讨回公道的人。

我仰起下巴，语带挑衅：“你觉得卡尔会做那种事？”

梅温绝不是个蠢货。他邪恶，却不傻，他比任何活着的人都要了解他的哥哥。卡尔不是懦夫，也永远不会变成懦夫。梅温的眼睛背叛了他的表演，他瞟着广场两边四通八达的大小街巷——卡尔可能藏在任何一个角落，等待着出手的机会。而我，也不过是我的“未婚夫”和“朋友”为了钓到大鱼所设的陷阱和诱饵。当梅温回过头的时候，王冠因为比他的头略大而滑了一下——就连金属都知道，这王位不属于他。

“我看你现在是孤立无援了，梅儿。”他柔声说道。尽管他对我做了那么多不可饶恕的事，我的名字从他口中说出，却仍然令我一颤，往事历历在目。曾几何时，他是怀着友善和爱慕念这个名字，此刻听来犹如诅咒。“你的朋友们已经完了，你们失败了，而你们这些卑劣无耻的家伙，也只剩下你这么一个了。让你从这个世界上消失，乃是一种仁慈。”

仍是谎言，我们对此都心知肚明。我报之以同样的冷漠微笑，这一刻，我们看起来又像朋友一样了。而真相远非如此。

一架喷射机从半空掠过，机翼几乎是擦着废墟的顶端，非常近，太近了。我能感觉到它电力驱动的心脏，它极速旋转的马达……我极尽所能地向它伸出手去，这动作我之前做过——自打我成了闪电女孩，我就对那些灯泡、摄像机、电线和电路做过无数次了。我控制住它，然后切断了电流。

喷射机顿了一下，接着就大头朝下，沉重的机翼带着它疾速滑坠。它原本的路线是在广场上空盘旋，在军团上方保护国王，但现在它掠过红血族的人盾，直冲向几百名银血族。萨默斯家族的磁控者和普罗沃家族的电智人来不及做出反应，喷射机就坠落地面，一路犁过，掀起了沥青路面，血肉横飞。它撞了过来，几乎就在我脚边轰然爆炸。震耳欲聋的声音里，我被气浪推出好远。爆炸让人暂时失聪，晕头转向，而且浑身疼痛。没时间痛了。我的脑袋里重复着这句话。我才不会管梅温的军队乱成什么样呢，我已经跑了起来，我的闪电如影随形。

白紫色的电光像盾牌一样护着我的背，替我挡开了那些伺机扑倒我的疾行者。其中有几个撞上了我的闪电，想要突破它，但立刻就被弹开了，皮肉冒烟，尸骨扭曲。我很庆幸自己看不到他们的脸，否则以后一定会做噩梦。接着追过来的是子弹，但我以之字形疾跑，很难瞄准。几颗贴近的子弹擦着我的闪电盾牌尖叫着飞过，而选妃大典那天，我坠落光网时身体所做出的反应也如出一辙。现在想来，那个时刻仿佛已是很久以前了。在头顶上方，喷射机又来了，它们轰鸣着，这次倒是知道要保持安全距离了，不过它们的导弹可一点儿都不礼貌。

纳尔希的遗存已经在这里矗立了数千年，却挺不过今天了。建筑物和街巷震颤着，被银血族的异能和导弹之类的武器摧毁殆尽。磁控者扭曲折断了屋架钢梁，电智人和铁腕人在灰霾笼罩的空中投掷碎石；水从排水沟中喷涌而出，那是水泉人的杰作，意在水淹整个城市，将地下通道中的红血卫兵赶尽杀绝；军团中的织风人掀起怒吼的狂风，强劲如同飓风。水和乱石刺痛我的眼睛，再加上尖利的风，我觉得自己就快要瞎了。湮没者制造的爆炸震动着脚下的大地，让我蹒跚摇晃，神志不清。奔跑时我从来不会跌倒，但此刻，我的脸撞在柏油路面上，流出的鲜血让我清醒。当我重新站起来时，音爆者的刺耳尖叫再次把我击倒，让我不得不捂住耳朵。更多的血涌了出来，从我的指缝间快而凝重地滴落。不过这扑倒我的音爆者倒是阴差阳错地救了我：就在我倒下的时候，又一枚导弹在我头顶上爆炸，近得都能感觉到空中掀起的气浪。

爆炸距离我太近了，冲破了我仓促张起的闪电盾牌。我郁闷地想着，自己会不会就这样被烧秃了眉毛死掉，但我发现自己并没有被烧烂。热量持续着，虽然算不上舒服，可也并非忍受不了。一双有力而布满伤痕的手把我扶了起来，金色的头发映着火光熠熠生辉，我只能在狂飙的风暴中勉强认出她的脸——法莱。她的枪已不见踪影，衣服也破了，肌肉颤抖着，但她仍然努力支撑着我站起来。

在她身后，逆着爆炸的火光，那黑色的剪影我如此熟悉。他伸开一只手，就让火焰向后退却。他的镣铐不见了，也许是熔化了，也许是扔掉了。当他转过身时，烈焰熊熊燃起，舔舐着天空和破败的街巷，却没冲我们来。卡尔非常清楚自己在做什么，他驱使火焰躲开我们，就像流水躲开石头。就像在尸骨碗的角斗场一样，他在广场上筑起了一道烈焰城墙，保护着我们，对抗他的弟弟和军队。不过这一次，有了氧气和愤怒的助攻，他的烈焰是强劲有力的，火舌直上天空，灼烧着一片蓝色。

更多的导弹射了过来，但卡尔攫取了它们的能量，用来充实自己的力量。看着他长长的双臂弯曲、挥动，以一种平稳的节奏把毁灭转化为守护，真是颇有美感。

法莱想要拉我走。在烈焰的保护下，我转过身看见了几百码之外的河流，甚至还看见了奇隆和我哥哥笨重的身影，他们正深一脚浅一脚地往安全之地走去。

“快点儿，梅儿。”法莱吼着，半拉半拽地拖着我满是伤痕的虚弱身体。

有那么一瞬，我听之任之，疼痛非常强烈，让我无法清楚地思考。但只向后一瞥我就意识到她在做什么，以及她想要我做什么。

“我绝不丢下他离开！”这是我今天第二次吼出这句话。

“我看他自己能搞得定。”法莱说，蓝色的眼睛反射着火光。

曾经我也像她一样这么以为：银血族是不可战胜的，是地上的神，强大有力坚不可摧。但只是今天早上，我就杀了三个银血族：亚尔文、罗翰波茨家的铁腕人、水泉人族长奥萨诺勋爵。而有了闪电，我也许还能杀掉更多。为着这样的原因，他们也差点儿杀了我和卡尔。我们曾在尸骨碗的角斗场上保护着彼此，现在也必须做同样的事。

法莱比我高大，比我强壮，但我更灵活，虽然伤痕累累，耳朵半聋。我脚踝一晃，瞅准时机一推，她向后一退就放开了我。我回到了刚才的地方，张开手掌，感受着自己所需要的东西。纳尔希的电力远不如阿尔贡，甚至还比不上干阑镇，但我现在已经不需要从别的东西中汲取能量了。我自己就能创造。

水泉人的第一击水波以潮涌般的力量撞上了火苗，大部分瞬间成了蒸汽，余下的则沿着火墙滴落，劈开了燃烧的火舌。我以自己的闪电作为回应，瞄准了半空中翻转腾挪的水波。而水波之后，银血族的军团渐渐逼近。不过，至少戴着枷锁的红血族人盾被换到队列后面去了——这是梅温下的令，他不想被拖慢速度。

他的士兵们对上了我的闪电，在我身后，卡尔的余烬重新燃了起来。

“慢慢向后退。”卡尔说着，用他空着的那只手比了比。我照着他的指令亦步亦趋，小心地紧盯着即将到来的恶战。我们交替着前冲进攻、后退喘息，掩护彼此一起撤退，当他的火焰低落的时候，我便升起闪电，如此交替重复。我们在一起，才有机会。

卡尔小声地说着一些指令：什么时候停步，什么时候撑起火墙，什么时候让火墙弱掉。他比我印象中的任何时候都要虚弱，苍白的皮肤下面隐隐可见蓝黑色的血管，眼睛周围也是一圈晦暗。我知道自己看起来也好不到哪儿去，但他控制的节奏刚好让我们免于精疲力竭，让能量在我们需要的时候及时恢复。

“不远了。”法莱的声音在我们身后响起。她没走，她和我们在一起，尽管她只是普通人。*她比我曾经称赞的更勇敢。*

“什么不远了？”我咬牙切齿地咕哝着，匆匆撑起又一张闪电网盾。尽管这是卡尔的指令，我的速度却慢了下来，而且有几块碎石穿透了电网，颤抖着落在几码之外的灰尘里。我们的时间不多了。

不过梅温也是。

我能闻到河流乃至更远的大海的气味，刺鼻的，带着咸咸的气息。它似乎召唤着什么，但究竟如何，我完全不知道。我只知道法莱和谢德相信那能救我们于梅温的魔爪。我向后望去，只能看见广场和尽头的河岸。法莱站在那儿，等着我们，短发在炽热的风中狂舞。*跳*，她唇语道，接着就从震颤着的街边跌下去不见了。

那是什么？她跳到什么地方去了？无底深渊吗？

“她想让咱们跳。”我回过头，刚好赶得及支援卡尔的火墙。

他含糊地同意了，聚精会神得顾不上说话。就像我的闪电一样，他的烈焰也渐渐变得弱而薄，我们几乎能透过它看到对面的士兵。闪动的火焰让人影扭曲变形，眼睛像燃烧的煤炭，嘴巴像狞笑的犬牙，人变成了魔鬼。

这时，他们中的一个越众向前，靠近了火墙，却没被烧着，而是像拨开窗帘那样，分开了火焰。

只有一个人做得到。

梅温甩了甩他那蠢到家的披风，让丝绸烧成了灰，只剩下仍然坚硬的胸甲。他竟然还有胆量笑出来。

不知为什么，卡尔回避了。尽管徒手就可以把他撕成两半，他却还是用灼热的手紧抓住我的手腕，拉着我全速奔跑。我们根本不在意背后有没有掩护，因为梅温不是我们任何人的对手，这一点他自己也清楚得很。他没发动什么进攻，反而尖叫起来。抛开头上的王冠和染血的双手，他仍然年轻幼稚。

“逃吧，杀人犯！逃吧，闪电女孩！快跑，跑得远远的吧！”梅温的笑声回荡在震颤的废墟之上，纠缠着我。“逃到哪儿也逃不出我的手心！”

我很郁闷地意识到自己的闪电落败了，当我越跑越远的时候不得不放弃努力，不再继续支撑它了。卡尔的火墙也碎裂开来，把我们暴露在银血军团的面前。但我们已经跳向半空，跳向了十码之下的河流。

可是落下去并没有激起什么水花，取而代之的是撞击金属的回响。我不得不向前滚了几下才免于撞碎脚骨，却还是感到一阵空洞的剧痛。这是什么？法莱等在那里，站在及膝深的冷水中，旁边是一段顶端开口的金属管。她一言不发地钻了进去，似乎钻进了水下的什么东西里。我们没时间抗议或者发问，只能茫然地照做。

卡尔至少还能有意识地关上我们背后的管道，把河水和战争隔绝在外。气流咝咝作响，这里完全密封起来了。可是这保护不了我们太久，也对付不了外面的军队。

“又是隧道？”我上气不接下气地问道。跟着法莱转来转去，我的眼睛都花了，总是撞在墙上，腿也抖个不停。

像在街上时一样，法莱用一只胳膊架住了我的肩膀，支撑着我的身体。“不，不是隧道。”她打哑谜似的笑笑。

紧接着我就感觉到了。这里有电池组一样的东西在嗡鸣，但是比电池要大得多，强壮得多。脉冲环绕四周，流向奇异的大厅，各种按钮闪烁着，再下面，亮着黄灯。我瞥见了穿梭其间的红色围巾，那是遮面的红血卫兵。他们看起来模模糊糊的，像是猩红色的帘幕。一声低吼，整个大厅突然向下坠落，斜着冲了下去，冲向水中。

“这是一艘船，水下航行的船。”卡尔的声音邈远、微颤、虚弱。这感觉和我一样。

我们没走几步就撞上了倾斜的舱壁。

GLASS SWORD

第三章

在过去的几天里，我先是在牢狱里醒来，接着又是在地下列车上，现在则是在水底航船中。明天，我又会在哪里醒来？

我开始想象这是一个梦，或是幻觉，或是更糟的什么。但是，你会在梦境中感觉到疲惫吗？我会。我的精疲力竭是从骨髓中泛出来的，浸透了每一寸肌肉和神经。至于我的心，则是另一种伤得彻底，仍在为背叛和失败而鲜血淋漓。我睁开眼睛，入目是逼仄的灰色舱壁，我想要忘掉的那些事情蓦地涌了上来，仿佛是伊拉王后——她如今是王太后了——又侵入了我的脑海，强迫我复活那些最痛苦的记忆。我已尽力，却还是无法停止这一切。

我的那些安安静静的侍女，已经死了，她们的罪名就只是为我化过妆。特里斯坦，像头牛似的被刺死了。沃尔什，和我哥哥一样年纪，出身干阑镇的侍从，我的朋友——是我们中的一员。她死得惨烈，那是自杀，却保护了红血卫队，保护了我们的目标，保护了我。更多的人死在恺撒广场的地下隧道里，他们死于卡尔手下的士兵，死于我们愚蠢的计划。关于红血族朋友的回忆让我痛苦抓狂，关于那些银血族的也一样让我难受。卢卡斯，我的朋友，我的守护者，善良的银血族，为我和朱利安骗他做的那些事送了命。博洛诺斯夫人人头落地，就因为她曾教过我应该怎样得体好看地坐着。还有麦肯瑟斯上校、雷纳尔德·艾若、贝里克斯·来洛兰……他们都是我们“事业”的牺牲品。当我想到来洛兰的一双儿子时，几乎要吐了：他们才四岁，就死于爆炸和之后的枪战。梅温告诉我那是意外，是不小心刺破的燃气管道造成的，但是现在我明白了，是他的邪恶促成了这样的“巧合”。我猜他根本不会介意往火堆中多扔几具尸体，只要那可以让全世界相信红血卫队是魔鬼。他还会杀了朱利安，还有莎拉。也许他们已经死了。这些事我连想都不能想，太痛苦了。我的思绪飘回了梅温身上，回到那双冷漠的蓝色眼睛，回到我惊觉那明媚笑容底下藏着野兽的时刻。

我身下的床铺很硬，被褥很薄，枕头就更是干脆没有，但我挺想再躺回去。头痛又开始了，和着这艘奇妙的船的电流脉冲一跳一跳的。这是个实实在在的提醒——在这里就别惦记什么平静了。还有那么多事情亟待解决啊。那份名单，那些人名，我必须找到他们，保护他们不受梅温和王太后的迫害。想到朱利安留给我的那本小书，那些隐晦的记录，我的脸上又有了热度，皮肤也重新暖了起来。那些人都像我一样，因为某种基因突变，有了红血族的血和银血族的异能。这份名单是朱利安的遗赠，也是我的。

我抬腿下床，只听“咚”的一声，脑袋撞上上方的床板。地上放着整齐叠好的衣服：太长的黑色裤子，肘部磨破的深红色衬衫，没有鞋带的靴子。我在银血族牢房里穿的衣服要好得多，但这身衣服更适合我的本性。

我还没套上衬衫呢，隔间的门就“咣当”一声拖着铁合页打开了。奇隆在门外颇为期待地等着，勉强装出一点儿笑容。在过去的那些夏日里，他看过我各种衣衫不整的样子，本来没什么可不好意思的，但不知怎的他脸红了。

“睡得这么久，这可不像你。”他忧心忡忡地说。

我耸耸肩，弱弱地站了起来。“我想是因为需要睡。”耳朵里充斥着奇怪的鸣声，很尖厉，但是不觉得痛。我前前后后地晃着脑袋想甩掉它，活像只落水甩毛的狗似的。

“大概是因为音爆者吧。”他走过来，用结满老茧的手温柔地托着我的头。我任由他检查，不耐烦地叹气。他把我的头转来转去，看着沾了血的耳朵。“你真是幸运，亏了不是被迎头击中。”

“我可以是各种各样的东西，但幸运偏偏不在其中。”

“你还活着，梅儿。”他放开我，有点儿尖刻地说，“不是所有人都能这样说的。”奇隆的注视把我带回了纳尔希。在那儿，我对哥哥说我不相信他的话，而现在，在内心深处，我仍然不相信。

“抱歉。”我快速低语道。我当然知道死了很多人，为着红血卫队的事业，为了我。但我也死了。坠落在迷旋花园光网上的那天，干阑镇的梅儿就已经死了。梅瑞娜，堕落的银血王妃，也死在了尸骨碗的角斗场上。在地下列车上睁开双眼的那个人究竟是什么新的存在，我不知道。我只知道她曾经是谁，又失去了多少，这样的重压让人无法承受。

“你是来解释我们要去哪儿的吗？还是说这也是个秘密？”我极力撇开声音里的挖苦，不幸却没能成功。

奇隆还是挺礼貌地没揪住这个不放，他倚在门上说：“五小时之前，我们驶离了纳尔希，现在正往东北航行。我所知道的真的只有这些。”

“你就一点儿都不觉得困扰？”

他只是耸耸肩：“你凭什么会认为上级还能信任我，或是你呢？你比任何人都清楚我们有多傻，清楚我们付出的高昂代价。”回忆再一次刺痛了我。“你自己说过，你连谢德都不信任，我想很快谁和谁都不能分享秘密了。”

这话并没有预想中的令我难受：“谢德怎样了？”

奇隆点点头，示意我到走廊上去：“法莱为伤员们辟出了一个不错的小医务站。他比其他人的情况都要好——虽然满口爆粗，但是真的已经不错了。”他的绿眼睛暗了下去，移开了视线。“他的腿——”

我吓得吸了口气：“感染了？”在干阑镇，感染就等同于截肢。我们没有足够的药物，所以一旦血液坏掉了，人们唯一能做的就是截肢，指望着赶在高热和静脉坏死之前救人一命。

奇隆摇摇头，让我松了口气。“没有。法莱照顾得很好，而且银血族的子弹也很干净，真得感谢他们啊！”他大笑起来，希望我也加入，但我只是哆哆嗦嗦的，水下的空气太冷了。“不过他肯定还得瘸一阵子。”

“你是打算带我去看他呢，还是要我自己找到地方？”

奇隆又是一阵阴郁的笑，接着就张开了双臂。令我惊讶的是，自己得借助他的支撑才能走路。纳尔希和尸骨碗，还是造成了不小的伤害。

潜艇，奇隆这样称呼这艘航行在水底的奇异船只。它究竟是何以在海洋之下行进的，我们都不得而知，但我相信卡尔一定知道。他在我的探视名单上排名第二，只等我去确认哥哥还喘着气，就去看他。我记得当我们逃离战场时，卡尔和我一样，几乎失去意识了，但我想法莱不会把他也安顿在医务站，和那些受伤的卫兵在一起。感染已经不少，没人希望在这密闭的金属管子里再造一座地狱。

音爆者造成的耳鸣仍然盘桓不去，闷闷地呜呜作响，我努力忽略它，而每走一步，都能感觉到身上的肿痛和擦伤。奇隆注意到我的每一点退缩，放慢了步子，让我靠在他的胳膊上。他忘了他自己的伤，那些藏在新绷带下面的深深伤痕。他的双手向来是粗剌剌的，满是鱼钩和绳索弄出来的割伤。但那些伤口是我所熟悉的，它们的存在意味着他安全，有工作，不必服兵役。如果不是雇他的渔夫死了，他要承受的就只是那些小伤小痕。

曾几何时，这样的想法让我哀伤，现在想来却只觉得愤怒。

潜艇中的主通道长而狭窄，很多金属槅门上挂着厚厚的铰链，压着密封阀。必要的时候它们可以关闭起来，免于整艘潜艇灌水沉没。这些槅门没让我觉得安慰，反而让我不停地想象着困在灌满水的棺材里死在海底的样子。即便是在水边长大的奇隆，也是一脸的别扭。装在天花板上的昏暗小灯怪异地闪烁着，在他脸上投下一块块斑驳的暗影，看上去衰老而枯槁。

其他红血卫兵却不怎么受影响，他们意念坚强地来来去去，红布和围巾拉了下来，露出坚毅的真实脸孔。他们拿着海图、装着药的托盘、绷带、食物，甚至是枪，急匆匆地穿过走廊，忙碌地彼此交谈。但他们一看到我就停了下来，紧贴在两边的舱壁上，在这狭窄的通道里尽可能地让出一条路。一些人看着我一瘸一拐地走过，可是大部分只盯着自己的脚。

看起来是在害怕。

怕我。

我想说句谢谢，想表达我对这奇异潜艇上的男男女女有多么深刻的歉疚。*感谢你们所做的牺牲*——这句话几乎就要脱口而出，却又咬着牙咽了回去。*感谢你们所做的牺牲*，那是印在通知书上的话，告知你们的孩子已经死于一场无意义的战争。我曾见到过多少父母为这句话泪水涟涟？当《加强法案》把更多孩子送到前线去的时候，又有多少父母即将看到这句话？

不会的。我对自己说。法莱会有针对它的计划的，就像我们也会想出办法补充新鲜血液——像我一样的其他人。我们会有办法的，一定会有。

我经过的时候，那些紧靠在舱壁的卫兵彼此窃窃私语，就连那些不敢抬眼看我的也在嘀嘀咕咕，毫不修饰他们的言辞。我猜，他们认为这样的话是一种恭维。

“闪电女孩。”这个词在他们中间回响，在金属舱壁之间跳跃着，听起来就像伊拉那些邪恶的低语，像鬼魂似的往我脑袋里钻。闪电女孩，最初就是她这么叫我，他们都这么叫我。

不，不是的。

尽管浑身疼痛，我还是尽力挺起背，站得笔直。

我再也不是什么小女孩了。

这些窃窃私语追着我，一路跟到医务站，那儿有两个红血卫兵守门，同时也守卫着梯子——厚重的金属脚手架，直通向天花板——这是这艘缓慢行进的潜艇的唯一进出口。其中一个卫兵有着深红色的头发，就像特里斯坦那种，但是远没有他那么高；另一个看起来像块巨石，栗色皮肤，吊梢眼睛，宽厚胸膛，一双大手几乎要赶上铁腕人了。他们一见我就低头致意，没再多看我一眼，这还挺让人欣慰。不过他们却转而看着奇隆笑了起来，就像同学之间那样。

“这么快就回来了，沃伦？”那个红头发的卫兵咯咯笑着，挑着眉毛说，“莉娜已经换班走了哦。”

莉娜？奇隆扶着我胳膊的手绷紧了，但也没说什么掩饰自己的不自在，反而跟着一起笑了起来。可没人比我更了解他了，那笑容背后的窘迫根本藏不住。想想吧，在我不省人事、谢德躺着流血的时候，他却在跟姑娘打情骂俏。

“这小伙儿不和姑娘神侃就已经忙得脚不沾地了。”那大块头说，低沉的声音充斥整条走廊，说不定也能传到莉娜的住处。“法莱还在巡查，如果你要找她的话。”他补充着伸出大拇指指了指那扇门。

“那我哥哥呢？”我挣开奇隆的搀扶，虽然膝盖发抖，还是站住了。“谢德·巴罗，他怎么样？”

他们的笑容消失了，转成了某种正经严肃的神情，那感觉就像又回到了银血族的宫廷里似的。那大块头抓着门，旋转着上面巨大的转轮锁，这样就不必看我了。“他恢复得很好，小——呃，女士。”

听到这称呼，我的胃直翻腾，我已经受够这个了。

“请叫我梅儿。”

“好的。”他言不由衷地答道。尽管都是红血卫队的一员，都是为了同一事业在战斗的战士，我们终究是不同的。这个卫兵，和众多其他人一样，绝不会称我为“梅儿”，不管我有多希望他们能如此。

他打开了门，微微点头示意。门的另一边是宽而浅的空间，满满的都是一个个铺位，应该是曾经的营房寝室，但现在那些折叠床上躺着伤病员。唯一一条通道上挤满了忙碌的男女，他们穿着白色的袍褂，有的衣服上还沾着暗红的血迹。他们不是忙着接合断腿，就是忙着包扎伤口，根本无暇注意到我一瘸一拐地走到了他们中间。

奇隆的手悬在我手腕旁边，随时准备着当我体力不支时抓住我，我却靠在了一张床架子上。如果所有人都会盯着我看，我希望能靠自己的力量往前走。

谢德倚在一个单薄的枕头上，几乎是全部重量都靠着金属舱壁在支撑。这姿势不可能舒服，但他闭着眼，胸膛有节奏地一起一伏，睡得很香。他的腿用一条绷带草草地吊在上铺的床板上，肩膀上也裹着纱布，一定是多次处理治疗过了。尽管我昨天还一直以为他已经死了，此刻看到他伤得这么重，仍然觉得震惊且难以承受。

“我们得让他好好睡。”我不是对特定的人说话，所以也没期待有人回答。

“是啊，让我睡吧。”谢德没睁眼，嘴巴却露出了我熟悉的、淘气的笑容。要不是他伤得厉害，我非得笑出来不可。

这小把戏我再熟悉不过了。谢德会在上课的时候，或是在老爸老妈说悄悄话的时候装睡，想到过去的事我真是想笑，那时候谢德凭着这一招儿，可是探到了不少秘密啊。我可能生来就是个小偷，谢德却生来是个探子，难怪他最终还是加入了红血卫队。

“偷听护士谈话了吗？”我两膝咔嚓作响地在他床边坐下来，小心地不碰到他。“你知道他们像松鼠似的屯了多少绷带吗？”

但是谢德没笑，而是睁开眼睛招招手，让奇隆和我再靠近一点儿。“护士知道的事情比你们以为的更多。”他说，眼神落在远处船舱的尽头。

我转身看到法莱正在床边忙碌。床上的女人失去知觉，大概是麻醉了，而法莱正密切监控着她的脉搏。在这样的灯光下，她脸上的疤痕看起来很突兀，从嘴巴一侧扭曲虬结，延伸到脖子，深入领口，某一段应该是撕裂后又被仓促缝合的。此刻她身上仅有的红色是白色护士服上面的红色血迹，以及肘部没洗干净的血痕。另一个男护士站在她旁边，他的衣服却是干净的，而且在她耳边小声快速地说着什么。法莱偶尔点点头，怒意满满地绷紧了脸。

“你听见什么了？”奇隆问道，一边动了动，把谢德挡住了。这样在别人看来，我们就只是在调整他的绷带。

“我们正往另一个基地航行，这次远离海岸，脱离诺尔塔的边境了。”

我努力地回忆着朱利安的那张老地图，但是除了海岸线的形状，什么都想不起来了。“是一座岛吗？”

谢德点头道：“塔克。那儿一定很荒芜，因为银血族连岗哨都没设，显然是彻底忘了它了。”

我的胃因为恐惧而一阵翻腾。想到只是为了活命就要把自己困在一座孤岛上，比困在潜艇里更让我害怕。“但是银血族知道那个地方，这就够了。”

“法莱看起来对那个基地很有信心。”

奇隆大声冷笑道："我记得她也以为纳尔希安全得很。"

"丢了纳尔希，这不是法莱的错。"是我的错。

"梅温耍了所有人，梅儿。"奇隆推推我的肩膀，"他骗过了你、我，还有法莱。我们都轻信了他。"

梅温有他的母亲策划一切，侵入我们的思维，把他塑造成符合我们希望的样子，难怪我们会被他耍得团团转。现在他是国王了，将要愚弄——控制我们的整个世界了。一个被母亲牵制的魔鬼国王，他治下的世界会是什么模样？

但我甩开了这些念头，它们可以以后再说："法莱还说了什么？提到那份名单了吗？名单还在她手里对吧？"

谢德越过我的肩膀看着法莱，小心地压低声音："是的，但是她更在意我们将在塔克见到的其他人，包括老爸老妈。"一股暖流包围了我，那幸福感真是令人振奋。谢德看到我微小但真挚的笑容，自己也明亮起来，他拉着我的手继续说："吉萨也在，还有我们称为兄弟的大块头们。"

我胸口郁结的紧张一下子缓解了，不过很快就又紧绷起来。我紧抓住他的手，扬起眉毛问："其他人？那是谁？那怎么可能？"在经过了恺撒广场的大屠杀和纳尔希的屠城之战后，我觉得没什么人能幸存了。

但奇隆和谢德似乎毫无困惑，他俩交换了一个意味深长的眼神。又来了，我又被蒙在鼓里，我完全不喜欢这一套。但这一次，保守秘密的是我的哥哥和我最好的朋友，不是邪恶的王后和腹黑的王子。

奇隆咬着牙齿，特别有天赋地做出一脸歉疚的样子，他指了指谢德。意图转移矛盾。"你比我知道的多。"

"红血卫队喜欢在接近目标的地方行事，我们都知道这一点。"谢德调整了自己的姿势，坐直一点儿，他动的时候直吸气，捂着自己的肩膀，但是在我想去帮忙的时候摇了摇手。"我们想要看起来渺小、零散、无组织——”

我忍不住冷哼一声，打量着他的绷带：“是哦，这任务可有点儿难办。”

“别那么无情，梅儿。”谢德反驳道，那语气听起来真像老妈，“我是在告诉你，事情没有看起来的那么糟糕。纳尔希并不是我们仅有的据点，法莱也不是我们仅有的领袖。事实上，她甚至不是真正的指挥官，而只是个上尉。还有像她一样的人，甚至比她级别高的人存在呢。”

看法莱对士兵发号施令的样子，我还真以为她是个女王。再次看向她时，她正在重新给伤员打绷带，对着最初包扎伤口的护士冷嘲热讽。但我哥哥言之凿凿，实在让人无法忽略。他比我更了解红血卫队，而我也倾向于相信他这次说的是真话。我在这儿的所见所闻，不过是这个组织的冰山一角，这令人振奋——也令人恐惧。

“银血族以为自己比我们超前两步，但他们甚至都不知道我们的据点在哪儿。”谢德继续说，声音里充满了热情，“我们看上去弱小，因为我们意图如此。”

我立即回过味来：“他们看上去弱小，是因为他们意图如此。梅温骗了你，囚禁你，折磨你，把你从自己的家里拖出来，你是不是要告诉我，那也是你们计划的一部分？”

“梅儿——”奇隆喃喃发声，用肩膀靠着我，安慰我。但我把他甩开了，他也一样需要知道这些。

“我不在乎你们有多少秘密隧道、船只和基地。你们不会这样赢过他的，不能这样。”想到那些关于梅温的记忆，眼泪不知什么时候流了出来，刺痛了我的眼睛。要忘记他原来的样子太难了——不，他假装的样子，那个温和的、被遗忘的男孩，烈焰之下的荫翳。

“那么你有何建议，闪电女孩？”

法莱的声音刺痛了我，就像我自己的闪电那样，让每条神经都濒临崩溃。那一瞬，我盯着自己紧拽着谢德袖子的手。也许我不转身她就会走开，就能放过我。

别这么傻，梅儿·巴罗。

“针锋相对地以火攻火，以牙还牙。”我站起来对她说。法莱比我高，总是有种压迫感，现在我抬头看着她，却觉得自然且熟悉。

“这是某种银血族的玩笑话吗？”法莱冷笑着抱住肩膀。

“我看起来像在开玩笑？”

法莱没回答，但那已经是在回答了。她沉默不语，而我发现船舱里的其他人都静了下来，甚至伤员也忍痛保持安静——他们都在看着闪电女孩挑战他们的上尉。

“你们靠着假装弱小和猛烈出击得以壮大，是吧？好吧，他们则是极尽所能让自己看起来强壮、坚不可摧。但在尸骨碗的角斗场上，我已经证实了他们并非如此。”再一次，强势，所有人就会听从你——我记起了博洛诺斯夫人教给我的坚定语气。“他们不是坚不可摧的。”

法莱可不蠢，她很快就跟上了我的思路。“你比他们强大，”她直白地说，目光转向谢德，紧盯他的床铺，“而这样的人，你不是唯一一个。”

我猛地点头，很高兴看到她已经知道我想要什么。“几百个名字，几百个拥有异能的红血族。他们更强壮，速度更快，比他们更优秀，但血色像黎明一样红。”我屏住呼吸，仿佛知道已经走到了决定未来的临界点。“梅温会试图杀掉他们，但如果我们先找到他们，他们就可以——”

“成为这个世界上前所未有的强大军队，”法莱想着，眼睛亮了，“新的血统组成的军队。”

她笑了起来，脸上的那道疤拉紧了，像是又要崩开似的吓人。她咧嘴大笑，根本不在乎痛不痛。

但是我知道痛，而且我希望一直如此。

GLASS SWORD

第四章

法莱比奇隆矮，但她的步伐快而从容，很难跟得上。我竭尽全力，几乎是小跑着，才能跟着她在潜艇的走廊里穿梭。像之前一样，红血卫兵们让开了路，但法莱经过时，他们把手放在胸前，或把手指放在眉边，向她行礼致敬。我得说，法莱的形象确实让人印象深刻，那些伤疤伤痕就像珠宝一样熠熠生辉。她看起来根本不介意衣服上的血迹，满不在乎地用手蹭了蹭。有些血迹可能是谢德的，她从他肩膀上挖出了弹头，眼睛都没眨一下。

“我们可没把他锁起来，如果你是那么认为的话。”她轻巧地说道，仿佛谈论监禁中的卡尔不过是随意的闲聊。

我还没傻到就此上钩，至少现在不会。她在试探我，观察我的反应，检测我的忠诚。但我已经不是那个向她求助的女孩了，也不再那样轻易地就能被人看透。我曾在刀锋上求生，用一个谎言平衡另一个谎言，隐藏真实的自己。而现在，我要做的也没什么两样，真正的想法，要深深埋藏。

于是我笑了，那笑容已在伊拉王后的宫廷里锤炼完美。“显而易见，这些都没被烧掉呢。”我指了指金属舱壁。

我观察她正如她观察我。她很好地掩饰住了自己的表情，但眼睛里还是闪过一丝意外。意外和好奇。

我忘不掉她在地下列车上是怎样对待卡尔的——手铐脚镣、荷枪的卫兵，还有轻蔑鄙视。卡尔则像条丧家之犬似的听之任之。在遭受了弟弟的背叛和父亲的可怕死亡之后，卡尔已经失去了斗志。我不会责怪他，法莱却不懂得他的心——或者说，不懂得他的力量——但我懂。她不知道他——或者某一层面上——我，有多么危险。就算是现在，即使浑身是伤，我也能感觉到身体深处的能量正呼应着潜艇里的电流脉冲。

只要我想，我就能控制它，就能把所有电力驱动的东西关闭，就能把我们都淹死。这样暗含杀机的想法让我脸红，让我尴尬，但同时也让我感到安慰：在这艘满载着战士的船上，我才是最了不起的武器，而他们对此全然不知。

我们看上去来弱小，因为我们意图如此。谢德谈论红血卫队的时候是这样解释他们的动机的，现在我却在想，他这些话是否另有他意，就像很久以前写给我的那些信里的字句一样。

卡尔所在的房间位于潜艇的最深处，与船舱里的喧闹忙碌隔绝开来，连房门都几乎隐藏在一堆绳索和空板箱后面。这些板箱上印着阿尔贡、哈文港、科尔沃姆、哈伯湾、德尔菲，甚至还有贝勒姆等皮蒙山麓以南的地名。板箱里装过什么，我不得而知，这些银血族的城市名称，却让我的脊背一阵寒凉。偷来的。法莱注意到我盯着那些箱子，并不打算解释什么。尽管我们在她所谓的“新血”上勉强达成了一致，我却仍然没有走进她内心的秘密圈子。我想卡尔对此也许能有些办法。

不论是哪种能量在驱动着潜艇，巨大的发动机都是必要的，它在我脚下震颤着，摇晃着我的脊骨。我厌恶地皱起鼻子，法莱可能确实没锁住卡尔，但她也绝不会多温和地待他。在这种吵得要命、震得要死的地方，卡尔可能根本无法入睡。

“你只能把他安置在这儿了是吗？”我瞥了一眼那局促的角落。

法莱耸耸肩，大力拍门：“反正王子并没提出异议。”

我们没等太久——尽管我很希望能多点儿时间整理好自己的心境。转轮锁动了几下，叮当作响，很快就打开了。铁合页发出刺耳的声音，卡尔拉开了门。

看到卡尔无视伤痛，昂然站立，我毫不惊讶。他生来就时刻准备着成为战士，早已习惯了割伤擦伤，但内心的伤痕，他并不懂得如何隐藏。他躲避着我的注视，转而看着法莱——她根本不知道也不在乎这位王子是不是心碎。突然间，我觉得自己身上的伤其实没那么痛。

“法莱上尉。”卡尔说，好像她打扰了他的晚餐时光似的。他用不耐烦来掩盖伤痛。

法莱可不会容忍他的不耐烦。她冷哼着甩了甩短发，甚至伸手就要关门。“噢，你不想见人吗？算了，我真是不礼貌。”

我暗自庆幸奇隆没跟着一起来，他对卡尔的态度只有更糟。早在他们在干阑镇第一次见面的时候，他就讨厌卡尔了。

“法莱。”我从牙缝里挤出一个词，用手撑住了门。令我高兴——但也厌恶的是，她一下子躲开了我的触碰。她的脸红了，为自己和自己的恐惧而感到窘迫。尽管外表强硬，她其实和那些红血卫兵一样，害怕闪电女孩。“我们在这儿就好。”

法莱的脸微微抽动，那是对自己的，也是对我的恼怒。但她点点头，似乎很乐于躲开我。她狠狠地瞥了一眼卡尔，就转过身迅速消失在走廊里。随之而来的是她发号施令的声音，听不出具体是什么，但很强势。

卡尔和我盯着她的背影，然后盯着舱壁，然后盯着地板，然后是自己的脚，就是不敢看对方。我们害怕回忆起前几天，害怕回忆起上一次在门廊上注视彼此的时刻，害怕回忆起共舞的情景，还有之后偷偷的亲吻。因为那是另一个人生，因为那已成过往：与梅瑞娜、堕落的王妃共舞，而梅瑞娜已经死了。

但她的记忆还在。当我走过去的时候，我的肩膀擦过他结实的胳膊，我记得他的气味，他的气息——热量、木质的烟气、日出——但这些都已不在。现在他身上只有血的气味，皮肤是冰冷的，而我对自己说，再也不要体验他的气息了。

“他们对你不太糟吧？”我先开了口，从最简单的话题开始。其实只要看看这狭小但整洁的屋子就能知道，但我还是想打破沉默。

“是的。”他仍然站在开着的门那里，思考着要不要把它关上。

我看见舱壁上有个仪表盘，盖子打开来，露出了里面纠缠的电线和开关。我忍不住轻笑起来：卡尔成了修补匠。

“这算是聪明？一条接错了的电线……”

他的声音低了下去，但还是露出安慰的微笑：“我一直被之前设定的线路要得团团转。别担心，我知道自己在做什么。”

我们都故意忽略了话里的双关，任由它去。

卡尔最终还是关上了门，不过没上锁。他的一只手撑在金属舱壁上，手指张开，似乎想要抓住什么。那只燃火者的手环仍然挂在他的手腕上，亮银色和暗灰色交缠。他注意到我的视线，便把脏兮兮的袖子拉了下来。我猜可能没人想到，他也需要换换衣服。

“只要我不抛头露面，就没有人会想到我，”他说，走回仪表盘那里摆弄着，“这也是一种温和对待。”这笑话听起来空洞而荒芜。

“我可以让他们不打扰你，如果你希望如此的话。”我飞快地说。事实上，我并不知道此刻卡尔想要什么。除了复仇，我们再没有一致的地方了。

他挑起眉毛，似乎觉得好笑："噢，现在这事是闪电女孩负责了吗？"他没给我机会反唇相讥，向前跨了一步拉近和我的距离。"我觉得，你和我一样，被圈禁起来了，"他眯起眼睛，"不过你看起来还没发现。"

我脸红了，因为愤怒——还有尴尬："圈禁？被关在壁橱里的人不是我好吧？"

"当然，你正忙着四处巡游示众呢，"他向前靠了靠，那种熟悉的热度回来了。"再一次。"

有一部分的我想给他一巴掌。"我哥哥绝对不会——"

"我也曾以为我弟弟绝对不会，可是看看我们落到何种地步！"他大发雷霆，张开胳膊挥舞着，指尖触到了两侧的舱壁，狠狠剐蹭着这囚禁自己的监牢——我害他陷进的监牢。而他也把我一起囚禁在此，不论他知不知道。

他的身上泛起了灼热的温度，我不得不退后一点儿。卡尔注意到我的反应，放下胳膊，沉下目光，平复了情绪。"抱歉。"他挤出两个字，伸手撩开额头上的一撮黑发。

"别对我说抱歉，我不配。"

他斜眼瞥着我，眼神黯淡，却没有生气。

我松了口气，向后靠在另一侧的舱壁上，两个人之间的空间就像鲨鱼的大嘴。"你知道有一个地方叫'塔克'吗？"

幸亏转换了话题，这让卡尔振作起来，重新恢复成了王子的角色。即便没有王冠，他看起来也颇具君威，姿态优雅完美，两手交叠着放在背后。"塔克？"他重复道，仔细思索着。他拧起了眉毛，在额头中间挤出一条深深的沟壑。他沉默的时间越长，我的感觉就越好，如果他也不知道那个岛，就意味着没几个人知道。"我们现在是要去那里吗？"

"是的。"我想是的。突然，一个想法钻进了我的脑袋里。我想起了在朱利安的课堂上、在宫廷里、在角斗场上学到的——任何人都可能背叛任何人。“谢德是这么说的。”

卡尔没理会我的犹豫不决，他没戳穿就已经足够善意了。“我想那应该是座岛，”他终于说道，“远离海岸线，不属于诺尔塔境内。在那儿建立据点或基地不合情理，因为那里甚至都没什么好防御的，不过是一片开阔洋面。”

我肩上的重负好像卸下了一点儿，我们暂时是安全的。“好，好啊。”

“你哥哥，他像你一样，”这不是个问句，“也是与众不同的。”

“是啊。”这还有什么可说的?

“他还好吗? 我记得他受伤了。”

即便手下没了兵，卡尔仍然有着将军的本性，关注着士兵和伤员。

“他没事，谢谢。他为我挡了几颗子弹，不过他会好起来的。”

提到子弹，卡尔的目光闪烁，最终他直视着我，打量我擦破的脸和耳边干掉的血迹。“那你呢?”

“我伤得更重。”

“是的，我们伤得更重。”

我们一下子陷入了沉默，不敢再深谈下去，但仍然凝视着彼此。突然间我觉得难以承受他的存在，可是也不想离开。

潜艇传递出了某些信息。

在我的脚下，发动机隆隆震颤，它的电流脉冲正在改变节奏。“我们快要到了。”我喃喃自语，感受电流起伏着流向潜艇的其他地方。

卡尔还没感觉到什么。他感觉不到，但是也没质疑我的直觉。他亲眼见过我的异能，比这儿的所有人都要清楚。他比我的家人更了解我，至少是此刻。老妈、老爸、吉萨、哥哥们，都在岛上等着我，我很快就能见到他们了。他们在那儿，他们是安全的。

但是我能和他们在一起待多久，我不知道。我不能在这岛上停留很久，因为我还要去为新血做些什么。我必须回到诺尔塔，用法莱给我的任何帮助任何手段，去找到名单上的那些人。我根本不想考虑这些，脑袋里却嗡嗡作响，试图想出个计划来。

警铃突然响起来，房间顶上的黄灯也同时亮了起来。“真是惊人。”我听见卡尔小声咕哝着，为这了不起的机器片刻出神。我能肯定他很想一探究竟，但这儿可容不下一位好奇的王子。那个把自己埋在图纸堆里，照着草图造出一辆车子的男孩，在这世界上已无立足之境。*是我杀了他，正如我杀了梅瑞娜。*

除了卡尔痴迷机械的思绪和我对电流的感知，我们对即将发生的一切一无所知。当潜艇转弯上浮的时候，整个船舱都倾侧了。我们大吃一惊，没能站稳，摔倒在地，先撞到了舱壁，又和对方撞到了一起。我们的伤口重重地碰撞，两人都因为吃痛而咝咝吸气。但是碰到他的身体，这感觉直刺记忆深处，更让我难受。我马上爬开了。

我缩成一团，揉着一处擦伤。“需要莎拉·斯克诺斯的时候她在哪儿？”我嘀咕着，希望那位皮肤愈疗者能来治好我们的伤。她只要轻轻碰一下就能消除所有疼痛，让我们恢复成战斗模式。

卡尔脸上显露出更多痛苦，却不是因为身上的伤口。*干得好，梅儿。简直是杰作，提起那个女人，知道他母亲是被王后谋杀的女人，没人相信的女人。*“对不起，我不是故意——”

他挥挥手打断了我，自己站起来，一只手撑着舱壁保持平衡。“没关系。她是——”这话又凝滞又僵硬，“是我自己选择不听她的话，我不想听。那是我的错。”

我只见过莎拉一次，那次伊万杰琳差点儿在训练课上让我身份曝光。是朱利安请她来的——朱利安，那个爱着她的人——然后看着她治好了我流血的脸和擦伤的背。她的眼神哀伤，两颊深陷，舌头被整个割掉了。这样她就不能再说出反抗王后的话，说出那些没有人相信的真相。伊拉杀了卡尔的母亲、心音人王后柯丽、朱利安唯一的妹妹、莎拉的挚友。但是似乎没有人在意这些，转移目光避而不谈，是最容易的了。

梅温当时也在，他憎恨莎拉如入骨髓。现在我知道是为什么了，因为她让他的假面出现了裂痕，揭露了他掩盖在花言巧语和温柔微笑之下的真面目。可是我像卡尔一样，也对摆在面前的真相视而不见。

也许，她和朱利安都已经死了。

突然，金属舱壁的噪音和我耳朵里的爆破音加重了。

“我得把这玩意儿关上。”

虽然船舱怪异地倾斜着，耳朵里的声音也响个不停，我的脚还是知道它们要去哪儿。它们并未遗忘干阑镇的烂泥塘，没忘记那些穿梭在小巷里的夜晚，也没忘记训练课上的障碍物。我扳开门，像个溺水的人似的喘着粗气，但船舱里滤过的陈腐空气没让我觉得舒服。我需要闻闻树、水、春天的雨，甚至是夏天的热风或冬天的雪——只要能让我记起这令人窒息的罐头盒之外的世界，任何东西都好。

卡尔让我先行一步，自己跟在后面，他的脚步沉稳缓慢，并不想赶上我，而是给我足够的空间。要是奇隆也能这样该多好。

他从远处的走廊靠近，借助手柄和轮转锁在倾斜的船舱里保持平衡。看到卡尔的时候，他的笑容消失了。虽然没有冷嘲热讽，却是一脸的漠然。我猜，奇隆是以为忽视比公然对抗更能激怒王子——或者是他不想在这样拥挤的船舱里试验人体喷火器。

“我们正在上浮。”他说着来到我旁边。

我紧紧抓住手边的格栅，努力站稳：“是哦？”

奇隆咧嘴笑了，他靠在我前面的舱壁上，双脚踩在我的另一边，算是所谓的挑战。我能感觉到背后卡尔释放的热量，但他转而另择他路，没说什么。

我再也不想成为他们这种破游戏中的争夺对象了，之前的那些我已经受够了。“那个姑娘——叫什么来着——莉娜，她怎么样了？”

这名字仿佛扇了奇隆一记耳光，他的笑容僵住了，一边的嘴角耷拉下来：“我想她很好。”

“很好，奇隆。”我友好地，也许还有点儿屈尊降贵地拍了拍他的肩膀，这种反败为胜感觉很不错。“我们应该可以成为朋友。”

潜艇放平了，但是没人摇晃，就连卡尔也没有。他不像我抓着格栅，也不像奇隆那样有一双久经渔船打磨的抗晃动的腿，而是紧绷绷地站着，像拉紧的绳子，等着我打头走。想到王子竟然会等着我的首肯，这本可以让我笑出来，但此刻我又冷又累，除了继续往前走以外无力做别的事了。

于是我顺着走廊走，后面跟着卡尔和奇隆，来到我们最初进入潜艇时用过的梯子那里。一群红血卫兵正等在旁边。伤员先走，他们被固定在临时担架上，向上升起，外面是空旷的夜色。法莱指挥着大伙儿，她的衣服上沾了更多的血迹。她面色冷漠，嘴上咬着注射器，为伤员绑紧绷带。几个中弹的重伤员经过，他们在药物的帮助下止痛，好通过狭窄的通道。谢德是伤员里的最后一个，他重重地倚着两个红血卫兵——就是和奇隆开玩笑的那两个。我应该挤到他身边去，但周围人满为患，而且我今天也不想再惹人关注了。他仍然太过虚弱，无法施展他的隔地传动，只能靠一条腿笨拙地挪动。法莱把他固定在担架上时，他一下子脸红了，我听不到她说了什么，但那多少让他平静了下来。他甚至拒绝了法莱的麻醉针剂，仅凭咬紧牙关忍受着绑在担架上时的剧痛。谢德安然升上去之后，队伍行进的速度就快得多了。红血卫兵们一个接一个地爬上梯子，走廊里渐渐空了。他们中多是护士，穿着白色的制服，上面沾染着斑斑点点的血迹。

CHAPTER4

第四章

我没浪费时间对着上面挥手，这显然不是一位淑女该有的礼貌行为。不过我们要去的是同一个地方。当人群松动，陆续离开之后，梯子就在面前露了出来。我立即爬了上去，卡尔紧随其后，我们的出现像刀子似的拨开了拥挤的人群。他们连忙往后退，有些人甚至踉跄着绊倒了，只为给我们腾出地方。只有法莱一动不动地站着，一只手扶着梯子，但令我讶异的是，她点了点头，对我和卡尔。我们两个人。

这本应该引起我的警觉。

梯子上的一步一步，灼烧着我的肌肉，纳尔希、角斗场和牢狱留下的伤痛仍然存在。我能听到头顶上传来怪异的啸鸣声，但那丝毫没有动摇我的心思：我得从这潜艇里出去，越快越好。

我回过头，视线越过自己的肩膀，避开法莱的身影，向潜艇里的医务站投去最后一瞥。那里仍然有伤员，盖着毯子，一动不动——不，不是伤员，我回过神来，他们已经死了。

踩着梯子越爬越高，耳边传来风的声音，几点水滴落下。没什么可担心的，我想着，爬到梯子顶端，最终钻出了圆形的管道口，没入一片黑暗。暴风雨狂烈地咆哮着，狂风吹得雨水四溅，刮过了大部分通道和梯子。风雨刺痛了我擦伤的脸，几秒钟就把我浇得浑身湿透。秋季风暴。但我真不记得曾经有哪次暴风雨如此暴虐过。它劈头盖脸地吹过来，往我嘴里灌进雨水和辛辣咸涩的海水。所幸潜水艇紧紧锚定在一座我看不清楚的码头上，抵御着一波一波袭来的汹涌海浪。

“这边！”一个熟悉的声音冲进了我的耳朵，引着我爬下梯子，来到满是雨水、海水的滑溜溜的艇面上。在一片漆黑里，我根本看不见那个给我指路的士兵，但是他高高壮壮的身影和熟悉的声音，让我一下子就认了出来。

“布里！”我一把抓住他，摩挲着我的大哥哥手上的老茧。他领着我，就像一只锚，沉沉的，慢慢的，带我走下了潜艇，来到码头上。码头也并没好多少，金属上满是锈蚀，但它通往陆地，这是我唯一在乎的。陆地和温暖，好让我从深邃海底和回忆中缓过一口气。

没人帮助卡尔从潜艇上下来，但他自己办得到。他又一次小心地保持距离，落后几步跟在我们后面。我敢说，他肯定还记得带我偷回干阑镇与布里第一次见面的样子，那时我哥哥毫无礼节可言。说真的，巴罗一家没人在乎卡尔，除了老妈，也许还有吉萨。不过那时他们并不知道他是谁，如今再次见面，场面应该很微妙。

暴风雨肆虐，看不清塔克岛的模样。但我能肯定这岛很小，覆盖着沙丘，以及像海浪一样乱糟糟的高秆草。突然，一道咔嚓作响的闪电照亮了黑夜的轮廓，也照亮了我们面前的小路。在一片空旷之地，没有了潜艇或地下列车的逼仄，我看见这一行人不超过三十个，还包括伤员。我们正在往两栋建在码头和陆地交界处的水泥公寓走，稍远处平缓的山丘上有一些看似地堡掩体或军营的建筑。但更远的地方还有些什么，我就不清楚了。又一道闪电，这次它距离地面更近，我的神经随之愉悦地震颤。布里以为我打战是因为冷，于是把我拉近些，一只胳膊重重地环在我的肩膀上。这重量让我有点儿举步维艰，但我情愿受着。

码头好像总也走不到头似的。但只要想到一会儿就能待在干燥的屋子里面，脚踩坚实的大地，和阔别已久的家人们重聚，我就觉得此刻乱糟糟、湿乎乎的一切都还能忍。护士把伤员安置在旧货车上，车厢上盖着防水帆布。毫无疑问这些也是偷来的，这里的其他东西都不例外。陆地上有两座飞机库，半开的大门里面隐约可见停在里面的飞机。码头里甚至还有一些船只，随着暴风雨席卷的海浪上下漂浮。一切都是不匹配的、混搭的——老式的车子各种型号都有，船倒是光鲜亮丽，有些上面漆着银色、黑色，还有一条是绿色。偷的劫的，或二者兼而有之。我甚至在一条船上看到了苍灰色和蓝色——那是属于诺尔塔海军的颜色。塔克岛，就像威尔货车的超大号版本，塞满了走私或偷窃得来的零碎物件。

那些临时救护车没等我们赶上就慢悠悠地开走了，迎着风雨，碾着沙地，艰难行进。布里的冷静让我没有加快步子去追赶。他不担心谢德，也不担心山顶上的那些不知是什么的东西，于是我只好尽力让自己也不去在意。

卡尔没管我的那些多愁善感，他快走了几步，和我并排。也许是因为暴风雨和黑夜，也许只是因为他的银血血统，他此刻看起来苍白且恐惧。“不会一直这样下去。”他低声咕哝着，只有我能听到。

“你说什么，王子？”布里问道，他的声音就像沉闷的低吼。我用胳膊肘推推他的腰，但这除了让我肘上的擦伤更痛以外毫无用处。“算了，反正我们马上就会知道。”他说。

布里的语气比他的言辞更糟：冷漠、残忍，和我所熟悉的那个爱笑的哥哥相去甚远——红血卫队也让他变了个人。“你这是什么意思，布里？”

卡尔似乎已经知道了什么，他停下脚步，望着我。风掀起他的头发，拂过他的额头，古铜色的眼睛因恐惧而黯淡。看着这一幕，我的胃搅动不安。*不要再一次。*我祈求着。*告诉我这不是另一个陷阱。*

这时，卡尔身后的一座机库隐隐现身，库门以一种怪异的静谧幽然洞开，数不清的士兵被编成军团，整齐一致地齐步向前。他们的枪上了膛，眼睛在雨中闪闪发亮。他们的头领有浅金色的头发和冰冷的气质，就像个冰槊者。但他和我一样，是红血族——他的一只眼睛在镜片后面流着血，是污浊的猩红色。

“布里！这是要干什么？！”我冲着哥哥一阵大喊大叫，粗鄙怒骂。但他拉着我，不再温和，而是紧紧地加了劲儿，用他的蛮力阻止我挣脱。如果他是别的什么人，我一定一击叫他好看，但他是我的哥哥。我不能对他那么做。我不会那么做。

“布里，放开我！”

“我们不会伤害他的。”他一遍一遍地重复着这句话，“我们不会伤害他，我向你保证。”

所以这举动不是要囚禁我。但这并不能让我冷静，只能让我更愤怒，更绝望。

我回过头，看到卡尔的双拳已经燃起了烈焰，他张开双臂，尽力伸展，面对着那个眼睛流血的人。“来啊。”他挑衅地低声咆哮，那声音听起来不像是人，而更像是动物——被逼入绝境的动物。

可是枪太多了，即便是卡尔也应付不来。如果确有必要，他们会打死他的。也许那正是他们想干的——这就刚好有借口去杀死一位落魄的王子。我知道他们这么做事出有因：卡尔曾经追杀红血卫队，本质上说，确实要为特里斯坦的死、沃尔什的自杀以及法莱所受的折磨负责。因为他一声令下，卫队士兵便身首异处，法莱的起义军便被剪除殆尽；而在战场前线，又有多少红血族士兵在他的授意下被送到湖境之地去送死。他对起义事业是没什么忠贞可言的，他是红血卫队眼中的极大威胁。

但他同时也是一件武器，就像我一样，在接下来的日子里可以用得上。对那些对抗梅温的新血来说，他是照亮黑暗的火把。

“他赢不了的，梅儿。”奇隆选了最糟的时刻折回来。他在我耳边低语，好像这样亲密的举动就可以影响我。“要是他想试试，只有送死。”

这逻辑很难视而不见。

“跪下，提比利亚。”那个血眼男人说着朝前重重迈了几步，靠近了燃着烈焰的王子。水汽从火焰中蒸腾而上，仿佛就连暴风雨也想把他浇熄。“双手放到脑后。”

卡尔一动不动，只在听到自己的本名时紧缩了一下。他定定地站着，强大、骄傲，尽管他知道这场战斗输定了。若是过去他可能会选择投降，以保护自己的一身皮囊，但现在他发觉肉体已经毫无价值了。只有我还有别的想法。

“卡尔，照他说的做。”

风卷着我的声音，让整个机库都能听到。我很害怕他们也能听到我的心，它正小鼓一样在我胸膛里怦怦跳动。

“卡尔！”

带着极大的勉强和嫌恶，一座雕像慢慢坍塌成了尘埃。卡尔的双膝落了地，烈焰也熄灭了。就在昨天，他曾做过同样的事，那时他跪的是父亲身首异处的尸身。

血眼男人咧嘴笑了，他的牙齿尖利且闪着微光。他居高临下地站在卡尔旁边，享受着王子匍匐脚下的快意，享受着这一幕带给他的力量。

但我才是闪电女孩，而他根本不懂什么是真正的力量。

GLASS SWORD

第五章

奇隆和布里飞快地说出那些事先灌输给他们的理由，极力向我解释，这是最好的做法，但那些弱爆了的借口，听来完全不可同情。

他很危险，即使对你来说也是。然而没有人比我更清楚了，卡尔永远都不会伤害我——即使他有理由那么做。对于卡尔，我没什么好恐惧的。

他是他们中的一员，我们不能相信他。可是在梅温侵占了他的王位遗产，毁了他的声望名誉之后，就算卡尔自己不愿意承认，他所拥有的，也只有我们了。

他有利用价值，他是个将军，是诺尔塔的王子，是这整个王国的头号通缉犯。这番说辞让我心里一慌，深处的忧惧像琴弦一样被拨动了。如果那个血眼男人想把卡尔当作诱饵或人质，和梅温做交换，甚至干脆牺牲他，我拼尽一切也非得阻止他不可，用上我所有的感应，所有的力量——也不知道它们够不够让我赢。

所以我没做什么，就只是附和着他们点点头，缓缓地，假装赞同，假装服从，假装弱小。这是对的。谢德以前就教过我，他曾经目睹潮汐席卷之前的退缩，和此刻没什么两样。卡尔是力量的化身，是烈焰凝成的血肉之躯，别人理应感到害怕，也理应想要击败他。而我是闪电，如果不好好扮演自己的角色，他们又会如何对我？

我尚未步入另一座监牢，尚未，但我能感觉到锁孔里的钥匙，虎视眈眈地就要转动锁死。所幸的是，我对这种事已经有了经验。

那个血眼男人和他的士兵们押着卡尔进了机库。他们倒没蠢到捆上他的双手，但是枪一直端着，警戒也丝毫不懈。他们小心翼翼地与卡尔保持着一段距离，唯恐被烈焰烧得尸骨无存。而我只能看着，瞪大双眼，紧闭嘴巴，直到机库的门关上，把我和他两相隔离。

“别对他太苛刻了。”我喃喃说着，钻进了布里的温暖怀抱。即使在寒冷的秋雨之中，他也像个小火炉似的。在北部前线作战的漫长岁月，使他对寒冷和潮湿有了免疫力。我想起了老爸的那句老话：*战争从未远离*。现在我亲身验证了它，虽然我的战争和他说的全然不同。

布里假装没听见我的话，带着我迅速离开了码头。奇隆紧紧跟在后面，有一两次，他的靴子还踩到了我的脚跟。我克制住想要揍他的冲动，把注意力放在脚下的木头台阶上。这是通向山顶军营的一段路，梯级因为被不计其数的人踩踏而变得破破烂烂。*有多少人走过这条路？*我想着。*这里现在到底有多少人？*

我们爬上了山顶，岛礁在面前伸展开来，眼前所见的军事基地，比我预期的要大得多。坐落在山脊上的军营，据我目测至少有十几间，它们被一条狭长的水泥场院分开，两两相对排列着。这些军营很平整，保养得不错，和那些木头台阶、码头什么的完全不同。场院中间相当笔直地漆着一条白线，在暴风雨肆虐的夜里指着方向，但它指向哪里，我完全想不出来。

整座岛屿笼罩着一种静止的气息，仿佛被暴风雨迅速冰冻了似的。等到白昼来临，大雨停歇，黑暗散去的时候，也许我就能看到这基地荣光耀眼的全貌——就能理解这些我正在与之周旋的人了。我正逐渐形成低估其他事物的坏毛病，特别是当事关红血卫队的时候。

像纳尔希一样，塔克岛也远远不止眼前所见。

我冲向那座漆着黑色数字 3 的营房，即便到了门廊上，暴雨和潜艇带来的寒意仍然浸透了脊骨，浸透了内心深处。但为了老爸老妈，我可不能让他们看出来这些。这种体贴，我已经亏欠他们太多了。他们一定以为我安然无恙，心平气和，卡尔的入狱和那些王宫、角斗场里的痛苦折磨没有对我造成任何影响。至于红血卫队，则认为我和他们站在一边——是被解救的、重获“安全”的。

不是吗？难道我不曾对法莱和红血卫队宣誓效忠？

我那么做的时候他们相信了，他们相信我会终结银血族为王、红血族为奴的日子。他们为了我、因为我，牺牲了数不清的士兵，他们是我的同盟，我的同胞，我的战场上的兄弟姐妹——那个血眼男人却令我迟疑。他可不是法莱。法莱可能脾气粗暴、固执武断，但她知道我经历了什么，是可以讲道理的。而那个血眼男人，我可不指望他的脑袋里能有什么理智。

奇隆一直保持安静，这有点儿奇怪，这样的寂静完全不像我们两个。我们总是习惯用插科打诨、讥讽嘲弄填满空白，或者奇隆就毫无目的地碎碎念。两个人一句话也不说地待着，真的不是我们的本性，但此刻确实无话可说。奇隆知道他们要对卡尔做什么，而且也持赞同态度，更糟的是，他没有告诉我。我本该感到愤怒，可是寒冷仿佛侵吞了情感，让它黯然迟钝，化作空气里的电流嗡鸣。

布里没注意到我和奇隆的不自在——这本来也不是他会留意的事。我的大哥哥总是高高兴兴的，傻乎乎的，在我十三岁时离开了家。那时候我是个瘦麻秆，东偷西摸根本不是生计所迫，而纯粹是为了找找乐子。而就算我长成了那副德行，他对我也并不苛责。我生命中有五年布里都不在身边，他已经不了解现在的我了。而且在过去的两个月里，我身上的变化翻天覆地，远超之前的任何时刻。陪着我经历那一切的，只有两个人，一个身陷囹圄，另一个戴着血染的王冠。

脑筋清楚的人都会说，他们是我的敌人。但怪异的是，我的敌人恰恰最了解我，我的朋友反而对我一无所知。

营房里面的干爽令人愉悦，天花板上装着电线和灯泡，发出嗡嗡的鸣声。厚实的水泥墙壁把走廊隔得像是迷宫，上面也没有任何记号来指示方向。所有的门都是关着的，铁灰色毫不起眼，有些却透露出了里面有人生活的些微迹象：一些编织起来的沙茅草装饰着门把手，一条坏掉的项链挂在门厅上，等等。这个地方住着的不仅是令人生畏的士兵，还有纳尔希来的避难者，以及其他天知道的什么人。在《加强法案》颁布之后，在那些命令从我自己的双唇中念出来之后，很多红血族和卫队士兵都逃离了诺尔塔。在兵役和刑罚的双重威胁下，他们是怎么活下来的？是怎样逃脱追捕，又是怎样来到这里，创造了这里的一切？

我脑海中的疑问清单不停增加，现在又一个问题来了。

虽然心烦意乱，我还是留神地注意着哥哥带我走过的弯弯绕绕。就是这里，一个，两个，三个转弯之后，又碰见了这扇刻着“普雷草原”四个字的门。我有点儿怀疑布里是故意带着我兜圈子，但他没那么机灵。我想我得心怀谢意，因为论耍把戏，谢德不在话下，布里可不行。他四肢发达，头脑简单，是个很好糊弄的大块头。他也是红血卫队的一员，逃离了一支军队，又加入了另一支。从他在码头上待我的方式来看，他已对红血卫队宣过誓了，除此之外别无其他。特里米很可能也和他一样。我的大哥二哥就是这样，他们总是热切地追随，很少有自己的主见。只有谢德拥有极佳的判断力，保持头脑清醒，等着看我们这些新血未来的命运究竟如何。

我们面前的门半开着，仿佛在等待什么。不用布里说我就知道，这里住的是我的家人，因为门把手上拴着一块紫色的破布片，边缘磨损，上面针脚笨拙地用线绣着——一道闪电。那既不代表银血族，也不代表红血族，而代表我。这破布片结合了我的面具——提坦诺斯家族的颜色和我的盾牌——我身体里涌动的电流。

我们走近时，门后面响起了轮子的声音，些微暖意扑面而来。不管在哪儿，我都听得出，那是老爸的轮椅发出的声音。

布里没敲门，他知道屋里人人都醒着，在等我。

这里的营房比潜艇里的更多，寝室却仍旧又小又局促。可是这里至少有转身的空间，有留给巴罗一家的足够的铺位，门边甚至还有一小块可以坐坐的地方。远处的墙上，高高地开着一扇窗子，它紧紧关着，免得雨水渗进来，天空看起来亮了一点儿。黎明来了。

是的，就是这样。我想着，沉浸在劈头盖脸仿佛没有穷尽的红色里。围巾、碎布、旗帜、横幅，铺满了所有能铺的地方，挂满了所有能挂的地方。我早该想到会是这样的。吉萨曾经为银血族缝制华服，现在尽心尽力为红血卫队缝制旗帜，竭尽所能地用她能找到的所有材料装饰那代表反抗的撕裂的太阳。她绣得并不好看，针脚歪歪扭扭，图案也非常简单，和她曾经绣制的艺术品根本没法儿比。这也是我的错。

她坐在小小的金属桌子旁边，尚未痊愈的手里捏着针，冻结了似的一动不动。有那么一会儿，她凝视着我，其他人也一样。老爸、老妈、特里米，他们全都盯着我看，却已然不认识眼前的这个女孩了。上次他们见到我的时候，我还不能控制自己的能量，深陷窘境，虚弱困惑。而现在，我浑身是伤，遭受痛苦和背叛，但我知道自己是谁了，也知道自己必须去做的事了。

我已经变了，变得超出了我们所有人的想象。这念头让我不寒而栗。

第五章

“梅儿。”我几乎听不见老妈的声音，她颤动着嘴唇，挤出了我的名字。

那次偷偷溜回干阑镇，当我聚起闪电几乎要毁掉我们的屋子时，是她第一个拥抱了我。此刻也一样。在一个多长都不嫌长的拥抱之后，她把我拉向一把空椅子。

“来坐吧，宝贝，坐吧。”她说着冲我招招手。宝贝。多少年了他们都没这么叫过我，现在我回家了，无论如何都不再是个小孩了，反而被称作“宝贝”，还真是有点儿怪怪的。

她轻飘飘地摩挲着我的新衣服，感受着我神圣的伤痕，仿佛能透过衣料看个清楚似的。“你受伤了，”她嗫嚅着，摇了摇头说，“真不敢相信他们会让你走，在——好吧，在发生了这一切之后，竟然让你走了。”

我暗自庆幸她没提起纳尔希和角斗场，以及更早些的事情。我觉得自己还没办法举重若轻地放下，至少这么短的时间内办不到。

老爸阴沉地冷笑了几声：“只要她乐意，她就能走，没有什么让不让的。”他转过身来，我注意到他的灰白头发比以前更多了，人也更瘦了，陷在那张熟悉的轮椅里，显得小了一圈儿。“她和谢德一个样。”

谢德算是我的同类，谈论他，对我来说更容易些。“你们看见他了？”我一边问，一边让自己在冷冰冰的金属椅子上放松下来——它坐起来挺舒服的。

特里米从他的铺位上坐起来，脑袋都快蹭到天花板了。“我这就去趟医务室，好确定你是不是——”

还好。我的字典里已经没有这个词了。

“是不是还能坚持。”

我只能点头而已。如果我开口，可能会把一切和盘托出：伤痛、寒冷、背叛我的王子和解救我的王子，还有那些我杀死的人。不过他们也许已经知道了，只是我还不能承认自己做了这一切罢了。看着他们对我失望透顶、心怀厌恶、恐惧退避，我今晚实在无法承受这些了。

布里粗枝粗叶地拍拍我的背，就和特里米一起出了屋子。奇隆还是一语不发靠墙站着，好像要陷进墙壁里消失掉似的。

“你饿不饿？”老妈有些顾左右而言他地忙活起来，她拉开小柜子说，“我们从晚餐份例里存了一些，如果你想吃的话。”

我都不知道自己多久没吃过东西了，可是尽管如此，我还是摇了摇头。我精疲力竭到除了想要睡一觉，别的什么都没法儿去思考了。

吉萨注意地看着我的动作，眯起了亮晶晶的眼睛，她把那一头浓密的红发——我们血色的红发往后拢了拢，说道：“你该睡觉了。”她的语气坚定自信，让我颇为疑惑，到底谁才是姐姐。“让她睡觉吧。”

“当然，你说的没错。”老妈又把我拉起来，这次是离开椅子，走向一个床位，上面的枕头比其他床位都多。她又忙起来，大张旗鼓地整整那单薄的毯子，仪式化地做好各种就寝前的准备。我仅剩的力气只够跟着她照做，任由她给我掖好被子，仿佛她以前常这么做似的。“来吧，宝贝，睡吧。”

宝贝。

几天以来，这是我最安稳的时刻了。周围都是我最爱的人，想要哭是绝不应该的。为了他们，我忍住了。我面朝里蜷起身子，独自一人，淌着血——在心里面——谁也看不见的地方。

尽管头顶的灯亮着，电流低声嗡鸣，我还是没多一会儿就瞌睡起来。这时，奇隆的声音低沉地响了起来。他觉得我已经睡着了，便开口说话。

“盯着她。”这是我坠入睡眠的黑暗之前听到的最后一句话。

入夜，也不知什么时候，半梦半醒之间，老爸拉起了我的手。他无意叫醒我，就只是这样拉着。有那么一瞬，我还以为自己回到了尸骨碗的地下监牢，而他不过是一个梦；那些逃脱、角斗、死刑，都是很快就能醒来的噩梦。但老爸的手温暖、粗糙、熟悉，我动了动手指，握住了它。他如此真实。

“我知道杀人是什么感觉。”他轻声说着，目光投向远方，落在铺位缝隙间透出的如豆灯光之上。他的声音有些异样——此时此刻他整个人都有些异样。那影子，是一个战士，一个很久之前从战争的焦土下活过来的战士。“我知道那对你意味着什么。”

我想要说点儿什么，真的想。

我却松开了手，任由他渐渐远去。

第二天，空气里浓浓的咸咸的气息唤醒了我。有人打开了窗子，让凉凉的秋风和明亮的阳光洒进了屋子。暴风雨已经过去了。我没睁开眼睛，假装还在从前：这是我的小床，风是从河那边吹来的，我要做的选择就只是要不要去上学。但是这么想并非安慰。过去的生活，虽然容易得多，可就算能回去，我也不想回去。

我有要务在身，第一件事就是找到朱利安的名单，好为庞大的工程做些准备。而且，如果我想让卡尔一起做这些事，会有哪些人拒绝我呢？面对那个从梅温的圈套中救下好多人的王子，谁会说“不”？

总觉得会是那个血眼男人，但我没理会这想法。

吉萨懒懒地躺在我对面的铺位上，用她那只没受伤的手拆着一件黑色衣服上的线头。我伸展了一下，起身的时候骨头咔嚓作响，不过她看也没看我一眼。

“早上好啊，宝贝。”她说，脸上的嘲弄都藏不住了。

她抓过枕头捂在脸上想要掩饰。“别胡闹了。”我低声咕哝着，心里却因为她的讥讽而暗自高兴。如果奇隆也能这样该多好，多少还能找回点儿我记忆中那个打鱼男孩的影子。

“人们都在乱糟糟的大厅里，早餐时间还没过。”

“医疗站在哪儿？”我问道，想去看看谢德和法莱。此时此刻，法莱是我在这里最好的同盟了。

“你得吃点儿东西，梅儿，”吉萨干脆地说道，她坐了起来，“真的。”

她眼睛里的关切让我愣了一下。我看起来一定比自己想象中的还要糟，就连吉萨都这么温和地对待我了。“好吧，那么乱糟糟的大厅在哪儿？”

她站起身，不高兴地呼了口气，把手里的衣服丢在铺位上。“我就知道我得当个保姆。”她嘀咕道。这听起来真是像极了我们气哼哼的老妈。

这一次她躲过了我丢过去的枕头。

营房里仍然像迷宫一样，但我更快地适应了它。至少，我记住了走过的路，还在心里默默地留意着经过的寝室。有些门开着，屋子里不是只有空荡荡的铺位，就是只有几个红血族在忙着什么。这都表明我们的 3 号营房乃是他们刻意营造出的“历经劫难后的美好家庭”范本。这里的人看上去不像是红血卫队的士兵，要我说他们中的绝大部分人连架都没打过。我猜这里还有小孩甚至婴儿，他们都是和家人一起逃离诺尔塔，或是被人带到塔克岛的。有一间挺特别的屋子，里面塞满了又破又旧的玩具，墙壁草草地刷成黄色，好为水泥增添些明亮。门上什么字也没写，但我明白这间屋子是给谁的——孤儿。我立即移开了视线，看哪儿都行，就是不想看这间属于活幽灵的笼舍。

管线沿着天花板铺设，其间传来阵阵缓慢但稳定的电流脉冲。这座岛是靠什么能量在维持延续的，我完全不知道，但这低沉的嗡鸣使我感到安心，也提醒着我，自己究竟是谁。至少，那是任何人都夺不走的东西，不但这里没人办得到，就连银血族的静默者、已经死了的亚尔文也办不到。就在昨天，他还差点儿置我于死地。他用自己的异能压制住我，把我变回了一无是处的红血族女孩，还不如他指甲缝里的泥。在角斗场上时，我没有时间去思前想后，但现在，一股恐惧不安萦绕而来：我所有拥有的最珍贵的东西就是我的异能，尽管它把我和别人隔绝开来。而为了这样的能量，我自己的能量，我必须付出代价。

“那是什么感觉？”吉萨问。她循着我的目光看向天花板，盯着那些电线，试图理解我的感受。“电流，是什么感觉？”

我不知道该怎样跟吉萨形容，要是朱利安在就好了。他可以很轻巧地解释这些，高谈阔论地说起那些关于异能的历史，以及它们的来龙去脉。但是梅温昨天说过，我的老师是跑不掉的。而他了解梅温，更不用说知道伊拉的老底，所以很可能难免一死。为了给过我的一切，为了很久以前的过失，为了他是老国王挚爱的女人的哥哥，朱利安在劫难逃。

“权力。”我最终开口说道，一把拽开了通向外面世界的门。海风迎面吹来，拂动着我又脏又乱的头发。“强大。”

我用了银血族的词汇，但事实如此，并无二致。

吉萨可不是能轻易放过我的人，但她此刻沉默了。她明白自己的问题不是我想回答的。

晨光之下，塔克岛看起来有一种说不出的不祥之感。阳光明晃晃地倾泻而下，照得秋天的空气暖洋洋的；营房之外，沙茅草中稀稀拉拉地矗立着树木，跟干阑镇的橡树和松树是没法儿比，但在这里，这样已经够好了。吉萨领着我穿过水泥场院，躲开那些忙碌的人。红血卫兵们的红色肩带上没配对讲机，他们正堆起一个个板条箱，就像我在潜艇里看到的那些一样。我放慢了步子，想偷偷看一眼箱子里都有什么，但一些穿新制服的士兵引起了我的注意。他们的制服是蓝色的，不过不是奥萨诺家族的那种亮蓝色，而是某种更冷、更深的蓝色。这颜色我看着眼熟，但想不起来到底在哪儿见过。这些人和法莱很像：高挑、苍白，浅金色的头发剪得又短又利落。外来者。他们站在板条箱旁边，手里握着步枪，守卫着这些物资。

不过，他们这是要防备谁？

“别看他们。”吉萨低声说着，抓住了我的袖子。她拽着我，急匆匆地躲开那些蓝制服。其中有一个看着我们，眯起了眼睛。

“为什么不能看？他们是什么人？”

她摇摇头，只管拽着我往前走：“别在这儿说。”

我本能地想要停下，想盯着刚才那个人，直到他明白自己看的是谁。但那太愚蠢、太孩子气了，我必须戴好面具，假装成被全世界伤害了的可怜姑娘。所以我任由吉萨拉着我走开了。

“那是上校的人，”一离开耳目所及的范围吉萨就轻声告诉我，“他们都是和上校一起从北方过来的。”

北方。“湖境人？”我吃惊得几乎一口气噎住。但她点点头，神情坚忍。

那么，制服的蓝色就讲得通了：冰冷湖水的颜色。那些人是另一支军队的士兵，为另一个国王作战，但此刻，他们和我们同处一地。为了争夺领土、食物、荣耀，诺尔塔和湖境之地的战争已经持续了数个世纪，在烈焰之王与寒冬之王的对抗中，双方的银血族和红血族都卷了进去。不过，黎明就要来了，对所有人来说皆如是。

“上校是湖境人，在阿尔贡的事情发生之后——”吉萨的脸上显露出痛苦，虽然她并不知道我在那整个事件中所经受的折磨。“他就开始‘下手’了，这是特里米说的。”

好像哪里不对劲——它攫住了我的思维，就像吉萨攥紧了我的袖子：“谁是上校，吉萨？”

我愣了一会儿才反应过来，“乱糟糟的大厅”到了。这里像营房一样，也是那种平房公寓，吃早餐的声音乱哄哄地从门背后传来，不过我们没进去。虽然食物的气味让我的肚子咕咕叫了起来，我还是在等着吉萨回答。

“是那个一只眼流血的人，”吉萨说着，指了指自己的脸，“他接管了这里。”

指挥官。在潜艇里时，谢德曾经悄悄提起过这个词，不过那时我没在意。谢德是这个意思吗？警告我要我小心上校？想到他昨晚那样恶毒地对待卡尔，我觉得一定是的。而这样一个人接管了整个塔克岛，接管了岛上的所有人，真是让我不安。

“这么说法莱卸任了？”

吉萨耸耸肩说：“法莱上尉打输了，上校不喜欢失败。”

那么他会恨我。

她走到门前，伸出一只娇小的手。另一只手比我想象中要恢复得好，只是小指和无名指怪异地向里弯曲着。她的手骨伤了，那是很久之前信任她姐姐的代价。

“吉萨，他们把卡尔带到哪儿去了？”我的声音极低，都怀疑她能不能听见。但她的手停住了。

“昨天晚上你睡着的时候，他们说到了卡尔。奇隆不知道情况，但特里米去看他了，去盯着他。”

我的心里感到一阵剧痛：“有什么可盯的？”

“特里米说目前就是问些问题，不会伤害他的。”

我的内心深处爆发出冷笑。我能想到很多问题，它们对卡尔造成的伤害，比任何伤口都要重得多。“在哪里？”我又问了一遍，在声音里加了一些冷漠强硬，就像银血族的王妃那样。

“1号营房，”她小声说，“我听他们说是1号。”

吉萨开门的时候，我越过她去看，用目光数着那些面向树木排列的营房。阳光晒脱色的水泥墙上，黑色的数字很是显眼：2、3、4……

我突然觉得不寒而栗——

——根本就没有1号营房。

GLASS SWORD

第六章

这里的绝大部分食物都是干巴乏味的，灰乎乎的粥，温吞吞的水。只有鱼是直接从海里捕上来的，吃起来带着咸咸的海洋的气息，算是还不错。奇隆对着这些鱼叹为观止，没话找话地讨论着，红血卫兵们是用哪种网把它们捞上来的。*我们都在网里，你这傻瓜*，我真想冲他大喊，但在这乱糟糟的人群里，我不可能那么做。这里还有好多湖境人呢，穿着暗蓝色的制服，面色清冷。身着红色制服的红血卫兵和其他难民在一起吃饭，那些湖境人却一直没有坐下来，而是不停地逡巡着。这让我想起了王宫里的警卫，那冷酷漠然的感觉是如此熟悉。以我一个中立旁观者的角度来看，塔克岛和阿尔贡并无天壤之别——不同派系为了争夺控制权而针锋相对。而奇隆，我的朋友，我相处最久的朋友，对这一点毫无知觉，完全没意识到危险——或许更糟，他本可以警觉，却并不在乎。

我仍旧一言不发，只是一口口机械地吃着鱼。他们正密切地盯着我呢，奉命。老妈、老爸、吉萨、奇隆，都极力假装不看我，却没能成功。

哥哥们已经走了，去谢德病床边陪着去了。他们曾以为谢德死了，现在要加倍弥补，就像弥补我一样。

“那，你们是怎么到这儿的？”言辞胶着在我的嘴巴里，但我强迫自己说出来。不先发制人提问的话，他们可就要问我了。

“乘船。”老爸含着一口粥，粗声粗气地说道。他嘎嘎笑了起来，很满意自己的冷笑话。因为他，我也笑了笑。

老妈推了他一把，气恼地咕哝着：“丹尼尔，你知道她想问什么。”

“我又不傻。”老爸抱怨着，又舀了一勺粥，“两天前，差不多是午夜时分，谢德突然从咱家门廊上跳了出来。我是说真的‘跳’出来。”他打了个响指。“你知道这个的吧，对吧？”

“知道。”

“差点儿让所有人都犯了心脏病，他就那样突然跳出来出现了，而且，好吧，还活着。”

“我能想象到。”我喃喃自语，想起自己再见到谢德时的反应。那时我还以为我们俩都死了呢，在远离这疯狂的一切的什么地方又相见了。然而，我们没死，仅仅是因为我们成了别的人——*别的东西*。

老爸继续演讲，简直是超常发挥，一点儿不夸张。他激情万丈地手舞足蹈，弄得轮椅前前后后地晃动着，轮子嘎吱嘎吱地直响。“啊，等你老妈一把鼻涕一把泪地哭够了，他就开始干正事了。先是大包小包地丢东西，那些没用的东西：门廊上的旗子啊，画啊，你装信的盒子啊。他这么干必定有深意，但是你能对一个还魂回家的儿子提什么问题呢？当他说我们得离开，*立刻马上*，我看得出他不是说着玩儿的。所以我们就照办了。”

“你们怎么对付宵禁的？”那法案仍然深深地印在我的脑子里，狠狠地刻在我的皮肤上。我怎么可能忘了它？那可是他们逼着我一字一句地念出来的。“违令的人会被处死的！”

“我们有谢德，还有他的……他的……”老爸努力回想着那个正确的词，又开始比划了。

吉萨翻了翻眼睛，对老爸的滑稽动作很是不耐烦：“他说那个叫‘隔地传动’，记得吗？”

“没错，”老爸点点头，“谢德就用隔地传动，带着我们避开了巡逻队，到了林子里。从那里我们走到河边，坐上了船。货车在夜里还是可以走动的，你知道吧，所以我们就坐在一个装满了苹果的板条箱里，不知待了多久。”

老妈想起那时候的事，不堪回首似的补充道：“烂苹果。”吉萨咯咯笑了起来，老爸也大笑着。有那么一瞬，面前灰乎乎的粥成了老妈炖坏了的汤，四周的水泥墙壁成了粗糙的木板，此刻正是巴罗一家在吃晚饭，我们又回到了家里，而我也还是梅儿。

我任凭这样的瞬间滴答流逝，听着，笑着。老妈叽叽喳喳地念叨着什么，我都不必搭腔，平静安稳地吃东西就好。她甚至用视线驱赶着大厅里的人投来的窥伺，那些不怀好意的眼神，我清楚得很。吉萨也努力扮演着自己的角色，用千阑镇里的新鲜事来分散奇隆的注意力。他听得很专注，吉萨咬了咬嘴唇，对自己的成果相当满意。我猜她对奇隆还是有些好感的，至少现在尚未消失殆尽。只有老爸，只管吸溜吸溜地喝着他的第二碗粥。他的视线越过碗沿，凝视着我，而我瞥见了他真实的模样：高大、强壮、骄傲的军人。可那个人我几乎忘光了，因为他现在的模样实在与之差别太大。但是，就像我，像谢德，像红血卫队一样，老爸也绝不是他所看上去的“遭受了重创的傻蛋”。虽然他坐着轮椅，没了一条腿，胸膛里跳动着咔咔作响的呼吸机，但是他见识过更多的战役，比绝大多数人活得都久。他的兵役期长达二十年，就在期满退伍前的三个月，他丢了一条腿、一个肺。有多少人能坚持那么久？

CHAPTER6

第六章

我们看上去弱小，因为我们意图如此。也许那根本不是谢德的话，而是我们老爸的金句。我只是刚刚掌控了自己的异能，可是他，却自打退伍回家那天起就把自己隐藏起来了。我记得他昨晚在若隐若现的梦境里说过的话：我知道杀人是什么感觉。我对此绝无半点儿怀疑。

怪异的是，食物让我想起了梅温。不是味道，而是吃东西这件事本身。上一餐时，我还在他身旁，在他父亲的王宫里。我们用水晶杯子喝饮料，我的餐叉还有珍珠手柄，四周仆从环绕，可仍然非常孤独。我们不能谈论即将到来的夜晚，但我一直偷偷看他，暗自给自己鼓气。那时候，他给了我多大的力量啊。

我相信他选择了我，选择了我的革命事业。我相信梅温就是我的救星，是上天对我的眷顾。我相信他答应帮忙的事情都能成真。

他的眼睛是那样蓝，是与烈焰全然不同的存在。那是饥渴的火焰，尖锐、怪异的冰冷，萦绕着恐惧。我以为我们都很害怕，害怕革命，害怕彼此。我真是，大错特错。

慢慢地，我把盛着鱼的碟子往前推了推，桌子上发出一阵剐蹭声。够了。

这声音就像警笛似的，一下子引起了奇隆的关注，他转过身子看着我。

“吃完了？”他瞥了一眼剩下一半的早餐。

我没说话，站了起来，他也立即跳起来，就像条服从命令的小狗。但不是我的。“我们可以去医疗站吗？”

可以，我们。这些词是小心挑选过的，是让他暂时忘记我是谁的烟幕弹。

奇隆点点头，咧嘴一笑说：“谢德每分每秒都在恢复。好啦，巴罗一家，准备好出动了吗？”他环视着我们，环视着这些对他来说最像是家人的人。

我睁大了眼睛。我得和谢德谈谈，弄清楚卡尔究竟在哪儿，以及上校到底在打什么主意。虽然我很想念家人，但他们若在场还是不便。所幸的是，老爸明白我的意思，他的手在桌子底下晃了晃，这无声的交流，赶在老妈开口之前拦住了她。老妈马上换上一副皮笑肉不笑的歉意表情。“我看我们还是过一会儿再去吧，”她简单的话里满是玄机，“差不多是换电池的那个钟点，怎么样？”

“烦死了！”老爸大声嚷嚷着，把勺子丢进盛着糨糊的碗里。

吉萨的目光与我短暂相接，读出了我需要的东西：时间、空间、着手解决这混乱状态的机会。“我还有好多布标得清理，”她叹了口气，“你们用得也太快了。”

奇隆耸耸肩，一笑甩掉这些温和的拒绝和讽刺，还歪了歪嘴，好像已经做过这动作几千次了似的。“那你们自便吧。这边走，梅儿。”

我应该表示谦卑，也确实是这么做的。我让奇隆领着我穿过大厅，小心翼翼地表演：跛着脚无力地走，眼睛向下看。我努力克制住想要瞪回去的冲动，那些盯着我的人里面有红血卫兵，有湖境人，甚至还有难民。在死去的老国王的宫廷里，我所做的一切把我送到了这座军事基地，而这里，不过是另一个我必须隐藏住自己的地方。那时候，我假装自己是银血族，是绝不退缩、无所畏惧的，是装满了权力和强大的梅瑞娜。但那个女孩应该和卡尔站在一起，在不知所踪的 1 号营房里。所以我必须做回红血族的梅儿·巴罗，没人会怕也没人会怀疑的女孩，仰仗着一个红血族男孩，而不是她自己。

老爸和谢德的警示，前所未有的清晰。

“你的腿还是不行？”

我太专注于装瘸了，差点儿没听见奇隆关心的询问。“没什么，”我答道，然后把嘴紧紧抿成一条线，像是忍着疼痛，“比这更糟的我也遇到过。”

“我想起了你从欧尼·维克家的门廊上跳下去的那次。”回忆往事，奇隆的眼睛闪闪发亮。

那天我摔断了腿，石膏绷带打了半个月，花掉了我俩的大半积蓄。“那可不是我的错。”

“我看你就是故意那么干的。”

“那我还真是胆大包天。”

“不然还会有谁能干得出来？”

他痛快地大笑起来，带着我穿过一扇双层的大门。这大厅明显是新扩建的，油漆都还湿乎乎的没干呢，而天花板上，灯盏半明半灭。电线坏了，我感知着电流磨损泄露的地方，马上就知道了。但是，有一束能量流是完好无损的，在走道的左侧汩汩流动。令我气恼的是，奇隆带着我往右边走去。

“那边是什么？”我指了指反方向。

他没说谎：“我也不知道。”

塔克岛上的医疗站比潜艇中的要好得多。高高窄窄的窗子大开着，让新鲜的空气和阳光灌满了室内。穿白色衣服的护士们穿梭在病员之间，绷带上的血迹也令人欣喜地清洗干净了。房间里充斥着轻柔的谈话声，偶尔的咳嗽声，甚至还有打喷嚏的声音。没人喊痛，也没有骨折的咔嚓声，只有这些温和的杂音。这里没有人垂死挣扎——或是已经简单干脆地死掉了。

我很容易就找到了谢德，这回他没装睡。他的伤腿仍然被吊了起来，不过那些索带可正规多了，肩膀上的绷带也是干净的。他向右侧躺着，脸冲着对面的病床，神情严肃坚忍。他在和谁说话，我一时还看不出来，因为床两边挂着帘子，把医疗站里的伤员一个个隔开了。我们走近的时候，谢德的嘴飞快地动了动，无声地说了什么，但我猜不出。

他一看到我就停了下来，这让我觉自己横遭背叛。

“你都忘了小野兽了吧！”他动了动身子，好给我腾出一块病床坐。一个护士要帮忙，但谢德挥了挥满是擦伤的手，没让他过来。

小野兽。这是哥哥们给谢德起的绰号。谢德又瘦又小，总是充当布里的拳击袋。特里米的性格要温和些，但他是布里的跟班，所以对谢德也温和不到哪儿去。最终，谢德用聪明机智和矫健灵敏与两个哥哥抗衡，并且也把这些本事教给了我。我毫不怀疑，他即使在病床上也能使出这些本事，让我俩有独处的时间得以交谈——还加上那个帘子后面的什么人。

“很好，他们已经让我心烦意乱了。”我冲他憨憨地笑道。

在外人看来，我们不过是唠唠叨叨的兄妹俩，但谢德心里有数，我走到他的床脚时，他的眼神一下子阴沉了下来。他注意到我装瘸的样子，极轻微地点了点头，而我也报之以同样的动作。*我收到你的警示了，谢德，明白无误。*

我还没来得及暗示谢德卡尔的事，一个声音就打断了我。我一听见她的声音就咬紧了牙，告诉自己要冷静点儿。

“喜欢塔克岛吗，闪电女孩？”谢德旁边、被帘子挡住的病床上，传出了法莱的声音。她晃悠着两条腿，脸冲着我，两只手在床单下面紧紧握了起来。疼痛划过她的脸，那被伤疤毁了的漂亮的脸。

这个问题很好回避。“我还没想好呢。”我说。

“那上校呢？你觉得他怎么样？”她压低了声音，继续发问。法莱的眼神谨慎而晦涩，看不出她想听到什么答案，所以我就耸耸肩，忙着整理谢德的毯子没理她。

她的嘴撇了撇，像是在笑：“他就是要给人这样的第一印象：自己控制了这里的一呼一吸，特别是对于像你们俩这样的人。”

我立刻绕过谢德的床，站在法莱和他的中间，不顾一切得都忘了装瘸。“是因为这个他要带走卡尔吗？”我的话说得又利又快，“让他那样一个战士不能恣意挥斥，就能让他看起来糟透了，是吗？”

法莱垂下眼睛，好像有些羞愧。“不。”她轻声说道，听起来仿佛带着歉意，但是为什么而道歉，我并不清楚。“他带走王子并不是为了那个。”

恐惧溢满了我的胸膛。“那是为什么？他做了什么？”

但她没等到机会回答我。

一股奇异的静默笼罩了整个医疗站、护士们、我的内心，以及法莱的言辞。她病床边的帘子挡住了房门，但我很快就听见了靴子重重踏在地上的声音。没有一个人讲话，但随着靴子的临近，病床上的士兵在一个个地行礼致敬。我能从帘子和地板的缝隙间看到它们：黑色的皮子、沾着湿漉漉的泥沙，一分一秒地向我们靠近。即使是法莱，也不由自主地颤抖着，把指甲抠进了床单。奇隆凑近了一点儿，用他的大块头挡住了我的一半身子，谢德也尽了全力坐起来。

尽管这里是个医务中心，塞满了红血族的伤员和我姑且能称之为同盟者的人，这个小小的屋子却令我想到了自己的闪电。电流在我的血液中燃烧集聚，只要我需要，随时都能唤起。

上校绕过帘子，血红色的眼睛长久地向这边凝视。但是，令我意外的是，他的目光落在了法莱身上，反而没怎么看我。他的警卫们也穿着湖境人的制服，脸色苍白，就像我哥哥布里的“邪恶版本”：肌肉发达，又高又壮得像棵树，而且顺从听话。他们训练有素地守卫着上校两侧，刚好分别站在谢德和法莱的床脚边，上校则站在两床中间，把我和奇隆围困其间，证明他自己一切尽在掌握。

“躲起来了，上尉？”上校说着，戳了戳法莱床边的帘子。她听出了他话里的嘲弄，一下子怒不可遏。当他不耐烦地啧啧出声时，法莱明显地退缩了。“你应该足够聪明，知道探病的观众是无法保护你的。”

“我已经竭尽全力做了你所要求的事，那些困难重重，几乎不可能的事。”她反驳着，两只手在毯子下面直发抖，但那不是因为恐惧，而是愤怒。“你只给了我一百名士兵去攻取诺尔塔，那是一整个国家啊！你还有何期待啊，上校？”

“我期待你至少能带回他们中的二十六个呢，”上校的回应相当强势，“我期待你比那个十七岁的小国王要聪明些。我还期待你保护你的兵，别把他们丢进银血饿狼的陷阱里去。我对你的期待多且深切，戴安娜，比你回报给我的多得多。”

戴安娜。这名字是上校的撒手锏，法莱的真名。

法莱的战栗由愤怒转为了羞耻，看起来就像剥除了内涵的空壳。她盯着自己的脚，盯着脚下的地板，一动不动。我知道她看起来虽然没事，却已然是一副破碎的灵魂，只要说一句话，动一下，就会彻底崩溃。她已经快要支撑不住了，而那压倒骆驼的最后一根稻草，就是上校的话，以及她自己的名字。

“我为她做证，上校。”

我原本希望自己的声音略略颤抖，好让这个男人觉得我怕他。但是，我曾经面对的事，比这个一只血眼的坏脾气上校可要糟得多。

我轻轻地推开奇隆，上前一步。

“我应该为梅温和他的诡计负责。如果不是因为我，你的人可能都还活着。他们的血是沾在我手上的，不是她。”

让我吃惊的是，上校听了我脱口而出的话，反而咯咯笑了起来：“不是所有事情都围着你转的，巴罗小姐，世界并不因你的意愿而兴亡起落。”

我说的不是这个意思。这听起来愚蠢透了，即使只是在脑袋里想一想。

“那些错误是她一手造成的，不关别人的事。”上校继续说道，他转身看着法莱，“我剥夺你的指挥权，戴安娜，你有意见吗？”

她停了那么一瞬，就像炖汤要开锅似的，似乎是要抗议。但她最终还是低下头，收回目光，在心里面退缩了。“我没有意见，长官。”

“这是你近几周来最正确的决定。”他转身要走。

但法莱还有话说，她再次抬起头问：“我的任务是什么？”

“任务？什么任务？”上校一脸莫名，那只好眼在眼眶里骨碌碌直转。“我好像没有对你下过什么新命令。”

法莱把目光投向我，其中竟有一种奇异的善意。尽管失败了，她却仍然在战斗。“巴罗小姐有个提议，我想继续跟进。司令部应该不会反对吧。”

面对这样的对峙，法莱仍然可以直言，这勇气鼓励着我，差点儿对她笑出来。

“什么提议？”上校回过头，越过自己的肩膀看向我。距离如此之近，我能看见他那只血眼里有一个泾渭分明的血涡，慢慢地旋转着，就像被风吹动的云雾。

“有人给了我一份名单，上面汇总了那些像我和我哥哥一样的红血族，由于基因突变，这些人生来就拥有自己的……异能。”我必须让他相信我，必须。“我们可以找到他们，保护他们，训练他们。这些人像我们一样流着红色的血，却又像银血族那样强大，完全可以公然与之对抗，甚至可能赢得这场战争。”我胸膛里的气息抖了起来，想起梅温就会令我战栗。“新国王也知道这份名单，如果我们不先下手为强，他必定会把这些人斩尽杀绝。他绝不会任由如此强大的武器被敌人得到。”

上校沉默了一会儿，他一边思考，一边绷紧了下巴。他甚至有些烦躁不安，用手拨弄着领子下面的项链。我瞥见了他指间的金色，那是当兵的戴不起的奢侈品。真想知道他是从哪儿偷来的。

“名单是谁给你的？”他终于问道。他的声音干巴巴的，听不出什么内涵。这样一个残暴成性的人，隐藏想法的功夫倒是出人意料的好。

“朱利安·雅各。”念出这名字的时候，我的眼眶里噙满了泪水，但我不会让它流下来。

“一个银血族啊。”上校讥讽道。

“一个有同情心的人！”我被他的冷漠激怒了，反驳道，“因为放走了法莱上尉、奇隆·沃伦、安·沃尔什，他被逮捕了。他帮助过红血卫队，他是站在我们这一边的。而且他很可能已经为此送了命。”

上校转过身，仍然皱着眉头：“噢，你的朱利安还活着呢。”

“活着？还活着？”我震惊得语无伦次，“但是梅温说会杀死他。”

“很奇怪，是吧？梅温国王竟然会给那个叛徒留一口气？”上校很享受我的惊讶，“要我说呢，你的朱利安根本就不是你的同盟。他是想通过你把那个名单转交给我们，然后把红血卫队送到另一个陷阱里去，坐以待毙。”

任何人都可能背叛任何人。但我不相信朱利安也是如此。我很了解他，知道他真正忠于的是什么——我、莎拉、任何与那个杀害了他妹妹的王后对立的人。

“而且，就算，我是说假如，这份名单是真的，那些名字也确实能找到——”上校挑选着字眼，毫不在意它们是否温和，“像你一样的东西，那又如何呢？我们能避开这个国家里最凶险的组织，避开那些比我们行动更利落的人，去找到他们吗？我们要为那些我们可以解救的家伙来一次大迁徙吗？我们要不要为那些怪胎开一所巴罗学院，花上好多年去训练他们如何作战？我们要不要无视其他事情——所有的痛苦、年幼的士兵、刑罚——就为了他们？”他摇了摇头，脖子上的厚实肌肉绷紧了。“按照你的提议，我们夺不下一块土地就会横尸沙场，彻底输掉这场战争。”他瞥了一眼法莱，略微激动，“司令部的其他人也会这么说的，戴安娜，所以我建议你缄口不言，除非你还想做蠢事。”

上校的每一句每一字都像个锤子似的，一锤锤重击让我几乎要倒下。

就某些方面来说，他是对的。梅温一定会派出最得力的死士去追杀名单上的人，他得暗中行事，这会拖慢他的速度，不过不会太慢。我们仍然有可以做的事情。但是，如果找到另一个像我、像谢德一样的战士机会渺茫，是否还值得一做呢?

我张了张嘴，想告诉上校我的想法，但他大手一挥说道:“关于此事，我一个字都不想听了，巴罗小姐。另外，在你因遭到拒绝而对我评价恶劣之前，请你记着自己的誓言。你曾对着红血卫队发誓，而不是对着你自私的动机。”他指了指满屋子的伤员，这些人都是因为我才受的伤。“如果这些人的面孔还不能让你好自为之，那就想想你的朋友和你自己的处境。”

卡尔。“你敢伤害他试试看!”

上校那只流血的眼睛阴沉了下来，眼神深处泛着猩红色的愤怒。

“为了保护我自己，我当然敢。”他的眼角吊了上去，露出了冷笑，“就像你干的那些事一样，巴罗小姐，别搞错了，是你为了自己伤害了这些人，王子殿下尤甚。”

这一瞬间，仿佛是我的眼睛一片鲜血淋漓，所见的一切都是殷红殷红的，怒不可遏。电流冲向我的指尖，在皮肤下面跃跃欲出，但我攥紧了拳头，硬是把它忍了回去。当我的视线恢复清晰时，头顶上的灯盏闪烁不停，昭示着我的愤怒。而上校已经走了，丢下我们在这儿难受。

“淡定点儿，闪电女孩，”法莱的声音前所未有的温和，“事情并没有那么糟。”

“是吗?”我咬牙切齿地说道。此时此刻我只想爆发，想展露自己真正的模样，想让这些弱爆了的家伙睁眼看看，他们在和谁打交道。但那么做，只会把我自己送进牢里，更糟的是还附加一颗子弹。那我就是“出师未捷身先死”，只能证明上校说的没错。我已经造成很多损失和伤害了，最亲近的人首当其冲，但那是为了我认为正确的事，我对自己说，为了更好的世界。

法莱没有自怨自艾，而是挺直了背，坐回病床上，看着我愤慨发脾气。刚才那个满心羞愧的小孩转瞬就不见了，如此切换自如真叫我吃惊。另一副面具。她的手摸了摸脖子，掏出一条金链子，和上校的那条刚好是一对。但是我没工夫去思索他俩的关系，因为我看见了链子上吊着的东西——一枚尖尖的铁钥匙。不用问我就知道这钥匙是开哪扇门的。1 号营房。

她漫不经心地把钥匙丢给我，脸上露出一抹懒洋洋的笑容：

“你会发现我很擅长下命令，但在服从这方面，可糟透了。”

GLASS
SWORD

第七章

从医疗站出来，去往水泥院子的路上，奇隆一直在嘀嘀咕咕。他甚至放慢了步子，强迫我也一起慢下来等他。为了卡尔，为了急需做的事情，我极力无视他。但是，当我第三次听到他念出“傻瓜”这个词的时候，便不得不停下来了。

他撞上了我的后背。“对不起。”奇隆说道。可是话里完全没有歉意。

“不，该说对不起的人是我。”我回敬他，转过身和他脸对着脸。被上校激起的怒火此刻沸腾了，烧得我脸颊通红。“真是对不起，你这个蠢驴连两分钟的聪明都没有，不然就能看清楚这里到底在发生什么。”

我期待他大喊大叫地骂回来，就像我们以前那样针锋相对。可是，奇隆却狠狠地吸了一口气，向后退了几步，极其努力地想让自己冷静下来。

“你觉得我就这么傻吗？”他说，“拜托，梅儿，你倒是来教教我，倒是让我开开窍。你都知道些什么我所不知道的？”

这话是在自寻没趣。但在这光天化日之下，院子里都是上校的士兵、红血卫队的人，还有来去匆忙的难民，尽管这里没有银血族的耳语者潜入我的思维，没有摄像机监视我的一举一动，我却仍然不能轻松以待。奇隆追着我的目光，看向几码以外正在跑步的一队红血卫兵。

“你觉得他们在盯着你？”他几乎冷笑出来，然后压低声音，语带讥讽地说，“得了吧，梅儿，我们是同一条战线的啊。”

“是吗？”我反问道，慢慢地让他领会我的意思，“你听到上校如何称呼我了。东西，怪胎。”

奇隆的脸涨红了：“他不是那个意思。”

“噢，这么说你非常了解他了？”

谢天谢地，他没为此辩驳。

“他看着我的样子就好像我是敌人，好像我是颗炸弹，会随时爆炸。”

“他——”奇隆结巴起来，仿佛在斟酌要说出口的话，“他也没完全说错，不是吗？”

我一转身，用靴子跟重重地一碾，在水泥地上留下一道黑漆漆的印子。真希望我能给奇隆那张傻乎乎的脸来上一拳，就像以前一样。

“喂，等等。”他一边喊一边紧走几步追上来。我继续往前走，他继续紧追不舍，“梅儿，等等，你错了——”

“你是个蠢货，奇隆·沃伦。”我扭过头冲着他说道。前面，已经能看见安全之所——3 号营房了。“又蠢又盲目又残忍！”

“是吗，你又多让人省心了？”他雷霆震怒地吼了回来，这才像是我认识的那个嘴不饶人的笨蛋。我没理他，一路冲着 3 号营房跑，快到门前的时候，他一把抓住了我的胳膊。

我极力想甩开他的手，但奇隆太了解我的那些花招儿了，他拽着我，把我从门前拖走，一直拖到 3 号和 4 号营房之间荫蔽的走道上。“放开我。”我愤愤地命令他。同时，我意识到自己的声音里，属于梅瑞娜的冷漠和高贵一点点地回来了。

“就是这个。”奇隆用一根手指指着我的脸，“就是这个。是她。”

我猛地用力一推，甩开了他的钳制。

奇隆喘着气，恼怒地将一只手插在褐色的头发里，可真是“怒发冲天”。

“你经历承受了很多。我知道。我们都知道。为了活命，你不得不与他们周旋，帮助我们，了解你自己究竟是什么样的人。我不清楚你对那一方做何感想，但他们确实改变了你。”

你真是慧眼如炬，奇隆。

“梅温背叛了你，但这不意味着你因此就再也不能相信其他人了。”他垂下眼睛，搓着两只手，“尤其是我。面对我你用不着隐藏自己。我是你的朋友，不管你需要什么我都会帮你的，尽管我不一定能办到。求你了，别不相信我。”

我倒是想。

“成熟点儿吧，奇隆。”我脱口而出的话，尖锐得让他缩了缩，“你本应该告诉我他们在谋划什么，可你却让我变成了同谋，眼睁睁地看着他们举着枪把他带走。现在你让我相信你？你和这些随时等着抓住借口将我牢狱加身的人关系如此密切，你是以为我有多傻？”

他的眼睛里似乎有什么东西在微微搅动，那是他极力保持的轻松散漫的天性之下隐藏着的弱点。这个男孩曾在我家的门廊底下哭泣，曾抵抗入伍送死的召唤。我拼尽全力想救他，却反而把他推向了更危险的地方——红血卫队，陌路歧途。

“我懂了。”他快速地向后退了几步，直到退出了走道。“原来是这样。”他耸耸肩，“为什么你不信任我？因为我只是个打鱼的，跟你不般配。不像谢德，不像他——”

“奇隆·沃伦。”我叫着他的全名骂他，就像他老妈还没抛弃他时常做的那样。每当奇隆磕破膝盖，或是口不择言，她就会破口怒骂。我不太记得她的样子了，但我记得她的声音，记得她用生无可恋和失望透顶的眼神盯着她的独子。“你明知道不是那么回事。”我说。

他艰难地挤出一句话，声音低低沉沉的，仿佛从五脏六腑里发出来似的。他攥紧了拳头。“证明给我看。”

对于他的要求，我无可奉告，因为不知道他到底想得到什么样的证明。“对不起，”我结结巴巴地说，这一次是真的表达歉意，“很抱歉我成了——”

“梅儿。”一只温暖的手放在我的胳膊上，让我平静了下来。他站在我面前，近得我能闻见他身上的气息。谢天谢地，血腥气不见了，取而代之的是大海咸咸的气味。他刚才游泳了。

“他们对你做的那些事情，你就不必道歉了，”他喃喃说道，“完全用不着。”

“我……我不是说你蠢……”

“你能那样说，也许对我来说是最好的事。”奇隆停了好一会儿才勉强说道，接着咧开嘴巴一笑，为这次对话做结，“我看你已经有了计划？”

“对，你要帮我吗？”

他耸耸肩，张开两只长胳膊，比了比整个军营：“一个打鱼男孩有什么能做的呢？”

我又推了他一把，但这次他脸上的笑容是真诚的。不过这笑容没持续多久。

法莱给我的那把钥匙隐藏着一丝关于1号营房的暗示。如同在诺尔塔一样，红血卫队在塔克岛也偏爱各种隧道，所以，关着卡尔的牢房，就位于地面之下——

严格地说，是水面之下。对卡尔这样的燃火者来说，这可真是完美的监牢。它建在码头之下，被海洋遮蔽，蓝色的波涛和穿蓝色制服的上校亲信守卫着这里。这里不仅仅是塔克岛的监狱，地上同时也是军械库，湖境人的地盘，上校自己的指挥所。通向1号营房的主入口位于海岸上的飞机库，不过法莱证实了我对另一个入口的猜想。“你会湿身的。”她当时歪嘴笑着提示我。想到要潜入海里，我就心神不宁，尽管并不太深。但奇隆就非常淡定，真让人恼火。事实上，他还挺兴奋的呢，因为终于能把他多年来在河里扑腾的经验好好应用了。

有了大海的守护，平时警觉的红血卫兵们放松了警惕，湖境人也因为漫漫长日而不那么警醒。士兵们更专注于货物的装卸和存储，而不是四处巡逻。只有少数几个人坚守岗位，肩上扛着枪，沿着水泥院子的长边走动，他们慢悠悠的，还时不时停下来聊几句。

我盯着他们看了好一会儿，一边假装听着老妈和吉萨为手里的活儿叨叨。她俩正在把毯子和衣服分拣成两堆，那是随着另一批难民运抵岛上的板条箱，没有做标记。我本想帮忙的，但我的注意力完全不在这些衣服上面。布里和特里米不在，他俩回医疗站去陪谢德了。老爸坐在一边，帮不上什么忙，却一直念念叨叨地指手画脚——他这辈子就没自己叠过衣服。

有那么一两次，我撞上了他的目光。他注意到我的手指抽动不停，视线跳来跳去。他总是知道让我心神不宁的是什么，现在也不例外。他甚至还把轮椅向后拉了拉，好给我更好观察院子的视角。我冲他点点头，默默地表达了感谢。

那些卫兵让我想起了千阑镇里的银血族——在《加强法案》颁布之前，在选妃大典举行之前。那时候的银血族慵懒闲适，因为在我们那个安静的小镇子里，暴动根本不太可能发生。他们真是够瞎的，看不见我东偷西摸，看不见我去黑市，看不见我去找威尔·威斯托，也看不见红血卫队静悄悄地行事。而此刻，这些卫兵也处于一种“视而不见”的状态，这对我有利。

他们没察觉我在朝那边看，也没注意到奇隆端着一托盘炖鱼来到我们这里。家里人心满意足地吃完了，尤其是吉萨。她趁奇隆没看自己时卷了卷头发，让一小绺红色的鬈发搭在肩上。

“新捕来的？”她指了指碗里的炖鱼。

奇隆皱了皱鼻子，冲着那堆灰乎乎、黏糊糊的鱼肉做了个鬼脸：“不是我捕的，小吉，老库利绝不会卖这种鱼的，除非是卖给老鼠！”

大家都笑了起来，我也像每次一样，慢了个半拍。不过，吉萨头一回比我还豪迈，放声大笑，那么开心自然。我都有点儿嫉妒她这完美又经验老到的笑法了。真希望我没被银血族的宫廷训练过度，能像她一样轻松甩掉那些迫不得已的古板礼节。

当全家人都勉为其难地吞着午餐时，老爸把碗里的东西倒掉了，还自以为没被我看见。难怪他一直消瘦。在我骂他——哦不，更糟的是老妈骂他——之前，他把手伸向篮子，摸了摸那些布料。

“这些来自皮蒙山麓，用新棉花纺的，很贵。”他发现我就站在旁边，于是咕咕哝哝地这么说。即便是在银血族的王宫里，皮蒙山麓产的棉花也是公认的质量上乘，和丝绸一样，都是给那些高阶警卫、禁卫军和军人制作制服的。我记得卢卡斯就穿着那样的衣服，直到他咽气的那一刻。现在我才意识到，从未看过他穿便服的样子，也根本想象不出那样的画面。他的面孔已然模糊不清。才几天的工夫，这个因我而死的男孩，就已经被我渐渐遗忘。

“是偷来的吗？”我大声问道，一边把手伸进篮子里翻动，想驱散回忆带来的不安。

老爸继续进行着他的调查。他伸手摸了摸板条箱的一侧，那是坚固的厚木板，上面的白漆刚刷上不久，仅有的显眼标记是打在箱角的一个深绿色三角形，比我的手还要小。这是什么意思，我毫无头绪。

“也可能是赠予的。”老爸说。

他不必对我解释什么，因为我们想的是同一件事：如果湖境人能和我们一起待在这个岛上，红血卫队也可以拥有其他任何方面的朋友，来自不同的国家，不同的王国。我们看上去弱小，因为我们意图如此。

我都不知道老爸是怎样避人耳目的，他极快极轻地抓着我的手说：“当心点儿，我的小姑娘。”

令他害怕不安的东西，却给了我希望。红血卫队的根基比我原以为的要深，至于银血族更是谁都想象不到。上校只是上百个首领中的一个，就像法莱一样。他毫无疑问是个反对派，但我能搞得定。反正他又不是国王，我有权利要求自己那公平的一份。

我学着老爸，也把碗里的食物倒进了地板上的裂缝里。“我好了。”我一说完，奇隆就跳了起来——他明白我的暗示。

我们要去看谢德——或者至少我们得如此这般大声说出来，说给营房里的其他人听。我的家人都心知肚明，甚至老妈也心里有数。我走出去的时候她给了我一个飞吻，我抓住它塞进了靠近心脏的地方。

我拉起领子，看起来就像是另一个难民，而奇隆根本不用乔装。士兵们没理会，我们很轻易地就沿着院子里水泥地上的白色粗线，远离了码头和海岸。

正午的日光下，我看见水泥一直铺到了山的缓坡上，远远望去，就像是一条宽阔的、不知通向何方的路。地上的白线一直延续向前，但是有一条比较细的、明显掉了色的分支成直角伸了出来。在营地尽头，有一座高于岛上所有建筑的工事，就是由这条细线和粗白的主线相连的。它看起来和海岸上的机库很像，只是要大得多，极高极宽，首尾相接排列的话，足以容纳下六架飞机。那些偷来的东西，湖境人必定独有一份，所以我很想知道这里面有些什么。但是库门飞快地关上了，而且有不少湖境人逡巡在阴影里。他们彼此闲聊，手里的枪却紧紧握着，所以我的好奇心得等等再说了——也许永远都满足不了。

奇隆和我向右转，往8号和9号营房中间的通道走去。这两座营房高高的窗子黑洞洞、空荡荡的，显然没有人住——它们正等着更多士兵、更多难民，或者更糟的——更多孤儿。穿过营房的阴影时，我不禁打了个哆嗦。

要接近岸边并不难，不管怎么说，这毕竟是个岛。虽然基地主体建设得还不错，但其他地方仍然荒芜一片，覆盖着沙丘、沙茅草包裹的小山、几小丛古树。荒草之中甚至连一条小径都没有，因为没有足够大的动物踩踏成路。我们隐蔽得很好，弯弯曲曲地穿过摇晃的草丛树木，抵达岸边。码头已然在一百码开外的地方，犹如一柄宽刃的刀子劈入海中。从这个距离看过去，巡逻的湖境人就像暗蓝色的斑点，前前后后地移动。他们绝大多数都只顾盯着远处驶来，正在靠近码头的货船。我的下巴都要惊掉了：这样巨大的轮船，竟然完全处于红血族的控制之下。而奇隆比我更专心些。

“完美的掩护。”他说着就脱掉了鞋子。我也跟着甩掉靴子，褪下袜子。当他把衬衫扯过头顶，露出那熟悉的、由拖网造就的精瘦肌肉时，我却没有学他：我可不想光溜溜地在秘密地堡里东奔西跑。

他把衬衫叠好，放在鞋子上面，摆弄了一会儿：“我可不认为这是个营救计划。”怎么可能？这里根本无处可逃。

“我只需要见到他，告诉他关于朱利安的事，让他知道事情的进展就好。”

奇隆的脸上微微抽动，但还是冲我点了点头：“沉下去，浮上来，应该没多难的，尤其是他们根本想不到会有人从大海的一边出现。”

他前前后后地拉伸身体，抖抖脚和手指，为游泳做准备。与此同时，他把法莱暗中的提示又复述了一遍：地堡底部有一个月池（译注：半潜船的甲板中间开有直通大海的豁口，便于钻井采油，称为月池。此处指秘密地堡和海洋的连接通道），连接着一个实验室。实验室原本是用于研究海洋生物的，现在充作上校的私人房间，不过日间他从不到那里去。门是从里面锁上的，但是很好开，走道也不难通过。每天的这个时段里，两边的铺位都没人，因为通往码头的通道是封锁着的，只有极少数湖境人卫兵会留在那里。我和奇隆小时候可碰见过比这更棘手的情况，比如从银血族的警卫前哨那里为老爸偷些电池什么的。

“尽量别弄出水花。”奇隆又说了一句，就浪里白条般地潜了下去。他的皮肤上起了鸡皮疙瘩，秋天的海水可冷得很，但他全不在意。我可不行，水漫到腰部时，我的牙齿都开始打架了。我向码头那边投去最后一瞥，就没入了海浪之中，让海水的寒凉侵入骨髓。

奇隆轻巧地划着水，像青蛙似的向前游，几乎没弄出一点儿水声。我则极力模仿着他的动作，紧紧跟在他旁边，越游越远。海水里似乎有什么特别的东西，提高了我对电流的感知能力，那些由海岸延伸出的管线此刻显得更加明朗。码头那边发出的电流，经过水路，注入1号营房。只要我想，一只手就可以追踪个清楚。果然，奇隆向那个方向转弯了，先是与海岸成对角线，接着又与之平行。他利用一艘抛锚的船来掩护我们，一路游去如行云流水，相当熟练。在海波之下，有那么一两次，他轻轻按住我的胳膊，无声地告诉我该怎么做：停、游、慢、快……直到他终于抓住了头顶上的码头，停住了。幸运的是，货轮正在卸货，所有士兵的注意力都在那里。不然的话，他们会一枪打爆我们的脑袋。那些货物仍然是白色的板条箱，打着绿色三角形的标记。难道还是衣料？

不。一只箱子倾覆开裂，我便明白了。散落码头的，是枪——步枪、手枪、弹药匣——一个箱子里就有十几杆之多。它们映着太阳闪闪发亮，还是崭新的呢。这是给红血卫队的又一份大礼，来自盘根错节的、我想象不到的隐蔽势力。

这念头让我游得更快，甚至越过了奇隆，肌肉都开始痛了。我一猛子直游到了码头底下，这儿是安全的，不会被码头上面的人看见。奇隆紧紧跟着，就在我后面。

“就在我们下面。”奇隆轻声说道。他的声音夹在码头底部的金属板和海水之间，成了一种怪异的回声。“我用脚指头都能感觉到。”

奇隆皱着眉，全神贯注地伸长一只脚，去踩那隐蔽的1号营房。他那拉扯身子的样子让我看了就想笑。“有什么可乐的？”他咕哝着。

“你可相当有用武之地。”我狡黠地笑笑。我们俩又有共同的秘密目标了，这感觉真好——虽然这是潜入秘密军事暗堡，而不是谁家没锁好的屋子。

“找到了，”他说着脑袋沉入水面之下，又猛地冒了上来，张开双臂划着水，好浮在水中，“暗堡的边缘。”

现在，最难的部分来了：要一直屏住呼吸，没入黑暗之中。

奇隆在我脸上明白无误地读到了恐惧。“抓着我的腿，别的什么都不用管。”他说。

“行。”我连点头都费劲了。月池在暗堡的底部，不过是水下二十五英尺罢了。“根本不值一提。”法莱曾这么说。是吗？可是我觉得挺值得一提的……我一边想，一边瞥着黑洞洞的海水。“奇隆，如果大海抢在梅温前面把我弄死了，他可是会非常失望的。”

对别的人来说，这笑话完全不好笑，奇隆却慢悠悠地笑了起来，水波映得他的牙齿闪亮亮的。“好吧，虽然我很乐意让新国王发发愁，”他叹了口气，“不过我们还是尽量别淹死吧，怎么样？”

他眨眨眼，沉了下去，我抓住他的腿，紧随其后。

海水里的盐分刺痛了我的眼睛，但水下并没有想象中的那么幽暗。

海水折射着阳光，打碎了水上码头的阴影。奇隆游得很快，拉着我沿军营的一边飞速向下。水下的波光在他光溜溜的脊背上投下斑点，看起来就像个海底生物似的。我则专注地尽力踢腿，尽量不被水草缠绕。这可不止二十五英尺，因缺氧而开始头痛的时候，我在心里这么咕哝着。

我慢慢地呼着气，让气泡拂过脸颊，浮上水面。奇隆呼气的气流也向后飘过，仿佛这就是我和他仅有的契约。当他终于找到暗堡的底部时，我感觉到他的肌肉绷紧了，腿猛力一蹬，把我俩都带到了这秘密暗堡之下。我阴郁地想着，要是月池有个大门，而且还是关着的，那该是多可笑的笑话。

我还没顾得上弄清楚怎么回事呢，奇隆就向上方浮去，似乎是拉着我穿过了什么通道。闷热却令人欣喜的空气扑面而来，我深深地、贪婪地吸了好几口。

奇隆已经坐在月池边上，两条腿泡在水里晃荡着，他冲我笑道。“你肯定不愿意花上一个早晨来修补渔网的。”他摇了摇头，接着说，“和老库利让我做的事比起来，这顶多算是洗了个澡。”

“你确实很知道怎么对付我。”我干巴巴地回嘴，然后站起来，走进了上校的房间。

隔舱里很冷，光线暗淡，但收拾得很规整，令人讨厌。旧的仪器整整齐齐地靠右壁摆放着，上面积着灰，书桌靠着舱壁左边，上面分门别类地放着大量文件和纸页，占据了桌面的大部分。乍看之下我没找到床在哪儿，不过后来看见了，那是一张窄窄的位于书桌之下的铺位，显然，上校休息睡觉的时间很少。

奇隆永远是他好奇心的奴隶，现在也不例外。他径直走到书桌前，想好好探索一番。

“什么都别碰，”我一边说一边拧着袖子和裤腿，“要是滴上一滴水在那些纸上，他就知道有人来过了。”

他点点头，缩回了手。“你该看看这个。”他的声音有些尖厉。

我立刻走过去，忐忑地等着看最糟的一幕。“什么？”

奇隆小心地伸出一根手指，指了指这间隔舱里唯一的装饰物：挂在舱壁上的一张照片。照片因年久和潮湿而略略抽缩，但那上面的面孔仍然清晰可辨。一共四个人，都有着金色的头发，姿态严苛，神情却很自如。其中的一个人是上校，那时他的眼睛还没受伤流血，让人差点儿认不出来。他的一只胳膊搂着一个高个儿、修长的女人，另一只手搭在一个年轻女孩的肩上。那个女人和女孩都穿着脏兮兮的衣服，看起来像是农民。她们脖子上的金项链却说明事实并非如此。我默默地摸出了口袋里的那条金项链，想用这成色非凡的金属和照片里的项链做个比对。那枚钥匙垂了下来，和照片里的一样。奇隆轻轻地从我手里拿过钥匙，翻来覆去地看，想猜出这里面到底有什么深意。

照片里的另一个人解释了一切。那是一个十来岁的女孩，扎着金色的长辫子，和上校肩并肩地站在一起，脸上挂着满意的轻哂。她那么年幼，而现在的短发、伤疤看起来完全是两个人——*法莱*。

“她是他的女儿！”奇隆大声说道，他的震惊，缘由更多。

我很想摸一下这张照片，好证明它是真实存在的，不过还是忍住了。想想医疗站里上校对待她的样子，确实令人不可置信。但他称她为戴安娜，他知道她的真名。*而他们的项链，一条来自妹妹，一条来自妻子。*

“走吧，”我把奇隆从照片前拉走，“现在这已经无关紧要了。”

“她为什么从来没提过？”奇隆的声音里含着几分被背叛的恼怒，那正是我这几天来所感受到的。

“我不知道。”

我一直拉着他，走向隔舱的门。*左转下楼，右转到平台，再左转。*

合页润滑良好，门静静地打开了，面前是一条空荡荡的走道，和潜艇里很像：空乏、干净，两边是金属舱壁，顶部是管道。电流像血液一样从上方流过，泵压般穿过纵横如血管的管线。它来自海岸，支持着这里的灯盏和其他机器。

正如法莱所说，这里没人，我们没遇到任何障碍。我想，作为上校的女儿，她所拥有的信息必定是最新的。我们照着她的指示，静悄悄的，像猫一样，每一步都小心翼翼。我记起了映辉厅的地下牢房，在那里，朱利安和我曾经催眠了一队戴着黑面具的禁卫军，放走了奇隆、法莱，还有已经不在了的沃尔什。回想起来，那仿佛是好久以前的事了，可事实上，不过几天而已。一个星期。仅仅一个星期。

我根本不敢想，下一个七天之后，自己会在哪里。

最终我们来到了一条比较短的走道，在尽头，左侧有三扇门，右侧有三扇门，门上有探视窗口，黑洞洞的，只有最靠里的一扇窗子微微闪着光。凌厉的白色光芒穿过窗缝，拳头砸在玻璃上的声音让我绷紧了身子。我本以为会听到玻璃碎裂的咔嚓声，但那窗子非常结实，只传来砰、砰擂拳的闷响，上面除了星点银色的血迹，别无他物。

显然卡尔听到了我的声音，而且以为我和他们是一伙儿的。

当我站到窗前时，他的手停在半空不动了，拳头死死地攥着，血静静地流着。手环仍戴在他粗壮的手腕上，因为刚才挥拳的惯性而转动着。至少这令人安慰——他们了解不多，所以没夺走他最强大的武器。可是，既然如此，他为什么甘心被囚禁？难道他不能燃起烈焰把窗子熔化掉吗？

在电光石火的一瞬，我们的目光穿过窗子彼此相接，这样的凝视几乎令玻璃粉碎。在他挥拳猛击的地方，厚重黏稠的银色血液正在滴落，和已经干掉的血迹混合起来。他已经这样做过很多次了，让自己流血，想离开这里——或是发泄心中的愤怒。

CHAPTER7
第七章

“门锁着。”卡尔的声音被玻璃罩着，有些闷闷的。

“明摆着的。”我轻笑一声回答道。

在我旁边，奇隆拿出了钥匙。

卡尔突然发作了，他好像第一次看见奇隆似的，充满感恩和愉悦地冲着他微笑。可奇隆却没回应他的表示，甚至都没看他的眼睛。

这时，某个地方响起了叫嚷声、脚步声，暗堡让回音变得十分怪异，但毫无疑问地，它每分每秒都在靠近。那是冲我们来的。

“他们知道我们在这儿了。”奇隆咬着牙说道，他往后看了看，飞快地把钥匙塞进锁孔转动，可门纹丝不动。我用肩膀顶向门扇，撞击着冰冷无情的铁板。

奇隆调整了钥匙，再次转动它。这一次，我离得非常近，听见了锁舌松动的声音。门朝里开了，同一时刻，走道转角处冒出了第一个士兵的身影。可是我所思所想就只有卡尔。

仿佛是王子令我盲目。

当奇隆一把把我推进牢房时，看不见的帷幕重重降下，那感觉很熟悉，但我一时想不起它到底从何而来。以前曾有过这样的感觉，我知道的，但究竟是在哪儿呢？没时间思考了。卡尔从我身边猛冲过去，怪异的嘶吼从他口中爆发，他伸长了双臂，不是要拉我，也不是要抓住窗子，而是要挡住猛然关闭的牢门。

锁舌转动的声音在我脑海里响起，一直响，不停响，无止无休。

“什么？”我冲着厚重陈腐的空气发问。但仅有的回应，只是奇隆的脸。他在玻璃窗的另一边盯着我看，钥匙攥在他紧紧握住的拳头里，他的脸扭曲着，介乎嘲讽和啜泣之间。

对不起。他的口型如此。窗子那边出现了第一个湖境人士兵，接着更多人跟上来，簇拥着上校。他满意的轻哂，那神态和舱壁照片中他女儿的模样如出一辙。我这才开始明白是怎么回事，而上校则厚颜无耻地大笑起来。

卡尔狠狠地撞向牢门，用肩膀猛击那坚硬的铁板，然而一切只是徒劳。他痛苦地大声疾呼，诅咒着奇隆，诅咒着我，诅咒这个地方，甚至诅咒他自己。但我几乎听不到他说了什么，因为朱利安的声音在我脑海中压倒了一切：

任何人都可能背叛任何人。

我想都没想就开始召唤闪电。我的电火花可以解救自己，可以把上校的大笑变成惊叫。

但是闪电并没有出现。什么都没有，只有冷漠暗淡的，虚无。

和地牢里一样，尸骨碗的地牢。

“静默石。”卡尔重重地倚在了门上。他用流着血的拳头指了指地板和顶棚的角落。“他们有静默石。”

让你变得弱小，就像他们一样。

现在，轮到我挥拳擂向窗子了。我冲着奇隆的脑袋猛砸，但砸中的不是他，只是玻璃，听见的也只有我自己关节碎裂的声音，而不是他的蠢脑壳爆浆的声音。即使我和他中间隔着舱壁，他也不禁缩了缩身子。

奇隆几乎不敢看我。当上校把一只手放在他肩上，对他耳语什么的时候，他直打哆嗦。他只敢看着我尖叫嘶吼，喷涌出无法听清的挫败咆哮，只敢看着窗玻璃上我的血和卡尔的混在一起。

红色的血淌过银色的血，二者融成了某种更阴暗的存在。

GLASS SWORD

第八章

牢房里仅有的声音，是金属椅子腿剐蹭地面的刺耳声响——又一把椅子被拎起来掷向墙壁，歪在地上。我躲开了。在我来这儿之前，卡尔已经做过很多类似的事了，两把椅子都被狠狠扔了个遍，现在轮到那满是凹痕的桌子了。墙上，就在探视窗下面，有一道裂缝，那正是拜桌子所赐。但是乱扔家具对我来说并无用处。我得保存能量，不能消耗体力，于是便在屋子中央坐下来。卡尔在探视窗前来来回回地走着，更像一只困兽，而不是人类，身体的每一寸都在渴望着火焰。

奇隆早就走了，和他的新朋友——上校一起走了。

而我到底是个什么东西，也彻彻底底地一览无余了——一个蠢到家的笨蛋，才离虎穴又入狼窝，却永远不能学聪明点儿。不过，要是和映辉厅、阿尔贡、尸骨碗比起来，这个地方堪称度假胜地，上校也和伊拉及一整排的刽子手没有可比性。

“你还是坐下吧。”我对卡尔说道。他强烈的复仇情绪让我都有点儿厌烦了。“要不就想想看怎么遁地而走？”

他眉头紧皱，满脸恼怒，但还是停了下来。不过他没拉起椅子来坐，而是以一种小孩子才会有的蔑视和挑衅倚墙而立。“我开始觉得你是喜欢坐牢了，”卡尔漫无目的地用指节叩着墙壁，“你在挑男人这方面的品味简直糟透了。”

这话挺伤人的，虽然我并不想承认。是，我曾经关心梅温，对他的在乎远超过我自己所承认的；奇隆则是我最亲近的朋友。这两个人都背叛了我。

“你在择友方面也不怎么样。”我反唇相讥，但卡尔无动于衷。“而我也根本没有——”我的措辞一下子乱了，干巴巴地词不达意，“没有任何挑男人的品味。这两者并无关联。”

“并无关联？”他笑出了声，好像我的话多好笑一样。“那么把咱俩关进牢房的两个人是谁？”我无言以对，羞愧不已，卡尔却步步紧逼：“承认吧，你没办法做到把心和头脑泾渭分明地分开。”

我“噌”的一声站起来，椅子都掀翻了，“砰”的一声倒在地上。“别表现得好像你不爱梅温似的。牵扯到他，你就没放任用你的心去做决定吗？”

“废话！他是我弟弟！没错，我完全不了解他，也从没想过他竟然会杀死我们的……我们的父亲。”卡尔的声音因回忆而撕裂，这让我瞥见了一个战士外表掩盖着的、遍体鳞伤的、痛苦不已的孩子。“因为他，我犯有过失。而且，”他淡淡添上一句，“因为你，我也犯了错。”

我又何尝不是。那时候，我把手放入他掌中，让他带我离开我的房间，共舞一曲从而一路沉湎——这是最糟的事。为了卡尔，为了让他远离战场，我听任红血卫队杀害无辜——为了让他不要离开我。

我的自私，代价惨重。

“我们不能再做那种事了，因为对方而过失连连。”我轻声说道，回避着我真正想表达的意思。几天以来我一直在努力地告诉自己，卡尔，不是我应该选的路，也不是我应该想得到的人。卡尔只是个武器，单纯地为我所用——或者为他人所用来对付我。我必须对此做好准备，为了我，也为了他。

过了好久，他点头了。我有种感觉，那就是他看待我的心情，和我看待他的，一样。

牢房里的湿气一阵阵袭来，融入了我骨髓深处的寒意。我本该颤抖打战，可这感觉，我早已习惯——我想，我也会习惯孤独的感觉的。

不是孤独于世，而是孤独于心。

从某个角度来说，我很想对着我们此刻的窘境放声大笑：我和卡尔，又一次，肩并肩地待在牢房里，不知道未来命运如何，除了干等，没别的办法。不过这回，我的恐惧被愤怒冲淡了，因为要来这儿幸灾乐祸冷嘲热讽的不是梅温，是上校，而我还得对此表示欣慰：我绝对不想再忍受梅温的奚落羞辱了，尽管想起他就让我觉得痛苦。

尸骨碗的地牢黑暗、空洞、幽深，梅温突兀地站在那儿，脸色苍白，眼神闪烁，向我伸出双手。在虬结的记忆里，温柔的手指和尖锐的利爪不停闪现，它们全都想要我鲜血淋淋。

“我曾经告诉过你要隐藏起自己的真心，可你没有听我的。”

这是梅温对我说的最后一句话，随后他就将我们送上了刑场。这真是个不能更好的建议。

我缓缓地呼了一口气，希望能把回忆一同呼出去——现在再想也无济于事。

“所以，现在我们该怎么办呢，卡洛雷将军？”我指了指牢房的四面墙，问道。此刻，我能看到角落里模糊的轮廓，那块方形的静默石比其他地方颜色更暗，楔进了墙壁的嵌板中。

过了好一会儿，卡尔才从同样痛苦的回忆里回过神来。他好像很高兴被我打断思路似的，轻巧地扶起椅子，把它们摆到屋角。他站起来，头几乎擦着天花板，把一只手放在了静默石上。对我们来说，在这座岛上，这块石头比任何其他东西都要危险，比任何其他武器都更有杀伤力。

“真是疯了，他们怎么弄到这个的？”他嘀咕着，手指试探着想找到一点儿缝隙。但那石头平平整整地嵌在墙角，严丝合缝。他叹了口气，向后退开，看着探视窗。“我们最好的机会就是击碎玻璃，除此之外没有绕过它的办法。”

“但它的力量比较弱。”我盯着那块静默石，它也以默然注视回敬我。“在尸骨碗时，我觉得自己都要窒息了，可现在远没有那么糟。”

卡尔耸耸肩说：“只是因为没那么多罢了，但这也足够受的。”

“是偷来的吗？”

“肯定是。静默石的数量是有限的，而且只有王国政府才能使用——出于某种显而易见的原因。”

“是没错……在诺尔塔是。”

他晃晃脑袋，一脸困惑：“你是说，这是从别的地方弄到的？”

“他们走私运来的货物出处甚广，皮蒙山麓、湖境之地，还有其他地方。而且，你有没有在这儿看见过士兵？有没有看清他们穿的是什么制服？”

他摇了摇头：“没有。自打昨天那个血眼混蛋把我关进来之后，我就没见过任何人。”

“他们称呼他为‘上校’，他是法莱的父亲。”

“真是为她感到遗憾，但我的家人也好不到哪里去。”

我冷哼一声，半开玩笑地说：“他们都是湖境人，卡尔。法莱、上校，还有那些士兵。这就意味着，静默石可以来自其他地方。”

卡尔的脸上浮现出不解的神情。“这——这不可能。我亲自到边境战线去看过，根本没有可以穿越的路。”他用手在半空中画着地图，看着它。我是看不懂的，但他非常熟悉，了如指掌。“湖的两岸都被封锁了，窒息区就更不用提了。传送物资也许可以，但人不行，更遑论这么大数量的人。除非他们有翅膀，否则不可能通过。”

我猛地吸了口气，一下子明白了。水泥场院，基地深处的巨大机库，不知通向何处的宽阔路面……

那不是一条路。

而是一条起降跑道。

“我觉得他们确实有翅膀。”

让我惊讶的是，卡尔脸上浮现出一个大大的、真诚的微笑。他转向探视窗，透过玻璃瞥着外面空空的走廊。“他们的作风礼节确实有待修习，但红血卫队可要让我弟弟头痛了。”

我也笑了。如果上校就是这样对待他的所谓同盟，我很乐意看看，他是怎样对待仇敌的。

饭点来了又去，标志只是一个头发花白的老湖境人士兵托着食物盘子来了又去。他示意我俩往后退，面冲着后墙，这样他就好把托盘从门缝里推进来。但我们谁也没理他，仍然倔强地站在窗前。这样僵持了一会儿之后，老士兵转身走了，笑着吃掉了我们的晚饭。这完全不会影响我分毫，因为我就是饥一顿饱一顿长大的，一连几小时不吃饭也没问题。卡尔则不然，食物耗尽让他脸色苍白，两眼盯着盘子里的灰色鱼肉。

“如果你想吃，就该早点儿告诉我。”我咕哝着，坐了下来，“要是你饿肚子，就没什么可利用的了。”

“他们可能也是这么想的，”他的眼睛里闪过一丝狡黠，“明天早饭时间之后，我假装饿晕，你就等着看他们的医生挨揍吧。”

这计划不怎么可靠，我嫌弃地皱起了鼻子。

“你有更好的办法吗？”

“没有。”我不高兴地说。

“我想也是。”

“哼。”

静默石的存在对我俩都有不小的影响。它剥夺了我们最为依赖的异能，牢房的囚禁让我们变了样子。对卡尔来说，变化在于，他更机敏了，更愿意智取了。他无法燃起烈焰，便只能转而求助于思考。不过，看看他都想了些什么馊主意啊，显然成不了兵工厂里最锋利的那块料。

而我的变化则不那么明显，毕竟，十七年来，我都过着普通人的日子，完全不知道自己身体里流淌着什么异能。现在，我想起了以前的那个女孩，那个没心没肺、自私自利、为了保护自己做得出任何事的女孩。如果那个老湖境人还会来送食物，他最好小心点儿，因为我会一把掐住他的脖子，然后——要是能离开这牢房的话——把闪电劈到他的身体里去。

“朱利安还活着。”我不知怎的蹦出这么一句，它悬浮在半空，像雪花一样脆弱易碎。

卡尔猛地抬起头，眼睛一下子亮了。舅舅还在人世的这个可能，和重获自由一样，让他欢欣。“谁告诉你的？”

“上校。”

这回轮到卡尔“哼”了。

“我觉得他这话可信。”尽管卡尔投来嫌弃的一瞥，我还是继续说道，“上校认为，朱利安也是梅温的陷阱，是背叛我的又一个银血族。而这也是他拒不相信那名单的理由。”

卡尔点点头，眼神一闪：“那些和你一样的人。”

“法莱称他们——我们——为‘新血’。”

“好吧，”他叹了口气，“如果不尽快想办法从这儿出去，他们就只能用‘死人’来称呼你了。梅温会把这些人赶尽杀绝的。”

真耿直。但这是实话。“为了复仇？”

让我惊讶的是，卡尔摇头否认：“梅温这个新国王，刚刚坐上由弑君得来的宝座，他的统治还远远不稳。那些贵族，尤其是萨默斯家族和艾若家族，必定虎视眈眈，伺机削弱他的权力。而在他谴责诋毁你之后，就冒出那些新血，对他来说显然是重创。”

尽管卡尔从小就被培养成一个战士，在真正的战场军营里接受过训练，但他也是生来就要当国王的。也许他不像梅温那样工于心计，却比绝大多数人都了解治国之道。

“所以，我们救出来的任何人都对他有威胁，不是战场上的输赢，而是事关王位。”

他撇着嘴干笑一声，倚在墙上说：“你现在可真喜欢乱用‘我们’这个词。”

“这让你觉得有困扰？”我试探着问。如果我能说服卡尔和我一起去寻找新血，我们就有机会赶在梅温前头了。

卡尔脸颊的肌肉微微抽动，这说明他没有完全决定。他还没来得及回答我，熟悉的靴子踏地的声音就响了起来——上校来了。卡尔自顾自地咕哝一声，要站起来的时候，我伸出手，把他推回了椅子上。

“用不着为他起立。”我说着，也倚在自己的椅背上。

卡尔照做了，稳稳地一动不动，双臂环抱，架在宽厚的胸膛前面。现在他不捶窗玻璃了，也不往墙上丢椅子了，他看起来隐忍、严肃，就像一块巨石，会把任何靠得太近的人碾烂。要不是因为静默石，他会成为耀目的烈焰，比太阳还要灼热、明亮，而我则会成为闪电风暴。但此刻我们只有血肉之躯，不过是两个被困在笼子里，怨声载道的年轻人。

上校出现在玻璃窗另一边的时候，我尽了最大力气保持静止。我不想表露自己的愤怒，那会让他心满意足的。但奇隆站在他旁边，一脸漠然冷酷，这让我不禁绷紧了身子。这次换卡尔制止我了，他把手轻轻放在我腿上，让我坐好别动。

上校盯着我们看了一会儿，仿佛要把王子和闪电女孩坐牢的这一幕印在脑子里似的。我差点儿就要朝那沾了血的玻璃吐唾沫了，还是忍住了。这时他向一边转过身，伸出长长的、钩子似的手指，弯了一下，两下，像是在招呼什么人走过来——或是被带过来。

法莱像一头狮子般地挣扎，上校的卫兵不得不把她拖过来。其中一个下巴上挨了狠狠一拳，踉跄倒地，松开了抓她胳膊的手。另一个被掼到走廊的墙壁上，脖子卡在法莱的肘部和另一间牢房的窗子之间。她出手毫不留情，想要尽全力给对方以重击，而抓着她的卫兵身上确实挂了彩。但他们小心翼翼地打不还手，只是尽量把她压制住而已。

我想，这是上校的命令：他不会让自己的女儿也挂彩，但会把她关进牢房里。

让我惊愕不已的是，奇隆并没有袖手旁观。湖境人卫兵把法莱拖起来压在墙上，每人按住她的一只胳膊或一条腿。这时，上校对那渔夫的学徒打了个手势，他便颤抖着手，拿出了一只暗灰色的盒子。里面装着的，是注射器。

隔着玻璃，我听不见法莱在说什么，看着她的嘴唇，却很容易就能知道，那是“不”。

“住手！奇隆！”窗子倏地变得冷硬平坦，我用力挥拳砸过去，想让奇隆看向我。“奇隆！”

可是他充耳不闻，展平了双肩，转身背对着我，将自己的脸隐藏了起来。而上校正相反，他死盯着我，不去看那注射器中的药水正被推进女儿的静脉。那只尚在的眼睛里神色诡异——是歉意，或许？不，这不是个心性犹豫的人，任何他认为确有必要的事，任何他认为必须针对的人，他都下得去手。

奇隆注射完毕，把针管抽了回来，那注射器在他手里显得尖利无比。他静待一旁，看着法莱踢打那些困住她的卫兵。渐渐地，她的动作慢了下来，眼皮也开始半开半合，药物起效了。她失去意识，瘫了下去，那些湖境人卫兵便把她拖进了我们对面的牢房。他们把她放在地上，随后锁上牢门，把她囚禁了起来，像囚禁卡尔那样——像囚禁我一样。

而当她那间的牢门重重锁闭的时候，我们这间的门打开了。

“重新布置过了？”上校冷哼一声，看着那凹痕遍布的桌子。奇隆跟着他走了进来，把那个装着注射器的盒子揣进了外套里。这是警告：你，别想干什么出格的事。他躲开了我的注视，忙着摆弄盒子。门在他们身后关上了，外面守着两个湖境人卫兵。

卡尔抬起视线，满眼杀气腾腾。我能肯定，他正想着能把上校弄死的所有方法，还比较着哪一种能让他死得最难受。上校无疑也明白这一点，从枪套里抽出一把小巧却足以致命的手枪。手枪静静地握在他手里，像是一条蜷伏着等待出击的蛇。

“请坐，巴罗小姐。”他晃着枪示意。

服从他的指令犹如缴械投降，但除此之外我没有别的选择。我坐下来，任由上校和奇隆居高临下地站在面前。要不是这把枪，还有走廊里紧紧盯着的湖境人卫兵，我们也许还能有点儿机会。上校个子挺高，但他不年轻了，脖子被卡尔的手掐住再合适不过。而我可以一个人制住奇隆，我知道他那些还没痊愈的伤口在什么位置，完全可以把这叛徒打趴下。但就算我们搞定了他们，门还是锁着，卫兵还是守着，这些也全都是徒劳。

上校冷冷一笑，像是读出了我脑袋里的想法："你最好老实坐着。"

"对付两个小孩还用得着掏枪？"我反唇相讥，仰起下巴，朝他手里的手枪努努嘴。这世上就没人敢把卡尔称作"小孩"，就算他丧失了异能，他所接受的军事训练也足以让他有能耐置人于死地，这一点上校心里再清楚不过了。

他没理会这番挖苦，在我面前站定了，用那只充着血的眼睛瞪着我。"你看，我是个审时度势的人，你该觉得庆幸才对，会留他一命的人可不多。"他冲着卡尔点点头，又转过头对我说，"会留你一命的人也一样，不多。"

我瞥了一眼奇隆，指望着他能明白自己站在哪一边。他却像个孩子似的手足无措。如果真能回到从前，像小时候一样，我肯定会一拳打得他满地找牙。

"你留着我并不是用来做伴的，"卡尔打断了上校戏剧性十足的演说，"你打算用我做什么交易？"

上校的反应证实了我的猜想。他下巴紧绷，气得要命——这句原本是他自己想说的台词，卡尔却让他气势全无。

"交易，"我的低声咕哝，其实更像是藐视的嘘声，"你要用你能拿到手的最有力的武器去做交易？你到底有多蠢？"

"至少没有蠢到以为他会为我们而战，"上校答道，"那么愚蠢的念头，我还是留给你吧，闪电女孩。"

*别中了他的圈套，他就想要这个效果。*我调动了全身的力量，让目光笔直地落在前方，而不去看卡尔一眼。可是实话实说，我不知道他的忠诚归于何处，也不知道他会为谁而战。我只知道他会对谁宣战——梅温。或许有人会以为，这一点能让我们站在同一战线上，我却心知肚明，生活和战争根本没有那么简单。

“非常好，法莱上校。”听到我用姓氏称呼他，他瑟缩了一下，脑袋略微动了动，克制着自己不去看对面牢房里不省人事的女儿。这是一个痛点，我暗自想着，以后用得着。

面对我的攻击，上校却平和以待。“国王提出了价码，”他的话重压下来，就像用刀子刮濒临出血的边缘，“以流亡的王子作为交换，梅温国王同意将法定服兵役年龄恢复到十八岁，而不是早先规定的十五岁。”他垂下眼睛，声音也低落下来。就在这细微的瞬间，我瞥见那残忍独裁者的外表之下，是一个父亲。他思绪飘忽，想到了那些上战场送死的孩子。“这是个合算的交易。”他说。

“相当合算。”我飞快地回应道。我的语调生硬而坚决，掩盖着内心的恐惧。“梅温不会兑现这交易的，绝对不会。”

在我旁边，卡尔缓缓地吸了一口气，他双手合拢，手指搭在一起，几天以来留下的刀伤、擦伤、瘀青，全都看得一清二楚。他的手指头一个接一个地抽动着，仿佛为着某种极力避免揭穿的真相而心烦意乱。

“但是你别无选择，”卡尔的手终于不动了，“婉拒这交易，让那些孩子陷入万劫不复，你做不到。”

上校点点头说：“确实如此。振作点儿吧，提比利亚，你的一死能救下几千个无辜的孩子。这是你此刻还能喘一口气的唯一理由了。”

几千个。他们当然抵得过卡尔一命，当然。但是在我内心深处，那纠结、冰冷的地方，却已经开始洞悉一切，开始另有想法。卡尔是战士、是领袖、是杀手、是猎手，我们需要他。

并非仅仅一个层面而已。

卡尔的眼睛里似乎有什么东西在闪烁。我知道如果不是静默石所限，他的双手早已燃起了熊熊烈焰。他微微前倾，抿起嘴唇，紧压着一口又齐又白的牙齿。这姿态极具攻击性，犹如狂烈野兽，以至于我都有点儿期待他露出獠牙了。

“我才是你们合法正当的国王，承继着延续了数个世纪的银血血统。”他张扬地说道，“你此刻还能喘一口气的唯一理由是，我无法点燃这间屋子里的氧气。”

我从未听过卡尔如此语带威胁，如此直白粗粝，这让我心里一颤。而一贯冷静自持的上校也感受到了这一点。他迅速往后退了几步，差点儿要踉跄着撞到奇隆身上。像另一个法莱一样，他也为自己表现出的惧怕感到窘迫。有那么一会儿，他的脸涨得像“血眼”似的通红，活像一颗长了腿的大番茄。但上校是用坚硬材料堆起来的，他很快就撇开恐惧，恢复了镇定自若的神态。他捋了捋银白色的头发，让它们齐整地贴着脑袋，然后把手枪装回皮套里，满意地舒了口气。

“你的船将在今晚起锚，尊敬的殿下。”他的脖子发出“咔嚓”一声，“我建议你好好和巴罗小姐话别，因为你们未必还能再见面了。”

我紧紧抓住自己坐着的这把椅子，手指狠抠着冰冷粗糙的金属。要是我名叫伊万杰琳·萨默斯该多好，我就能指使这椅子掐住上校的脖子，让他尝尝金属的味，让他的两只眼睛都迸出血来。

“梅儿会怎么样？”

在此时此地，在自己生死未卜的悬崖边，笨蛋卡尔怎么还有心思担心我？

“她会被监管起来。”奇隆插嘴道。自打进了这屋子，这还是他头一回开口。他的声音抖抖索索的，一如我所料。这个懦夫什么都怕，连我也怕。“有人会盯住她，但不会有什么伤害。”

上校的脸上闪过一丝厌恶。我猜，他一定希望我也一起送命。他的上级是谁呢？我不知道。法莱的秘密司令部？也许吧，管他是谁。

“和我一样的那些人，你也打算如此对待？”我吐了口唾沫，站起身来。“那些新血？下一步你打算把谢德也弄到这儿来，像养宠物似的关起来？直到我们学会听话服从？”

“这取决于他。”上校干巴巴地说道，每个字都冷冰冰的，如同在人肚子上揍了一拳。“他是个好战士，到目前为止都是——和你的朋友一样。”他加了一句，一只手放在奇隆肩上，散发着一种父亲般的骄傲，而那正是奇隆所缺少的。对孤儿来说，即便是恐怖如上校这样的一个父亲，也是聊胜于无。“要不是他，我可能永远也没机会把你关起来。”

我瞪着奇隆，希望用目光将他对我的伤害悉数奉还：“你一定自豪极了。”

“还好。”那个打鱼男孩这样回答我。

我们曾经一起生活在干阑镇，好多年了，整天黏在一起东偷西摸，像老鼠似的钻来钻去，要不是因为这个，我根本也发现不了。要看穿奇隆，对我来说太容易了。他斜着身子，把背拱起来，同时胯部缩紧。这姿势看似自然，实则怪异，尤其是他接下来的举动。他的外套下摆松垂下来，露出了装着注射器的盒子。盒子岌岌可危，夹在衣料和他的肚皮之间往下滑，越滑越快，越滑越快。

“噢唷！”盒子滑脱的一刻，他嚷嚷着跳起来，甩开了上校的手。盒子在半空中弹开，注射针头四散而落。它们落在地板上，摔碎了，里面的液体溅到了我的脚趾上。所有人都以为这些注射器全掉出来了，我却敏锐地看到还有一支完整无损的，正藏在奇隆半握起来的拳头里。

“看着点儿，小子！”上校想也没想就弯下腰去捡盒子，想再看看能不能挽救几支，但就在这个时候，一支注射器扎进了他的脖子。

上校吃了一惊，愣住的几秒钟给了奇隆机会，他狠压注射器，把里面的药水都推进了上校的血管。上校像他女儿一样挣扎起来，用力地迎面扇了奇隆一掌。奇隆飞了出去，撞到对面的墙上。

不等上校继续反抗，卡尔就一把抄起椅子，把他架住，卡在了探视窗上。窗子另一边的湖境人士兵束手无策地干看着，枪弹上膛但是毫无用处，因为他们不敢开门——冒着把银血怪兽放出来的风险。

药物的作用再加上卡尔全身重量的压制，上校渐渐失去了知觉。他顺着探视窗往下滑，两膝一弯，毫无尊严地瘫倒了。那双眼睛闭起来的时候，他看上去没有那么可怕了——毕竟，他也只是个普通人。

奇隆站了起来，不停地"哎哟"着，揉着一侧的脸。不管药效如何，上校可是给了他一记狠的，都能看见瘀青了。我不假思索地朝他走了过去："没事，梅儿，别担心——"

但我可不是去安慰他的。我挥起拳头，砸向他的另一侧脸颊，关节撞击着颧骨。他大声叫唤起来，随着我挥拳的方向歪了下去，差点儿就要失去平衡摔倒了。

虽然痛得很，但我还是蹭了蹭双手。"这回相配了。"我搂住他，双臂环抱。他先是缩了一下，但很快就在我的拥抱里放松下来。

"不管怎样他们都会把你抓到这儿来，但这样我就能做些有用的事，总比被关在你隔壁牢房里强吧。"奇隆叹气道，"我跟你说了要相信我，为什么你就是不信？"

我无言以对。

在探视窗那里，卡尔重重地呼了口气，把我们的关注点拉回到眼前的棘手问题。"我不是要责备你的勇气，但是这计划除了给这家伙唱摇篮曲之外，还能有什么用？"他用脚尖踹了踹上校，然后用大拇指指着窗外——湖境人卫兵还是一直盯着我们。

"虽然我不识字，但那不能说明我就是笨蛋，"奇隆的声音里有几分尖刻，"看着窗外，再多一秒。"

其实是十秒钟。我们盯着探视窗足足十秒钟之后，一个熟悉的身影渐渐清晰——谢德。他的状态可比我今天早上在医疗站所见要好得多，能靠两条腿站着，伤腿上打着夹板，肩膀上包着绷带。他像打棒球似的挥了挥拐杖，窗前的那两个湖境人卫兵都没闹清楚是谁来了，就狠挨了一下，重重倒在地上，一脸茫然疑惑。

锁打开了，发出令人愉悦的嘎吱声，卡尔一个箭步冲到门边，猛地拉开牢门，跨到走廊上，深深呼吸着监牢外面的空气。我紧随其后，一下子就感觉到静默石的束缚消失了，如释重负地呼了口气。我的指尖又能跃动起火花了，看着它们沿着血管在我的皮肤上流淌，真让人忍不住咧嘴开怀。

“想死你们了。”我对这些最亲密的朋友说道。

“你可真是个怪人，闪电女孩。”

我吃了一惊，因为靠在大开的牢门边的是法莱，神志清醒。看上去，注射器里的药物没对她起效——也许那根本就不是什么有效的药物。

“这就是和护士打成一片的好处，”奇隆搂着我的肩膀说，“只要一个微笑就足够让莉娜分心了。然后就可以把一些无伤大雅的东西调包装进盒子里。”

“要是知道你走了，她会心碎的，”法莱故意噘着嘴说，“可怜的姑娘。”

奇隆冷哼一声，瞟了我一眼说：“那就不是我的问题了。”

“现在怎么办？”卡尔身体里的那个战士又回来了，他的肩膀舒展挺直，在破破烂烂的衬衫下面紧绷着，他来回看着四周，谨慎地盯着走廊上的每一个拐角。

作为回应，谢德扬起胳膊，用手掌对着天花板：“现在我们，跳！”

我第一个拉住了他的胳膊，抓得紧紧的。就算我无法相信奇隆、卡尔，以及其他任何人，我也完全相信异能，相信权力，相信强大。有了卡尔的烈焰，我的闪电，再加上谢德的速度，再没有什么东西什么人，能伤害我们分毫。

只要我们在一起，我就再也不会陷到监狱囚牢里去。

GLASS SWORD

第九章

浮光掠影之间，暗堡一闪而过。谢德穿梭在整个工事中间，我只能在他跳跃的间歇瞥几眼。他尽力伸展双臂双手，好让我们能牢牢抓住。他的力量足以将我们一个不剩地都带走，因为没有人想要被丢下。

我看见门、墙壁、地板倾斜着扑面而来。到处是追赶的卫兵，他们叫喊着，开枪射击，但我们从不在一个地方过久地停留。有一次，我们在一间装满了电子设备的屋子里落脚，那里到处是显示屏幕和无线电器材，我甚至还看见了堆在角落里的一大堆摄像机。不过不等那里的人反应过来，我们就又一跃消失了。随后，码头上的夕阳让我眯起了眼睛，那些湖境人士兵靠近了，近得我能看清他们的脸孔，在暮色里显得尤为苍白。再后来，我的脚下变成了沙地，而后又是水泥地面。在跑道一端，我们开始往机库飞奔，在这空旷地带的每一跳，距离都越来越远。谢德每一次发力都面目狰狞，他的肌肉紧绷着，脖子底下的青筋毕露。最后的一跃把我们送到了机库里面，凉爽的空气和相对的安静，以及终于不再扭曲拉拽的世界，让我觉得濒临崩溃，浑身都要散架了一般。但奇隆搀住了我，让我能好好看看我们究竟为何而来。

两架飞机停在机库中央，机翼宽大而暗沉。其中一架要比另一架小得多，只有一个驾驶位，银色的机身，涂装着橙色条纹机翼——金鱼草。我想起来了，在纳尔希，就是这种轻巧敏捷、杀伤力极强的战斗机对着我们投下了雨点般的炸弹。略大的一架是全黑的，气势逼人，机舱较宽阔，而且没有其他颜色可供辨认。我从来没见过这样的飞机，有些郁闷地揣测着是不是卡尔也是一样，毕竟，驾驶员得算他一个，除非法莱还有什么隐藏技能。但鉴于她瞪大眼睛盯着飞机的样子，我对此表示怀疑。

“你们在这儿干什么？”

机库里的声音来回拍击墙壁，成了怪异的回声。那架金鱼草的机翼下面钻出来一个人，他穿着灰色的连身工装，而不是湖境人的蓝色制服，应该不是士兵。他的两只手都沾满了黑乎乎的机油，似乎是个维修工。他来回打量着我们几个人，看了看奇隆瘀青的脸，又看了看谢德的拐杖，说：“我……我得向你们的上级报告。”

“随便你报告。”法莱大声说道。她浑身的上尉气势又回来了，再加上她脸上的伤疤和下巴上正在愈合的伤口，竟然没把那个维修工吓晕过去，还真挺让我惊讶的。“我们执行的正是上校的命令，”她飞快地做了个手势，让卡尔到那架黑色的飞机那儿去，“现在把机库门打开。”

那个维修工结结巴巴想要阻拦的时候，卡尔已经领着我们朝飞机走去。当我们从宽大的机翼下面走过时，他向上伸手，抵着那冰凉金属。“黑梭，”他淡然解释道，“大且快。”

“偷来的。”我加了一句。

卡尔点点头，不以为意，和我的猜测不谋而合：“从德尔菲空军基地偷来的。”

一次演习训练，伊拉王太后曾经在很久以前的一次午宴上提到过。当时她晃了晃沙拉叉子，全盘否定了空军基地有飞机被盗的传言，让麦肯瑟斯上校当着一众名媛贵妇下不来台，而现在，上校已经死了。当时我就觉得她是在撒谎，为的是掩盖红血卫队的一系列行动。但这也太不可思议了——谁能偷飞机呢？更何况还是两架？显然，红血卫队就有这本事，而且真的办到了。

在“黑梭”的尾翼之下，舱门像血盆大口般地打开，铺展出一条斜坡通道，是为装载货物——确切地说，“装载”我们——所用。谢德走在最前面，他费力地拄着拐杖，脸色阴郁而苍白，多次的隔地传动让他精疲力竭。随后是奇隆，拖着我一起，卡尔走在最后面。当我们爬进机舱内部，在半明半暗中摸索着的时候，法莱说话的回声仍然一阵阵地传来。

座椅沿着弧形的舱壁排列，每张椅子上都带有结实的安全带。粗略计算，这架飞机至少能运载二十四五人。我很想知道，这飞机是从什么地方飞来的，上面都是些什么人，他们如今是死是活，我们的命运会和他们一样吗……

“梅儿，你得过来。”卡尔从我旁边挤过去，走到机舱最前面，一屁股坐在驾驶员位上，面对着那满是按钮、拉杆、各种设备的高深莫测的仪表盘。所有的数据和指针都显示着“零”，飞机悄然无声，那隆隆轰鸣声来自我们每个人的紧张心跳。透过驾驶座舱厚厚的玻璃，我看见机库的门仍然是关着的——法莱还在跟那个维修工交涉。

我叹了口气，走到卡尔旁边坐下，自己系好了安全带。“我能做什么？”我把卡扣一个个地扣牢、拉紧——要是我们这就要起飞了，我可不想被甩得在机舱里滚来滚去。

“这东西是电力推动的，但是需要个打火器，不过我觉得那维修工不会给我们的，”他的眼睛里闪着微光，“挑你最拿手的吧。”

“懂了。”信念在我体内涌起，像那些电火花一样明亮热烈。这就像是点亮一盏灯，或是打开一台摄像机，我对自己说道，不过是需要更多能量，更复杂些罢了——但也因此更加重要。我不太确定自己能不能做到，能不能发动这么大的一架“黑梭”，但那些关于闪电的记忆，关于紫白相间的光芒的记忆，关于刺破尸骨碗上方苍穹的力量的记忆，告诉我，我做得到。如果我能掀起一场雷电风暴，也一样能让这架飞机发动起来。

我伸出双臂，把手放在仪表盘上。我不知道应该期待什么感觉，只要不是没感觉就好。我的手指在金属上逡巡，搜索着任何可以为我所用、有所触发的东西。电流在我的皮肤之下出现了，它们已经做好准备，随时听候调遣。“卡尔。”我从牙缝里挤出一丝声音，犹豫着，寻求他的支持。

他马上明白了我的意图，麻利地忙活起来。他把手伸到仪表盘下面摸索着，金属发出粗粝的嘎吱声，慢慢熔化开来，仪表盘的外壳就这样被扯掉了。他掏出一大团电线电缆，它们纠结纠缠着绕在线板上，就像皮肤下纵横交错的血管。我要做的只是让它们搏动起来。我不假思索地把一只手插进电线之中，让我的电火花喷涌而出。它们像自动检索似的，匹配着应该流动的方向。当我的手指扫过一条特别粗的电缆时，其中平滑的柱状电线和我手上的火花“配对成功”了。我忍不住笑了起来，闭上双眼，集中精神，用力将自己身体中的能量注入电线之中。它沿着不同的电线路径分叉、劈裂，在整架飞机内部穿梭，最终与发动机和电池组猛烈相撞。我咬紧了牙齿，指甲都戳进了皮肤。来吧。我仿佛把自己都投进了电池之中，推动着它们，直到擦碰带动了它们自身的能量。我垂下脑袋，靠在仪表盘上，用冰凉的金属为灼热的皮肤降温。最后的猛力一击，破除了飞机内部能量的张力，冲开了电线的围墙。我没有去看“黑梭”是不是已经发动了，但我能感觉到它的力量就在我周围。

“干得好。”卡尔飞快地紧握了一下我的肩膀。他的触碰没有多逗留，这是我们的默契。别多想，至少现在不要。我睁开眼睛，看见他的双手正在仪表盘上飞舞，按动按钮，拉动拉杆，拧动旋钮——看上去随心所欲，熟练无比。

我向后一靠，另一只手放在了我的肩上，奇隆的触碰出奇地温和。他没看我，而是看着飞机，脸上交错着敬畏和恐惧。他张着嘴巴，瞪着眼睛，看上去就像个小孩子似的。我也感觉到了自己的渺小，坐在这庞大的飞机舱腹之中，我们想也不曾想过的事情，现在就要成真：打鱼男孩和闪电女孩，就要飞到天上去了。

“她是想让这家伙穿墙而过吗？”卡尔小声嘀咕着，他已经很久没有笑过了。他回过头去，目光寻找着——不是我，而是我哥哥。“谢德，是吗？”

我哥哥一副快要晕过去的样子，颇不情愿地摇了摇头。“我可没法儿带着这大家伙跳，就算好天气也不行——这太，太难了。”让谢德把这话说出口是很不容易的，尽管他完全没必要因此觉得愧疚。但是，谢德也是巴罗家的人啊，我们可不愿意承认自己无能软弱。“不过，我可以把法莱带走。”他说着就要解开安全带。

奇隆和我一样了解我哥哥，他拦住谢德，把他推回座位上。“要是你死了可就没用了，”奇隆挤出一丝坏笑，“我去开门好了。”

“别闹了。”我一边数落他，一边看了看驾驶窗外面。我让自己的能量向外延展，随着刺耳的巨响，机库的大门慢慢开启，缓慢匀速地向上提升。那个维修工一脸迷惑，看着机械制动抬升库门，而法莱反应极快，没等我们看清楚就跑过去帮忙，更快地推起大门。落日的余晖随之而来，投下一道道细长的影子。二十多名士兵站在那里，围住了机库的出口。其中不只是湖境人，还有法莱自己的人，佩着红色肩带、戴着红色头巾的红血卫兵。他们人人荷枪实弹，直指这架“黑梭”，却还没有要开火射击的意思。这些人里没有布里和特里米，这着实让我松了一口气。

CHAPTER9

第九章

这时，一个湖境人向前一步，他的制服上带有白色条纹，大概是个上尉或中尉。他挥动着一只胳膊，大喊着什么，看他嘴唇的形状，那应该是“停下”。但在发动机震耳欲聋的轰鸣中，我们根本听不见他的话。

“快走！”法莱从机舱尾部跑进来大叫道。她就近坐下来，颤抖着双手系上了安全带。

卡尔不需要别人重复命令，他加倍快速地忙碌起来，两只手上下翻飞，扭动或按下按钮，仿佛这是他的第二种异能。但我还是听到了他压抑住的低声私语，犹如祈祷，不停地告诉自己该做什么。“黑梭”踉跄着往前面一冲，机轮转动，机舱尾部的装载坡道也向上收起，发出心满意足的嗞嗞喷气声，把我们封闭在里面。现在没有回头路了。

“好吧，让这家伙动起来。”卡尔几乎是带着一种兴奋向后靠在他的驾驶位上。他也没提醒我们一声，就抓住仪表盘上的拉杆往前推，庞大的飞机应声而动。

机轮滚滚向前，朝着那一排士兵冲了过去。我咬紧牙齿，期待着看到血腥残酷的一幕，但他们早就撒丫子跑了，为“黑梭”和它复仇心满满的飞行员让开了路。我们不管不顾地冲出机库，疯狂加速，这才发现跑道上已经乱作一团。货车在兵营间呼啸穿梭，一队队的士兵从机库顶上朝我们开枪。子弹击中了机舱的金属外壳，却不能伤它分毫。“黑梭”是用更为坚固的材料打造的，它向前，再向前，接着猛地向右一转，把我们东倒西歪地甩在座椅里。

奇隆的安全带没系紧，重重地撞上弧形的舱壁。他嘴里骂骂咧咧的，揉了揉脸上的瘀青。“你确定自己能让这玩意儿飞起来？”他嚷嚷着，一肚子的火气都扔到了卡尔头上。

卡尔不屑地一笑，把拉杆推到底，让飞机以最高速度往前冲。透过舷窗，我看见外面的车子被甩到后面，它们已经追不上这庞然大物了。但是前面，这光秃秃的灰色跑道眼看就要到尽头了，再前面，那嫩绿色的山峦和矮树前所未有的险恶可怖。

“卡尔……”我喘着粗气，指望着他能在这发动机的巨响中听到我的声音，“卡尔！”

在我后面，奇隆笨手笨脚地摸索着安全带，但他的两只手都哆哆嗦嗦地不听使唤。“巴罗，你还能不能再跳一回？”他冲着我哥哥大喊。

谢德根本没理他。他两眼瞪着前面，脸色吓得惨白。山体越来越近了，按这样的速度计算，只要几秒钟就会撞上去。我脑海里是飞机撞得稀烂的画面，它在惯性的作用下停了那么片刻，就整个爆炸，烧得只剩下残骸。卡尔能在烈焰中活下来，至少他能活。

但卡尔并不想让我们送命——今天还不想。他用力扳下另一只拉杆，皮肤下的血管突兀地在他的拳头上蜿蜒。随后那些山便低了下去，就像一块布从桌子上滑下去似的。我眼前不再是一座小岛，而是深蓝色的秋日晴空。我的呼吸仿佛也随着陆地的消失而消失，因一飞冲天，融入空中的感动而暂停。惯性和气压将我向后按在椅背上，耳朵里也隐隐作痛，噼噼啪啪地响着什么声音。奇隆在后面，咽下一声大叫，谢德也咕哝着骂了几句，法莱则什么反应都没有——她一动不动，睁大眼睛，完全惊呆了。

在过去的这几个月里，我经历了太多奇奇怪怪的事，但没有哪一件能和飞翔相提并论。这飞机就像是憋着一股巨大的渴望，亟待释放，发动机的每一点震颤都仿佛要将我们向天空投掷，而我这副肉身却精疲力竭，消极顺服，完全依赖着这飞行器——这对比还真是怪异。论乘坐体验，它比卡尔的机车要逊色，不过也还不赖。我咬着嘴唇，暗下决心，一定不能闭眼，可要好好看看。

我们爬升，再爬升，除了发动机的巨响和我们自己的心跳之外，再也没有别的声音。云团缥缈，扑面而来，拂过驾驶舱，宛如白色的窗帘。我忍不住往前倾着身子，几乎要把鼻子贴到舷窗玻璃上了，这样才能更清楚地看到外面的景色。在我们脚下，塔克岛向后退去，灰扑扑的绿色和青蓝色的海，也一点点地在视野中越缩越小，直到再也看不清跑道或兵营。

飞机渐渐平稳，保持在卡尔设定好的高度，这时他转动座椅，面向我们。他脸上自鸣得意的表情，连梅温看了都会引以为荣。“怎么样？”他盯着奇隆，“我能不能让这玩意儿飞起来？”

虽然只有一句不情不愿的“能”，但这对卡尔来说已经足够了。他又转回身子，把手放在面前的一个 U 型装置上。当他转动这装置时，飞机很驯顺地轻轻颤了一下，随后他便满意地按下仪表盘上的几个按钮，向后靠在椅背上，似乎是让飞机进入了自动巡航模式。他甚至连安全带都解开了，活动了几下肩膀，更舒服地在座椅里放松下来。

“所以，我们要去哪儿？”卡尔打破了沉默，“还是就这么一直飞？”

这双关刺痛了我。

机舱里传来一阵响亮清脆的声音，奇隆正在腿上摊开一摞纸页——地图。“上校的。”他看着我说道。*他这是在向我解释*。“哈伯湾附近有起降跑道。”

可是卡尔摇摇头，那表情就像不耐烦的老师面对着老问傻问题的学生。“你是说爱国者要塞？”他冷笑一声，“你想让我把飞机降落在诺尔塔的空军基地？”

法莱几乎是猛地扯开了安全带，第一个从座椅上站起来，轻巧敏锐又深思熟虑地翻检着那堆地图。“是啊，我们全都是傻瓜，殿下。”她打开其中一张，往卡尔鼻子底下一塞，“不是要塞，是 9-5 基地。”

被法莱这么一顶，卡尔不高兴地咬着牙齿，拿起那张地图仔仔细细地检视着上面划分区域的颜色和分界线。片刻之后，他干脆笑了出来。

“怎么了？”我从他手里抽过地图。不同于朱利安教室里的那张巨大、神秘、难以破译的古代地图，这张地图上面标示的都是我所熟悉的地名。哈伯湾城位于地图北部，边界与海岸线重合，爱国者要塞位于延伸至水中的半岛上。在城市的位置上画着一个粗粗的棕色圆圈，圆得不太自然。这应该是起边界屏障作用的屏绝林。就像在阿尔贡一样，万生人创造出奇异的树林，好让哈伯湾免受污染。而地图上的这个圈，可能是为了与纽新镇区隔，阻挡污染。标示出来的这片区域，像带子似的围住了屏绝树林，绕着哈伯湾的城郊围了一圈。

另一个贫民窟。我明白了。在灰城，烟霾厚重的天空之下，红血族生生死死，前赴后继，造出了车子、灯泡、飞机……一切的一切，银血族自己都理解不了的一切。技工们是不允许离开这种所谓的城市的，就连入伍都不行。他们的本领太宝贵了，绝不能在战争中白白浪费，也不能因他们本人的自由意志而流失。关于灰城的记忆刺痛了我，而类似的城市远不止这一个，这想法让我内心深处更为伤痛。在灰城那样的贫民窟里生活着多少人？地图上的这一个呢？而这里面又有多少人，是像我一样的呢？

胆汁直往上涌，但我硬吞了回去，强忍着去看地图上的其他地方。我在哈伯湾附近搜寻着，工业城镇的可能性最大，小城市也未为不可，还有混杂着废弃荒地的茂密森林，那里也是有可能的。可是，这个 9–5 基地似乎根本不在这张地图上，也许又是个秘密基地——红血卫队一向如此行事。

卡尔注意到了我的茫然，极其难得地笑出了声。“你朋友想让我在该死的废墟上着陆。”他说着在地图上轻轻点了点。

他的手指落在一段点状虚线上，这符号代表的是一片年代久远的大型路网。我曾经见过其中的一条公路，那还是我和谢德一起在千阑镇附近迷路时偶然碰到的。千百个冬季经年累月的积雪重压其上，让它破碎开裂，几个世纪的日升日落，阳光照射褪去了它的颜色。树木突破了沥青，勃勃向上，勉力生长。它已经尽失了古老大道的模样，看起来就像一堆嶙峋的石头。光是想一想要在这样的一条路上着陆，就已经让我开始胃痛了。

“这不可能。”我结结巴巴地说道，想象着我们试图降落时机毁人亡的千百种死法。

卡尔点头同意，他从我手里抽走地图，把它展开，一边寻踪觅迹，一边灵巧地用手指拂过城市、河流。“有梅儿在，我们就不必非得降落在这儿了。我们有的是时间，电力补给也不成问题，想飞多久就飞多久，想飞多远就飞多远——”他停下来，耸了耸肩，“直到电池不能充电。”

这话让我惊恐不已：“大概要多久呢？”

他歪着嘴一笑：“‘黑梭’是两年前列装的，最差也能再飞两年吧。”

“别吓唬我。”我嘟哝道。

两年，我想，都能绕着整个世界飞一圈了。普雷草原、蒂拉克斯、蒙弗、塞隆……那些曾经只在地图上见过的地方，我们全都能眼见为实了。

但那只是白日梦，我还有未完成的任务，要保护新血，要和国王一清旧账新仇。

“那么，我们从哪儿开始？”法莱问。

“让名单来决定吧。你有名单吧，嗯？”我极力不让自己的声音流露出惶恐不安。如果朱利安的那本书被留在塔克岛了，我们这趟短途旅行还没开始就得结束，因为除了名单，谁也不能让我多迈一步。

不过，回答我的是奇隆。他从衬衫里面掏出了那本小书，向我丢了过来。我熟练地一把接住，书热乎乎的，拿在我的手里，带着他的体温。“从上校那儿弄来的。”奇隆很努力地装出一副无所谓的样子，但其实语气里还是有点儿骄傲的，尽管可能并不太多。

“从他的房间里拿的？”我回想着那海底下的简易暗堡。

奇隆摇摇头说：“他可聪明着呢，把这书锁在军械库里了，钥匙还挂在项链上随身带着。”

“那你……”

奇隆得意地咧嘴一笑，拉起衬衫领子，露出一条金色的项链：“论顺手牵羊的本事我可能不如你，不过嘛……”

法莱点点头，接着说：“我们的原计划是到最后再去把它偷出来，但你被他们关起来之后，就得即兴演出了，不能耽搁太久。”

“噢。”原来，我被关在牢房里的几小时，正是他们“即兴演出”的那段时间。你要相信我，奇隆在把我骗进监牢之前曾经这么说过。现在我才明白，他那么做是为了这名单，为了新血，为了我。“干得好。”我小声说。

奇隆若无其事地耸耸肩，但他的笑容明白无误地表露着真真正正的开心。

“是啊，干得好。你不介意的话，我自己动手了。”法莱的声音变得柔和了。她没等奇隆回答，就伸出手抓住了那条项链，又快又准。项链的金色微光在她手里一闪就不见了，被团成一小团，塞进了口袋里。她的嘴巴微微抽动，就这么一点儿蛛丝马迹，流露出她是多喜欢父亲的这条项链——不，不对，不是他的。上校房间里的那张照片为证，这项链是她母亲或妹妹曾戴过的，不过不知出于何种原因，项链易主了。

法莱再抬起头来的时候，嘴巴已经恢复如常，生硬粗鲁的坏脾气又回来了。“我说，闪电女孩，距离 9–5 基地最近的是哪个人？”她一边问，一边用项链上的钥匙对准了那本书。

“我们不能降落在 9–5 基地。”卡尔说道，坚定且威严凛凛。在这一点上，我确实不得不同意他的意见。

一直沉默着的谢德突然在座位上哼了一声。他的脸色虽然不那么苍白了，却一阵阵地发绿。这简直好笑——谢德有隔地传动的异能，坐飞机却会难受成这样。“9–5 基地并非废墟，”他极力不让自己的声音里显露出病态，“你们已经把纳尔希忘个干净了吗？”

卡尔缓缓地吸了一口气，用手摩挲着下巴。那儿已经冒出了胡楂儿，下颌和脸颊都有些暗沉的颜色。“你们重建了。”

法莱点点头，笑了。

“你就不能有话直说吗？”我恶语相向，想把那副妄自尊大的笑容从她脸上扒下去，“现在可没有闲工夫让你搞什么戏剧性，戴安娜。你自鸣得意而浪费的每一秒钟都可能造成新血的伤亡。”

“你刨根究底地问我、问奇隆、问谢德而浪费的每一秒钟也会造成同样的后果，闪电女孩。”她说着往前走了几步，拉近了和我的距离。她个子比我高，我却并不觉得低人一等。由博洛诺斯夫人和银血贵族宫廷锻造出的冷漠自持，让我毫无怯意地迎上了法莱的目光。“给我一个合理的理由，我才会信任你。”

我撒了谎。

过了一会儿，法莱摇摇头，向后退开，让我们都能喘一口气。“9-5基地曾经荒废，”她解释道，“对任何一个想要一探究竟的好奇者来说，它也只是一条废弃公路的模样，不过实际上，没有一英里的沥青是损坏开裂的。”

她指出了地图上其他几条标明“废弃”的公路：“9-5基地并非唯一。”

地图上呈现出了完全不同的一幅路网，它们隐蔽在大片古老废墟之中，但距离小型城镇和村庄都很近。法莱称之为“掩护”，因为这里的安保措施最为松懈，附近村镇里的红血族人都倾向于另寻出路。也许现在的情况要差一点儿，《加强法案》还在实施中呢，但可以肯定的是，在国王决意将更多孩子送上战场之前，更多的人会投奔红血卫队而来。“‘黑梭’和‘金鱼草’是我们弄到的第一批飞机，不过很快就会有更多的就位了。”她不动声色地骄傲了一番。

“这我就不敢苟同了。”卡尔说。他没什么敌意，只是就事论事。“在德尔菲空军基地连丢两架飞机之后，那里必然戒备森严，更难进入，更不用说顺手牵羊了。”

再一次，法莱的脸上漾起了笑容，那是源自某种只有她自己知道的秘密所带来的自信。“在诺尔塔，的确如此。但皮蒙山麓的空军基地嘛，已然处于红血卫队的控制之中了。”

“皮蒙山麓？”卡尔和我齐齐地吃了一惊。南方的盟国相去天渊，要比湖境之地距离更远，远远超出了红血卫队可以企及的范围。从那些地方走私货物还算是可信：我就亲眼见过那些货车，但是将反抗的力量直接渗透其间，似乎是……根本不可能的。

法莱显然不这么想。“皮蒙山麓的王子公侯们一直认为红血卫队只是诺尔塔之内的问题，令人庆幸的是，他们想错了。狡兔三窟啊。”

我咬住嘴唇，把惊讶咽了回去，勉强做出冷静无谓的样子。*湖境之地、诺尔塔，现在，连皮蒙山麓也卷进来了？*红血卫队这个组织如此庞大，如此耐心蛰伏，渗透范围不仅仅是一个，而是三个由银血族国王或大公统治的主权国家——这摆在眼前的事实让我既兴奋又恐惧。

这不是我曾经以为的因共同信仰而简单聚集起来的乌合之众。

这是一架机器，庞大且维护良好，运转已久——比任何人想象中的都要久。

我到底陷入了何种境地？

为了不让我的心思从眼神中流露出来，我打开了那本记录着姓名的书。这是朱利安亲手打造的古老秘卷，字里行间隐藏着诺尔塔每一位新血的名字和位置。它让我平静了下来。如果我能找到这些人，加以训练，然后告诉上校，我们不是银血族，不必感到威胁恐惧，我们便有机会改变这个世界了。

而梅温也不会有机会杀死其他和我一样的新血，我也不必再背负更多的性命之债了。

卡尔靠了过来，但他的目光没有落在书页上。他看着的是我的手，我的手指，他看着它们拂过一个个名字。他的膝盖掠过我的，透过磨破的裤子散发出阵阵温热。尽管他一言不发，我还是能懂得他的意思。他像我一样，明白真相远比我们眼前所见更复杂，大大超出了我们的理解范畴。

务要警醒。他的触碰这样说。

我轻轻用肘部一推，回答他道：我知道了。

“科昂，”我大声说，手停了下来，“科昂距离9–5基地的跑道有多远？”

法莱用不着查看地图上的那些村村镇镇就说：“足够近了。”

“谁在科昂，梅儿？”奇隆俯身凑近我的肩膀。他很小心地保持着和卡尔的距离，把我当作一堵墙，隔在他俩中间。

接下来的话语重如千钧。我的行动可能解救这个人，也可能陷他于万劫不复。

“他的名字是：尼克斯·马斯登。”

GLASS SWORD

第十章

“黑梭”是上校的私人座机，用来更快速地往返于诺尔塔和湖境之地，因此它便不仅仅是交通工具，更是个珍贵的补给库。这上面装载着武器，配备着医疗用品，甚至还留着上次飞行时补充的食物。法莱和奇隆把这些物资分门别类地放好，从绷带堆里捞出枪来，然后给谢德的肩膀重新包扎了一番。谢德的腿怪异地绷直，承重的地方不能打弯，但他一点儿也没有流露出觉得痛的样子。尽管个子不高，他却是我们家里最强悍的人之一，仅次于常年痛苦因而神经紧绷的老爸。

我的呼吸突然变得粗粝，刺痛着我的喉咙，狠戳着我的肺。老爸、老妈、吉萨、哥哥们。在一路奔逃的旋风中，我把他们忘了个干干净净。上一次也是，当我变成了梅瑞娜，提比利亚国王和伊拉王后拿走了我的破衣烂衫，给了我绫罗绸缎，我在好几小时之后才想起家里的爸妈，而他们正等待着可能再也回不来的女儿。现在，我又让他们陷于等待之中，甚至可能因为我的所作所为面临危险——上校一定气疯了。我把头埋进手里，不断咒骂自己：我怎能忘了他们？我才刚刚回来。我怎能这样把他们抛下？

“梅儿？”卡尔压低了声音，不想引起其他人的注意。他们没必要看见我缩成一团，一呼一吸都在自责。

你太自私了，梅儿·巴罗。你是个又自私又愚蠢的女孩。

发动机的低声嗡鸣，之前还是缓缓的、稳定的安慰，现在却变成了沉重的压力。它一下一下地撞击着，像是塔克岛岸边的海浪，永不停息，铺天盖地，席卷淹没一切。有那么一瞬间，我真想沉溺毁灭，可随后我就感到了阵阵电流——没有疼痛，没有回忆，只有力量。

一只手放在我的脖子后面，暖意直抵皮肤，将我从崩溃的边缘拉了回来。大拇指慢慢地、匀速地画着圈子，按着我从不知道的一个穴位。这让我感觉好点儿了。

“你必须冷静下来。”卡尔的声音越发低了。我斜着眼睛，瞥见他俯身靠近我，嘴唇几乎要碰到我的耳朵了。“飞机很娇气，受不了闪电风暴。”

“对，”我艰难地挤出几个字，“好吧。”

他的手没动，仍然压在我后颈的那个穴位上。“用鼻子吸气，用嘴呼气。”他引导着我，声音低沉平和，像是在安抚一只受了惊吓的动物。我觉得他就算真这么想也不算错。

我觉得自己像个小孩，但还是接受了他的建议。每一呼，我都让一些念头随之释出，可每一吸，带回来的是更加严苛的思绪。呼——你忘了他们。吸——你杀了人。呼——你导致了他人殒命。吸——你孤单无依。

最后一个念头不是真的，卡尔就是证明，还有奇隆、谢德、法莱，他们都在。但这感觉我怎么也挥之不去：虽然他们都在这儿，可是没有一个人是站在我这一边的。就算有一整支军队在我身后，我也还是孤独一人。

也许新血能改变这种情况吧。无论如何，我必须得找到他们。

慢慢地，我坐直了，卡尔的手也随之调整了位置。他又按了好一会儿，直到确定我不再需要他了。温热倏然消失，我的脖子感到一片寒凉，但是，让他知道我能自己坚持下去，这很是令人骄傲。于是我举目远眺，看着舷窗外朦胧飘过的云彩、闪耀的阳光和下面的大海。带着白沫的海浪勾勒出一长串小岛，每一座都延伸出沙地、滩涂，或是废弃的桥梁。几个小渔村和几座灯塔散落其间，看上去温和无害。我的拳头却握紧了：那上面也许有哨兵、警卫，会发现我们。

群岛中最大的一座岛有个海港，里面停满了船只，以其体积和船体上银色、蓝色相间的涂装来看，它们应该是属于海军的舰船。

“你知道自己正在干什么，对吧？”我问卡尔，但眼睛仍然看着那些岛屿。谁知道那里会有多少银血族正在寻找我们？海港里又挤满了船只，能藏住不少东西。也能藏住人——比如梅温。

卡尔却似乎毫不在意。他伸手抓了抓冒出来的胡楂儿，摩挲着粗糙的皮肤。“这是巴恩群岛，没什么好担心的。至于爱国者要塞在……”他说着粗粗往西北方向一指。我只能勉强辨认出陆地的轮廓，映着金色的阳光。“我会尽可能久地避开他们的传感系统。”

“避不开时呢？”奇隆突然出现在我们身后，倚着我的座椅椅背，他的眼神来回跳跃着，看看卡尔，又看看下面的岛屿。“你觉得你能快过它们？”

卡尔一脸平静，胸有成竹：“我知道，我能。”

我不得不用袖子遮住笑意，因为这会让奇隆恼羞成怒的。虽然在今天之前我都没和卡尔一起飞行过，但我可见识过他驾驶飞车的英姿。只要他的飞行技术抵得上驾驶那两轮“死亡陷阱”技术的一半，我们就足以高枕无忧了。

“但我没必要飞得那么快，”卡尔对奇隆的无语十分满意，继续说道，“每架飞机都有专用的呼叫信号，好让要塞知道它们的精确位置。一旦我们进入传感系统范围，我就发出旧的信号，不会有人去检查好几遍的。”

“听起来并不保险嘛。”奇隆咕哝着，想搜寻其他理由来给卡尔的计划挑刺儿，但这个打鱼男孩很快就发现自己完全不是对手。

“这办法行得通。”法莱插进来说，“上校以前就是这么干的，否则他就无法搞定这些传感系统了。”

“如果没人知道反抗者里面有飞行员就好了，”我想缓和一些奇隆的尴尬，于是说，“这样他们就不会在空中搜寻丢失的飞机了。”

出乎我意料的是，卡尔突然紧张起来。他猛地从座位上站了起来，震得椅子直晃。“仪器设备的响应是很迟钝的。”他粗略地解释道。谎言，拙劣的谎言，看他阴云密布的脸色就知道。

“卡尔？”我叫他。但是他没有转身，甚至没有任何回应，就朝着飞机尾部扬长而去。其他人眯起眼睛盯着他，仍然警惕着，戒备着。

我则只能瞪着他，迷惑不已。这是怎么了？

我没管他，让他自己去思索筹谋吧。我到谢德那儿去，他还是四仰八叉地躺在地板上，绑着做工精良的夹板，腿伤似乎好些了，不过还是离不开金属拐杖。毕竟他在纳尔希挨了两颗子弹，我们当中也没有皮肤愈疗者，轻轻一碰就能让他复原。

“你需要什么吗？”我问。

“如果有水就太好了，”他不情不愿地说，“还有吃的。”

我很乐意能为他做点儿什么，哪怕只是小事。我从法莱的储备里拿了一只水壶，两小包食物，原本还以为她会为定量配给的存货而计较，可她连看都没看我一眼。她占据了我之前在驾驶舱的座椅，看着窗外，为空中掠过的景色而着迷。奇隆在旁边无所事事地待着，可就是不碰卡尔的座椅。他不想被王子挖苦训斥，而且小心翼翼地避开了仪表盘。他这副样子让我想起了逡巡在玻璃碎片边的小孩——很想摸一下，可又知道不应该那么做。

我本打算再拿一袋食物，因为卡尔自从被上校关起来之后就没吃过东西，但是机尾的一瞥让我停了下来。卡尔一个人站在那儿，摆弄着一块仪表面板，假模假样地修理着根本没坏的东西。他换上了一件备用制服，一件黑色和银色相间的连身飞行服，那身经历了角斗和刑讯的破烂衣服则堆在脚下。他这样才更像他自己：烈焰王子、天生的战士。要不是“黑梭”的机舱内壁提醒着我，我真会觉得又回到了王宫，旋转起舞，像是绕着蜡烛扑动的飞蛾。他胸前佩着一枚徽章，红黑两色的纹样外面包覆着一双银色的翅膀。即便距离不近，我也能认出那蜿蜒缠绕的图案：*烈焰王冠*。那是他父亲的，他祖父的，他生来即有的长子继承之权。然而，这王冠以最险恶狠毒的方式被人夺走，以他父亲的银血和弟弟的灵魂为代价。而我，虽然憎恨提比利亚国王，憎恨这银血王座，憎恨这权力所带来的一切，却还是忍不住为卡尔感到遗憾和惋惜。他失去了所有，失去了整个人生——尽管那人生的设定是错的。

卡尔感觉到了我的注视，从手里忙着的活计里抬起头来，停了一瞬。他伸手摸着胸前的徽章，勾勒着他被窃取的王冠的形状。突然，他猛地扯下徽章，把它扔得远远的，而这让我不禁瑟缩。愤怒在他的眼中一闪而过，深深地藏进了冷静的外表之下。可是，尽管极力掩饰，怒火却一再浮现，从他那完美的面具之下流露出来。我走开了，让他自己去处理心情，飞机里的维修工作能让他平静，这比我说什么话都管用。

谢德动了动，给我留出一块地方，我便毫无优雅可言地一屁股坐了下去。沉默犹如阴云一般笼罩在头顶，我们彼此递送着水壶，在这被偷了两次的“黑梭”机舱地板上共进了一顿奇异的家庭晚餐。

“我们这么干是对的，是吧？”我轻声说，渴望能得到某种赦免。虽然谢德只比我大一岁，我却一直都依赖着他的建议。

他点点头，让我松了口气："我早晚也得被他们关起来，这只是时间问题。上校不知道该拿我们这样的人怎么办。我们吓着他了。"

"可不是只有他一个啊。"我抑郁地说，想起了最近碰见的那些避之不及的目光和窃窃私语。即使是在辉映厅，到处都是异能卓著、不可思议的银血族的地方，我也仍然是与众不同的。而在塔克岛，我是"闪电女孩"，无人不晓，处处礼遇，如见鬼魅。"至少，他们是正常的吧。"

"老妈和老爸？"

我点头，提到他们我就忍不住想缩起来。"还有吉萨，哥哥们。他们是真正的红血族，所以他不能——他不会把他们怎么样。"这听起来像个疑问句。

谢德若有所思地咬了一口手里的食物，那是一块干巴巴的压缩燕麦饼，掉得到处都是渣子。"如果他们帮了忙，那事情就完全不同了。可是他们对于咱们的出逃一无所知，所以我倒不担心。像咱们这样离开……"他哽住了，我也是，"对他们来说更好点儿。老爸肯定做不了什么，这一点没人怀疑，老妈也是。布里和特里米对红血卫队足够忠心了，也不会引人猜忌。再说，他俩也没有能谋划越狱的聪明劲儿啊。"谢德停下来，想了想，又说，"我觉得湖境人不至于会把老太婆、瘸子和吉萨那样的小姑娘扔进监狱。"

"很好。"我总算是放下心来，感觉好多了，伸手替谢德掸掉了身上的燕麦渣。

"我不喜欢你把他们叫作'正常人'。"谢德说着抓住我的手腕，突然压低了声音，"这不是我们的错。我们是与众不同，的确，但这不是什么错事，当然，也不见得多好。"

我们根本就不正常，我很想对他这么说。但谢德果决的语气让我打消了念头。"你是对的，谢德。"我点头说道，希望他不要识破我拙劣的谎言，“你一直都是对的。”

他笑了起来，大口吃光了晚餐。“我写的信也是一贯正确吗？”他咯咯笑着松开了我的手。这笑容如此熟悉，让我一阵心痛。为了让他好过点儿，我硬挤出笑意，但很快就被卡尔沉重的脚步声一扫而光。

他一阵风似的从我们身边走过去，跨过谢德伸直的腿，眼睛紧盯着驾驶座舱。“我们快要进入传感区了。”他这话不是对某一个人说的，但我们全都立刻行动起来。

奇隆慌慌张张地从驾驶室里跑出来，活像个被轰走的小男孩。卡尔根本没理会，他的全部注意力都集中在飞机上，除此之外别无他物。至少在现在，面对眼前的重重危机，他们俩人之间的敌意可以暂居二线了。

“系安全带。”卡尔坐进驾驶座，回过头与我目光相接。他以一种超然的精确，一个一个快速地扣紧了那些带扣。在他旁边，法莱也做着一样的事，悄无声息地暂时占据了我的座位。我对此倒是毫不介意，瞪眼看着飞机降落太吓人了，我还是想象一下那场面就够了。

谢德颇有傲气，但是不傻，马上就动起来了。我和奇隆一人一边地搀着他，他一站起来就能拄着拐杖自己走了。他立刻坐进座位，我在他旁边，另一边是奇隆。这回，我的老朋友老老实实地系上了安全带，还一脸严峻地紧紧攥住了带子。

我盯着自己的安全带，那紧压的束缚之下竟然有种奇异的安全感。*你只是把自己和疾飞的金属块绑在一起而已。*这话不假，但至少在接下来的几分钟里，生与死便只在于飞行员一个人了。我也不过是搏命奉陪罢了。

驾驶舱里，卡尔在数不清的按钮、拉杆中忙碌着，为可能遭遇的一切做着准备。傍晚的霞光让他眯起了眼睛，落日的余晖洒在他身上犹如火团，红色、橙色的光芒仿佛是他自己燃起的烈焰。我想起了纳尔希、尸骨碗，还有训练赛，在那些情境之下，卡尔不是王子，而是烈焰地狱。那时候，我为他显露出的残忍而震惊不已，现在却不然。我永远也不会忘记他皮肤之下燃烧着的愤怒、支撑他的复仇之火，也会时刻记得它们有多么强烈。

任何人都可能背叛任何人。卡尔也不例外。

突然，有人碰了碰我的耳朵，吓得我要跳起来，却又被安全带绑住了。我回过头，看见奇隆的手停在半空，脸上带着促狭的笑意。

“它们还在啊。”他说着指了指我的脑袋。

是的，奇隆，我的耳朵还在呢。我想顶他一句，但随即就明白了他的意思。四块小石头，粉色、红色、深紫色、绿色——我的耳环。前三只是哥哥们送的，每一对都是我和吉萨共享，一人一只，哥哥们服兵役离家的时候就留下它们作为纪念。最后一只，是奇隆给我的，那时候他正处于绝望的边缘，随后便是红血卫队袭击阿尔贡，接着便是一刻不停的危机和背叛，直到现在也没有停止。这些耳环陪着我经历了一切，从布里离家参军到梅温欺骗出卖，每一只都沉甸甸的，坠满了记忆。

奇隆的目光落在那枚绿色的耳环上面——和他眼睛的颜色一样。他的脸色变得柔和，仿佛脱下了几个月以来磋磨背负在身上的硬壳。

“当然，”我回答道，“我会把它们带到坟墓里去的。”

“我们还是别老提坟墓了，尤其在这节骨眼儿上。”奇隆嘀咕着，又看了看他的安全带。

在这个角度，我得以更近地看清楚了他脸上的瘀伤：一只熊猫眼是拜上校所赐，青紫色的腮帮子则归功于我。“对不起。”我为我说过的话和挥过的拳向他道歉。

“你已经不算下狠手了。”奇隆笑了起来。他说的没错。

无线电设备发出粗糙刺耳的嗞嗞声，打破了这片刻安宁。我抬头看向卡尔，只见他向前探着身子，一只手扶着舵轮，另一只手紧握住了无线电对讲机。

“爱国者要塞，爱国者要塞，这里是BR18–72，起飞点德尔菲，目的地兰卡瑟要塞。”

卡尔冷淡平直的声音回荡在机舱里，听不出一丝一毫的漏洞，甚至连点儿兴奋都没有。但愿爱国者要塞的人也这么认为。他又重复了两遍电台呼号，最后都有点儿无聊厌倦了，但他的身体始终紧绷，焦灼地咬着嘴唇，等待对方的回复。

我们静静地听着，一秒犹如一小时那么长，可是只能听见无线电另一端静电发出的嗞嗞声。在我旁边，奇隆又紧了紧安全带，为最坏的情况做准备。我也默默地这么做了。

这时，话筒嘎吱作响，地面的回复就要传来，我的手死死地抓住了座椅的边缘。我对卡尔的飞行驾驶技术有信心，但那不代表我希望见识一下如何从空军编队的围剿中死里逃生。

“收到，BR18–72，”一个严厉而颇具权威的声音最终响起，“下次报备，坎科达。收到？”

卡尔缓缓地吸了口气，难以抑制地露出笑容：“收到，爱国者。”

但还不等我放松下来，话筒又嗞嗞啦啦地响了起来。卡尔咬紧了牙齿，手滑向舵轮，屏息凝神，每一根手指头上都倾注了全部注意力。只是这么一个动作就把我们吓得要命，法莱也不例外。她坐在卡尔旁边的座椅上，圆睁双目，半张着嘴，像是要把接下来的塔台指令咬断似的。谢德也目不转睛地盯着仪表盘上的无线电设备，紧紧地握住了手里的拐杖。

就这么胆战心惊地等了好一阵子，那个声音才又响起来。“兰卡瑟上空有暴风雨，请多留意。”它平淡，公事公办，没有半点儿起疑。“收到？”

这一次，卡尔垂下了头，半闭的眼睛一派放松的模样。我也情不自禁地和他一样。“收到。”卡尔对着话筒说道。“咔嗒”一声，对方关掉了应答器，静电的嗞嗞声消失了，信号传递就此终止。做到了，没被怀疑。

机舱里仍然没人说话，直到卡尔回过头，歪着嘴一笑：“没出汗。”还小心地摸了摸前额，擦掉薄薄的一层细密反光。

看他这样子，我忍不住大笑起来——烈焰王子，竟然出汗了。卡尔没介意，反而笑得更开心了，随后就回过头去专心驾驶。严肃如法莱也流露出一丝笑意，只有奇隆晃着脑袋，松开了我的手。

“干得好，殿下！”谢德说。“殿下”这个敬称在奇隆嘴里如同诅咒，此刻我哥哥说来却满含尊重。

我想正是因为如此，王子才笑了起来，摇摇头说：“叫我卡尔就好。”

奇隆压低了音量冷冷一哼，声音小得只有我能听见。我用胳膊肘往他肋骨上一戳。“礼貌点儿能死吗？”

他往旁边躲了躲，免得再招来新的瘀青。“我可不想冒这个险。”他悄悄对我耳语，随即又大声冲着卡尔嚷嚷，“我们是要在坎科达歇脚吗，殿下？”

这回我狠狠地踩了他一脚，听他叫唤起来才算心满意足。

二十分钟之后，太阳已经落了下去，我们飞越了哈伯湾和纽新镇的贫民窟，正在逐渐降低高度。法莱在座位上动来动去，一刻不停，伸着脖子，想尽可能看清楚舷窗外的情况。此时此刻，我们下方只有茂密的树林——诺尔塔绝大部分地区都覆盖着这样的植被。这里看起来有点儿像我家，仿佛翻过一座小山就能看到干阑镇似的。但我家在西边，距离这里有一百多英里呢。这儿的河流样子陌生，道路也怪怪的，围着水道的那些村庄，我一个也不认识。那个新血，尼克斯·马斯登，就住在其中一个村子里，还不知道自己是谁，也不知道要面临什么样的险境——如果他还活着的话。

我本应该担心这是个陷阱，但我没有，我不能。推着我不停往前走的，就是想要找到那些新血的念头。不是为了什么革命事业，而是为了我，为了证明这样的基因突变不是只有我和我哥哥。

我对梅温的信任是错付了，对朱利安·雅各的信任却不然。我比其他大多数人都了解他，卡尔也是。他也像我一样，知道这份名单是真实的，至于其他人，就算有疑虑，也不会表露出来。我想，他们也是想要“相信”的。这份名单给了他们希望，关乎武器、机会和战斗的可能。这名单就是我们所有人的支柱，让大家都能紧紧抓住。

飞机掉转角度驶向树林的时候，我看着手里的地图，好转移注意力，但是肚子里仍然一阵翻腾。

“真是见鬼！”卡尔咕哝着，他盯着舷窗外面——那大概是废墟改造的跑道吧。他又猛地一拉拉杆，我脚下的金属盖板震了起来，机舱到处都响起了清晰的呼呼声，仿佛穿透身体一般。“着陆，防冲击姿势！”

“你这意思是？”我紧咬着牙齿挤出这一句，看见窗外的天空已然变成了树冠。

不等卡尔回答，整个飞机猛烈地震动起来，撞向上了什么硬东西。我们死死地抓着安全带，在各自的座位里被甩得东倒西歪，巨大的惯性让机身不停地前后摇动。谢德的拐杖飞了出去，打到了法莱的椅背，但她根本没注意到，只是一眨不眨地睁大眼睛，攥着座椅扶手，指关节都发白了。

“我们着陆了。”她气喘吁吁地说道，声音淹没在发动机巨大的轰鸣声里。

夜色悄无声息地降临，笼罩着这片所谓的废墟，远处间或传来鸟儿的鸣叫，以及飞机的低声啸叫。引擎的转速渐渐减慢，等我们往北滑行了一段路之后，便完全静止下来。机翼下静电流发出的蓝色微光消失了，只有机舱内部的灯还亮着，天上的星星还亮着。

CHAPTER10
第十章

我们全都一言不发，沉默地等待着，希望这样的着陆没有引起什么人的注意。

空气里有一股秋天的气味，混合着落叶和远方暴风雨的潮湿气息，我在机尾坡道边上深深地呼吸着。奇隆缺觉缺得厉害，撑不住睡着了，偶尔发出一两点鼾声，打破了四周寂静。法莱早就不见了，她带了枪，去跑道的其他地方侦察搜索。为防万一，谢德和她一道走了。这是几个星期——甚至几个月以来，我第一次不在任何人的监视之下。我又属于我自己了。

当然，这持续不了多久。

卡尔从坡道上快步走了下来，肩上扛着一杆步枪，腰上挎着一把手枪，手里还提着一袋食物。一头黑发和黑色连身工服，让卡尔看起来犹如阴影的化身，我肯定他这是刻意为之。

“你要去哪儿？”我一把抓住他的胳膊。他原本可以一秒就甩开的，但是他没有。

“别担心，我拿的不多，”他指了指手里的袋子，“虽然我可以偷走所需的一切。”

“你？偷？”我冷哼一声。简直难以想象，一个王子，残忍如他，竟然会干“偷”这种事。“他们会剁掉你的手指头，这还是轻的，而最惨的是，砍头送命。”

卡尔耸耸肩，做出一副无所谓的样子：“这跟你有关系？”

“有。”我低声说道，极力不显露出痛苦，“我们需要你，你知道的。”

他的嘴角动了动，但并不是要笑：“这跟我有关系？”

我真想狠狠地教训他一顿，但卡尔可不是奇隆，他会笑着接招儿，然后继续走开。对待这位王子，必须晓之以理，让他信服。得旁敲侧击。

“你自己说过，我们找到的每一个新血，都是可以用来对梅温发起进攻的武器。这话仍然当真，对不对？”

他没点头，可也没反驳。他在听我说，至少。

“你知道我能做什么，谢德能做什么，那个尼克斯还可能比我们俩更厉害，更好，对不对？”

没有回应。

“我知道你想让他死。”

四周漆黑一片，卡尔的眼睛里亮起了奇异的光芒。

“我也想。”我对卡尔说，“我想用自己的双手掐住他的喉咙，我想看他血流遍地，为他自己做过的恶，为他杀害的每一个人。”这感觉太好了——大声地说出来，承认自己最恐惧的东西，对唯一懂得的人，说出来。我想用最狠毒的方式折磨他，让他的骨头里都窜动着闪电，让他喊都喊不出来。我想让那个名叫梅温的魔鬼毁尸灭迹。

然而，当我想着要杀死梅温的时候，却也同时想到了自己曾深信不疑的他的样子。我一直告诉自己，那个梅温是假的，我所认识的，在乎的梅温只是个幻影，为我量身定制的幻影。是伊拉王后将她的儿子扭曲塑造成了我喜欢的模样，她确实如愿以偿。从某种层面上说，那个不存在的好梅温至今纠缠不休，这比我其他困境更糟糕。

“可是我们力所不及，”我站在自己和卡尔两个人的立场上，“如果现在就去找他，他会把我们都送上西天的。你很明白这一点。”

卡尔曾身居将军之位，即便如今境地，也仍然不脱战士本色，他了解交战和决斗。如果撇开愤怒，撇开渴望复仇的点点思绪，他心里清楚得很，这一场对决，他赢不了——现在还赢不了。

“我不是你们革命事业的一员，”他轻轻地说，声音消散在夜色里，“我不是红血卫队的一员。我不是这些的其中一员。”

我都能看见他狠狠地踩在自己的恼怒上面。

“那么，你是什么，卡尔？”

他张了张嘴，想挤出个答案，但终究什么也说不出来。

我理解他的困惑，尽管我不喜欢。他生来成长的方向，就是要成为我所敌对的人，他不知道如何成为别的什么。而现在来说，与红血族的相处，则让他纠缠于自我，纠缠于已然背叛的血统。

我胆战心惊地等了好一阵子，卡尔转过身来，回到了机舱里，放下了食物和枪，改变了决定。我悄悄地吸了口气，略微放心：他会留下来了。

但是会留多久，我并不知道。

GLASS SWORD

第十一章

按地图所示，科昂在东北方向四英里之外，位于雷根河与宽阔的通港公路交口。它看起来只不过是个贸易边区；通港公路转往内陆的拐点周边有些村庄，它便是最为靠近的一个；四周满是大片、难以通行的沼泽，阻隔了通往北方边境的路。在诺尔塔的四条次干道中，通港公路是最为繁忙的，连接着德尔菲、阿尔贡和哈伯湾。所以，尽管位于偏远的北方，这里也仍然危机四伏：随时都会有银血族的军人或其他人经过——即便不是专门追踪我们的，全国也不会有哪一个银血族认不出卡尔。他们会逮捕他，甚至一看见他就大开杀戒，毫不留情。

他们干得出来，我对自己说。我本该觉得害怕才对，却反而斗志昂扬。梅温、伊拉、萨默斯家的伊万杰琳和托勒密，就算个个身怀异能，他们也还是有弱点，还是有可能输的——只要我们找到了合适的武器。

这样的想法让我暂时忘记了几天以来受的伤。我的肩膀痛得不那么厉害了，身处静谧的树林，我发现自己脑海里的嗡鸣也减少了，已经有好几天都想不起音爆者的尖厉声音了。就连今天我揍了奇隆一拳的指关节也不怎么痛了。

谢德在树丛间跳跃着，他的身影时隐时现，仿若穿透云层的星光。他和我们保持着密切的距离，绝不离开我们的视线之外，小心翼翼地控制着隔地传动的步伐。有那么一两次，他悄悄提醒，指点着小径的弯道或是隐蔽的小沟——给卡尔。谢德、奇隆和我都是在林子里长大的，他却是生长在王宫里、军营间的，从来也没想过自己会夜行林间，也就无从做什么准备——总把树枝弄出大响动、偶尔脚下磕绊打滑，都是再明白不过的辅证了。他早已习惯为自己燃烧出一条路，清除掉所有的障碍和敌人，就只靠他自身的本事和力量。

王子每次失手，就能看见奇隆的牙齿一闪，意味深长地笑笑。

“看着点儿！”奇隆猛地一拽，帮他躲过了隐藏在暗影里的石头。卡尔很容易地就挣脱了这打鱼少年的手，但也仅此而已。他是带着谢意的。就这样，我们一路走，来到了一条小溪边。

岸边的树丛茂密，树枝低垂，弯成了一道弧线，跨过溪面，叶子轻拂着另一边的溪岸。星光透过枝叶，半明半昧，勾勒出小溪的去向：穿过树林，汇入雷根河。小溪不宽，但是看不出深度，至少水流还算平缓。

奇隆好像更愿意在水里待着，他敏捷地跳进浅滩，往溪水中央扔了一块石头，听着石头落进水里的“咕嘟”声，过了一会儿说：“六七英尺吧。”“需要给你扎个筏子吗？”他冲着我咧嘴笑道。

我第一次游泳是十四岁，在卡皮塔河，那可是一条真正的大河，深度有这小溪的三倍，宽度则将近十倍。所以我二话不说就跳进小溪，把头没进了漆黑冰冷的水中。这里距离大海不远了，溪水尝起来有一股淡淡的咸味。

奇隆紧跟在我后面，他经验丰富，泳技高超，一个猛子下去，几秒钟后就游到对岸了。他竟然没怎么炫技，还挺让我惊讶的，我本以为他会表演鱼跃龙门或是水中闭气呢。不过当我也上了岸，就明白这是为什么了。

谢德和法莱站在稍远处的岸边，看着脚下的溪流，看着王子走上浅滩，两个人的脸上都强忍着笑意。溪水刚刚没过卡尔的脚踝，温和得就像母亲的抚摩，可月色之下，他面色惨白，连忙双臂环肩，想把自己发抖的手藏起来。

“卡尔，”我小心地压低了声音，“怎么了？”

奇隆倚在一截树桩上，哼了一声。他脱下外套，一边手脚麻利地把水拧干，一边说：“过来呀，卡洛雷王子，你能开飞机上天，却不会游泳吗？”

“我会游泳。”卡尔急吼吼地说，又硬着头皮往前迈了一步，水没过膝盖了，“我只是不喜欢水。”

*他当然不会喜欢水。*卡尔是个燃火者，烈焰的操控者，没有比水更能削弱制约他的东西了。水令他怅然无助，令他能力尽失，是他生来就会厌恶、惧怕和对抗的东西。我想起在角斗场时，他几乎被置于死地的一幕：奥萨诺勋爵用浮在半空的水球将他牢牢压制，就算燃起几点火苗也无济于事。那感觉一定像是被困在了棺材里——水做的棺材。

我猜他可能也想起了那个场景。眼下的溪水虽然和缓，回忆却让它看起来像是怒浪滔滔、无边无垠的海洋。

我的第一反应是游回去，用我的双手支撑他、帮助他游过小溪。可是那样的话，奇隆的嘲笑就会让卡尔彻底受不了了。树林里的大吵大闹可不是这会儿该有的。

“用鼻子吸气，卡尔。”他抬起头，看向岸上，我们的目光在溪流上方交汇。我带着鼓励冲他点了点头。*用嘴呼气。*这是他之前给我的建议，但此刻同样能让他平静下来。

他又往前走了一步，又一步，第三步，前胸起伏着，呼吸平稳。随后他游了起来，扑腾着划水，像一条大狗。奇隆用手捂着嘴，悄悄地笑，我立刻朝他丢了几块石头，才让他安静下来。卡尔一碰到这一边的浅滩，立刻就站了起来，忙不迭地甩掉身上的水。他的皮肤上缭绕着丝丝水汽，来自他因尴尬而升高的体温。

“太冷了。”他咕哝着，摇晃着脑袋，这样就用不着看我们了。他黑色的头发湿漉漉的，一绺绺地贴在一侧，脸上则因为不好意思而泛起了银光。我想都没想就走了上去，把他的头发撩开弄整齐，恢复成像样的发型。他一直凝视着我，看上去虽然惊讶，却也很是开心。

这下轮到我不好意思脸红了。*我们说好要心无旁骛的。*

“你们俩不会也怕水吧？”奇隆冲着小溪对面嚷嚷，声音大得都有点儿哑了。法莱没回答，只是笑了笑，抓住了我哥哥的手腕。一秒钟之后，他们就站在了我们旁边，笑悠悠的，身上半点儿也没湿。

好吧，他们跳过来了。

谢德抓着我的湿发梢笑话我。“你这笨蛋。”他温和地说。

但他还拄着拐杖呢，我一把就把他推到水里去了。

到达科昂附近的高地时，我的头发差不多干了。云升起来，遮住了月亮和星星，但村庄里面的灯光已经足够让我们看清楚了。从我们所在的位置俯瞰，科昂有点儿像千阑镇，也是守着河口，雷根河的河口，并且紧邻着十字路口。其中一条路铺设完好，路面整洁，略高于盐沼地，显然就是通港公路，而另一条路是东西向的，靠近村庄的那段只用土覆盖了路面。河堤上面有一座岗楼，顶端装着旋转灯标，那灯光每次扫过，我都忍不住瑟瑟发抖。

“他就在那儿是吗？”奇隆深吸一口气，“他”是指尼克斯。他看了看下面的镇子，那些低矮的房屋在岗楼投下的阴影里蜷伏着。

"'尼克斯·马斯登，在世，男，271年12月20日生于诺尔塔雷根州盐沼区科昂镇。现住址：同出生地。'名单上只有这些。"我一口气背了出来，那些字句早就印在我的头脑中了。但我略过了最后一部分，那像铭牌一样烙上去的话——血型：未检出；基因变异；世系不祥。名单上的每个名字——包括我自己的，后面都有这么一段话。朱利安就是凭借这些特点，在血液数据库中用我的血液进行比对，最终找到了这些人。现在，轮到我使用这些信息了，希望为时不晚。

我瞥了瞥四周，想透过夜色看清黑暗里都有些什么。所幸雷根河一派平静，在黑夜里缓缓流淌，道路上也没有人，就连远处的大海也像玻璃似的无风无浪。宵禁仍然没有取消，那是和《加强法案》一同颁布的。"看不到海军的船，通港公路上也没有车。"

卡尔点头，同意，我的心却动荡不安。梅温派出的追踪者肯定不会带着一大帮随从，让人一下就认出来的。只有两个可能：他们还没来找尼克斯；他们已经走远了。

"就算有宵禁，也没多难。"法莱飞快地检视着整个村镇，每个屋顶，每个角落都搜索了一遍。我觉得她以前一定经常这么干。"懒惰的镇子，懒惰的警卫。我赌十个领主金币，他们肯定连安全记录都没好好写。"

"我赌你赢。"谢德轻轻碰了碰她的肩膀。

"我们在那儿会合。"卡尔指了指半英里之外的一片树丛。夜色掩映下，它们影影绰绰的，被沼泽和高草围绕着，确实是完美的掩护，但我还是摇了摇头。

"不能分头行动。"

"你觉得我们应该一堆人在这儿慢慢晃悠？难道不该你和我一马当先？我去把巡逻哨卡炸掉，你把所有挡在路上的警卫电晕，难道不该是这样？"卡尔已经尽力保持冷静了，但他的声音越来越像个恼火的老师——像他的舅舅朱利安。

“当然不是——”

“我们谁也不能到村子里去，梅儿，除非你想杀掉所有见过我们的人。所有人。”

卡尔与我四目相交，希望我能理解他的意思。所有人。不只是警卫，不只是士兵，甚至不只是银血族。所有人。任何关于我们的风吹草动、传闻流言，都会引来梅温的追杀。禁卫军、士兵、烈焰军团，一切都在他的掌控之中。我们唯一的防御措施就是隐蔽起来，时刻快他一步。任何会留下蛛丝马迹的事，我们都不能去做。

“好吧，”我的声音低了下去，“但是奇隆也跟咱们一起。”

奇隆眼神一晃，来回看着我和卡尔：“要不是你老像保姆似的护着我，进展能快得多啊，梅儿。”

保姆。我觉得自己就是个保姆，就算他现在能思考，能打架，能自力更生了。要是他没这么笨，非得献身红血卫队，非得拒绝我的保护，那该多好。

“梅温知道你的名字，”我对奇隆说，“你的身份证件和照片不会传遍全国所有的岗哨吗？我们还没傻到这个地步呢。”

他撇着嘴，一脸愁容：“那法莱呢——”

“我是湖境人，小朋友。”法莱替我回答了。至少在这件事上，我们意见一致。

“小朋友？”奇隆气哼哼地说，“你根本不比我大多少。”

“精确地说：大四岁。”谢德顺口说道。

法莱翻了翻眼睛，来回看着他们俩：“你们的国王可没有我的身份记录，再说他也不知道我的真名。”

“我可以去，是因为所有人都以为我已经死了。”谢德倚着拐杖，一只手搭在奇隆肩上想让他平静，不过被他甩开了。

“好吧。”奇隆压低声音咕哝着，看也不看我们就冲树林里走去，又快又静，像只老鼠。

卡尔瞪着他，挑起嘴角，露出一丝厌恶：“我们就不能不管他吗？”

“别这么无情，卡尔。”我尖厉地说着去追赶奇隆。经过这位王子旁边的时候，我用没受伤的那边肩膀使劲撞了他一下。不是想把他怎么样，而是要明确告诉他：*别打奇隆的主意。*

卡尔紧跟上我，一边轻声耳语，一边用温热的手扶住我的胳膊，想安慰我：“我开玩笑的。”

可我知道不是这么回事，那根本不是开玩笑。而最糟糕的是，我也意识到，卡尔话里的意思没错。奇隆不是士兵，不是学者，不是科学家。他能迅速地织好一张渔网，比我认识的任何人都快。但那有什么用？我们是在找人，不是在捕鱼。我不知道奇隆在红血卫队接受过什么样的训练，反正也只是一个多月，能有什么效果？他从辉映厅脱身是因为我，在恺撒广场的大屠杀中幸存下来则纯属运气好。他没有异能，没经过多少训练，也不怎么机灵，除了拖累我们，还有什么用？

我从兵役里把他救了出来，但这次不行了。这是一场战争啊。我想把他送回家去，送回干阑镇，回到我们的卡皮塔河边，回到我们熟悉的生活里去。他也许会贫穷拮据，日夜操劳，胸无大志，但他会活着。在树林与河堤之间的日子，我是再也回不去了。但他还是有可能的。我想让他回去。

让他留在这儿是不是太疯狂了？

可是我该怎样让他离开？

这些问题我都回答不了，但是关于奇隆的思绪，就先甩开别想了，它们都可以等等再说。当我回头想跟谢德和法莱说句“再见”时，才发现他们早就走了。我一想到科昂可能埋伏着陷阱，就忍不住脊背发凉，昔日枪炮大作的声音仍然停留在我的记忆里。不。谢德有异能，法莱有经验，今天晚上他们一定能所向无敌——只要没有我。只要没有窝藏闪电女孩，所有人就都不是非死不可的死罪。

在高高的草丛中，奇隆用灵巧的双手拨开绿色的草茎，犹如一道阴影，没有留下任何痕迹——当然这也无所谓，因为卡尔磕磕绊绊地跟在我后面，魁梧的身子东撞西撞，根本不可能掩盖住我们的行踪。在天亮之前，我们就得离开这儿，最好是，带着尼克斯一起走。如果够走运的话，没有人会注意到村子里少了一个红血族，等梅温明白我们想干什么的时候，我们早就超过他了。

*可我们到底想干什么？*我脑海里的声音变得奇异，像是朱利安、奇隆和卡尔的声音混在了一起，还有一点儿像吉萨。它刺戳着，挑明了我害怕承认的事实：*名单只是第一步。寻找新血——然后呢？他们要做什么？我要做什么？*

我茫然失意地越走越快，渐渐超过了奇隆，都没注意到他放慢步子为我让路。他知道我想一个人待会儿。草木一下子密密地围拢，在黑暗中犹如屏障，我希望独自一人。自打我在潜水艇里醒来，就没有过片刻的安宁，就算有那么一小会儿也会被奇隆打断。看见他我是很高兴的，不过现在，我希望有一点儿属于自己的时间，去思考，去谋划，去哀伤，用我那已经面目全非的生命把自己包裹起来。

"我们让他做选择。"我放大声音说，知道不管是奇隆还是卡尔都不会离我太远，他们能听见。"让他自己选，是跟我们走，还是留在这儿。"

卡尔靠在附近的一棵树上，身子是放松的，眼睛却紧盯着地平线。什么也逃不过他的目光。"我们要告诉他这个选择的后果吗？"

"你想杀了他，得先过了我这关才行。"我说，"我不想让任何一个新血因为不想加入我们而送命。再说，就算他想要向警卫告发我们，他也得先说明前因后果，而这对马斯登先生来说，和自己去送死没什么两样。”

王子绷住了嘴唇，强忍住冷嘲热讽。跟我争辩是没用的，至少现在没用，而他显然还不习惯执行除自己之外的人的命令。“我们要跟他提及梅温吗？告诉他如果留下就是等死？告诉他一旦被梅温抓住，其他人也是死路一条？”

我点了点头。“所有能讲的，我们都告诉他，然后让他自己选择要成为谁，或什么。至于梅温……”我思索着该怎么说，可那些话语每分每秒都愈加可怕，“我们比他快。我想我们能做的只有这个了。”

“为什么？”奇隆插进来说，“给他选择干什么？你自己说过的，我们需要能找到的每一个人。要是这个名叫尼克斯的家伙有你一半厉害，我们可不能放他走啊！”

答案很简单，却如削骨之痛。

“因为没人给过我选择。”

我告诉自己，会一直坚持下去，就算是知晓后果如何——帮奇隆逃脱兵役，发现我自己的异能，加入红血卫队，剥离过去的生活，搏击，杀戮，成为闪电女孩。但真的是这样吗？说实话，我不知道。

在沉重而紧张的静谧之中，我们已经等了一个多小时。这正好给了我时间来思考，卡尔则沉默着打起盹儿来——这几天来，他和我一样，迫切地需要休息。奇隆也不敢胡闹玩笑了，他自得其乐地坐在一截木桩上，把那些高草的茎叶编织成网子。脆弱而无用，他却微微笑着，沉浸在这古老而熟悉的活计中。

我想象着村子里的尼克斯，被人从床上拖起来，可能还被塞住了嘴，毫无悬念地迈进了我一手造就的罗网。为了逼他就范，法莱会威胁他的妻子和孩子吗？或是谢德抓住他的手腕一跳，他们便坠入令人眩晕的隔地传动中，随后落脚在这片树林？出生于271年12月20日，尼克斯四十九岁了，和老爸差不多。尼克斯会像老爸一样负过伤，身体残缺吗？或是健康完好，等着我们来让他负伤残破呢？

我正要陷入阴暗疑问的该死旋涡，高草动了动——有人来了。

仿佛被按动了身上的开关，卡尔站了起来，浑身的肌肉都绷紧了，时刻准备着应对草丛中走出来的人。我原以为会看见他的指尖上燃起火星，但经年累月的军事实战让卡尔更了解自己：在黑暗之中，他的烈焰会像瞭望塔上的探照灯一样显眼，引来所有警卫。不过，令我惊讶的是，奇隆和卡尔一样惊醒。他丢掉草编的渔网，扔在脚下，甚至还从靴子里抽出了一把匕首，锋利、厚实——那是他以前用来宰鱼的。这一幕让我心惊：那把小刀什么时候变成武器了？他又是何时开始在靴子里藏匕首的呢？也许是从人们朝他射击的那天开始的。

我也有武器在身。血液中的电流嗡鸣便是我的全部所需，它比所有刀刃更锋利，比所有子弹更残忍。火花在我的皮肤之下流淌，随时听候调遣。我的异能有着卡尔的烈焰所缺少的纤巧敏锐。

一声鸟鸣划破夜空，穿过草丛。奇隆以一声低低的口哨试探着呼应，听起来就像是那些干阑镇的画眉鸟。“是法莱。”他压低声音，指了指高草。

法莱是第一个走出阴影的，但不是最后一个。后面还有两个人：一个拄着拐杖的是我哥哥，另一个又矮又壮，四肢肌肉发达，挺着肚腩，略有年纪——尼克斯。

卡尔握住我的胳膊，微微用了点儿力气，把我往后拉，拉进了草丛深处更浓重的阴影里。我毫不犹豫地照办了，因为我知道，谨慎是永远不嫌多的。我有点儿悲观地想着，要是有一条红色的围巾就好了，像我们在纳尔希那样。

“碰到什么麻烦了吗？”奇隆说着走向法莱和谢德。他的声音似乎苍老了些，比我所熟悉的要自制得多。他一直盯着尼克斯，这个矮墩墩的新血，手指哪怕动一动都逃不过他的眼睛。

法莱有点儿不耐烦。“小菜一碟，就算有个跛脚的家伙在旁边转悠。”她指了指谢德，接着又指着尼克斯说，“他完全没有反抗。”

尽管四周漆黑一片，我还是能看见尼克斯脸上泛起深深的红色。“好吧，我又不傻，对吧？”他粗声粗气、直刺刺地说道。这个人并不擅长保守秘密，尽管他的血液中就藏着最大的秘密。“你们就是那个红血卫队，警卫会因为你们出现在我家而把我吊死，虽然是你们不请自来的。”

“知道就好。”谢德低声说道。他向我这边投来意味深长的一瞥，明亮的眼神微微黯淡：我们的出现都能置人于死地。“那么，马斯登先生——”

“叫我尼克斯吧。”他咕哝着，眼睛里闪着微光，顺着谢德的目光，看见了阴影中的我。他瞥了几眼，想看清我的脸。“不过我想你们应该早就知道我的名字了。”

奇隆敏捷地往旁边动了动，挡住了我。这动作看似无意，但尼克斯皱起了眉头。他明白这里面的深意。他剑拔弩张，脸对脸地站在奇隆对面。虽然奇隆比他高很多，他却没有显露出一丝害怕。他伸出一根手指，粗鲁地戳了戳奇隆的前胸。“你们在宵禁之后把我弄到这儿来，这可是不得了的大罪。现在告诉我，你们到底想干什么，要不然我就要回家去了，还得一路小心着呢。”

“你是与众不同的，尼克斯。”我的声音又尖又细，听起来很幼稚。我该如何解释呢？要告诉他的那些话，还从没有人对我讲过。我自己都没真正弄明白呢，又要对他说些什么？“你知道的吧，你有些……有些无法解释的地方。也许你会觉得自己有……有些不太对劲。”

我的最后一句话像箭似的，刺中了这个粗野的矮个子，他抖了一下，愤怒消失殆尽了。我话里的所指，他一清二楚。“是的。”他说。

CHAPTER11

第十一章

我站在草丛深处没动，但是示意奇隆让开。他照做了，给尼克斯让了路。当他走近我，走进阴影中的时候，我的心跳得飞快，怦怦地回响在我的耳朵里，像是紧张、热切的鼓声。这个人是新血，像我，像谢德。是理解我们的人。

尼克斯·马斯登一点儿也不像老爸，但他们的眼睛是相似的。不是颜色或形状相似，而是另有一致：空洞的眼神，诉说着虚无、难以痊愈的失去。老爸几乎不能自己呼吸，更不用说走路了，可让我惊恐的是，尼克斯身上的伤痛更甚。他下垂的肩膀，灰白的头发，无心打理的衣服，都诉说着这一点。如果我还是那个小贼，我都不屑于对这样一个人下手。他已经一无所有。

他迎着我的目光，打量我的脸，我的身体。他知道我是谁了，瞪大眼睛说道："闪电女孩。"但是当他认出我旁边的卡尔时，他的震惊一下子变成了愤怒。

对一个将近五十岁的人来说，尼克斯的速度快得让人吃惊。在阴影之中，我都没看清他是怎样肩膀一晃，怎样冲上去，怎样抓住了卡尔。虽然他的块头只抵得上卡尔的一半，却像头公牛似的把卡尔撞翻了，两人一起撞上了旁边粗壮的树干。树干发出断裂的闷响，从根到枝摇晃不已。我愣了一下，意识到必须出手。卡尔是卡尔，但尼克斯是什么，能干什么，我们还一无所知。

尼克斯猛力挥拳，击中了卡尔的下巴，力气之大，我担心骨头会断。我用胳膊箍住他的脖子，"别逼我，尼克斯。"我在他耳边说，"别逼我。"

"放马过来。"尼克斯冲后吐了口唾沫，想用肘部把我推开。但我紧抓住他，狠狠勒住他的脖子——他的皮肉摸起来硬得像石头。*很好。*

我将足够的能量注入尼克斯身上，想电他一下，让他就范。电流会让他头发直竖，紫色的火花击中他的皮肤，我等着他松手，退后，也许还会打战，然后恢复清醒理智。可他好像完全没感觉到我的闪电，只有点儿烦躁，就像牛马躲开苍蝇那样。我又电了他一下，这回加大了电量，随后又电了一下，可还是一点儿用都没有。我惊讶不已，被他一下子甩开，重重地摔倒，后背撞到了树上。

卡尔比我干得好，他尽可能地躲闪着挥过来的拳头，可是每挨一下，哪怕是胳膊的擦撞，都会让他痛得直吸气。终于，他手腕上的燃火者手环擦着了火花，一个火球击中了尼克斯的肩膀，就像水击中石头，烧毁了衣服，可那之下的皮肉完好无损。

石皮人，我脑海中浮现出这个词。但眼前这位不止如此，他的皮肤不是石皮人那种灰色的、粗硬的，而是红润光滑的——他只是*刀枪不入*。

“住手！”我怒喝道，极力压低声音。可是这混战——或者说是一面倒的暴揍，却仍在继续。银色的血从卡尔的嘴边流下来，溅到了尼克斯的指关节上。

奇隆和法莱冲了过来，杂乱的脚步声响成一片。我不知道他俩能把这人形粉碎机怎么样，于是伸手想阻拦，但谢德比他们快一步，跳到了尼克斯背后。他也像我一样，箍住了尼克斯的脖子，接着眨眼之间，两个人便不见了。一秒钟之后，他们在十英尺之外再次现身，尼克斯倒在地上，脸色因眩晕而发绿。他挣扎着想站起来，可谢德用拐杖卡住了他的脖子，让他动弹不得。

“别动，否则就再来一次。”谢德说道。他的眼神生机勃勃，暗含威慑。

尼克斯举起一只沾了银血的手，表示投降，另一只手则捂着肚子，仍然没从隔地传动的震惊和空气挤压中恢复过来。那感觉我太清楚了。

“够了。”他气喘吁吁地说着，额头上沁出了亮闪闪的汗珠儿，说明他也用尽了力气。*刀枪不入，但不是永不疲倦的。*

奇隆重新坐回他的树根上，又抓起了刚才编的草叶网，他自顾自地笑了笑，好像是在嘲讽挨了打、流了血的卡尔。“我喜欢这家伙，”他说，“非常喜欢。”

我费力地站起来，没理会那些骨头里的旧伤引发的疼痛。“王子是我们这一边的，尼克斯。他是来帮忙的，和我一样。”

这话并没有让他缓和下来。尼克斯跪坐起来，露出发黄的牙齿。他的呼吸粗粝刺耳。“帮忙？”他冷笑道，“那个银血混蛋把我的两个女儿早早地帮进了坟墓。”

卡尔尽了全力保持风度，但他的血还是从下巴上滴了下来。“先生——”

“达拉·马斯登，詹妮·马斯登，”尼克斯咬牙切齿地说道，他的目光直扫过来，像黑夜里的一把刀子，“铁锤军团，瀑布战役，她们才十九岁。”

战死了。真是个悲剧。可如果不是违反军纪被处死，怎么能说是卡尔的错呢？

卡尔的脸上浮现出一种纯粹的愧疚，他首肯了尼克斯的话。当他开口的时候，他的声音厚重低沉，压抑着强烈的情感。“我们赢了，”他低声说着，无法直视尼克斯的眼睛，“我们赢了。”

尼克斯握紧拳头，但强忍住了挥拳的冲动。“是你赢了，她们淹死在河里，尸身沉到了梅登瀑布底下，掘墓人连她们的鞋子都没找到。那封信上是怎么说的来着？”他步步紧逼，卡尔则步步退缩，“啊，对了，说我的姑娘们‘为胜利而死’，还‘保卫了王国’，末尾还有几个好看的签名呢，死掉的老国王的，军团将军的，还有那位决定让所有士兵徒步过河的战术天才。”

所有人都看向卡尔，大家的目光让他窘迫极了。他的脸色惨白，闪着血的银光和羞耻的难堪。我想起了他在辉映厅的房间，书和小册子里满是记录着战术的批注。那些字句当时就令我恶心，现在也让我想吐——因为卡尔，也因为我自己。我忘了他是谁。他不只是王子，不只是战士，还是个杀人凶手。在另一种故事走向里，齐步走向死亡的可能是我，是哥哥们，是奇隆。

“对不起。”卡尔屏住呼吸，强迫自己抬起头，看着这位悲痛父亲的愤怒双目。我猜，这也是他训练习得的一项本领吧。“我知道自己说什么都已经没有意义。你的女儿——以及所有的士兵——本该活下来的。你也一样，先生。”

尼克斯站起来的时候，膝盖咔嚓直响，但他根本就不在意。“你这是威胁我吗，小子？”

“是警告。”卡尔摇了摇头。“你和梅儿、谢德一样。”他指了指我俩，“与众不同。我们称之为‘新血’，既是红血族，又是银血族。”

“你竟敢说我是银血族。”尼克斯咬着牙说。

可这拦不住卡尔的话，他站起来，继续说道：“我弟弟会追杀和你们一样的人。他会把你们赶尽杀绝，然后假装你们从未存在过，把你们从历史上一笔抹掉。”

像是有什么东西哽住了尼克斯的喉咙，他的目光里浮现出浓浓的困惑。他瞥了我一眼寻求支持。“还有……其他人？”

“还有很多，尼克斯。”这一回我碰到他的时候，完全没有想要电击他的意图了。“女孩，男孩，老人，年轻人。遍及全国，等着我们去找。”

“那，你们找到他们……我们之后，然后呢？”

我张了张嘴想要回答，但是一句话也说不出来。我还没想过那么远的事。

法莱上前一步，替我回答了。她拿出一条红色的围巾，破旧却干净：“红血卫队会保护他们，帮他们隐蔽起来，如果他们愿意，还将接受训练。”

她的话让我退缩生疑，因为我想到了上校。他是绝不希望新血冒出来的，法莱却说得那么肯定，那么自信。像之前一样，我能肯定她另有王牌，另有我无法质疑的东西。

慢慢地，尼克斯从她手中接过了那条围巾，用那双沾了银血的手拿着，翻来覆去地看了一会儿。“要是我拒绝呢？”他的声音很轻，但我听出了那里面如铁的意志。

“那么谢德就会送你回去，你再也不会听到我们的任何消息。”我对尼克斯说，“但梅温会来。如果你不想和我们一起，最好逃到野外，隐姓埋名。”

他攥紧了手里的围巾：“没什么选择余地。”

“可是你确实有得选。”我希望他能明白我的意思，因为我打从灵魂深处想要这样的选择。“你可以选择留下，或一起走。你比任何人都懂得曾经的那些失去——而你能助我们夺回一些。”

尼克斯沉默了好一会儿。他踱着步子，手里拿着那条围巾，间或透过树丛瞥一眼瞭望塔和探照灯。它来回转了三圈之后，尼克斯终于又开口了。

“我的女儿们死了，老婆也死了，我讨厌沼泽地的臭味，”他说着走到我面前，“我和你们一起走。”随后他看向我背后。我不用回头就知道，他是在看卡尔。“让那个人离我远一点儿。”

GLASS SWORD

第十二章

我们在树林中潜行返回，没人受伤，也没被追赶，周遭只有海浪和云雾。然而我心里恐惧虬结的感觉却挥之不去。

虽然尼克斯差点儿打爆卡尔的头，可他的归顺看起来十分轻易。太轻易太简单了。如果说我在过去的十七年里——过去的一个月里曾学到了些什么，那就是没有什么是轻而易举的。一切事物都各有价码。如果尼克斯不是个陷阱，他必定另有危险之处。任何人都可能背叛任何人。

所以，哪怕他让我想起了老爸，胡子花白，满心悲哀，哪怕他和我有相像的地方，我也在心里与这个科昂人保持距离。我把他救出了梅温的魔爪，告之他自己是什么样的人，然后让他做了选择。现在我必须继续，对下一个、下一个、下一个……做一模一样的事。区别只不过是名字不同罢了。

星光笼罩着树林，匆匆一瞥之后，我翻查着朱利安的那份名单——现在我已经很熟悉了。其中涉及的地点其实并不多，主要散落在哈伯湾城附近，有两个位于城郊，还有一个位于纽新镇的贫民窟。怎样才能找到那些人呢？我一点儿主意都没有。主城肯定是像阿尔贡和夏宫一样，被城墙牢牢圈住，而且针对技工的种种限制，要比《加强法案》还严苛得多。不过我随后就想起来了，城墙和这些限制，对谢德来说都不是问题。他走路的样子已经越来越好了，过几天便可以抛弃拐杖了。那时候他就是无人能挡的了，那么我们就有可能赢了。

同样的遐思在我脑海里同时激起了恐惧和迷惑：我们赢了之后的世界会是什么样？我只能想象出自己会在哪里。回家，和家人在一起，在丛林里，能听见涓涓河水的地方。当然，奇隆也不会离我太远。但是，卡尔呢？我不知道在大结局的时候，他到底会怎么选择。

在夜晚的黑暗里，人的思绪很容易缥缈不定。我对森林再熟悉不过，用不着小心地盯着脚下，躲开树根和树叶，于是边走边恣意乱想起来，思考着未来会如何。一支新血组成的军队；法莱领导的红血卫队；红血族真的揭竿而起，从窒息区的战壕到灰城的大街小巷。卡尔经常说，全面开战是得不偿失的，因为红血族和银血族的伤亡都会非常惨烈。我希望他是对的。我希望梅温能看到我们究竟是什么人，能干什么事，能明白他自己赢不了。他不是傻瓜，战败的时候他就会知道了。*至少，我希望他知道*。因为，我目前所能判断的是，梅温从未输过——在紧要关头。卡尔赢得了他父王的心，赢得了他麾下战士们的心，但梅温赢得了王冠。真正重要的战争，每一场都是梅温赢。

而假以时日……他也会把我赢回去。

每一片树影之中，我都能看到他的模样，鬼魂一般站在尸骨碗的暴风雨里。雨水从那铁铸的王冠尖角上流下来，流进了他的眼睛里，嘴里，衣领里，流进了他没有心的凛冽深渊里。水渐渐变成红色，变成了我的血，而他张开嘴品尝着，牙齿锋利，泛着森森白骨的冷光。

我眨眨眼睛，把这叛国王子的记忆深深按下。

法莱在黑暗中嘀嘀咕咕，讲解着红血卫队的真正目标。尼克斯是个聪明人，但就像在烈焰王冠统治下的每一个人那样，他也是泡在谎言中的。恐怖分子、无政府主义、无端杀戮，这些词都是滚动新闻里用来形容红血卫队的。辉映厅动乱时丧命的儿童，阿尔贡桥坍塌后的废墟，他们展示着一切能让人将我们认作罪恶魔鬼的画面。而与此同时，真正的魔鬼却端然在王座之上微笑着。

“那她呢？”尼克斯小声问道，一边往我这边投来锐利的一瞥，“她真的引诱了王子，让他谋杀了老国王？”

尼克斯的疑问就像一把刀子，杀伤力之大，让我都忍不住看了看自己的前胸，是不是真有匕首插在那儿。但自己的痛苦姑且可以等等，在我前面，卡尔停住了，他宽阔的肩膀上下起伏，似乎是深深呼吸，努力平复着心绪。

我一只手扶住他的胳膊，希望能让他平和下来，就像他安慰我那样。他的皮肤在我的手指之下灼灼炽热，热得都有些烫手了。

“不，不是的。”我在自己的声音里倾注了一切坚定，告诉尼克斯，“事实完全不是那样。”

“所以老国王的脑袋是自己滚下来的喽？”他咯咯笑起来，本以为别人也会跟着哄笑，但即便是奇隆也懂得这种时刻应该默不作声。他甚至连嘴角都没动一下，因为知道失怙的痛苦。

“是梅温干的。”奇隆低吼道。这叫我们大为惊讶，而他眼睛里的神色，是纯粹的愤怒。“是梅温和他老妈干的。那个王后能控制你的思维，然后——”他的声音迟疑颤抖，不想再说下去了。国王之死实在太恐怖了——即便对一个希望置他于死地的人来说，也太恐怖了。

“然后怎么着？”尼克斯点着头，朝卡尔走近了几步。我目光犀利地看了他一眼，谢天谢地，他隔着几英尺停下了。可是他的脸上却现出讥讽嘲笑的神情，迫不及待地想看王子痛不欲生。我知道他有理由折磨仇人，但那不意味着我就得听之任之。

“别停下，继续走。”我压低声音，只让卡尔一个人听到。

他却转过身来，肌肉在我的触碰之下紧绷着，像是一片固体海洋下的热烈波涛。“是伊拉逼我做的，马斯登。”他古铜色的眼睛盯住尼克斯，让他不敢再向前一步。“她入侵了我的头脑，控制了我的躯体。她强迫我看着自己的胳膊抽出父王的剑，看着那把剑砍掉了父王的头。然后她告诉全世界，这一切都是我蓄谋已久。”过了一会儿，卡尔的气势弱下来，像是提醒自己似的，又说道，“是她逼迫控制我杀死了我的父亲。”

尼克斯的恨意消散了几分，人性的本真显露出来。“我看到那些画面了，”他结结巴巴地说道，像是在道歉，“到处都是，村子里哪哪都是那些转播屏幕。所以我就想——看起来是——”

卡尔目光闪烁，望向森林，但他并非在看树叶。他的目光落向过去，落向那些更加痛苦的记忆。“她还杀了我的生母。要是我们任她作恶，我们也必死无疑。”

以卡尔的异能来说，他并不是暴戾残忍的人。他明明能用一千种方法置人于死地，能领导军队，能烧光整个村庄，但他并不以此为乐。所以他接下来的话让我吃了一惊。

“等时候到了，”他凝视着我，“我们抛硬币决定吧。”

他明亮的烈焰一下子暗了下去。

当我们走出树林的时候，一阵紧张惊恐的战栗击中了我：如果“黑梭”不见了怎么办？如果有人设下陷阱怎么办？*如果，如果，如果。*但是飞机好端端地在原地停着，在夜色之中几乎和灰黑色的跑道融为一体，看不真切。我忍住想要冲进机舱内一享安然的冲动，努力地保持步伐，走在卡尔旁边。但是没有很近。*心无旁骛*。

“当心，留神看。”卡尔压低声音，在接近飞机的时候简短而明确地提醒我。他一眨不眨地盯着“黑梭”，搜寻着任何有可能预示着陷阱的蛛丝马迹。

我也一样，看着机舱尾部的装载坡道打开伸出，搭在跑道上。它看上去是清晰无虞的，“黑梭”机舱内部如何，从我们这个距离看来却是一片漆黑。

想要启动整架飞机，需要庞大的能量和极度的专注，但是想点亮舱内的灯泡就是另一码事了。就算是在十码之外，我也能轻易触及它们的线路，激起其中的电流，一下子照亮整个飞机的内部。机舱里没什么动静，倒是其他人被突然亮起的灯光吓了一跳，反而差点儿大动干戈——法莱都把手枪从腿上的枪套里抽出来了。

“是我，”我对她挥挥手，“飞机里没人。”

我加快了步子，急切地想要钻进机舱，被渐渐增量的电流包裹——正是它们让我的每一步都愈加坚定。当我踏上坡道，爬进飞机巨大的肚腹时，那感觉就像是沉入了一个温暖的拥抱。我把一只手撑在舱壁上，一路划过那些金属板材，我的能量流动着，从灯泡中涌出，沿着错综的电路将电流注入脚下的发动机室和机翼下的大型电池组。它们一起嗡鸣起来，用自己的能量撬动了更大的机械。整个“黑梭”启动了。

在我身后，尼克斯吸了口气，惊叹于这庞大的金属飞行器。他可能从来没有这样近距离地看过一架飞机，更不用说身处其中了。我转过身来，还以为会看到他打量那些座椅和驾驶舱，可他的眼睛直勾勾地盯着我。他涨红了脸，埋下脑袋，像是一个不太确定的鞠躬。不过，我还没来得及告诉他这玩意儿有多让我烦心，他就一屁股坐在座椅上，困惑地摆弄起安全带来。

“我要戴头盔吗？”他问大家伙儿，“要是我们得冲进高空，我需要个头盔啊。”

奇隆大笑着在他旁边坐下来，麻利地给他和自己都系好了安全带。“尼克斯，我看你是我们这里唯一一个不需要头盔的。”

他们一起歪着嘴咯咯笑起来。如果不是因为我，不是因为红血卫队，奇隆很可能最终也会变成尼克斯这样的人：一个满身伤痕的老头儿，除了一把老骨头什么都没有。我现在希望他有机会能安然变老，膝盖酸痛，胡子花白——只要他听话，让我保护他，不要固执地冲上去挡子弹。

“所以说，她当真是个闪电女孩。那这一位……”尼克斯指了指对面的谢德，搜寻着合适的词语来形容他的异能。

“传动者。”谢德礼貌地对他点了点头，然后就系上了安全带——能系多紧就系多紧，仿佛预见到了下一次飞行的质量。法莱则一脸不太高兴的样子，毅然将目光从自己的座位转移到了驾驶舱的舷窗外面。

“传动者，好吧。那你呢，孩子？”尼克斯用胳膊肘戳了戳奇隆，没注意到他消散的笑容。“你有什么本事？”

我把自己丢进驾驶座里，不想看到奇隆脸上一丝一毫的痛苦表情。但我的动作不够快，还是瞥见了他尴尬的脸色，僵硬的肩膀，眯起来的眼睛，以及刻薄的冷笑。理由再明确不过了，嫉妒像瘟疫扩散，让他浑身上下每分每寸都扭曲纠结起来。但这嫉妒竟然强烈至此，很让我吃了一惊：我从来没想过，奇隆也想像我一样，像个银血族一样。他自豪于他的血统，一向如此。当他第一次发现我的变化时，不是还愤怒不已吗？你是他们的人？他曾这样质问我，声音粗粝而陌生。那时候他怒火朝天，可现在的怒火又是怎么回事？

“我会捕鱼。”奇隆挤出一丝空洞的笑意，声音里满是苦涩。而我们任凭这苦涩烂在了沉默里。

还是尼克斯先说话了，他拍拍奇隆的肩膀。“螃蟹。”他边说边晃晃手指，“我一辈子也只是会逮螃蟹而已。”

这多少减轻了奇隆的不快，他自嘲地笑了笑，转而去看仪表盘前忙碌的卡尔——推动拉杆，旋转按钮，让“黑梭”做好了下一次飞行的准备。我感觉到了飞机友善的回应，它内部的电能正在向机翼上的发动机流淌，呼呼的嗡鸣响起来了，一分一秒地积聚着能量。

“看起来还不错，”卡尔突然开口，犹如往不安的寂静中擂了一拳，“现在我们要去哪儿？”

我愣了一下才反应过来，他是在问我。“噢，”我结结巴巴地说，“离这儿最近的新血在哈伯湾，两个在城郊，一个在贫民窟。”

我原以为会听到他对闯进戒备森严、高墙壁垒的银血族城市大放厥词，但卡尔只是点了点头。“这不容易。”他简单地提醒道，古铜色的眼睛凝视着仪表盘上闪烁的指示灯。

“很高兴听到你对我们尚且未知的事情发表见解，”我干巴巴地说，“法莱，你觉得我们能行吗？”

她点头，但隐忍平静的面具裂开了缝隙，流露出隐藏着的情绪：兴奋。她用手指在大腿上打着拍子，我则感到一阵不爽：她视此如同儿戏。“我在哈伯湾朋友不少，”她说，“城墙不是问题。”

“那就走吧。”卡尔冷冰冰的声音里没有一丝赞赏。

飞机猛地向前冲了出去，啸叫着沿隐蔽的跑道疾驰。我的胃里一阵翻腾，这回，飞机向上爬升的时候，我闭上了眼睛。引擎发出令人安逸的嗡鸣，我也知道自己暂时没什么事可做，困意就这样骇人地袭来。

我一直半梦半醒，一直也没屈从于全然安静的黑暗，而那正是我的思绪所迫切需要的。飞行让我飘飘忽忽起来，我的大脑却没有完全停止工作。我想像谢德那样，保持假寐，竖起耳朵搜集窃窃私语里的秘密。可是没有人讲话，而且鉴于尼克斯那口沫横飞的呼噜，大家应该全都睡得很沉。只有法莱还醒着，我听见她解开安全带，走到卡尔旁边去了。她的脚步声在引擎的轰鸣之下，轻得几乎听不见。我又开始打盹儿，分秒必争地浅眠休息，直到她压低的声音让我醒了过来。

“我们正在飞过海洋。”她嘟哝着，很是疑惑。

卡尔扭过头的时候，颈椎“咔拉”响了一声，那是骨节摩擦的声音。他全神贯注地驾驶飞机，没注意到法莱过来了。“感觉正确。”他恢复了常态。

“为什么要从海洋飞过去？哈伯湾在南边，不在东边——”

“因为我们有足够的燃料，可以绕着海岸线飞行，而他们需要睡觉休息。”他的声音里流露出微弱的恐惧。卡尔憎恨水。水能杀死他。

法莱把嘲讽压在喉咙里：“着陆之后他们一样可以睡觉。另一条跑道也是隐蔽的，跟之前那个一样。”

“她不会睡的。只要还有新血处于危险中，她就不会睡。她会一直前进直到崩溃，我们不能让她那么干。”

一段长长的静默。他一定是在盯着法莱看，用眼神而非语言来说服她。卡尔的目光多有说服力，这一点我比谁都有发言权。

“那你什么时候睡觉，卡尔？”

他的声音低了下去——不是音量，而是情绪：“我不睡。再也不睡了。”

我很想睁开眼睛，告诉他掉转方向，尽他所能，用最快的速度飞往目的地。我们正在大海上方浪费时间，每一分每一秒都可能决定着诺尔塔的新血是死是活。但是我的气愤被精疲力竭压制住了。还有寒冷。即便在卡尔这个行走的火炉旁边，我的血肉之中也蜿蜒着刺骨的冰冷。我不知道它从何而来，它只在四周安静、我静止深思的时候出现。当我想起自己做过的那些事，以及别人加之于我的那些事，这寒意便从心脏的位置冒出来，威胁着要把我撕成两半。我蜷起身子，用胳膊抱着胸口，想止住这疼痛。这多少有点儿用，暖意重新回到我的身体里。然而，寒冰融化之后，留下的只有空洞虚无。这无底深渊，我不知道该如何将它填补。

反正，我会好起来的。我必须好起来。

“对不起。”卡尔低声说道。他的声音一直很低，几乎听不到，却总能抓住我，让我不至于沉睡。不过这句话不是对我说的。

我的胳膊被撞了一下。是法莱，她凑近了一点儿，好听到卡尔的话。

“为我对你做过的事。以前。在辉映厅。”他的声音几乎是嘶哑的——卡尔也背负着自己的寒冰。冰冻血液，宫殿之下的监牢里，法莱所受的折磨。她拒绝招供，而他让她痛苦尖叫。“我不期待你会接受任何形式的道歉，你也不必——”

“我接受。”她简单地说道，但是语气真诚，“那晚我也有错。我们都有错。”

虽然我闭着眼睛，却知道法莱在看着我。我能感受到她的目光，带着歉意和决然。

起降轮撞到水泥地面的重重颠簸让我一下子醒了过来，在座椅上甩来甩去。我睁开眼睛，又倏尔闭紧了，转过头躲开从驾驶舱舷窗洒进来的明亮阳光。其他人都已经醒得很彻底了，轻声交谈着，我扭头越过自己的肩膀去看他们。我们仍然在跑道上疾驰，速度渐渐降低，但是还没停住，即便这样，奇隆也能一下子冲到我身边。我猜，这一定是得益于他那两条长久在河流中劳作的腿，因为飞机上的晃动对他完全没有影响。

“梅儿·巴罗，要是再让我抓住你打瞌睡，我就报告给哨所。”他模仿的是我们以前的老师。我们一直都是这个老师教，直到他年满十七岁，到渔夫那儿当了学徒。

我抬眼看他，回忆让我笑了起来。“那我就在仓库里睡好了，旺达小姐。”我答道。奇隆也哈哈大笑起来。

更清醒一些之后，我发现自己身上盖着什么：柔软，破旧，黑色的——奇隆的夹克。他不等我抗议就把衣服拿走了，暖意也不见了，徒留丝丝寒冷。

“谢谢。”我看着他把夹克穿上。

他只是耸耸肩说：“你在发抖。”

“到哈伯湾里去，需要个车子。”卡尔的声音压过了正在减速但仍然咆哮的引擎。他的眼睛一眨不眨地盯着跑道，直到飞机停了下来。这片所谓的废墟，也像9–5基地一样，四周被森林包围着，荒无人烟。“要穿过森林和郊区，得走上十英里，”他说着扭头看向法莱，“除非你还留了一手？”

法莱笑了笑，解开安全带。“挺上道啊你。”她尖厉地说，把上校的地图摊在膝上。“我们从旧隧道走，路途能缩减到六英里，还能避开郊区。”

“又是地下列车？”我的脑海里充满了希望和绝望的混合体，“那个安全吗？”

“地下列车是啥？”尼克斯咕哝着，恍恍惚惚。但是我不会浪费时间跟他解释纳尔希那个咔擦作响的金属大管子的。

法莱也没理他：“哈伯湾没有车站，暂时没有，但隧道刚好位于通港公路之下。当然，这说的是它没被关闭的情况。”

她瞥了一眼卡尔，但卡尔摇了摇头。“时间不够。就在四天前，我们还以为所有的隧道都坍塌或废弃了，它们根本就不在地图上。就算有铁腕人听候调遣，梅温也不可能现在就把它们全部封锁。”他断断续续地说，声音因深思而沉重。我知道他想起了什么。

只有四天。四天前，卡尔和托勒密在阿尔贡的地下隧道里发现了沃尔什。四天前，我们眼睁睁地看着她为了保守红血卫队的秘密而自绝人世。

我不想沉溺在回忆里，不愿去想沃尔什那双水汪汪的垂死的眼睛，于是我在座位里活动四肢，放松肌肉。“行动吧。”这话说得像是在下命令，尽管我无意那么做。

思绪转向下一批名字。艾达·华莱士，290 年 6 月 1 日生于诺尔塔雷根州灯塔区哈伯湾，现住址：同出生地。还有另一个同在哈伯湾的人：沃里弗·高尔特，生于 302 年 1 月 20 日。他和奇隆同年同月同日生，但他不是奇隆，他是个新血——是红血族和银血族突变的产物，是奇隆嫉妒的对象。

但奇怪的是，奇隆并没有对尼克斯表现出太多敌意。事实上，他甚至还比往常更友善了些，围着那个老头转来转去，就像黏人的小狗。他们轻声交谈，被相同的经历紧紧联系在一起：一贫如洗，红血族，毫无希望。每当尼克斯提及渔网、编织这些奇隆热衷的话题时，我就竭尽全力想让一切各归各位。我很想加入他们，聊聊双股绳结的优点，而不是权衡最佳渗透策略。那样能让我觉得自己正常一些——无论谢德怎么说，我们就是和其他人不同。

法莱已经动起来了，正把一件深棕色的夹克披上肩膀。她把她的红色围巾塞进夹克里，遮住了那抹颜色，然后就到我们的储备食物那里去打包。量还足够，但我暗自想着，一路上只要有机会，就得再弄一些来，多多益善。至于枪——我们总共只有六支，想再去偷几支可不容易。三支步枪，三支手枪，法莱已经取用了两支，长步枪背在肩上，手枪别在胯上。她就连睡觉也不卸下来，枪都快变成她的胳膊和腿了。正因为如此，她把两支枪摘下来挂进储藏室，着实令人惊讶。

“你不带武器？”卡尔拦住她，而他自己的步枪正拿在手里。

法莱则只是拉起裤腿，露出了插在靴子里的一柄长刀。“哈伯湾是个大城市，我们得白天找人，晚上带他们走。我可不想冒险随身带着没登记的武器，任何警卫只要看到就会把我抓起来的。在村子镇子里还能碰碰运气，因为那些地方执行法令不严，可是在哈伯湾，我就不会那么干了。”她放下裤腿，藏好刀子，又补充道，“你竟然不知道你们的法令，卡尔，这真够让人吃惊的。”

卡尔的脸上泛起银光，尴尬得连耳朵尖都变成了灰白色。他也很努力，但制定法令制度从来就不是卡尔擅长的。那是梅温主导的领域，自始至终都是。

“不管怎么说，”法莱的目光划过我们所有人，“我认为你和闪电女孩是比枪更好的武器。”

我都能听见卡尔咬牙切齿，愤怒且无奈。“我告诉过你了，我们不能——”他开始了。而我用不着听那些切切言辞就知道他在争论什么。*我们是整个王国的头号通缉犯，我们对任何人来说都是威胁，我们会将一切陷于危难。*我的第一反应是听从卡尔的，但我的本性告诉我，不要相信他的话。因为鬼鬼祟祟的潜行不是卡尔的专长——是我的。所以当他和法莱争执不休的时候，我默默地为隧道和哈伯湾做着准备。我记得朱利安的书里是怎么讲的，还从法莱那儿把地图抽走了。她忙着应付卡尔，没注意到我这轻巧的动作。后来谢德也加入了争论，站在法莱一边，他们仨喋喋不休，而我静静地坐着，心里暗暗筹谋。

上校的地图比朱利安给我看的那幅更新，更详细。阿尔贡被大桥——毁在红血卫队手里的那座——环绕着，哈伯湾则借助自然的地势，位于那著名的碗状海湾中央。城市大部分是人工建筑的，海岸线极其完美。万生人和水泉人交替着，用泥土和洪水将曾经的废墟改造成了如今的城市和海湾。而在圆形的海平面上，直接跃出的是一条笔直的公路，布满了关卡、巡逻点、路障。这条路将城市分为两个区：宝瓶埠和战争埠，并且直通爱国者要塞，是哈伯湾戒备森严的中心区里的一块开阔平坦之地。爱国者要塞是全国的重中之重，是唯一一个同时服务供给海陆空三军的军事基地，它是灯塔军团的兵役来源地，而这些士兵大多服役于战斗机大队。战争埠的水域很深，足以容纳排水量最大的船只，因而是诺尔塔海军至关重要的停靠港。即使在地图上，战争埠看起来也是咄咄逼人的——但愿艾达和沃里弗在这区域之外。

城市围绕海湾铺展，在港口和码头之间簇拥着。哈伯湾的历史比阿尔贡悠久，它兼容合并了过去遗留在这里的废墟，道路常有出人意料的急弯和分岔。与方正规整的首都相比，这里更像是一团纵横虬结的乱麻——对我们这种法外之徒来说简直完美。有些街巷甚至路基下沉，直接与法莱熟悉的地下隧道相连。从偌大的哈伯湾找出两个新血绝不容易，但这么看来也并非完全不可能——特别是在关键时刻来个电力故障什么的。

“你可以留下不去，卡尔，”我说着抬起头，“但我不会干坐在这儿的。”

他中止了争论，转过头看着我，那一瞬间我感觉像是有一丛干柴被点燃了似的。“那么我希望你已经准备好做那些必需之事了。”他说。

准备好杀死认出我的所有人——任何人。

“我准备好了。”

我真是很擅长撒谎。

GLASS
SWORD

第十三章

不用问，尼克斯肯定是要留下的。就算坚不可摧，他也还是个从没离开过盐沼地的抓螃蟹的庄稼汉。在戒备森严的大城市里执行解救任务，实在不适合他，而他自己也承认这一点。要说服奇隆就不那么容易了，不过当我提醒他得有人看着尼克斯的时候，他便同意留在“黑梭”里了。

他紧紧地拥抱我，为这暂时的兵分两路说再会，我本以为会听见他低声的警告，或者是某种提醒。我却听到了他的鼓励，这比想象中更令我欣慰。“你就要去救他们了，”他喃喃低语，“我知道你就要去了。”

*救他们。*这句话回荡在我的耳边，跟着我走下机尾的坡道，又跟着我钻进阳光笼罩的树林。我会的，我对自己说道。我一遍一遍地重复着，直到像奇隆信任我那样信任自己了。*我会的，我会的，我会的。*

这一带的林木稀疏了很多，这叫我们不得不时刻保持警觉。在白天，卡尔就用不着担心他的火光了。他让烈焰一直燃烧着，每个指尖都像是蜡烛的烛心。谢德完全离开了地面，在树顶上跳跃着，他以战士的谨慎搜索着树林，用鹰样的目光扫过边边角角，这才放心。我也让自己的感官活跃起来，感受着任何一丝电流的脉冲，判断它是来自过往车辆还是低空盘旋的飞机。东南部，朝着哈伯湾的方向，有一阵很闷的嗡鸣，不过这是意料之中的，应该属于通港公路上的繁忙交通。我们所处的位置刚好听不到偏僻小路上的情况，我内在的罗盘却告诉我，有什么东西正在步步紧逼。

我的感觉先于视觉，那是极小、极轻微的压力，袖珍的电池里传输着电流，也许是手表或收音机里的。

“东边。”我咕哝着，指向那一波电能靠近的方位。

法莱直接冲了过去，都没有俯下身子。但我屈膝蜷伏在脚下的落叶里，让这秋季的色彩掩护我暗红色的衬衫和棕色的头发。卡尔就在我旁边，他将火焰控制在皮肤浅表，免得点着这些草木树叶。他的呼吸均匀、平稳、训练有素，眼睛则紧盯着树林里的动静。

我伸出一根手指，冲着电池的方向，一簇电火花转瞬即逝，呼应着正在靠近的能量。

“法莱，趴下！”卡尔低吼着，他的声音几乎消失在树叶的窸窣声里了。

可法莱没听他的，而是靠在一棵树上，藏进了树干的阴影里。阳光透过树叶，在她的皮肤上洒下斑驳的影子。她一动不动，像是和整片树林融为了一体。不过，她并没有保持静默，而是张开嘴唇，让几声鸟儿的低鸣回荡在枝叶间——在科昂镇外也是这个，和奇隆联络时用的，这是暗号。

红血卫队。

“法莱，”我咬着牙咝咝吸气，“什么情况？”

但她没理我，只是看着林子，等着，听着。过了一会儿，有人连出三声应答。那声音有些熟悉，却和之前听到的不同。直到谢德从我们上方的树顶上做出了回应，将他自己的声音也加入这支诡异的曲子，我心里的恐惧才消散了一些。法莱有可能将我带进陷阱，但谢德不会。*但愿如此。*

“上尉，我还以为你仍然流连在那座惨兮兮的岛上呢。”一个粗鄙的声音在榆树茂密的枝叶间响了起来。这个口音——元音重，不发“r”，很容易就能辨认出来：哈伯湾专属。

法莱冲着那个声音笑了笑，轻巧地离开了倚着的树干。“克朗斯，”她向树丛中闪身而出的人招了招手，“梅洛迪呢？我猜她也在吧？从什么时候起你给伊根跑腿了？”

当这个人从树丛中现身的时候，我尽了最大努力去估量他的身材，观察一些小细节——这是很久以前我摸索出的方法。他斜着身子，背后背着什么重物，也许是一杆步枪，或者大头棒子。*跑腿的，确实。*他看起来像是码头工人，要么就是闹事的小混混，胳膊粗壮，厚实的胸脯撑起磨损的棉布衫和绗缝背心。他的衣服上有不少补丁，边角布料交错成了五颜六色的格子，不过整体色调还是红色的。奇怪的是，他的背心破破烂烂，可脚下的靴子却是新的，擦得油光锃亮。也许是偷来的。*他和我是同行。*

克朗斯冲法莱耸耸肩，黑黝黝的脸上抽动了一下。“她在码头有事要办。另外要是你不介意，我其实更喜欢‘*得力助手*’这词。”脸上的抽搐变成了咧嘴而笑，他随后慢悠悠地行了一个夸张的鞠躬礼。“当然了，伊根老大向你欢迎致意呢，上尉。”

“已经不是上尉了，”法莱皱着眉嘟哝，不知是拍了下额头还是摆手，“你们肯定已经听说了。”

克朗斯只是摇摇头：“你会发现在这儿没什么人理会那些。水手党听令于伊根老大，而不是你们的上校。”

水手党？是红血卫队的另一个分支，我猜。

“你的朋友们还想继续躲在树林子里吗？”他说着就斜眼往我这里看。那双蓝色的眼睛生机勃勃，在他褐色皮肤的反衬下显得越发犀利。但这不足以让我忽略更重要的问题——我仍然能感受到类似手表电池的脉冲，但这个克朗斯根本没戴表。

“那么你的朋友呢？”我站了起来，反问道。

卡尔应声而动，站在我旁边。我能肯定他也在审视着克朗斯，暗自估算他的身量。而对方如出一辙，那似乎是士兵之间的较瘦量肥。随后克朗斯笑了起来，露出闪闪发亮的牙齿。

“所以这就是上校大惊小怪的原因了。”他嘎嘎笑着，放肆地往前迈了一步。

不过我和卡尔都没有畏缩，就算他健壮魁梧。我们比他危险多了。

他低低地吹了声口哨，重新看向我：“流亡王子和闪电女孩。兔子在哪儿？我明明听见他了。”

兔子？

谢德一下子出现在克朗斯身后，一只手拄着拐杖，另一只手环住他的脖子。不过谢德是笑着的，大笑。“我跟你说过了，别那么叫我。”他边骂边摇晃着克朗斯的肩膀。

“你就叫这个名儿。”克朗斯说着一甩挣脱了谢德的手。他笑着比划了个“跳”的动作，不过一看见谢德的拐杖和绷带，笑容就不见了。“你从楼梯上摔下来了？”他的声调仍然明朗，明亮的眼睛里却浮起了阴云。

谢德挥挥手让他别担心，然后扶着他的一侧肩膀说：“见到你可真好，克朗斯。我觉得我应该向你介绍一下，我妹妹——”

“用不着介绍啦。”克朗斯说着向我伸出了手。我欣然接受，让他那两倍于我的大手攥住了我的整个前臂。“你好哇，梅儿·巴罗。不过我得说，通缉令上的你更好看点儿。没想到还有这种事呢。”

其他人则一脸苦相，他们也和我一样紧张——我这张脸竟然贴满了各处门窗，这可是我们没想到的。

“抱歉让你失望了。”我勉强说道，甩开了他的手。精疲力竭和忧心忡忡没有善待我。我能感觉到自己的皮肤脏脏的，更不用说乱七八糟的头发了。“我有点儿忙，没能照照镜子。”

克朗斯得寸进尺，笑得更开心了。“你真能弄出电火花。”他嘀咕着。我留意到他的目光转向了我的手指。我很想叫他看看自己正和多少电火花打交道，但还是极力忍住了，指甲抠进了掌心。

电池的脉冲仍然存在，像是个坚定的提示。“所以你打算继续若无其事，假装没有包围我们？”我指了指各个角落挨挨挤挤的树，“还是说我们有麻烦了？”

“完全没有麻烦。”他举起双手，做了个投降的样子，然后又吹起口哨来。这一回，口哨声又高又尖，像是捕猎的鹰隼在鸣叫。虽然克朗斯极力做出微笑的样子，看似轻松，但我还是看出了他眼神里的戒备。我以为他会紧盯住卡尔，可是他不信任的人——或者说难以理解的人——是我。

树丛嘎吱作响，克朗斯的朋友们现身了，他们也都穿着破旧的衣服，搭配着偷来的东西。这就像是这类人的制服，因为混搭得乱七八糟所以反而看起来个个都很相像。两个女人，一个男人——就是他戴着块滴答作响的破表——似乎都没带武器。他们向法莱敬礼，冲谢德微笑，但不知道该如何对待我和卡尔。这样更好，我想。我不想再失去什么朋友了。

“好啦，兔子，让我们瞧瞧你还行不行。”克朗斯嘲笑着说。

谢德没回答，只是跳上了附近的一棵树，受伤的那条腿垂下来摇晃着，脸上挂着笑容。但是当我们目光相接的时候，他悄无声息地传递了些什么。而下一秒他就站在了我身后，没等我看清就又不见了。

但我还是听见了他的低语：

“别相信任何人。”

隧道里很潮湿，弧形的墙壁上纠缠着苔藓和深扎的树根，但是地面很干净，覆盖着碎石。是为地下列车预备的，我猜测着，一旦要驶进哈伯湾便用得上了。但是这里没有金属互相摩擦的刺耳声音，也没有列车电力系统震耳欲聋的重击声。我能感受到的只有克朗斯手里的手电筒，还有另一个人的手表，除此之外就是我们上方三十英尺之外、通港公路上规律的车流。重型车是最烦人的，它们内部的线路和设备喋喋不休地冲击着我的后脑勺。上方的公路上每经过一辆，我就得瑟缩一下，很快我就数不清有多少车是开往纳尔希方向的了。如果这些车列队前进，我也许能猜得出护送梅温的皇家车队，但它们现在像是随机地来去。*这是正常的*，我暗自想着，让自己的神经冷静下来，这才没把手电筒弄短路，要不我们就得摸黑了。

克朗斯的人殿后，这本来会让我很紧张，不过我没理会他们。我随时都可以唤起电火花，而且万一有人欲行不轨，还有卡尔在我身边。他一只手上燃着火红摇曳的烈焰，可比我更吓人多了。火焰闪烁，影影绰绰，在隧道里投射出红黑两色的旋涡。*他的颜色，曾经是。但现在他已经失去了这颜色，失去了一切。*

除了我。

在这儿，压低声音是无济于事的，任何一点儿响动都能被听见，所以卡尔紧闭双唇。但我仍然能从他的脸上读到他的内心。他别扭，不安，心神不宁，抗拒着来自战士、王子、银血族的本能。他身处此地，跟在他的敌人的身后，前往未知的地方——可这是为了什么？为了帮助我？为了中伤梅温复仇？不管那原因是什么，总有一天，卡尔会无法靠着这些支撑继续。总有一天，他将不再追随我，而我得为那个时刻做好准备。我得知道我的心容许自己做到哪一步——得知道我能承受什么样的孤独。但现在还好，他的温暖还在身边，我忍不住就想要靠近。

这些隧道不在上校的地图上——也不在我所见过的任何地图上——但是通港公路是有的，我猜，隧道就在这条公路的正下方，与之并行。通港公路直通哈伯湾的城区中心，途经派克闸口，绕过海岸，随后向北，延伸至盐沼区，科昂，以及更远的冻土边陲。比通港公路更重要的是安全处，它是整座城市的行政中心，我们能在那里找到一切所需档案，而最重要的是艾达和沃里弗的地址。另外还有一个名字，是个女孩，住在纽新镇的贫民窟，她也可能在档。

卡梅隆·科尔，我记得这个名字，但其他信息一时想不起来了。我可不敢把朱利安的笔记本拿出来看，这儿有太多生人了。知道新血的人越少越好，他们的名单就是一份死亡判决，而谢德的警示我还牢牢记着呢。

如果运气够好，我们会在黄昏时分办妥一切，然后在早餐时间，带着三名新血，回到“黑梭”停着的地方。奇隆又会怨天咒地，抱怨我们去了这么久，不过我不担心这个，反而还挺期待看见他涨红的脸和气鼓鼓的任性的。除开红血卫队的事和他新近萌生的怒意，这个和我一起长大的男孩，其内心仍然有闪光之处。他能给予我的安慰，就像卡尔的烈焰或哥哥的拥抱一样。

谢德聊着天，和克朗斯还有他的朋友们开着玩笑，打破了静默。“多亏了这家伙我才能活着从窒息区跑出来，”我哥哥说道，用拐杖指了指克朗斯，“刽子手没把我怎么样，可是饿肚子却能要人命。”

“你偷了一棵卷心菜嘛，我只是放你一马任你吃而已。”克朗斯摇着头回答，脸上的神色却表明他确实为此自豪。

谢德可不会这么轻易就放过他。他脸上绽放出能照亮整个隧道的笑容，可眼睛里没有半点儿明朗神采。“菩萨心肠的走私贩啊！”他说。

我看似漫不经心，实则竖起耳朵，听着他们一来一回地斗嘴，玩笑似的对话。他们相互恭维，回忆起那段同在窒息区的日子，躲避警卫，逃离军团，如此云云。在那之后，他们之间也许的确有了友谊，可那份情义如今已然不再。现在他们只不过是可以聊聊当年之勇，做出笑容满面的样子，其实各自都在忖度对方的真实目的。我也在观察判断，慢慢有了结论。

克朗斯是个了不起的贼，我十分清楚他是个中高手。而关于贼，最好的一点就是你可以相信他们——干得出最糟的事。设身处地地想，假如我还是干阑镇那个小贼，护送一干逃犯，我会不会为了几枚领主金币倒戈相向呢？为了几个礼拜的电力配给券呢？难挨的冬季，我实在印象深刻，寒冷和饥饿好像没有尽头一般。明明很好治的病，却因为没钱而买不到药。就连最简单的欲求——想弄到漂亮的或有用的什么东西——都充满了酸涩痛苦。在那样的时刻，我做过可怕的事情，向那些和我一样绝望的人伸了手。为了活下来，为了让我们全家活下来。我在干阑镇时，从穷苦人家和挨饿的孩子那儿偷铜板时，就用这样的理由为自己辩护。

如果确有必要，克朗斯会把我们交给伊根老大的，这一点我毫不怀疑，因为换作是我也会这么干。把我卖给梅温，换取高昂悬赏酬金，何其合算。所幸的是克朗斯身上没有武器，他自己也清楚这一点，所以必须做好表面功夫。至少现在是。

隧道向下倾斜，地下列车的痕迹突然消失了，因为这一段地势实在狭窄，容不下列车通过。这里更冷，更深，空气更稀薄，我极力避免去想象头顶上方地面的重量。走着走着，墙壁有了开裂和朽坏的迹象，要是再不修缮，肯定会坍塌下来的。裸露的木梁矗立在黑暗里，支撑着隧道顶壁，挽救我们于被活埋之势。

“我们什么时候上去？”卡尔大声地抛出疑问，等着知道答案的人来回应。每个词都像是厌恶的毒药，越来越深的隧道让他紧张不安，濒临崩溃，我也一样。

“海岭宫的西边。”法莱答道，她指的是哈伯湾的王室居所。但是克朗斯摇着头打断了她。

“那边的隧道已经封闭了。”他咕哝着抱怨，“正在翻新建筑，国王下的令。他才上台三天就已经让人愁得屁股痛了。”

距离如此之近，我都能听见卡尔在咬牙切齿。喷涌而出的愤怒点燃了他的烈焰，一股灼烧的热气弥漫在隧道里，其他人都装作没注意到。国王下的令。即便并非刻意为之，梅温还是给我们设置了重重障碍。

卡尔低头盯着脚下，一脸隐忍。“梅温一向不喜欢海岭宫。”他的声音回荡在隧道的墙壁间，裹挟着他的回忆，十分诡谲。“太小，太旧，他不喜欢。”

影子投射在墙上，我们每个人的形状都扭曲了。每个纠结的身影里，每个黑暗的角落里，我都能看见梅温。他曾对我说，他是烈焰下的阴影，而现在我害怕的是，他将变成我脑海里的荫翳。这比追杀可怕，比鬼魂可怕。不过，至少我不是唯一一个被他纠缠的人，卡尔也能感受到他的紧追不放。

“那就改到鱼市。”法莱生硬地说道，把我们拉回了眼下，“我们得绕回去，并且在安全处外围布置掩护，不知你们能不能办到。”

我瞥了一眼地图，脑袋里乱哄哄的。据此看来，安全处与卡尔的昔日殿阁是直接相连的，或者至少也和那群建筑有些瓜葛。而鱼市呢，我猜想应该离这儿挺远。要是去那儿，就得再费力爬过去。看卡尔皱着眉头我就知道，他是不想去的。

“伊根会帮忙的，”克朗斯点头赞同法莱的提议，“只要他办得到，都会行个方便。不过你们也用不着太多人手，兔子在呢。”

谢德好脾气地做了个鬼脸，仍然对这昵称耿耿于怀：“你们对哈伯湾的红血族熟悉吗？有几个名字不知你们听说过没有。”

我紧紧咬住嘴唇才没冲哥哥发出嘘声。告诉克朗斯我们在找谁，这可是我最最不想做的——尤其是他还会追问缘由呢。谢德却看着我，扬起眉毛，催我大声说出名单。克朗斯在他旁边，极力保持表情平和，眼神却躲躲闪闪。他等不及想听到我的回答。

“艾达·华莱士。”我声如蚊呐，仿佛担心这些隧道墙壁会偷走我的秘密似的。“沃里弗·高尔特。”

高尔特，这个词让克朗斯脸上闪过一丝涟漪，于是他点头说道：“高尔特家我认得，哈伯湾的老人儿了。他们住在查赛路，是做酿酒买卖的，”他顿了顿，又想起更多。“这一带最好的麦芽酒，可是值得一交的朋友。”

我的胸膛里，心跳一下子快了起来，一想到我们竟如此幸运就感到高兴。但这高兴里也有隐忧：现在，克朗斯，还有他那没露面的伊根老大，已经知道我们在找的人了。

“华莱士，我说不好，”克朗斯继续道，“这个名字太常见了，但一时想不到。”

让我懊恼的是，我判断不出他说的是不是真话。所以我得加把劲儿，让克朗斯多说点儿。也许他能透露出什么有用的信息，或是给我个借口让他不知不觉地流露。

“你们自称水手党吗？”我小心地保持语调平稳。

他回过头笑了笑，撸起袖子，露出胳膊上的文身：深蓝色的锚，四周环绕着红色的绳索。“灯塔区最棒的走私贩，”他自豪地说，“你想要什么，我们就弄什么。”

“那你们也是红血卫队的人？”

他一听这个，脸上的笑容就消散了，把袖子放了下来，点了点头。虽然带着一丝阴郁，但是十分确定。

“我猜，伊根也是个上尉了。”我加快了步子，差点儿就要踩到克朗斯的脚后跟了。我的靠近让他肩膀紧绷，这从他后颈上头发的起伏就看得出来。“那你呢？你是他的副官？”

“我们不管那些头衔。”他回避我的问题，可我这才正要开始呢。其他人看着我们，莫名其妙。*要是奇隆在，他会明白的，而且还会跟我配合呢。*

“别介意，克朗斯。”我假惺惺地说道，口气亲昵，不像鬼鬼祟祟的小贼，倒像个宫廷贵妇。这让他大为光火。“我只是对哈伯湾的兄弟姐妹有些好奇罢了。跟我说说，你是为什么要加入红血卫队的呀？”

一片静默。我回过头，看见克朗斯的那几个人一动不动，昏暗的隧道里，他们的眼睛近乎黑色。

“是法莱吗？是她招募你加入的？”我更进一步，等着破绽出现。克朗斯仍然不回答我，一阵恐惧袭来：他到底隐瞒了什么？“或者，是你主动去找红血卫队的？就像我一样？当然，我的理由很充分，那时我以为谢德战死了，你懂的，我想要为他报仇。于是我加入了红血卫队，就是想杀死害了我哥哥的人。”

还是没有回答，但是克朗斯加快了步子。我似乎已经触到什么了。

“银血族带走你的什么人了吗？”

我本来以为谢德会拦住我的话头，但是他一言不发。他的注意力一直停留在克朗斯的脸上，力图看透这个走私贩所隐藏的秘密。他一定有什么瞒着我们，每个人都感觉到了。就连法莱也警觉起来，她之前一直都还挺和气的呢，可现在她意识到自己忽略了什么。她的手伸进外套里，握紧的只能是另一把藏起来的刀子了。至于卡尔，他从来就没有放松警惕。他的烈焰燃起来了，在黑暗之中，这是赤裸裸的威慑。我再一次思量起这条隧道——眼下它像是坟墓了。

“梅洛迪在哪儿？”法莱小声问道，她把一只手搭在克朗斯肩上，要他停步。我们全都停了下来，我恍惚听见大家的心跳声回荡在隧道洞壁之间。“伊根不会派你一个人来的。”

我慢慢地转过身子，背对着洞壁，这样就能同时看见克朗斯和他的那几个人了。卡尔也一样，站在我的对面。他的手里冒出星点火苗，随时都能听候调遣。我的皮肤上下则跃动着电火花，白紫色的细微闪电。有它们在，纯粹的能量流淌，这感觉不错。在我们头顶上方，公路上的交通更加繁忙，我推测这里要么就是接近城门，要么就是正在城门之下——可不是开打的好地方。

因为接下来，除了开打也没别的路了。

“梅洛迪在哪儿？”法莱又问了一遍，她的刀子已经掏出来了，反射着卡尔手上的火光，刺眼地照着克朗斯的眼睛。“克朗斯？”

他睁大了眼睛，没理会那刀光火影，而是满含着真诚的歉意。而这一幕足以让我脊背发凉，惊恐万状。“你知道我们是什么人，伊根是什么人。我们是法外之徒，法莱。我们只认钱——只认活命。”

我太了解那种生活了。但我已经改换了另一条路，不再是低贱流民，而是闪电女孩了。现在我的肩上有太多理想：自由、复仇、独立……它们统统点燃了我身体里的电流，坚定着我继续下去的决心。

克朗斯的那几个人也像我一样慢慢动作，从藏起来的枪套里掏出了枪。三支手枪，三只能扣动扳机的手。我猜克朗斯也有枪，但他还没亮出自己的武器。他极力地想解释清楚，让我们明白接下来会发生什么。我也愿闻其详。背叛，我再熟悉不过了，可它仍然让我肠胃翻腾，浑身发冷。我尽了全力去忽略这感觉，去专注于眼前的事。

“她被抓了。”克朗斯嘟哝着，“今天早上，伊根收到了她的食指。整个哈伯湾都是这样的，每个帮派都失掉了重要的人或物。水手党、海盗帮，理查的小儿子也折进去了，他可是好早就收手不干了。至于赎金，”他阴沉地吹了声口哨，“这可一点儿不可笑。”

“是什么？”我屏住呼吸，不敢不看那个靠过来的女人，而她也死盯着我。

克朗斯的声音低了下去，悲伤而沙哑。“是你，闪电女孩。不是只有当官的和当兵的在找你，我们也在找你。从这儿到德尔菲，所有的走私帮派，所有的盗窃团伙，你算是被盯上了，巴罗小姐，太阳之下或阴影之中，银血族，还有你自己的族人。我很抱歉，但就是这么回事。”

他的歉意不是对我，而是对法莱和我哥哥。克朗斯的朋友，背叛了他，我的朋友，因为我步入了万劫不复之地。

“你这是设了什么陷阱？”谢德怒道。尽管一只胳膊下面还拄着拐杖，他却一副凶神恶煞的模样。“等着我们的是什么？”

“反正不是好事，兔子。”

卡尔的火光、我的闪电、克朗斯的手电筒，三者汇成一股奇异的光，让我差点儿忽略克朗斯的眼神。他瞟向左边，目光落在我右侧的木梁上。那上方的隧道顶壁开裂破碎，一块一块地往下掉。

“你这狗娘养的！”谢德大吼。他声音很大，动作夸张，看似要挥出一记狠拳——实则是完美的假动作。开始了。

克朗斯的三个人举起枪，对准我哥哥——速度最快的家伙。在谢德举起拳头的时候，他们扣动了扳机——子弹划过空气，没打中他。我俯下身子，近距离的枪声让我暂时失去了听力，却紧追着子弹看见了它们击中的地方——木梁。一道火光楔进木头，像是爆炸一般，洞穿而过，烧得焦黑。木梁摇晃着，就要坍塌，而我用闪电冲着顶壁追加了一击。卡尔闪身向旁边一跳，扑向克朗斯和法莱，躲开了掉落下来的水泥块。要是我有时间思考，一定会害怕和这些水手党同归于尽，被活埋在这儿，但谢德的手抓住了我的手腕。我紧闭双眼，强忍着空间压缩的感觉，落在了几码之外的隧道地面。我们越过了克朗斯和法莱，拽起卡尔。半边隧道已经全都塌了，灰尘和水泥压住了那三个人。

克朗斯最后看了一眼他的人，随后拔出了手枪。电光石火之间，我还以为他要朝我射击，他却抬起那生机勃勃的犀利眼神，看着四周强烈震颤的隧道。他的嘴唇动了动，只迸出了一个词：

“跑！”

GLASS
SWORD

第十四章

向左，向右，再向左，往上爬。

克朗斯的吼声在身后响起，指引着我们脚步沉重地匆匆穿过隧道。坍塌炸裂的巨大声响催促着我们夺命飞奔——我们引发了连锁反应，隧道在压力的作用下从内部爆裂。有那么一两次，塌陷点就在离我们非常近的地方，我都能听见木梁折断时发出的刺耳声音。老鼠倾巢而出，跟着我们一起逃命。它们从我的脚指头上掠过，一扫而过的尾巴仿佛细小的皮鞭，让我战栗不已。干阑镇是没有那么多老鼠的——上涨的河水会把它们冲跑——它们油腻腻的黑色皮毛让我起了一身鸡皮疙瘩。不过，我强忍住了厌恶和反感。卡尔也讨厌这些东西，他甩出一丛丛烈焰，不让它们靠得太近。

灰尘打着旋儿紧追不舍，充溢着隧道里的空气，让人快要窒息。克朗斯的手电筒一直开着，但是在这黑暗里几乎没什么用。大家只能摸索试探，扶着隧道的墙壁往前走。不过我的思绪却聚焦于地面之上，聚焦于电线和过往车辆构成的能量网。我的脑海中浮现出一幅地图，修正补充着记忆中上校的那张。我用异能感受着一切，尽管感官受到干扰，却还是勉力而为，全神贯注不放过所有细节。头顶上方的车辆呼啸而过，冲向最初的坍塌点，有几辆斜着驶过街巷，大概是为了躲避塌陷的路基和乱七八糟的废墟。声东击西，很好的掩护。

隧道是法莱和克朗斯的天下，是尘与土构建的王国，然而带着我们逃出生天的重担却落在了卡尔肩上——讽刺的是，谁也没留意到这一点。当我们在锁死的安全门前束手无策时，卡尔自己就知道应该做些什么。他向前一步，张开双臂，腕间的手环激发出火花——炽烈的白色火焰燃起来了。它在他的手掌上跃动，随他握住门上的铰链，将其熔成红色的铁水。随后一道障碍是锈蚀的格栅，这就更不在话下了，卡尔只用几秒钟就把它扒开了。

坍塌的隧道再次震颤起来，像是强烈的地震，但是距离我们已经很远了。那些老鼠更是淡定，已经完全平静，迅速地消失在黑暗里，回到它们各自的所在。这些小小的黑色身影仿佛诡异而让人作呕的安抚：我们再一次死里逃生。

克朗斯指了指已经熔断的格栅，示意我们从那里出去。卡尔却略显迟疑，他把一只滚烫的手放在铁杆上，再松开时，便只余发红的金属和手指印痕了。

“杂市？”卡尔瞥了瞥前方的隧道。他比我更了解哈伯湾，毕竟这是他过去住过的地方，每当王室移驾至此，他便随之入住海岭宫，那些码头和大街小巷，他也毫无疑问都微服探访过了——就像我第一次遇见他时那样。

“正解。”克朗斯飞速点了点头，“去安全处，我只能把你们送到这儿，再远就不行了。伊根的命令本来是带你们去鱼市，水手党都在那儿等着抓你们，更不用说大批警力了。他不会想到杂市的，也没人在那儿盯梢。”

他说这番话的样子让我齿冷。“为什么？”

“杂市是海盗帮的地盘。”

海盗帮。另一个帮派。或许也有着某种颇具寓意的文身标志，就像克朗斯的锚一样。若不是梅温暗下心机，他们原本会帮助红血族姐妹，但现在，他们掉转枪口，成了比银血族士兵还可怕的敌人。

“我不是这个意思。”我用梅瑞娜的声音掩住了恐惧，“为什么你要帮我们？”

就在几个月前，看到被碎石砸中身亡的尸体，我还会觉得害怕，现在，我看到了更多不堪可怕的东西，却几乎不会去想克朗斯的同伴，不会想他们扭曲的骸骨。而克朗斯，尽管是黑道中人，也并不平静。他回望那黑漆漆的隧道，在那里，他和我们联手杀了三个水手党——他们也许是他的朋友。

然而，为了我自己的胜出，已经有朋友被我当作筹码，有性命被我弃之不顾。我早就干过这种事了。如果某些人的死，能换来更多人的生，做这种决定并不困难。

“我没宣誓，不在乎什么红色黎明，或者其他你们挂在嘴上的东西。”克朗斯结结巴巴地说道，一只手攥成了拳头。“言辞不能打动我，但你做的比说的更多。在我看来，要么背叛老大——要么背叛我的血色。”

血色。我。

昏暗的光线里，他的牙齿闪着微光，一字一句地自嘲：“就算是老鼠也想爬出阴沟呀，巴罗小姐。”

说完这话，他就穿过格栅，往步步杀机的地面之上爬去。

我紧随其后。

我舒展肩膀，转而面对嘈杂人声——隧道的安全庇护就此告一段落了。这是我第一次到哈伯湾来，但是有地图，有对电流的感知，这已足够，它们描绘出了道路和线路的双重图景。我能感受到正开赴要塞的军用车辆，也能感受到杂市上的照明灯。而且，城市，那是我所熟悉的一类事物。拥挤人群、大街小巷、日常生活琐碎的边边角角——这些都是我惯用的掩护。

杂市也是一处市集，热闹程度不亚于夏宫的博苑或干阑镇的大广场，但是这里更脏乱，更拥塞，银血族的领主不屑一顾，红血族平民挤着挨着，讨价还价声不绝于耳。*藏身的绝佳之所*。我们现身于位置最低的一层：位于地下的摊贩会集地，这里油花花的帆布棚子纵横交错，不过没有一点儿烟味火星或臭气。红血族穷归穷，却不傻。我抬起头，透过格栅往外瞥了一眼，只见顶棚上有个大洞，可见上一层卖鱼卖肉的商贩，让难闻的气味都散出去了。眼下，我们周围全是小贩、手艺人、织布工，个个都想把自己的货物兜售给老主顾，可这些客人实际上连两个领主金币也掏不出来。钱，让所有人陷入了殊死搏斗：商贩想赚到，顾客想省下，他们便如此瞎忙一气，不管不顾，没人留意到有几个手脚灵活的家伙从墙上的洞里溜了进来。我知道应该觉得害怕，可是被自己的同类环绕着，让我有种奇异的安稳感。

克朗斯在前面领路，他五大三粗的身子缩了起来，像是绵软无力，好和谢德一致。他拉起帽兜，把脸隐藏在阴影中，乍看起来就是个佝偻身子的老人。他甚至还略微扶着谢德，一只手抓着他的肩膀，搀着他往前走。谢德用不着围巾遮面，尽力不去关注下层市集那崎岖不平的路面。法莱殿后，知道她在我身后，这让我十分安心。因为她的那些秘密，我选择信任她，不是为了识破陷阱，而是为了借助她逃脱陷阱。在充满背叛的世界里，这是我能期待的最好结果了。

我上一次偷东西是几个月以前了。我蹭过一个摊子，摸下几条炭灰色的披肩，动作流畅而完美，可我的心里浮现出一丝陌生的歉意：有人劳作，有人纺织，将羊毛变成这粗糙的围巾，有人需要——*但是我也需要*。

一条给我，一条给卡尔。他飞速接了过去，把这破羊毛披挂在头上、肩上，遮住了自己的面容。我也一样，而这恰逢其时。

我们隐入人群和昏暗的集市，没走几步就碰见了一块布告板。这上面通常会写着货物信息、花边新闻、请愿书什么的，但那些红血族的杂七杂八此刻却被一张带着网格纹的印刷品覆盖。有几个孩子在布告板附近转悠，撕着纸片玩耍。他们把纸条团成球，像打雪仗似的扔来扔去。只有一个女孩——干枯的黑头发，光着的棕色脚丫——仔细看了看他们在干什么。她盯着那两张似曾相识的脸孔——在几十张巨幅通缉令的衬托下显得咄咄逼人，僵硬、冷酷、粗大的黑体字母写着：“全国通缉，恐怖主义、叛国，及谋杀。”我怀疑在杂市出没的人可能没几个识字的，但这上面的信息已经足够清楚了。

卡尔的那张并不是他的王室画像。那张画像上的他是强壮、高贵、华丽的。这张满是噪点却颇有辨识度的图片，来自众多摄像机中的截图，截取的正是他在尸骨碗行将失败的一幕。他的脸极其憔悴，被失去和背叛折磨，但眼睛里闪烁着不易察觉的愤怒。他脖子上的肌肉紧绷变形，领子上还有干涸的血迹。真正的杀人凶手梅温就是希望他展现出这副模样。通缉令位置靠下的地方被撕掉了，或是用尖利之物潦草地涂写着什么，喷涌而出的暴戾让那些字迹几乎认不出来：*弑君者、流亡犯*。字迹划破了纸页，仿佛这些字句能让印刷出来的皮肤流血似的。在这四周，到处都写着——*找到他，找到他，找到他*。

和卡尔一样，我的那张图片也是从尸骨碗的录像中截取的。我清楚地知道那是哪一个时刻。当时我即将穿过大门，步入角斗场，驻足倾听着子弹击中卢卡斯头部的声音。那一刻，我知道自己即将赴死，而更糟的是，我明白自己一无所用。亚尔文在我左右，剥除了我的异能，让我又变成了普通人。我那双印刷出来的眼睛大睁着，惊恐无助，看起来渺小极了。在这张照片里，我不是闪电女孩，只是个吓傻了的年轻人。没有人站在背后支持我，更不用说保护我了。我毫不怀疑，是梅温亲自选了这张照片，他非常清楚其中透露出来的意味。然而，有些人却没那么容易被愚弄，有些人看到了我力量闪现的瞬间，看到了我的闪电——在行刑转播中断之前。有人知道我是谁，他们把这真相写在了通缉令上，让所有人都看得到：

红血女王。闪电女孩。她还活着。揭竿而起，血红如同黎明。崛起，崛起，崛起。

一字一句，犹如烙印，火热而深邃。但我们不能在贴着通缉令的墙边逡巡逗留。我用胳膊肘推了推卡尔，催他离开这些残忍的图像。他二话不说就走了，跟着谢德和克朗斯穿过拥挤的人群。我很想抱住他，为他分担一些肩上的重负，但我忍住了。不管我有多想靠近他、感受他，都不能那么做。我必须一直往前看，与这位失势王子的烈焰保持距离。我必须让自己的这颗心冰冷坚硬，即便有人一直想燃烧融化它。

在杂市中穿行原本没有这么容易。但红血族的市集是无足轻重的，所以摄像机和巡逻警卫在下层的布控都不多。然而我还是保持警惕，感知到了几条穿透杂乱摊位和店面的监视设备电流。我很想把它们关掉了事，这样就用不着尴尬地左躲右闪了，但那样太危险。莫名其妙的故障可能会引来更多人的注意。警卫们身穿黑色制服，突兀地站着，实在是讨厌。而等我们到了杂市的上层，来到城市地面之上，警卫的人数就更多了。他们大多无聊地看着忙忙叨叨的红血族平民，但还是有几个十分警惕，来回扫视着人群，搜寻着。

“弯腰。”我轻声说道，一边紧抓住卡尔的手腕。这动作让我的手和胳膊蹿过一阵紧张，于是连忙松开了他。

不过卡尔还是照做了，弓起身子，让自己稍微矮一点儿。不过这可能不够避人耳目隐姓埋名。一切都可能不够。

“担心他。要是他突然跑了，我们得有所准备。”卡尔对我低语，他的嘴唇几乎能碰到我的耳朵。他在披肩的褶皱之下伸出一根手指，指了指克朗斯。不过我哥哥紧攥着这个水手党的衣服，他跑不了。谢德像我俩一样，他不再冒险信任这个走私贩了。

“谢德盯着他呢。你把头低下去。”

卡尔咬着牙齿咝咝吸气，恼火地一叹：“看着吧，他要是想跑，三十秒就可以脱身了。”

不用问卡尔是怎么知道的。按照人群移动的速度，三十秒足够到达歪歪扭扭、摇摇晃晃的楼梯顶端，稳稳地站在杂市主楼层上。我现在已经能看见集市的中央了，就在我们上方，正午的阳光倾泻而下，让刚离开黑暗的我们目眩。这儿的摊位看起来更稳定，更专精，也更有销路。一个敞开的厨房正在烤肉，香气四溢，馋得我直流口水——之前我只吃了一包腌鱼。朽败的木梁在我们头顶之上搭成拱顶，撑起满是补丁、破破烂烂的帆布屋顶。因为季节性雨雪的侵蚀，有一部分木质拱顶已经损坏了。

“他不会跑的，”法莱凑上来低声说，“至少不会跑回伊根那儿。背叛水手党，他会掉脑袋的。就算要跑，他也得等到出了城。”

“那就让他走啊。”我实在不想再带上一个红血族拖油瓶了。“对我们来说，他已经没用了，不是吗？”

“要是他进了监狱，接受审讯，怎么办？”卡尔的声音很轻，却满是威吓，冷冷地提醒我们为了自保而不得不做的那些事。

“他的三个人都是为我而死，为了保我安全。”我已经记不清他们的面孔了，我也不想记住。“就算受折磨也不会怎么样吧。”

“任何所思所想都会落到伊拉·米兰德斯手里，”卡尔终于说道，“你和我比其他人都清楚，如果她抓住他，我们就暴露无遗了，哈伯湾的新血也难逃一劫。”

CHAPTER14

第十四章

如果。

因为这个可怕的词，卡尔想杀死一个人。而我的沉默即是赞同。更让我感觉羞耻的是，我意识到卡尔说的没错。至少他不会让我下手，尽管我的闪电能瞬间使人毙命。他把手伸进披肩里，去掏那把藏起来的刀子。我的双手缩进袖子里，抖个不停，祈祷着克朗斯继续往前走，脚下的步子别磕绊。那样他就不会背后中刀，就因为斗胆帮了我。

杂市的主楼层比下面吵闹得多，听觉和视觉都是过载的。我让自己的感官收敛了一点儿，为了保持机警而摒弃掉那些无用的细节：头顶的灯泡因为不稳定的电流而嘎嘎作响，电线接得一团糟，到处摇晃闪烁着——我的一只眼睛都抽搐起来了。摄像机的布控更密集了，对准了集市中央的警卫哨卡。它只比普通货摊大一点儿，六面中五面带窗户，一面开门，木瓦屋顶，里面塞满了警卫而不是货物。警卫太多了。我的恐惧急剧增加。

“快点儿，”我低声道，“我们得再快点儿。”

我加快步子，超过了卡尔和法莱，就要赶上克朗斯了。这时谢德回过头瞥了一眼，皱起眉头，不过他的目光从我身上越过去了，越过了我们三个，盯住了人群里的什么东西——不，什么人。

“有人跟着我们，”他喃喃说道，更紧地抓住了克朗斯的胳膊，“是海盗帮。”

我本能地翻起披肩，往后看了一眼。那些人其实并不难认：光头，头皮上用白色颜料画着帮派图腾——锯齿状骨拼成的骷髅。人群里小心行事的海盗帮不少于四个人，他们跟着我们，就像一群老鼠跟着另一群老鼠。他们两人在左，两人在右，从两侧包抄过来。要不是情况棘手，我真会好好笑话下他们那混搭风格的骷髅头。人们一见到他们就认出来了，躲开了，让他们先走，让他们去追杀。

其他红血族很明显是害怕这些小混混的，但我不怕。对那些在哨卡附近转悠的几十个警卫来说，这几个暴徒根本就是小菜一碟。这些警卫可能是疾行者、铁腕人、湮灭者——能让我们流血、疼痛的银血族。不过我知道，他们不像宫廷里的那些银血族——耳语者、闪锦人、静默者——那么危险。像伊拉王太后那样可怕的耳语者是不会穿上低阶的黑色制服的，他们掌控的是军队和王国，而不是这集市里的一亩三分地。他们离这儿还远呢——至少现在是。

但令我们意外的是，第一击并非来自后面，而是迎面而来。一个佝偻着身子的老太婆露出了真面目，用她粗糙的木头拐棍钩住了克朗斯的脖子。她把克朗斯掀翻在地，同时扯下自己的斗篷，光头和骷髅图腾赫然在目。

“鱼市不够你玩儿了吗，水手？”她居高临下地看着地上的克朗斯，口中怒骂。谢德也被带倒了，手脚和克朗斯缠在一起，他自己的那副拐杖突兀地立着。

我想冲过去帮忙，但一只胳膊揽住了我的腰，把我拽回了人群里。其他人驻足围观，等着看乐子，没人留意到我们隐没在人堆儿里，就连那四个海盗帮也没发现。我们不是他们的目标——目前还不是。

“走。”卡尔在我耳边沉声说道。

但我站着不动，我不愿意走，即使是和他一起。“我们得带谢德走。”

克朗斯想站起来，但那个海盗帮女人给了他一下，那拐棍狠击在骨头上，发出“咔嚓”一声。她动作敏捷地掉转武器，对准了谢德。谢德机智地倒在地上不动，举起双手假装投降。他瞬间就可以消失，一跃到达安全的地方，但他知道不能那么干——四周都是人，警卫哨卡就在附近。

“笨蛋和窃贼，统统都是。”旁边有个女人嘟哝着。她似乎是唯一一个被这一幕搅得恼火的人。商贩、顾客、街上的孩子，全都见惯不怪，警卫也无动于衷，只是饶有兴味地看着。甚至还有几个掏出了硬币，为这街头混战下赌注。

这时，又是一击，砸中了谢德带伤的肩膀。他咬着牙，极力把疼痛的呻吟咽了回去。但那声音回荡在整座杂市，我甚至能亲身感受到，随着他的抽动而瑟缩。

“我不认得你这张脸，水手，”那个女人嚷嚷着，又狠狠给了克朗斯一下，足以留下伤痕，“但伊根肯定认得。他会来换你回去的，要是有伤，找零就得了。”

我攥紧了拳头，想唤起闪电，却感到了烈焰在靠近。灼热的皮肤紧挨着我，手指钻进了我的掌心。卡尔。这么一来，想放出闪电就得伤到他。我很想把他推开，一个简单的动作就能救下我哥哥，但是我也知道，那样会惹出大麻烦。

我猛地吸了口气，意识到再没有比这更好的掩护了——溜之大吉的绝佳时刻。*谢德不是掩护*，一个声音在我的脑袋里大喊着。我咬住嘴唇，都要咬破了。我不能离开他，不能，我不能再失去他。*但我们也不能待在这儿，这太危险了，简直就是危如累卵，千钧一发。*

“安全处。”我颤抖着，好不容易才发出点儿声音。“必须找到艾达·华莱士，只能去安全处。”接下来的话，尝起来像血一样。“我们走吧。”

谢德侧过身子又挨了一击，这让他刚好能转过身看见我。我们目光相接，我希望他能懂。我无声地动了动嘴唇：*安全处*——这是他脱身之后我们碰面的地方。*因为他一定能脱身，他是新血，这些人根本奈何不了他。*

这听起来很有说服力。

他垂下脸，知道我不会去救他了。但这是失落，也是首肯。随后，人群便一拥而上，将他隔离在我的视线之外。拐棍再次击中骨头，我转过身去，却还能听得到沉重回荡的声音。我再次瑟缩起来，泪水蒙上双眼。我想回头去看，可我必须走，去做必须做的事，忘记必须忘记的人。

人群欢呼着，向前挤着——让我们更轻易地溜到街上，隐入哈伯湾的偌大城市之中。

杂市周围的街巷也和它一样，拥挤、嘈杂，满是鱼腥味和火暴脾气。这儿不愧是红血族聚居的街区，房屋逼仄，岌岌可危，巷子拐角的阴影里堆满了垃圾，挤满了乞丐。我没看到警卫，他们不是在围观杂市里的械斗，就是在距离我们很远的隧道里。现在是卡尔在前面带路，引着我们一路向南，离红血族的中心区越来越远。

“是你熟悉的地盘？”法莱狐疑地看着卡尔，他正带我们走进另一条弯曲的小路。“还是你像我一样掉转枪口了？”

卡尔没回答，只是快速地挥了挥手。我们来到一家小酒馆，窗边已经黑压压地挤满了醉鬼，大门漆成了红色，咄咄逼人。卡尔在门前逡巡着，我猜，这儿也许是他过去常来的地方——那时，他溜出海岭宫，远离银血族的耀目之地，来看看他的王国的真实模样。*好国王会这么做的*，他说过。不过我发现，他对“好国王”的定义相当偏狭。那些年他所遇见的乞丐和窃贼都不足以让这位王子明白。他确实看到了贫穷和不公，却没发觉需要做出改变，也没引起他的担忧——直到他的世界将他吞噬、抛弃，让他变成一个孤儿、流亡犯、叛国者。

我们跟随着他，因为必须如此，因为我们需要一个战士，一个领航员，一件钝器，来帮我们达到目的。至少，我紧跟在他身后的时候是这么想的。我需要卡尔，是出于高尚的理由。我要救人性命，我要赢得胜利。

而我也像哥哥一样，拥有一副自己的拐杖。可他不是金属的，而是烈焰血肉之躯，有着古铜色的双眸。如果我能放他走该多好。如果我足够强大，能让他随心复仇该多好。生或死都遂他的愿，该多好。*但是我需要他，我找不到让他离开的力量。*

CHAPTER14

第十四章

尽管距离鱼市还远，街巷里仍然弥漫着一股难闻的气味。我拉起披肩捂住鼻子，想挡住它。那不是鱼，我能确定，其他人也一定意识到了。

“不该走这条路。”卡尔伸出一只手想拦住我。但我从他胳膊下面钻过去了，法莱紧跟着我。

我们从路边溜进一座废弃的小花园。这里一片死寂，房屋和商店的窗子都紧紧地关着。花木烧毁了，地上一片焦黑灰尘。光秃秃的树上吊着几十具尸体，头面紫涨，绳索勒住脖子。他们全都赤身裸体，只留着各自的红色奖章——并不精致，只是木雕的牌子，缀在粗糙的绳端。我从没见过这样的链子，一直盯着它们，好不去看那些死人的脸。

根据气味和嗡嗡乱飞的苍蝇判断，这些尸体挂在这儿已经有段时间了。

我对死亡并不陌生，但这些尸体比我见过的——或造就的那些，都要可怕得多。

“因为《加强法案》？”我大声问道。这些男人和女人违反宵禁令了吗？轻率鲁莽地瞎说什么了吗？他们是因为我念出口的法案而死吗？不是你颁布的。我对自己说。但那并不能减轻我的罪恶。什么也减轻不了。

法莱摇了摇头。“他们是红血探子。”她含糊地说，准备往前几步，但想了想还是停下了。“城市越大，红血族聚居区就越大，有自己的警卫和官员。他们负责维护稳定，遵守法规，因为银血族的警卫不管这些。”

怪不得那些海盗帮的人可以在光天化日之下袭击克朗斯和谢德。他们知道不会受到惩戒，知道红血探子已经死了。

“我们应该把他们放下来。”我说，但心里知道这不可能。我们没时间埋葬这些人，也不想引火烧身。

我强迫自己转过身去。这一幕令人厌恶，我不会忘记，也不会为此掉眼泪。卡尔站在外面，保持着一定礼貌的距离，仿佛他没有权利进入这片区域似的。我默默地认可了。是他的人干的，他的人。

法莱就没有我这么镇定了。她极力掩饰着眼睛里的泪水，而我也假装没有看到，和她一起走开了。

“秋后算账，他们会付出代价的。”她咬牙说道，一字一句比绞索还要紧。

离杂市越远，城市就越规整。小巷拓宽，成了大街，转弯拐角不再突兀，变得柔和。这里的建筑都是石头的或水泥的，看上去也不会倒在强风里。有几户人家虽然不大，但是精致整洁，一丝不苟，必然是属于那些过得不错的红血族——看红色的大门和百叶窗就知道了。这些屋子以颜色和铭牌标注，人人都知道住在里面的姓甚名谁。走在街上的红血族侍从也一样一目了然，都戴着红色的手环。有些人的衣服上扣着红色和其他颜色相间的条纹徽章，后者标明了他们所服侍的主人。

离我们最近的这个，就戴着红色和棕色的徽章——罗翰波茨家族。

博洛诺斯夫人教过我的那些东西瞬间就涌了上来，我模模糊糊地记得一些：罗翰波茨家族，王室贵族的一支，是这一区域——灯塔区的领主。这一家族都是铁腕人，他们在选妃大典上也推举过一个名叫罗尔的姑娘，她能徒手把我撕成两半。我还在尸骨碗遇见过一个罗翰波茨家的人，他原本是执行死刑的刽子手，但我把他杀了——电到骨头冒烟。

我仍然能听到他的叫声，但见识过刚才的绞刑广场，我现在只能苦笑。

罗翰波茨家的这个侍从向左转弯，走向一座可以俯瞰海湾的小山。毫无疑问，他是要回到主人的豪宅去。那山坡上星点坐落着富丽堂皇的庄园，每一座都有着耀目的纯白围墙，天蓝色的屋顶，银色的尖顶上镶着尖角锐利的星星。我们跟着那个侍从，小心翼翼地向最大的一座宅邸靠近。它看起来犹如被群星加冕，四周环绕着清澈透明、闪闪发光的围墙——钻石玻璃。

“海岭宫。”卡尔顺着我的目光看去。

宫殿占据了小山的制高点，一只白色的肥猫正在水晶般的围墙后面懒洋洋地打瞌睡。就像白焰宫一样，这里的屋角也都镀着金色烈焰，它们惟妙惟肖，像是在阳光之下跃动舞蹈。那些窗户像是宝石，光洁如新，若隐若现地闪烁着——天知道有多少红血族的侍从在为此辛劳。宫殿里面传来剐蹭和撞击的声音，不知那些王公贵族在干什么——反正是梅温下的令。我竟然有点儿想去看个究竟，这白痴想法连我自己都觉得好笑。要是我能再踏足王宫，那必然是镣铐加身。

卡尔没怎么端详海岭宫。那已经是很久远的过去了，是再也不能去的地方，再也回不去的家。

我想，在这一点上我俩是一样的。

GLASS SWORD

第十五章

海鸥落在屋顶的星星上，看着我们穿过正午的阴凉。被它们盯着，我有种被一览无余的感觉，像是等着被叼起来当晚餐的鱼。卡尔领着我们，步子又轻又快，我知道他也感觉到了危险。就算在后街巷子里，匆匆看几眼侍从的宿舍，我们也会为自己这一身不相称的破破烂烂感到无望。城市的这片区域安宁、静谧、肃穆——危险。我们越是深入其中，我就越是觉得紧张。电流的低频脉冲更重了，经过的每座房子里都传出轻轻敲打的声音。它甚至从头顶划过，在扮成藤蔓的电线里，在蓝色条纹的遮阳篷下。不过我没发现摄像机，车流也大多聚集在主街要道。到目前为止，我们还没引起什么波澜，因为有两个流血的掩体在保护着我们。

卡尔领着我们快速通过他称之为“星区”的地方——几千颗星星装饰着上百座圆形屋顶，这街区就是如此名副其实。我们在小巷里迂回前进，远远地绕开了海岭宫，兜了个圈子来到一条熙来攘往的大道。如果我没记错地图的话，这条大道是通港公路的支路，连接着海岭宫及其附属建筑与山下忙碌的海港、延伸至水中的爱国者要塞。从这个地方看去，整座城市尽收眼底，犹如一幅蓝白相间的画。

我们混迹在红血族中，挤上了人行道。白色石板砌成的大道上拥塞着军用车辆，它们大小不一，有双人车，也有装甲车，大都贴着代表军队的剑形标志。披肩之下，卡尔的眼睛亮了，看着它们一辆辆地开过去。我则更关心那些民用车辆，它们虽然数量比较少，但是速度快，敏捷地穿梭其中。有些更张扬地扬起不同颜色的旗子，表明这些车属于哪个家族，或载着哪个家族的成员。我松了口气，没看见红黑二色——梅温的卡洛雷家族，也没看见蓝白二色——伊拉王太后的米兰德斯家族。至少今天不会发生什么太糟的事。

拥挤的人群推着我们胡乱地往前走，卡尔在我右边，法莱在我左边。“还有多远？”我轻声问道，一边往披肩里缩了缩，遮住脸。尽管我努力回忆，脑海里的地图却一团模糊。太多岔路小道，太多弯弯绕绕了，即便是我也搞不定。

卡尔点点头，示意我看看前面簇拥的人群和车辆，哈伯湾的中央枢纽便犹如跳动的心脏一般，惊鸿一瞥出现在我的视野中。山的顶端，围绕着白色的巨石和钻石玻璃围墙。浅蓝色的大门上镶嵌一片片银甲，隔着它，我看不到太多的宫殿主体，但是能看到高高伸展、熠熠生辉的炮塔。这是个漂亮的地方，但是冷酷、残忍，刀锋一样锐利。危机四伏。

从地图上看，这里不过是海岭宫大门前的一片广场，连接着海湾和平缓斜坡另一端的爱国者要塞。但实际情况要复杂得多。在这儿，整个王国的两个世界似乎相交相融了，红血族和银血族时不时地混杂在一起。码头工人、士兵、仆从、王公贵族，都在这晶莹拱顶之下的阔大庭院中有了片刻交集。中央的喷泉四周环绕着蓝色和白色的花朵，它们尚未被秋凉侵蚀，仍然盛放着。阳光透过拱顶闪烁，将嘈杂的人群折射得五颜六色。我们所在的这条大道直通往爱国者要塞的大门，上面的莹莹光斑也是拜太阳和拱顶所赐。像其他宫殿楼宇一样，这座大门也是艺术的结晶，四十英尺高，抛光的铜和银交织成回旋缠绕的巨大鱼形。如果没有几十名士兵徘徊，也没有我自己的恐惧，那我还真会觉得这几道门是壮丽雄伟的杰作。大门阻隔住了另一侧的大桥，以及延伸至海中的爱国者要塞。号角声、喊叫声、笑闹声吵得人受不了，我不得不低下头盯着自己的靴子好喘一口气。如果我还是小贼，我会很乐于见到如此极致的混乱，但我现在更多感觉到的，是濒临崩溃的恐惧，就像磨损的电线极力控制着火花。

“幸好没赶上孤星之夜，”卡尔喃喃自语，神色恍惚，“那时候人们倾城而出，欢度佳节。”

我没力气，也没必要回答他。孤星之夜是银血族的节日，为的是纪念几十年前的海战。对我来说，它没有意义，但我瞥见了卡尔心烦意乱的眼神——他一定不这么想。他在这座城市见识过孤星之夜，并且有着愉快的回忆——音乐、欢笑、绫罗；也许还有水上烟花，皇家盛宴，不醉不归；父亲赞许的微笑，梅温开怀的玩闹——这一切都不再属于他了。

现在轮到我恍惚了。*那样的生活已经一去不返了，卡尔，它不会再令你快乐的。*

“别担心，”他醒过神，摇了摇头，掩饰着悲伤的苦笑，“我们已经到了。那里就是安全处。”

他指给我看的那座建筑矗立在热闹广场的边上，白色的围墙在乱糟糟的车流人流中显得尤为醒目。它看起来就像座漂亮的城堡，窗子上装着加厚玻璃，台阶通往露台，圆柱上雕出了覆着鳞片的巨型鱼尾。戒备森严的廊桥通道拱悬于海岭宫的钻石玻璃围墙之上，将其与富丽堂皇的庭院连接通达。它的屋顶也是蓝色的，但装饰物不是星星，而是尖钉——冷酷的铁，六英尺长，顶端锋利无比。我猜，这是给磁控者准备的，用来对付任何形式的暴动。其他地方也一样，到处都是银血族的武器：柱子上缠绕着藤蔓和荆棘，是万生人的，满溢着黑水的两个宽大水池，是水泉人的。当然，所有的门前都有全副武装的警卫，手里明明白白地握着步枪。

比警卫更恶劣的是那些旗号，它们在轻柔的海风中摆动，在围墙上、炮塔上和雕着鱼尾形状的梁柱上招摇。那上面不止用银血族的语言写着“安全处”，还有烈焰王冠——黑色、白色、红色，尖角如熊熊火焰般卷曲虬结。它们代表着诺尔塔，代表着整个王国，代表着梅温——代表着我们想要打破毁灭的一切。而在这些旗号之间，在那些镀着金的专属地带，梅温赫然可见——至少，是他的形象。他定定地凝视前方，头上戴着父亲的王冠，眼中承继着母亲的神色，看起来是个年轻但强大的男孩，是位擢升至最终胜利的王子。“**国王万岁**”，每张画像上那瘦削苍白的脸孔下，都如是呐喊。

可就算是戒备森严，就算是梅温目光如狼，我也忍不住想放声大笑。安全处里脉冲涌动，那电流是我的武器。它比任何磁控者、任何万生人、任何枪炮都强大。它无所不在，它属于我。要是我能恰如其分地使用它，要是我们不必东躲西藏……

要是。我鄙视这个愚蠢的词。

这个词飘在半空，只消伸伸手就能够到。*要是我们进不去呢？要是我们找不到艾达或是沃里弗呢？要是谢德没有赶来会合呢？*最后的这个假设更深重地煎熬着我。尽管我目力敏锐，也不停地在拥挤的街巷中搜索，却一直都没有看到哥哥的身影。他拄着拐杖，一瘸一拐，应该很好辨认，可是谢德始终没有出现在视野之中。

痛苦侵蚀着我的感官，我费尽心力培养起来的控制力正在渐渐削弱。我不得不紧闭嘴唇，否则就会大声疾呼：*我哥哥在哪儿？*

“那我们就等着？”法莱问道，她的声音里自有她的担忧。她前前后后地看着，找着，找我的哥哥。“我看，即使你俩联手，没有谢德，也进不去。”

卡尔自嘲地一笑，忙着观察安全处的防护情况，看都没看法莱一眼：“倒也能进去，就是得让整个安全处飞灰烟灭了。未必不是巧招妙计呢。”

“不，绝对不行。”我喃喃自语，想转移自己的注意力。但是不管我多努力地盯着自己的脚或卡尔的手，对谢德的担心就是停不下来。直到这一刻，我也从未真的怀疑过他会爽约。他是传动者，是身手最快的，几个码头上的暴徒根本不能把他怎么样。在杂市的时候，在我离开他——抛弃他的时候，我就是这样想的。就在几天前，他还为我挡了一颗子弹，我却把他丢给了海盗帮，犹如把羊丢给狼。

回想在纳尔希时，我曾对谢德说，不相信他的话。我想他也不该相信我的话。

我的手指绞着披肩，按着脖子上的肌肉，想缓解疼痛，可是无济于事。此时此刻，我们就在名副其实的行刑队前面晃悠，像笨母鸡盯着屠夫的刀那般傻等。当我为谢德感到恐慌时，我也害怕自己小命不久。我不能被他们抓住。不会的。

“后门。”我说。这不是在提问。每座房子都有门，但也会有窗户、屋顶上的洞、没插好的锁——反正总会有能进去的办法。

卡尔皱着眉毛，有一瞬的不解：战士从来不会屈尊像贼一样行事的。“有谢德在会更好些，”他反对道，“都不会有人知道他进去了。我们只要多等几分钟——”

“我们浪费的每分每秒都意味着将新血置于更危险的境地。再说，谢德也不会找不到我们。”我转身离开通港公路，走上旁边的一条街，卡尔虽然还是在争论，但也跟了过来。“他只要往有烟的地方走就行了。”

“烟？”卡尔的脸煞白。

"一次可控的火警，"计划在我的脑海里飞速成形，词句都有点儿跟不上趟了。"克制的，谋划好的。一截着火的围墙足够拖住他们了，也足够我们找到那些名字。几个叽叽咕咕的水泉人不会对你构成太大威胁的，要是真有威胁嘛——"我虚握拳头，让细小的电火花在手掌上跃动。"那就是我人尽其才的时候了。法莱，你应该熟悉档案系统吧？"

她毫不犹豫地点点头，脸上洋溢着一种怪怪的骄傲。"就这么决定了。"法莱小声嘀咕道，"如果你俩不打算发挥作用，我才不想拖着你们碍手碍脚呢。"

卡尔的目光沉了下去，恐惧的神色让我想起了他已经死去的父亲。"你知道会有什么后果，对吧？"他警告着，好像我是小孩子似的，"梅温会知道这是谁干的，他会知道我们在哪里，知道我们在做什么。"

我转身看着卡尔，有点儿生气，因为我非得解释不可，因为他不信任我做的任何决定。"我们带走尼克斯已经超过十二小时了，就算还没人察觉，也迟早都会被发现。然后，层层上报。你觉得梅温不会盯着朱利安名单上的所有名字？"我摇了摇头，不知道自己为什么没有早点儿意识到这些。"只要他得知尼克斯失踪了，他就会知道我们在干什么。我们在这儿做什么都无所谓了。今日之后，真正的大搜捕就开始了。全城通缉，见之即杀。那我们为什么不干这一票呢？"

卡尔没说话，但这不代表他就同意了。管他呢，我不在乎。卡尔不了解这一半的世界，不了解我们必须沉进去的阴沟泥潭。但是我了解。

"是时候了，我们不能再放虚招了，卡尔。"法莱也插进来说道。

还是没回答。他看起来颇为沮丧，甚至有些反感。"他们是我的人民，梅儿。"他终于轻声说道。换个人可能会大嚷大叫，但卡尔不会。他的低语也是灼热的，我听见了其中的决然。"我不会杀掉他们。"

"银血族，"我替他总结陈词，"你不会杀掉银血族。"

他缓缓摇头："我不能。"

"然而就在刚才你还想结束克朗斯的性命，"我尖刻地嘘嘘作声，"他也是你的人民，或者说，如果你当了国王，他也将是你的人民。不过我猜，他的血色不对，是吧？"

"那——"卡尔结结巴巴地说，"那不一样。如果他跑了，如果他被抓住了，我们就会陷入危险——"

话哽在他的喉咙里，消失了，因为已经没什么好说的了。卡尔是个伪君子，不论他如何口口声声地说着公平，就这么简单。他的血是银色的，他的心是银色的。他永远不会将其他人看得比自己重要。

走开。我很想这么说。这个词是如此苦涩，我无法将它说出口。他的偏见让人怒不可遏，他的愚忠也一样让人火大。应该做的事，我却不能做。我不能让他走。他是一个错的人，我却不能让他走。

"那你就别杀，"我干巴巴地说道，"但是你别忘了，他不会手下留情。我们的族人——还有你的族人，现在追随的是他，他们会为了新国王来追杀我们。"

我伸出伤痕累累的手指，指了指街上那些条幅上的梅温画像。是梅温把银血族送到了红血卫队的枪下，给起义扣上了恐怖主义的帽子，一击即中、让他自己的敌人万劫不复。是梅温杀死了王宫里真正了解我的所有人。卢卡斯、博洛诺斯夫人、我的侍女，只因为了解我的异常之处，他们便送了命。是梅温真正弑杀了父亲，驱逐追杀着哥哥。真正罪该万死的那个人，是梅温。

我有点儿担心卡尔会一走了之。他完全可以消失在茫茫大城市里，寻觅内心仅存的一点儿平静。但是他没有。他的愤怒正燃烧得深沉，其强烈超过了他的理智。他要复仇，我也有一笔账要算——即便搭上我们珍视的一切也在所不惜。

CHAPTER15

第十五章

“这边。”他的声音传来。我们已经没工夫细声细气了。

一绕过安全处，来到它的后身，我的感官就全面铺展开来，盯上了装在墙上的几个监视摄像机。我微微一笑，伸手一推，便让它们的线路短路。我的能量流动之下，摄像机一个接一个地失灵了。

后门和正门一样富丽堂皇，只是小一些。宽阔的台阶犹如回廊，门上装着弯曲的钢条，只有四个警卫守在那儿。他们的步枪擦拭得锃亮，拿在手里却显得沉甸甸的——*新兵*。我留意观察他们胳膊上的颜色饰带，辨认着他们所属的家族和拥有的异能。其中有一个没有饰带——低阶的银血族，没有显赫家世，异能也弱得多。另外三人分别是马里诺斯家族的音爆者、格莱肯家族的冰槊者和格雷科的铁腕人子孙。我暗自庆幸没看到伊格家族的白色和黑色，这样就不会有人窥见瞬时未来，知晓我们的下一步了。

他们眼看着我们走过来，却连站直都不屑。红血族不值得大惊小怪，对银血族来说根本不值一提——他们真是大错特错。

直到我们在后门的台阶前站定，他们才有了点儿反应。那个音爆者，身量比小男孩还矮小，长着吊梢眼、高颧骨，冲我们吐了口唾沫。

“再走一步试试，红血耗子。”他的声音里有种令人不快的威胁。

当然了，我们不会听他的。“我想投诉。”我的声音高亢且清晰，不过仍然垂着脸，不让他们看到。一股热气扑了过来，我用余光看到卡尔握紧了拳头。

那四个警卫爆发出一阵狂笑，相互交换着嘲弄的眼神。那个音爆者甚至还往前走了几步，站到了我面前。“安全处可不管你想干什么，去跟你们的红血探子说吧。”他们又笑了起来，音爆者的笑声尤其刺耳。“我想他们应该还吊在那儿吧，”还是让人恶心的爆笑，“在斯塔克园。”

法莱在我旁边，她的手伸进自己的外套，去掏那把刀子。我瞥了她一眼，希望能拦住她，等到正确时机再挥刀劈刺。

带着钢条的门打开了，一个警卫走出来站在门口，和其他人窃窃私语，而我抓住了其中的两个词：损坏和摄像机。但他们只是耸耸肩，抬头看了看我们头顶上的那些摄像机，不明所以——能明白才怪。

“快滚开，”音爆者一挥手，仿佛我们是应该轰走的狗，“不然就按擅闯罪把你们都抓起来。”

他以为我们会四散逃开——这段时间，被捕和处死已经没什么两样了——但我们还是站在原地不动。这音爆者是个残暴的白痴，要不然我还真会为他感到遗憾呢。

“你可以试试。”我说着用手松开披肩。

它拂过我的肩膀，像一双灰色的翅膀似的落在我的脚边。抬起眼睛目光直视的感觉真好，音爆者脸上的恍然大悟变成了惊恐万状。

我的长相极其普通，棕色的头发，棕色的眼睛，棕色的皮肤；瘀伤遍布，一身疲惫，矮小瘦弱，饥肠辘辘。红色的血，红色的本性。我没打算吓唬谁，但这个音爆者明显是害怕我的。他知道在我的伤痕之下流淌着何种力量。他认得闪电女孩。

他踉踉跄跄的，一只脚绊在台阶上，整个人往后倒下去，半张着嘴，却像是被封印了一切力量，连叫都叫不出声。

“是……是她。”他身后的音爆者结结巴巴地说道。他的手指指着我，颤抖着，但很快就变得冰冷。我不禁意味深长地笑了，双手托起了电火花球。没有什么比它们震颤的嘶鸣更能安慰我了。

卡尔也加入了这戏剧性的一幕。他干脆利落地扯下了自己的披肩——他们曾经追随，而今又惧怕的王子，便现身眼前。他的手环咔嚓作响，燃起的烈焰顺着披肩蔓延过去，犹如一面猛然灼烧的旗帜。

“王子！”那个铁腕人倒吸了口冷气。他目光迷离，犹豫着不知该怎么办。毕竟几天之前，卡尔还是他们眼中的神话，而不是魔鬼。

CHAPTER15

第十五章

音爆者先反应过来，伸手摸枪。“抓住他们！抓住他们！”他尖叫起来。我们动作一致地一闪，躲过了他的超音波，背后的窗玻璃应声而碎。

这些警卫因为太过震惊而变得迟钝呆滞。铁腕人不敢靠近，笨拙地想从枪套里抽出手枪，费劲地和自己疾速上升的肾上腺素搏斗着。而那个站在门口的警卫还有点儿小聪明，回身跑回了安全处。要解决其他四人再容易不过了，音爆者根本没机会再出一声就挨了一道闪电。闪电楔入他的脖子和前胸，随后刺进了脑袋。电能爆裂的那一瞬间，我能感觉到他的血管和神经像树枝似的在肉体中张开。他原地倒下，永永远远地沉睡过去了。

一波刺骨的冰冷向我袭来，我连忙转过身子，只见一面冰凌组成的墙扑了过来——是冰槊者。但卡尔使出一记火球，那些冰凌还没碰到我就融化了。火焰迅速向冰槊者和铁腕人蔓延，很快就把他们团团围住，给了我收拾战局的机会。两道闪电呼啸而出，把他们重重地击倒在地。最后一个异能不详的警卫想要逃开，正拽着打开的门。法莱箍住了他的脖子，但他一下把她甩开，让她飘浮在半空。原来是个电智人，不过能力太弱，不足为惧，很快就被了结了。他也倒在地上，肌肉还因为我的电击而微微抽搐。我又对着那个音爆者补了一击，作为对他恶言恶语的回报。他滚下台阶，就像奇隆网子里的鱼。

这一切都发生在一瞬间，安全处的后门还开着，巨大的合页缓缓绞动，我赶在门扇关闭、门闩锁死之前冲了上去，用一只胳膊支住了它。安全处里面的空气凉爽、轻盈，我感觉到了奔涌的电流，在电灯里，在摄像机中，在我自己的手指顶端。我稳稳地吸了一口气，把这些电流全部切断，让整个前厅坠入黑暗之中。

卡尔小心地跨过地上毫无知觉的警卫，法莱却给每个人都好一顿额外臭揍。“为了那些红血探子。”她怒骂着，打折了音爆者的鼻梁。卡尔拦住了她，用胳膊环住她的肩膀，沉沉一叹，把她拉上了台阶，穿过那道敞开着的后门。我最后瞥了一眼天空，便也闪进安全处，把那钢条钢板牢牢地关在了身后。

黑暗的厅堂和切断的摄像机让我想起了辉映厅，想起了那次潜入地下监狱营救法莱和奇隆的情景。可是那个时候，我几乎位同王妃，身着绫罗绸缎，还有朱利安的支持，他用悦耳的乐音催眠了一个又一个警卫，按照我们的目的改写了他们的记忆。那一次的行动干净利落，兵不血刃——只有我自己流了点儿血。而这安全处的情势却完全不同，我唯有祈祷将伤亡降到最低。

卡尔知道应该去哪儿，于是在前面领路，但是面对那些试图阻拦我们的警卫和军官，他做的不过是左躲右闪。作为一个残酷无情的人，他可真够优雅，只是用肩膀推挤撞开铁腕人和疾行者的袭击。他仍然不愿意伤害他们，于是这重担就落在了我身上。闪电和烈焰用起来一样简单，不一会儿就有一连串的阻拦者被我们抛在身后。我告诉自己，他们只是失去知觉了，不是送命，但是，在激烈的打斗中，我也不太能确定。控制电流要比生成电流难一些，所以也许我杀了一两个人吧。我不在乎——法莱也不在乎，她的长刀在黑暗里挥来挥去，刺进抽出，当我们到达目的地——一道无甚特别的门前面时，那把刀子上滴滴答答地沾满了泛着金属光泽的银血。

但门里面有什么特别的东西，我能感觉得到。一架巨大的机器，由电流驱动。

“到了，档案室。”卡尔只是看着这道门，无法回头面对我们刚刚一手造就的屠杀。他说到做到，让烈焰在四周燃烧，筑起了一道灼热的火墙，好掩护我们查找档案。

我们破门而入。我原本以为这里纸页堆积如山，名单是打印出来的，就像朱利安给我的那份那样。但眼前只有一面闪烁着指示灯、镶嵌着显示屏和控制按钮的电子墙。脉冲嗞嗞作响，因为我对电线的干扰而略显迟钝。我想都没想就把手按在了冰凉的金属板上，平复心绪，调整呼吸。档案机立即响应，咔嗒咔嗒地高速运转起来。一块显示屏亮了，一行行黑白两色的记录看得人头晕目眩。文档飞速掠过，我和法莱叹为观止。我们根本想象不出这种景象，更不用说亲眼一见了。

“炫啊！”法莱屏住呼吸，伸出手试探。她的手指拂过屏幕，细细阅读。上面的大号字母写着“人口普查记录”，下方标注着小号字体“诺尔塔雷根州灯塔区”。

“科昂没有这个？”我问道，不懂她是怎么找到尼克斯的住址的。

她闷闷地摇摇头说：“科昂连邮局都没有，更别提这些了。”她笑着按了一下屏幕下方的一个按钮，然后是另一个，又一个，每按一下屏幕就闪一下，显示出不同的问题。她像个小孩儿似的咯咯发笑，继续按着玩儿。

我压住她的手：“法莱。”

“抱歉，”她说，“能否帮个忙，殿下？”

卡尔仍然站在门边没动，前前后后地张望着，提防着警卫：“蓝色的，上面标着‘搜索’。”

我赶在法莱前面按下了卡尔说的那个按钮，屏幕黑了一瞬，接着变成了蓝色，三个闪烁的白色方框里分别有三个选项：按姓名搜索，按位置搜索，按血族搜索。我犹豫了一下，按下了标着“选择”的按钮，选了第一个选项。

“输入姓名，然后按‘开始’。找到之后按‘打印’，就会有一份副本了。”卡尔指点着。但这时，一声尖叫咒骂让他猛地回过头去——一名警卫撞到了火墙，被烫得够呛。枪声响了，我真有点儿可怜那个警卫，竟然会用子弹去对抗卡尔的烈焰。“快点儿！”卡尔说。

我的手指摸索着键盘，笨拙地一个字母一个字母地敲出“艾达·华莱士”这个名字。机器又呼呼地运转起来，屏幕连着闪动了三次，最后显示出一整屏的档案记录，其中甚至包括一张照片——就是身份证明上的那张。我盯着这位新血的照片，将她金棕色的皮肤和温柔的目光尽收眼底。她看起来很悲伤，即便在这么小的照片上。

枪声又响了，让我一下子回过神来。我将注意力集中在文档上，在艾达的个人信息里寻找着有用的东西。她的出生日期和出生地我已经知道了，血液的突变印证着她和我一样是新血。法莱也在搜索，一目十行地掠过那些信息。“在这儿。”我指给她看，这是这几天里最让我开心的时刻了。

职业：女佣；雇主：领主雷姆·罗翰波茨；地址：哈伯湾运河街区水滨广场。

“我认识那儿。”法莱说着猛按下“打印”键。机器吐出一张纸，上面是复制好的艾达的信息。

机器嗡嗡作响，下一个名字检索得更快了。沃里弗·高尔特。职业：推销员；雇主：高尔特啤酒厂；地址：哈伯湾三石街区查赛路巴特尔园。这么说，克朗斯至少没撒谎。要是还能再见面，我一定会好好跟他握个手的。

“快好了吗？”卡尔在门边喊道，他的声音里带着紧张——这只会出现在水泉人冲过来，火墙就要被扑灭的时候。

“快了。”我咕哝着，再次按下按键。“这机器不是只管哈伯湾的对吗？”卡尔没回答，他正忙着撑住烈焰屏障，但我知道自己猜得没错。我笑了笑，从夹克里掏出名单，用大拇指捻开第一页。“法莱，把那个屏幕也打开。”

她像兔子似的立刻行动起来，满心欢喜地按动键盘，让旁边的一块屏幕也嗡鸣着亮了起来。我们互相传递着名单，键入一个又一个名字，收好一张又一张打印副本。属于灯塔区的一共有十人：纽新镇贫民窟的一个女孩，坎科达的一个七十岁的老奶奶，巴恩群岛的一对双胞胎兄弟，等等。

打印纸堆在地上，每一页都比朱利安名单上的要详细得多。取得如此进展让我兴奋不已，欣喜若狂，但这快意戛然而止——*这么多名字，这么多人要去解救*。而我们的行动太慢了。我们没有办法像此刻检索打印似的一下子就找到所有人，就算有飞机，有档案，动用法莱的地下隧道，也是难上加难。总会漏掉一些人，这是无法避免的。

这时，我身后的墙壁炸裂开来，我的思绪也暂时告一段落。爆炸扬起了浓浓的灰尘，隐约可见一个有着灰色皮肤、壮得像个破城锤一样的人影。我刚认出这是个*石皮人*，他就冲了进来，将法莱拦腰举起。法莱仍然紧紧攥着打印出来的文件，将这珍贵的纸页从打印机上撕了下来。一长串纸页在她身后散开，像是投降的白旗。

“你们被逮捕了！”石皮人大吼着，把法莱掼向远处的窗户。她的脑袋重重地撞碎了玻璃，翻着眼睛倒下了。

而后那面火墙也扑进了屋子，卡尔周身围绕着烈焰，像头疯狂的公牛。我从法莱手里扯过打印纸和名单，一股脑儿地塞进衣服，免得它们付之一炬。卡尔动作极快，已然忘记了自己不伤害银血族的誓言。他把石皮人从法莱身边拖开，用火焰逼迫他穿过墙上的那个洞，退到屋外。火苗升起来了，阻止石皮人再次闯入——只是暂时。

“好了没有？”卡尔吼道，他的眼睛犹如燃烧的爆炭。

我点点头，望向那档案机。它悲悲戚戚地嗡鸣着，像是已经知道我要对它做什么了。我将超过荷载极值的电流注入它的电路，给了它破坏性的一击。所有的屏幕和闪烁的光标都在闪电火花中爆炸燃烧，将我们的所作所为一笔勾销。“好了。”我说。

法莱从窗户边摇摇晃晃地站起来，一只手捂着头，嘴角流着血，但好歹还站得住。“我看只能从这儿撤了。”

只瞥一眼窗外——这天然的撤退通道——我就知道这太高了绝不能跳

下去。而大厅外面的叫喊声和脚步声又像诅咒一样闹个不停。“往哪儿撤？”

卡尔只是做了个鬼脸，张开一只手撑在光亮的木质地板上。

“下去。”

一枚火球在我们脚下爆炸，击穿了木头，烧焦了繁复的装饰和结实的梁架，犹如一条狗吞咽着肥肉。地板瞬间裂开，崩塌下陷，我们落在了下一层的房间里，随后又是另外一击。我吓得膝盖发软，但卡尔一只手拎住我的衣领，不让我摔倒。他拖着我，一刻也没有松开手，来到了另一扇窗子前面。

我立刻就明白了应该怎么做。

烈焰和闪电击穿了厚厚的窗格，随后纵身一跃，我原本以为会掉进空气稀薄的半空，然而却落在了坚硬的地面上，沿着石头铺就的廊桥通道滚了几下。法莱紧随在后，惯性让她撞上了一个目瞪口呆的警卫。没等他反应过来，法莱就把他从廊桥上推了出去——“砰”的一声，显然这着陆并不怎么让人愉悦。

“快走！”卡尔一边吼一边翻身站了起来。

脚步声隆隆作响，我们风驰电掣地沿着廊桥通道往前跑，从安全处冲向皇家殿阁海岭宫。它比白焰宫小，但是一样令人生畏——也是卡尔熟悉的所在。

在通道的尽头，一扇门徐徐打开，我听见更多警卫、更多军官的叫喊声——那是名副其实的行刑队。不过卡尔没打算硬碰硬，而是猛地把那扇门关上，手上燃起火苗，把它焊死了。

法莱疑惑不决，来回看着锁死的门和我们背后的通道。这看起来就像个陷阱，比陷阱更糟。“卡尔——”她开口说道。但卡尔没理她。

他向我伸出手，眼睛里闪着我从未见过的神采——纯粹的烈焰，纯粹的火。

CHAPTER15
第十五章

“我要把你丢出去了。”他毫无修饰地说道。在他身后，那扇焊死的门正被什么推撞震颤着。

我来不及争论，甚至来不及提问。我的思绪乱成一团，被极度的恐惧狠狠攫住，但是我抓住了他的手腕，他也紧拉住我。“撞上的时候炸了它。”他相信我明白这是什么意思。

他沉了口气，把我举起来，朝着窗子猛推了过去。窗户闪闪发亮，我暗自祈祷它千万不要是钻石玻璃做的。就在我要飞扑上去的那一刹那，我放出了闪电。玻璃爆裂开来，瞬间碎成了数不清的碎片，我穿越而过，落在了蓬松的金色地毯上。这儿堆满了书籍，有一股熟悉的旧皮革和纸张的气味——一定是皇家图书馆了。随后，法莱也从窗洞扑了过来。卡尔瞄得挺准，她正砸在我身上。

“起来，梅儿！”她厉声说着一把把我拽起来，简直要把我的胳膊扯断。她的头脑比我转得快，已经先冲到了窗洞边，伸出了双臂。我晕头转向地学着她的样子，但是脑袋还乱得很。

在我们上方的廊桥上，警卫和军官潮水一般地从两个方向涌了进去，而在正中，是烈焰的化身。有一瞬间它仿佛静止不动了，但随后我就明白了，它是冲着我们来的，跳跃、猛扑、坠落。

卡尔的火舌撞到墙壁便熄灭了——他没扒住窗框。

“卡尔！”我大叫着，俯着身子，差点儿也要跳下去了。

他的手擦着我的手滑了下去。我的心脏像是漏跳了一拍，以为自己就要眼睁睁地看着他摔死了。然而他却没有继续下坠，另一只手被法莱死死地拉住了。法莱大吼着，衬衫下面的肌肉紧绷凸出，天知道她是怎么拽住这两百磅的王子的。

“抓住他！”她叫着，关节都发白了。

可是我却抬手向上，对着廊桥发出了一击闪电。那些卡尔一手训练出来的警卫四散开来，是最容易击中的目标。他们弯腰屈膝地瑟缩着，石材开裂，一块块地坠落。只要再有一击，它就会彻底坍塌了。

我想让它塌掉。

“梅儿！”法莱尖叫。

我不得不转身伸手，不得不去拉拽。他攥住了我的手，重力之大几乎要把我的手腕捏碎。不过我们还是拼尽全力，迅速地把他往上拉，拖着他翻过了窗框，一起向后摔倒。四周只有劫后余生的寂静和一屋子的书。

即便是卡尔也被这生死一线吓得不轻，他躺了几秒钟，睁大双眼，重重地喘着气。“多谢。”他最终挤出两个字。

“有情后补吧！”法莱怒气冲冲地说。她也像拉我那样，把卡尔拽了起来。“快带我们出去！”

“哦。”

不过，卡尔没有带着我们走向图书馆那华丽的大门，而是穿过屋子，来到一面摆满书架的墙边。他观察了一会儿，像是在寻找什么，努力地回忆着什么。他嘀咕了几句，用肩膀撞击着书架的一处，直到它向两边滑开，露出一条狭窄、倾斜的暗道。

“进去！”他叫着，推了我一把。

我的脚跨过台阶，仿佛一下子迈进了百年之前。我们顺着这条平缓的螺旋楼梯往下走，四周是昏暗的灯光和呛人的灰尘。墙壁很厚实，由古老的石头砌成，要是有什么人尾随而来，我肯定听不到动静。我本想试着推断出我们要去哪儿，但我内在的方向感已经乱套了。我不认识这个地方，不知道要去哪里，我只能跟随。

前面出现了一堵墙，暗道似乎是个死胡同。就在我想要用电击开路的时候，卡尔却把我拉住了。“简单。”他说着伸出手撑住一块看起来磨损得很厉害的石头，然后把耳朵贴了上去，屏息静听。

CHAPTER15

第十五章

除了耳朵里奔突的血流声和急促的呼吸声，我什么都没听到。但卡尔听到得更多——呃，也许是更少。他垂下脸，露出一种让人难以名状的沉郁神情。那不是恐惧，虽然他有权利感到害怕，可他相当平静，很是怪异。他眨了几下眼睛，竭尽全力地凝神听着墙外的声音。我很想知道这是他第几次这么干，第几次偷偷溜出这座宫殿。

不过在那时，他身边有警卫保护、服侍。但现在，他们只想杀了他。

“跟紧我，”他终于轻声说，“向右两次，然后向左，就到前院了。”

法莱把牙齿咬得咯咯响。“前院？”她急了，“你想让他们干得更容易吗？”

“前院是唯一的出口，”卡尔回答，“海岭宫的隧道关闭了。”

法莱挤眉弄眼的，握紧了拳头。她的双手空空如也，那把刀子早就不知去向了。“我们在路上能经过军械库吗？”

“但愿。”卡尔咝咝吸气，然后瞥了我一眼，看了看我的手。“有我们俩就够了。”

我只能点头。*我们经历过更糟的呢*，我对自己说。

“准备好了？”他低语。

我咬紧牙齿：“准备好了。”

那堵墙绕着中轴旋转，缓缓地打开了。我们一起走了出去，极力控制着步伐，不让暗道的另一边响起回音。像图书馆一样，这个地方也是空荡荡的，布置精美，到处都是奢华的黄色装饰。整个屋子弥漫着一股弃置和忽视的气息，就连那褪色的金色挂毯也是。卡尔几乎停住了步子，凝视着那些颜色，但还是催促我们离开。

向右两次，我们穿过了另一条暗道，还有一架两端开门的衣橱。热量从卡尔身上四散而出，准备好了不得不释放的烈焰风暴。我的感觉也一样，胳膊上的汗毛随着电流竖了起来，就要在空气中噼啪响起了。

近处的门外，有声音响了起来。人声和脚步声。

“向左。”卡尔小声说道。他伸手想拉住我，但略微一想还是作罢。我们不能冒险触碰彼此，现在绝不行——这触碰是致命的。“你快跑。”

卡尔率先出手了，门外的世界立即被猛火冲得震颤不已。大火蔓延到了宽阔的前厅，攀上了大理石和厚实的地毯，最终烧到了镀金的墙上。火舌舔舐着那幅俯瞰整座厅堂的画像。那是一幅巨大的人像画，崭新绘制的，新国王——梅温。他像个滴水兽似的冷笑着，直到火苗烧着了画布。烈焰的温度极高，那精心描摹的嘴唇开始熔化，扭曲成讥刺嘲讽的神情，与他畸形的灵魂相得益彰。唯一没有被大火席卷的只有对面墙上的两面金色旗帜，丝缎旗面上满是灰尘。它们属于谁，我不知道。

那些等着我们自投罗网的警卫一片鬼哭狼嚎，身上着了火，四处逃命不想被活活烧死。卡尔劈开火焰，他的脚步为我们踏出了一条安全通道。法莱紧随其后，夹在我俩之间。她捂着口鼻，免得吸进浓烟。

剩下的那些警卫和军官，大多是水泉人和石皮人，他们不怕火，却无法不怕我。这一次，我的闪电向四面八方射出，形成了一张极其明亮刺目的电网。我只管护住卡尔和法莱，至于其他人，可就没那么幸运了。

我生来就擅长奔跑，但呼吸刺痛着我的肺。每一呼每一吸都越来越困难，越来越痛。我告诉自己这是因为烟尘，但是当我跑到海岭宫壮丽的前门时，疼痛并没有消失，而是变成了另一种痛苦。

我们被包围了。

一排又一排的身着黑色制服的军官，身着灰色军装的士兵，挤满了前院。他们全都荷枪实弹，在等着我们。

“你被逮捕了，梅儿·巴罗！”一个军官叫道。他的一只胳膊上缠绕着开花的葡萄藤，另一只手上则拿着枪。“你被逮捕了，提比利亚·卡洛雷！”他结结巴巴地念出卡尔的名字，不太敢这样不恭不敬地直呼王子。要不是在这种情势之下，我没准儿会大笑起来。

在我们之间，法莱昂然伫立。她手无寸铁，没遮没挡，但仍旧拒绝屈膝。她的强韧令人震惊。

“现在怎么办？”我轻声问道，但是已经知道不会有答案了。

卡尔来来回回地看着前方后面，寻找着不可能找到的一线生机。最终，他的目光落在了我身上。它们是那样空洞，那样孤独。

这时一只温柔的手握住了我的手腕。

世界倏尔漆黑一片，我被挤压着穿梭其间，窒息，幽闭，好长一阵子动弹不得。

谢德。

我讨厌隔地传动的感觉，这一刻却享受其中。谢德没事，我们也得救了。突然，我双膝着地，眼前是一片鹅卵石。这条潮湿小径远离了安全处、海岭宫，远离了警卫军官的火力杀伤地带。

有人在附近呕吐——法莱，听声音就知道了。隔地传动外加脑袋狠撞窗玻璃，一定是不太好的组合。

“卡尔？”我冲着已经凉下来的傍晚空气问道。隐隐的恐惧袭来，犹如寒潮的第一道涟漪，但他很快在几英尺之外回应了我。

“我在这儿。”他伸手碰了碰我的肩膀。

但我没有靠向他的手，让他此刻已经温和的热度将我裹挟。我躲开了，呻吟着站起身来，看着谢德站在我的面前。他神色黯然沉郁，犹有怒意，我则在心里责骂着自己：*我不该丢下他不管，那么做是我错了。*

“我——”我开口想要道歉，但是话没说完，他就冲过来抱住了我，胳膊搂住我的肩膀。我用力地紧紧箍住了他。他还在微微发抖，为他的小妹妹忧心忡忡。“我没事。”我极轻地说道，只让他一个人听见了这句谎话。

“没时间了。”法莱吐了口唾沫，费力地站起来，她打量着四周，仍然有些摇摇晃晃，但还是推断出了我们的位置。“从那边过去就是巴特尔园，往东，几条街的距离。”

沃里弗。“好。”我点头，伸手扶着她站稳。我们不能忘记肩上的重任，即便是刚刚逃过一劫。

但我还是望着谢德，希望他能理解我内心的谎言。他只是摇头，没理会我的歉意。那不是因为他拒不接受，而是他不想让我道歉。

“带路吧。”他转向法莱，眼神柔和了些——她伤痕累累且头晕目眩，但仍然有毅力继续。

卡尔也不习惯隔地传动的感觉，慢慢地站了起来。他尽可能快地调整好自己，跟着我们穿梭在这个名叫“三石”的街区里。他身上还缭绕着烟尘的气味，仿佛自身深处泛起的愤怒。在安全处，银血族死伤无数，那些男女不过是奉命行事——曾经听奉他的命令。这不是件容易接受的事，但他必须强迫自己。如果他想和我们在一起，和我在一起。他必须为自己的立场做出选择。

我希望他选择的是我们这一边，我希望再也不要看到他空洞的眼神。

这是红血族的街区，目前还算相对安全。法莱领着我们在弯弯曲曲的小巷里潜行，有一两次还钻进了空置的店铺躲避盘查。警卫在主街上大喊大叫，东奔西跑，想重新整队弄清楚安全处到底出了什么事。他们并不是在搜寻我们，现在还不是。他们还没意识到谢德是什么人，能以多快的速度把我们带到多远的地方。

我们贴在一堵墙下，等着一个警卫从旁边走过。他茫然困惑，心烦意乱，就像其他人一样，而法莱让我们藏在了阴影里。

“对不起。”我小声对谢德咕哝着，明白自己必须把话说出来。

可他还是摇头，甚至还用拐杖轻轻拍了我一下：“别说了，你不过是做了不得不做的事。再说你看啊，我也没事，没受伤。”

没受伤。身上没受伤，心里呢？我背叛了他，背叛了我的哥哥——像某人一样。我几乎要愤怒地吐口水了，希望把这想法从头脑里驱逐出去：我和梅温竟有异曲同工之处。

“克朗斯呢？”我转换了话题。

“我把他带出了海盗帮的地盘，他就自己走了，火烧眉毛似的跑掉了。”谢德眯起眼睛，回忆道，“他把三个水手党活埋在隧道里，没地方可去了，不能再留在这儿了。”

我懂那种感觉。

“你呢？”他仰了仰下巴，粗粗示意着海岭宫的方向，“在那之后？”

在差点儿死掉之后——再一次。

“我刚才说了我没事啊。”

谢德抿着嘴唇，并不满意：“好吧。”

我们陷入了一动不动的静默中，等着法莱继续往前走。她一直紧靠在小巷的墙壁上，但当一群吵闹的孩子从前面经过时，她动了。我们就把这群小孩作为掩护，穿过了一条宽一些的马路，然后又陷入另一片街巷的迷宫里。

我们弯着腰钻过一片低矮的拱棚——确切的说是其他人弯腰低头，我则只是直着身子走而已。但是，还没等我走到另一边，谢德突然停住了，他伸出没拄拐杖的那只手，不让我往前走了。

“我很抱歉，梅儿。”他说道。这道歉让我不知所措。

“你抱歉？”我差点儿笑出来，“有什么好抱歉的？”

他没回答，但是满面愧疚。他向后退了几步，让我看见了拱棚的另一边，刺骨之寒席卷了我的全身。

那是一片空旷广场，明显是红血族使用的：巴特尔园。它虽然朴素简单，维护得却不错，满是新鲜的植物和灰色的战士石雕。正中央的雕像最大，它背上挎着枪，一只胳膊伸向半空。

它的手指向东方。

手指上挂着一条绳子。

绳子上吊着一具尸体。

尸体穿戴整齐，也没佩戴红血探子的徽章。他年纪不大，身材矮小，皮肤还没有变得僵硬。他被绞死的时间不久，可能只有一两小时。但广场上既没有哀悼者也没有警卫，没有人来这儿探视围观。

尽管他沙色的头发挡住了眼睛，面孔也模糊不清，我却明明白白地知道这个男孩是谁。我在档案中看到过他，他在证件照片上对我微笑。可现在他永远都不会笑了。我知道会发生这种事。*我早就知道*。但这不会让我更轻易地感受到痛苦，或是挫败。

他是沃里弗·高尔特，新血，现在已是无生命的躯壳。

我为这从未谋面的男孩落泪了，为我没来得及救出他而落泪。

GLASS SWORD

第十六章

我极力地想忘记逝者的面孔。为了活命而奔逃，原本可以有效地转移开注意力，但即便是一个接一个的死亡威胁也无法将一切阻隔在外。有些生离死别是无法忘怀的。沃尔什、特里斯坦，现在又加上了沃里弗，他们占据着我思绪的一角，像幽深灰暗的蛛网一般缠绕着我。我的存在便是他们的死因。

当然，另有一些人是我杀掉的——干干脆脆地，出于自愿地，用我的双手杀掉的。不过我不会为他们感到悲伤，也不会思考自己做过些什么，现在且不去想吧，我们还处于如此危险的境地呢。

卡尔率先转身，不再去看沃里弗吊摆的身体。他另有自己的逝者群像，不想再在那行列中多添加一个了。“我们不能停留。”

“不——”法莱倚在墙上，一只手紧捂住嘴，发出咕噜咕噜的声音，强忍着不想吐出来。

“好了。”谢德扶着她的肩膀。她想甩开他，他却稳稳地站着，看着她在花丛中大吐特吐。“你们应该看看这个。”他严肃地看了我和卡尔一眼，“这就是我们失手的后果。”

他的愤怒理所当然。毕竟是我们在哈伯湾的正中心引发了一场激烈交战，浪费了沃里弗生命里的最后几小时。但我已经精疲力竭，不想听这种训斥。

“这不是说教的地方。”我回答道。这儿是一座陵墓，在这里说话都是不应该的。“我们得把他放下来。”

我正要走向沃里弗的尸体，卡尔却拽住了我的胳膊，拖着我往反方向走。“谁也不能碰那尸体。”他低声咆哮。那语气听起来和他父亲如此相像，真令我震惊。

“那尸体有名有姓。”我回过神来便语带讥讽，“他的血色与你不同，但那不意味着就该这么抛下他。”

“我去放他下来。”法莱站直了。

谢德和她一起：“我帮你。”

“站住！沃里弗·高尔特没有家人吗？”卡尔急切地说，“他们在哪儿？”他挥手指了指广场，指着空空荡荡的树丛和上方紧闭的窗户。只有一座城市坠入暮色的杂声远远传来，除此之外，这广场一片静谧，悄无声息。“他妈妈总不可能把他丢在这儿吧？吊唁哀哭的人呢？朝他吐口水的警卫军官呢？连只寻臭而来的乌鸦也没有，为什么？”

我明白了。

陷阱。

我猛地抓紧了卡尔的胳膊，指甲深深楔进了他压抑着烈焰的灼热皮肤。奔涌在我血液中的恐惧同样划过卡尔的脸，他没有看我，而是看着幽深的巷子。而我的余光已经捕捉到了一顶王冠——那个愚蠢的男孩不管走到哪儿都要执意戴着它。

随后，一种咔嗒咔嗒的声音响了起来——像金属虫子搓动螯爪，准备吞下肥美的一餐。

“谢德。”我轻声说着，伸出另一只手去摸索我那可以隔地传动的哥哥。他会救我们的，他会带我们远离这一切的。

他没有犹豫，向我扑来。

但是他没能碰到我。

我惊恐万状地看着两个疾行者扯起他的胳膊飞上半空，又把他重重地摔回地上。他的脑袋撞在石头上，眼睛翻了过去。迷乱之中，我听见法莱惊声尖叫，而疾行者抓起谢德飞远了，身影渐渐模糊。我想冲着他们发出闪电，让他们掉转方向回来，但他们已经落在主楼拱门上了。疼痛上上下下地啃噬着我的胳膊，闪烁着炽热的白色利刃，可那只是我自己的闪电，我自己的力量。它不会伤害我的。

咔嗒咔嗒的声音继续着，在我的脑袋里回旋盘绕，越来越快。我极力地想忽略它，想投入战斗，但我的眼睛看不清了。我的视野昏花一片，随着那声音的节奏一下清晰又一下模糊。*这是什么声音？*但不管是什么，它正在让我精神错乱。

眩晕之中，我看见两团火焰在自己身边燃爆。一团明亮炽烈，另一团则暗淡幽游，犹如烟和火幻化的蛇。不知在什么地方，卡尔痛苦地怒吼着。*跑*。他似乎如是呐喊。我当然毫不迟疑。

我最终倒在鹅卵石铺成的小路上，艰难地往前爬，就连眼前几英尺之外也看不清了。*是什么？什么事？我到底怎么了？*

有人抓住了我的胳膊，力气大得如同啃噬。我闭着眼挣扎，寻找着它们上方的脖颈。我的手指触到了盔甲，甲板镶嵌平滑，雕刻精致。“我抓住她了！”我认出这声音了——*托勒密·萨默斯*。我几乎看不见他的脸了：黑眼，银发，皮肤像月光的颜色。

CHAPTER16

第十六章

我尖叫着，凝聚了所有的力气，用一道闪电朝着他劈了过去。他攫住我的胳膊，我则大声吼叫，只觉得有一团火在身体里面燃烧。不，那不是火。我知道火要燃烧什么。但我身体里的另有他物。

肚子上挨了一拳，我无力还击，放任它继续。一拳接着一拳，直到我趴在广场的地上，脸上擦伤了，流着血。凉爽的空气中有一种若有似无的香脂气味，让我镇定片刻，得以再次恢复视力。当我睁开双眼时，我却宁可自己已经瞎了。

梅温蹲在我面前，头偏向一边，像只摆弄玩具的好奇小狗。在他身后，战况惨烈。这是一场太不公平的对决，谢德无法行动，我倒在地上，只有卡尔和法莱还在死死支撑。法莱现在手里有枪，但托勒密左躲右闪，子弹也奈何不得。所幸卡尔还能熔化掉靠近的一切，用火焰挡开刀锋和藤蔓。但他也坚持不了太久。他们已被逼入死路。

我几乎尖叫出声。才从一条绞索脱身，就又陷入了另一条。

“请看着我，好吗？”

梅温动了动，挡在我的视线前面。但我不会看他，不会遂他心意的。我不看他，我有自己的理由。我的注意力集中在那咔嗒咔嗒的声音上面，似乎其他人都听不到，但它一直刺痛着我。

他抓住我的下巴猛地一拉，强迫我用正脸面对他。“真是顽固。”他啧啧出声，“这是你的迷人特质之一。还有这个——”他用手指划过我脸颊上的红色鲜血。

咔嗒，咔嗒。

他的手上加了劲儿，我的下巴痛得要炸开花了。咔嗒咔嗒的声音让所有伤痛都更深、更重了。茫然踌躇之中，我看见了那双熟悉的蓝色眼睛，还有瘦削、苍白的脸。我惊恐无比地意识到，他就是我记忆中的模样，分毫不差——安静的、低调的、不安的男孩。他不是我噩梦般记忆中的那个梅温，不是血和黑暗化身的鬼魂，而是实实在在的、真实的梅温。我认出了这双眼睛里的决绝。我曾在他父亲的游船甲板上见到过，那时我们顺流而下，前往阿尔贡，背对另一个世界绝尘而去。他曾亲吻我的嘴唇，发誓说谁也不能伤害我。

“我说过我会找到你。”

咔嗒，咔嗒。

他的手从我的下巴移到了我的喉咙，攥紧了，不让我发出声音，却又不至于窒息。他的触碰是灼热的。我喘息着，凝聚不够叫喊所需的氧气。

梅温，你正在伤害我。梅温，住手。

他不是伊拉，他读不到我的思维。我的视野中再次出现了斑点，渐渐黑了下去。黑色的尖点在我眼前游弋着，扩张着，应和着那一声一声恼人的“咔嗒、咔嗒”。

“我也说过我会救你。”

我以为他的手会更用力一点儿，可是没有，还是那么虚握着。他的另一只手却滑向我的锁骨，炽热的手掌紧贴着我的皮肤。他要烧伤我，在我身上留下烙印。我极力想要叫喊，却连一声呜咽也发不出。

“我是个说话算数的人，”他又歪了歪头，“只要我想。”

咔嗒、咔嗒、咔嗒。

我的心脏应和着这声音的节奏，因意识到自己无法逃生而愤怒地狂跳着，仿佛就要炸裂。

“停——”我挤出一个字，一只手向上伸着，希望哥哥能来救我。可是，梅温用自己的手握住了它——灼热、燃烧，每一寸的我都在燃烧。

“够了，”我仿佛听见他说话，但不是对我，“我说了，够了！”

他的眼睛仿佛流血了，这是我陷入黑暗前最后的明亮光斑。浅蓝色，在我的视野中一闪而过，勾勒出参差的疼痛的冰的形状。它们包围着我，囚禁着我，我只能感到无尽的灼烧。

一道白光闪过，那咔嗒咔嗒的声音撕裂了我的心神，随后我就什么都不记得了，整个世界充溢着痛苦。

这太过极端，难以承受，而奇怪的是，明明什么都没有。不是子弹，不是刀子，不是拳击，不是火烧，也不是勒捆的藤蔓。这是我从未正面对决过的武器——因为它属于我自己。闪电、电流、火花，它们超量过载，连我都承受不了。我曾在尸骨碗召唤过闪电风暴，它使我精疲力竭。但这一次，撇开梅温的所作所为，它却正在*置我于死地*。它拉扯着我的条条神经，拆解着我的骨头，剖开我的肌肉。我正在自己的皮囊之内濒于毁灭。

我突然意识到——*就是这感觉吗？那些被我杀死的人？被闪电杀死就是这样的感觉吗？*

控制。这是朱利安一直告诫我的。*控制它*。可是它太多了，我就像是一座试图拦截整个大海的水坝。而且就算我能止住它，我也没办法扛过自己体内爆炸般的疼痛。我无法伸展，无法移动，我被自己束缚住了，尖叫也被挡在牙齿后面。*我很快就要死了，这总该有个了结*。但是不，疼痛持续不断地袭来，裹挟着每一种感官。脉冲不断，力度却丝毫不减，痛感变化多端，却一刻不停。比太阳还明亮的白斑在我眼前跳跃，直到一片红色爆裂将其驱逐。我试图眨眼将它赶走，试图控制我自己身体里的*什么东西*，但是好像一点儿用也没有——就算这有效我也不会知道了。

我的皮肤一定已经消散了，被涌动的闪电烧焦了。也许我能得到血尽而亡的仁慈对待，那可比这白色的深渊要干脆多了。

杀了我。这句话重复着，一遍又一遍。这是我此刻唯一能说的话，唯一想要的东西。所有关于新血和梅温，关于哥哥和卡尔、奇隆的思绪都已经消失了。就连那些纠缠我的面孔、已逝之人的面孔，也都不见了。真可

笑，我要死了，那些幽灵却离开了。

我希望它们能回来。

我希望自己不必孤独赴死。

GLASS SWORD

第十七章

“杀了我。”

话语在我的嘴巴里干枯焦萎，刺拉拉地划过喊叫之后灼烧嘶哑的喉咙。我以为会尝到血的味道——不，没什么可以为的。我只想速死。

然而，当我的感官重新恢复，我便意识到自己并没有被生吞活剥，甚至都没有流血。我还是全须全尾的，尽管我自己不敢相信。我用了最大的意志力睁开双眼，可看见的并非梅温或是他的刽子手，而是自己再熟悉不过的那双绿色的眼睛。

“梅儿。”

奇隆都没等我喘过一口气，就用胳膊环抱住我的肩膀，把我拉进他的胸膛。我的眼前又是一片黑，想起了烈火闪电的刻骨灼烧之感，不禁因为这触碰而微微瑟缩。

“没事了。”他喃喃说道。他讲话的方式让我一下子安心了。他的声音低沉，打着颤，拒不松开手，就算我不自觉地想要挣脱开。他知道我的心想要什么，尽管我磨损消耗的神经经不起这些。“都过去了，你没事了，回来了。”

有那么一瞬间，我一动不动，弯起手指卷着他旧衬衫的褶皱。我把注意力放在奇隆身上，这样就不必管自己发抖的事了。“回来？”我轻声说，“回到哪儿？”

“让她喘口气，奇隆。”

另一只手握住了我的胳膊，它如此温暖，除了卡尔不可能是别人。他用了些劲儿，那力量小心翼翼地控制着，不至于让我混乱分神。它让我从噩梦中完全脱身出来，彻底回到了现实世界。我慢慢地向后靠，离奇隆远一点儿，好仔细看看自己身在何方。

这里的空气潮湿，弥漫着泥土味，显然是在地下，但不是法莱的隧道。如果我对电流的感知没失常的话，我们已经不在哈伯湾了。我没感觉到一丝脉冲，这说明我们必定离那座城市很远了。这是座安全的房子，直接建在地下，以树木和其他东西做掩护。毫无疑问，这是红血族的手笔，也许是红血卫队曾经用过的，只是到处都是粉色的。墙壁和地面上满是灰尘，倾斜的屋顶上露出了草皮，用生锈的金属杆加固。这里什么装饰也没有，确切地说，空空如也。几条睡袋——包括我自己的，还有从“黑梭”里拿来的食品袋子、一盏关上的提灯、装着物资的几个板条箱，就这些了。和这儿相比，我在干阑镇的家简直就是宫殿，不过这并不是抱怨。我松了口气，很高兴远离了危险，远离了我那难以名状的疼痛。

奇隆和卡尔任由我四处打量这空荡荡的屋子，让我自己得出结论。他俩看起来忧心忡忡，面容憔悴，这才几小时就一副老头儿模样了。我不禁盯着他们的黑眼圈和不展愁眉看，想知道到底是什么把他们搞成这副样子的。不过随后我就想起来了。倾斜的日光透过窄小的窗子照了进来，一片橘色，空气也渐渐冷了。夜晚到了，一天过去了。我们失败了。沃里弗·高尔特死了，被梅温杀死了。艾达也是，肯定的，我知道。这两个人我们通通营救失败了。

“飞机呢？”我问道，想站起来，但他俩都伸手阻止我，让我老老实实裹在睡袋里。他们温柔得都有点儿奇怪了，好像碰一碰我就会碎成两半似的。

奇隆最了解我，他先注意到了我的烦躁，于是向后跪坐在脚跟上，给我留出了一些空间。他瞥了卡尔一眼，勉强地点点头，让王子来解释来龙去脉。

“我们不能带着你飞行，因为你……你的状态，”他把目光从我脸上移开，“不过几十英里，飞机就像过载的灯泡似的要短路了，差点儿被炸了。我们只好把飞机给其他人用，然后在树林里徒步行进，直到你情况好转。”

“对不起。”我只能挤出这一句，但他挥了挥手毫不介意。

“你睁开眼睛了，梅儿，我在乎的只有这个而已。”卡尔说。

一阵精疲力竭的感觉袭来，我差点儿又要迷糊过去，想着是不是就放任它算了。但是这时，卡尔的手从我的胳膊移到了我的脖子。我立刻剑拔弩张，回过头睁大眼睛瞪着他，疑虑顿生。不过他的视线却凝聚在我的皮肤上，凝聚在那难以言说的所在。他的手指抚摩着那怪异的、参差的枝状疤痕，它从我的后颈一直延伸到了背脊。我不是唯一一个知道这疤痕的人。

“这是什么？”奇隆叫起来。他目瞪口呆的样子应该会让伊拉王太后很自豪。

我的手覆上卡尔的，感受着那怪异、粗糙的条痕从我的脖子后面向下延伸。“我不知道这是什么。”

“它们看起来——”卡尔迟疑了一下，一根手指按着尤为凸起的一块，让我不禁在心里打着寒战。“伤疤，梅儿，闪电伤疤。”

我飞快地推开他的手，强撑着站了起来，可两条腿虚弱无力，傻乎乎地摇摇晃晃，被奇隆扶住了。“别急。”他责备我，但一直没松开我的手腕。

“哈伯湾发生了什么？他——梅温对我做了什么？是他干的，对不对？”那黑色的王冠在我脑海里燃烧，如同烙印，而新的疤痕，也已经造就。烙印，他烙在我身上的烙印。“他杀了沃里弗，给我们设了陷阱。你们为什么看起来都粉粉的？”

像以往一样，奇隆嘲笑起我的怒意，但他的笑声空洞、勉强，似乎是为了我才那么做的。“你的眼睛，”他的一根手指拂过我左侧的颧骨，“眼睛充血了。”

他说的对，我分别闭上两只眼睛，自己也明白过来了。用左眼看的话，整个世界都是红色粉色的，还蒙着一层旋转模糊的雾，是充血没错。这也是拜梅温所赐。

卡尔没有和我们一起站起来，而是背着手向后靠坐着。我猜他一定是知道我的膝盖还在打战，要不了多久就会摔回去的。他总是对一切都了然于胸，这也让我相当恼怒。

“是的，梅温潜入了哈伯湾，”他干巴巴地说道，“他没弄出什么大阵仗，所以我们没发现。他一到就去搜索他所知的第一个新血了。”

我唏嘘不已。沃里弗才十八岁，完全是无辜的，就因为生来不同，就因为他和我是同类。

他会是什么样的人呢？我猜测着，为我们失去的这个战士而悲哀。他会拥有什么异能？

“梅温要做的就是守株待兔。”卡尔继续说道，他脸上的肌肉绷紧了，“要不是谢德，我们所有人都会被抓起来。即使被撞得不轻，他还是把我们救出来了。他跳跃了好多次，步步惊心，所幸安然度过了。”

我缓缓地舒了口气，放心了。“法莱还好吗？”我看到卡尔点头了。“我还活着。”

奇隆攥紧了拳头："你这是，什么意思。"

我抬手摸了摸自己的锁骨，隔着衬衫，皮肤一阵阵刺痛。即使噩梦退却了，身体上承受的恐怖消散了，梅温的烙印还是真真切切地在这儿。

"很痛吧。它到底怎么你了？"卡尔的话惹得奇隆一阵嘲讽。

"四天以来，她说的第一句话是'杀了我'，难不成你忘了？"他尖刻地说道，不过卡尔并不在意。"不管那机器怎么她了，都很痛，这是明摆着的。"

那个咔嗒咔嗒的声音。"机器？"我脸色煞白，来回看着他们俩。"等一下，四天？我四天都没知觉？"

四天都在昏睡，四天什么都没做。恐慌驱散了闪电留下的种种疼痛和思绪，像冰水似的击穿了我的血管。在我沉迷在自己的意识中的这段时间里，有多少人死去了？有多少人被吊死在大树上和雕像上了？"拜托，你们俩不会一直这么看孩子似的待在这儿吧？拜托告诉我你们干了些有意义的事。"

奇隆大笑起来："我看，让你活过来就是最有意义的事。"

"我的意思是——"

"我知道你的意思。"他顶嘴道，稍微离开一点儿距离。

凭着仅存的尊严，我坐回睡袋上，勉强忍住了抱怨。

"不，梅儿，我们没有干坐着。"卡尔转身走向墙边，靠着夯实的土堆，这样就能看到窗外了。"我们着实做了不少事。"

"他们还在追捕。"这不是问句，但奇隆还是点了点头。"尼克斯也是？"我问。

"那头牛派上用场了。"卡尔说着摸了摸下巴上一块黑乎乎的瘀青。他可是亲身体验过尼克斯的力气。"他很擅长让人信服，艾达也是。"

"艾达？"我以为她也已经是一具新血尸体了，这么提起她可真让我惊讶。“艾达·华莱士？”

卡尔点点头：“克朗斯从海盗帮手里脱身之后，就把她从哈伯湾带走了，不早不晚地赶在梅温的人搜查领主庄园之前。我们回到‘黑梭’那里的时候，他们已经等在那儿了。”

尽管知道她活下来了我很开心，却还是忍不住有点儿生气。“你们这是把她扔回狼窝了，她和尼克斯。”我的拳头蹭着还温热的睡袋，想寻求点儿安慰。“尼克斯是个打鱼的，艾达是个女佣，你们怎么能把他们留在那么危险的地方？”

卡尔垂下眼睛，因为我的咄咄逼人而有些难堪。可是奇隆趴在窗边笑了起来，夕阳渐渐暗淡的光笼罩在他的脸上，呈现出一片殷红，仿佛沐浴着鲜血一般。也许这只是我充血的眼睛造成的幻视，可这一幕还是令我不寒而栗。他总是笑，他总是不拿我的恐惧当回事，这最让我害怕。

即便此时此地，这个打鱼男孩也从未严肃起来。他会这么笑到坟墓里去的。

“有什么好笑的？”

“你记得吉萨带回家的那只小鸭子吗？”奇隆说道。我们全都莫名其妙地愣住了。“那时候她大概九岁吧，从母鸭那儿把它带了回来，还想用汤喂它。”他自己停下来了，笑得说不下去。“你记得吧，梅儿，记得吗？”虽然笑着，他的眼神却硬朗而热切，想让我记起来。

“奇隆，”我叹了口气，“现在不是说这个的时候。”

但他还是不管不顾地继续踱着步子说道：“没过多久，大概几小时吧，鸭妈妈就找来了。她在屋里走了个遍，后边还跟着一队小鸭子。那可真是吵死了啊，嘎嘎嘎呱呱呱的。布里和特里米想把它们赶走，是吧？”奇隆一边说，我一边回忆，仿佛站在门廊上看着哥哥们朝鸭子扔石块。可是母鸭就是不走，叫唤着她走失的孩子。后来小鸭子回答她了，在吉萨怀里扭来扭去。“最后，是你让吉萨把小鸭子放了。‘你不是鸭子，吉萨，’你说，‘你们俩并不拥有对方。’后来你就把小鸭子还给母鸭了，看着它们摇摇摆摆地走了，排成一队，回到河里去了。”

“我在等你说重点。”

“这就是重点。”卡尔嘀咕着，声音沉沉地闷在胸腔里。他似乎很是惊讶。

奇隆冲着王子眨了眨眼，极轻地一点头以示感谢。“尼克斯和艾达不是小鸭子，你也不是他们的鸭妈妈。他们能照顾好自己。”他歪着嘴笑起来，又恢复了瞎胡闹的老样子。“倒是你，看起来糟透了。”

“我还不知道吗？”我努力对他笑了笑，只是微微一笑，这动作却拉扯着我脸上的皮肤，拧动着脖子上那道新的伤疤。我说话的时候它就会痛，若是拉紧了就更难受。这是梅温从我身上夺走的另一样东西。我只要想笑就得忍受灼烧般的疼痛，他要是知道这个一定得高兴死了。“法莱、谢德和他们在一块儿吧，至少？”

两个男孩一起点了点头，我差点儿笑出声来。他们一直是针锋相对、完全不同、犹如两个极端的。奇隆瘦削，卡尔健壮，奇隆金发绿眼，卡尔则是黑色头发，眼睛如烈炭一般。可是在这儿，在这薄暮的微光里，在我蒙着血色的目光里，他们看起来竟然有些相像了。

“克朗斯也在。”卡尔回答。

我眨着眼睛，不知所措：“克朗斯？他在这儿？和我们……一起？”

“他似乎没什么别的地方可去。”卡尔说。

“那你……你相信他？”

奇隆靠在墙上，两只手插在口袋里：“他救了艾达，几天以来也是他帮忙把大家带到一起，为什么不能相信他？就因为他是个贼？”

像我一样，像我过去一样。“好吧。”即便如此，我也忘不掉信任错付的代价。“但我们无法完全相信，不是吗？”

“是你不相信任何人。”奇隆恼火地叹了口气，在地上蹭着鞋子，想再说多几句，可是又知道不该继续。

“他和法莱在外面，是个不错的巡逻员。”卡尔这是在帮奇隆说话。我简直震惊。

“你们俩这是达成一致了？太阳打西边出来了？”

卡尔脸上浮现出真诚的笑意，奇隆也是。

“他倒不像你说的那么不中用。”奇隆对王子点了点头。

我推了推卡尔的肩膀，想看看他是不是真实存在的：“我不是在做梦吧？”

“以我的颜色起誓，不是啊。”卡尔的笑容慢慢消失了，一只手摸着下巴，抓着稀疏的胡子。自从从阿尔贡逃出来，自从那个目睹父亲送命的夜晚，他一直没刮过胡子。“艾达比单纯的起义者更有用，要是你相信异能的话。”

“我相信。”各种各样的异能在我脑海里过电影，一个比一个厉害。“她有什么本事？”

“这是我第一次见到。”卡尔承认道。手环咔嚓作响，激发出的火花迅速变成了燃烧的火球。火球在他手上停滞了片刻，完全没有烧着他的袖子，随后便被他懒洋洋地扔进了地面中央的一个小土坑里。火焰放射出热量和光亮，替代了落下去的太阳。“她是强记者，相当不可思议。她记得住领主庄园图书室每一本书里的每一句话。”

仅此而已，我眼前浮现出的战士形象立刻烟消云散。“真是有用，”我讥讽道，“我一定会让她给我们讲个故事听的。”

“她才不会理你呢。”奇隆说。

但是卡尔进一步解释道：“她有完美的记忆力，完美的理解力，每一天的每一刻，擦身而过的每一张脸，耳边飘过的每一句话，她都记得住。她读过的所有医学期刊、历史著作，或是地图，都能理解于心。练习课上她也表现得很好。”

虽然更乐于见到风暴者，可我也明白艾达这种人的价值。如果朱利安在，他一定会没日没夜地研究她，试图弄清楚这种奇异的能力。“练习课？你是说训练课程那种？”

卡尔的脸上掠过一丝骄傲：“我不是教练，但我把能教的都交给她了。她已经是个像样的狙击手了，今天早上还读完了‘黑梭’的飞行手册。”

我吸了口冷气：“她会开飞机？”

卡尔耸耸肩，干笑一声：“她驾驶飞机载着其他人去坎科达了，应该快回来了。不过在那之前，你得休息。”

“我已经休息了四天了。是你们得休息。”我反唇相讥，伸手摇晃卡尔的肩膀。可我这几下弱得可以忽略不计，他根本一动不动。“你们俩看着就像走动的死人一样。”

“必须有人确保你喘着气。”奇隆的声音很明快，其他人也许会以为他又在开玩笑，我却很明白他的意思。“不管梅温对你做了什么，都不能有下一次了。”

关于那极致疼痛的记忆仍然逡巡不去，一想到还可能再承受一次，我就忍不住发抖瑟缩。“我同意。”

想到梅温的新武器，我们全都冷静下来。即便总是动来动去、走来走去的奇隆也静了下来。他凝视着窗外，凝视着渐渐降临的夜幕。“卡尔，要是她再碰上这种事，你有什么好办法吗？”

“要是听讲座的话，我可能得要点儿水喝。”我突然间意识到了自己焦渴的喉咙。奇隆几乎是从墙边弹了起来，急着帮我拿水，便只剩卡尔和我在屋里。而那热量慢慢靠近了。

第十七章

“我想那应该是一种发音装置，当然是改进过的。”卡尔说道。他的目光投向我的后颈，闪电疤痕自上而下贯穿了我的背。他再次抚摩着它，仿佛能从中发现什么线索，这熟悉的感觉让我震动不已。理智告诉我应该推开他，应该阻止烈焰王子继续检视我的伤疤，但疲惫和渴望战胜了这些想法。他的触碰安慰着我，减轻了我的伤痛，身体上的和情感上的。它能证明有人在我身边，我不再是孤独一人沉溺在深渊中了。

“几年前我们曾在湖上试着用过发音装置，它们能发射无线电波，重创湖境人的船只。它让湖境人之间无法相互联络，可对我们也是一样，双方都乱了套，只能盲目航行。”他的手指向下摸索，顺着我肩膀上枝蔓纵横的伤疤，抚摩着其中的一条。“我猜这个机器能关闭电波，或是以极大的量级进行静电干扰。它让你无法动用自己的能力，让你暂时失明，让你的闪电转而针对你自己。”

“他们这么快就造出来了。我们离开尸骨碗还没有几天呢。”我轻声说道。仿佛任何大一点儿的声音都会震碎这脆弱的平静。

卡尔的手停住了，他的手掌贴在我裸露的皮肤上：“在尸骨碗以前，很早以前，梅温就开始对付你了。”

我现在明白了。带着泣血的每一次呼吸，明白了。我的内在有什么东西松懈了下来，破碎了，弯折了，让我能将脸埋在手里了。我为隔绝回忆而建起的重重的城墙，塌陷如尘了。但我不能让它埋葬了我，不能让我自己犯的错埋葬了自己。卡尔的温暖包围着我，他的胳膊环抱着我的肩膀，他的头抵着我的后颈，我靠了过去。我任由他保护我，尽管我们在塔克岛的监牢里就信誓旦旦地说好绝不能如此。我们只能让彼此分心，而这分心是致命的。可是我的手伸向了他的，我们的手紧紧相握，骨骼交缠。烈焰渐熄，火苗缩成了星点余烬。但卡尔仍然在这里，他永远不会离开我。

“他对你说了什么？”卡尔轻语。

我向后退了退，好让他看仔细。我颤抖着拉开衬衣的领子，把梅温的所作所为展现给他。当卡尔的目光落在那新的烙印上面时，他的眼睛睁大了——一个模糊参差的字母“M”，就烙在我的皮肤上。他凝视良久，我开始担心他的愤怒会将我一起燃尽。

“他说他是个说话算数的人。”我说。这句话让卡尔把目光从我的伤疤上收了回来。“他说他会找到我——救我。”我迸出一阵大笑。梅温唯一需要救我逃脱的人，就是他自己。

卡尔温柔地把我的衣领拉好，遮住了他弟弟留下的印记。“这是我们早就知道的，不过现在我们至少知道真正的原因了。”

“嗯？”

“梅温撒谎就像喘气一样容易，伊拉束缚得住他的人，却束缚不住他的心。”卡尔凝视着我，希望我能理解他的意思。“他追杀新血，并非为了保住王位，而是为了伤害你。他想找到你，让你回到他身边。”他把手放在腿上，握紧了拳头。“在这个世界上，梅温最想要的，是你。”

要是梅温此刻就在这里，我一定会把他那空洞无物、阴魂不散的眼珠子挖出来。“是吗？他不会得到我的。”我意识到了这句话背后的后果，卡尔也是。

“如果那样能停止杀戮呢？如果是为了新血呢？”

泪水蒙上了我的眼睛。“我不会回去的，不论为了谁。”

我以为卡尔会批评我责怪我，但他只是笑笑，低下了头，为他自己的言行感到羞愧。其实我也是。

“我还以为我们失去你了。”他字斟句酌地说道。我往前靠了靠，握住他的拳头，这让他得以更进一步地表达。“我以为，我就要失去你了。太多次了。”

“我还在这儿呢。”我说。

CHAPTER17
第十七章

他箍住了我的脖子，像是不相信我一般。我恍惚想起了梅温那相似的动作，但是忍住了没有瑟缩。我不想让卡尔走开。

我已经奔跑逃避太久了。甚至在这一切开始之前，甚至在干阑镇的时候，我就在奔跑不止了。我想躲开我的家人，我的命运，躲开任何我不想体味的感觉。现在我也仍然加速狂奔着，躲避那些会杀死我的人——和那些会爱我的人。

我太想停下来了。我想静止站住，而不会有人死，自己也不死。但那是不可能的，我必须继续下去，必须伤害自己以自保，伤害他人以保护他们——伤害奇隆，伤害卡尔，伤害谢德，还有法莱和尼克斯，伤害所有傻乎乎地追随我的人。我把他们也带上了狂奔的路。

“所以向他宣战。”卡尔的嘴唇靠近了，每一个字都灼热如火。他的手更用力了，仿佛每分每秒都会有人来把我从他身边夺走。“既然我们决定了，那么就去做。我们要组建一支军队，我们会杀死他。他和他母亲，杀死他们。”

杀死一位国王不会改变什么，自有另一个来代替他。但总得有个开始。如果我们不能比梅温更快，那就必须阻止他的冷血无情。为了所有新血，为了卡尔，为了我。

我是血肉之躯铸成的武器，是皮囊包覆的利剑。我生来就要杀死一个国王，在他的恐怖统治成真之前就将它了结。是烈焰和闪电将梅温推上了王座，让他坠落失势的也将是烈焰和闪电。

“我不会让他再伤害你了。”

卡尔的气息让我战栗。被这样强烈燃烧的温暖围绕着，有一种奇异的感觉。“我相信你。”我在撒谎。

因为我软弱，所以靠近了他的双臂。因为我软弱，所以用双唇紧压住了他的，寻找着能让我停止奔跑、忘怀一切的东西。我们都很软弱，看起来如是。

他的双手覆上了我的皮肤，让我感觉到了异样的疼痛，比梅温的那架机器更甚，比我的神经之痛更深。像是空洞、虚无的重负。我是一支利剑，由闪电和这烈焰——还有梅温的烈焰——一同铸就。他们中的一个已然背叛了我，另一个也可能在任何时刻离去。但我不惧怕心碎。我不惧怕伤痛。

我依赖着卡尔、奇隆、谢德，拼尽全力去搭救每一个新血。因为我害怕醒来只有空无，朋友和家人不知所踪，自己也只不过是孤风苦雨里的一道闪电。

如果我是一支利剑，这利剑由玻璃造就，而我已发觉了内里的裂隙。

GLASS SWORD

第十八章

关于热量的问题是，不论你觉得多冷，不论你有多需要温暖，它最终都会变得过犹不及。我想起以前的那些冬季，自己常常坐在有着裂缝破洞的窗子边，看着凛冽的寒气和家里楼下火炉释放的热量相争相斗。那时，凉爽的空气总是能帮我入睡，而现在，深秋的微风也让我平静了下来，让我忘记了在这座安全的屋子里和卡尔的独处。*我不该那么做的*。我想着，一只手按着自己发烫的皮肤。他不只是让我纷扰分心，无力承担，而且还是注定会发生的心碎。最好的情况也不过是他的忠诚左右摇摆，而总有一天，他会离开，或死去，或是像其他人那样背叛我。总有一天，他会伤害我。

外面的夕阳完全沉下去了，将天空染成一道道晦暗的红色、橙色。*也许是*。我无法相信眼前所见的颜色。不管什么，我都无法相信了。

这处安全的房子开凿在一座小山的山顶上，四周环绕着大片空地，再外面则是森林，可以俯瞰满是树木、湖泊的蜿蜒山谷，而且总是薄雾缭绕。我是在林子里长大的，但是这个地方就像阿尔贡和辉映厅一样让我觉得陌生。目力所及之处，没有任何人工制造的东西，也没有乡镇村庄伐木耕作的声音。不过，如果可以起降飞机，我猜附近一定有条隐藏的跑道。我们一定是在诺尔塔偏僻的深山老林里，位置靠北，远离海滨，远离哈伯湾。我不太熟悉雷根州，但这里看起来很像巨林区，荒原野地茫茫无尽，连绵山峦起起伏伏，以冰冻的苔原和湖境之地相隔。这里人烟稀少，由格莱肯家族的冰槊者统领——藏身的绝佳之地。

“你跟他绝交了？”

奇隆像个影子似的，靠在一棵枝叶冲天的橡树树干上。他脚边放着一只我们都忘了的水壶。不用看他的脸我就知道，他在闹脾气。我听都听得出来。

“别刻薄。”我习惯了支使他干这干那，可这句话听起来就像请求。而正如我所预料，他没理会我的话，继续东拉西扯起来。

“我看，所有的流言蜚语多少都有影儿，即便是那个小疯子梅温散播的那些。‘梅儿·巴罗引诱王子杀父弑君。’这竟然有几分真实，简直令人震惊。”他幽幽地向前走了几步，让我想起了艾若家族的闪锦人，他们发起致命一击时的样子。“因为王子殿下确实是被迷住了心窍。”

“你要是再说下去，我就把你变成一节电池。”

“你可以换点儿新招数吓唬我。”奇隆尖刻地笑着，多少年来早就习惯了我的那些大话，恐怕任何东西都吓不到他，即使我的闪电也不能。“他是个有本事的人，各个层面。别误解我，你能制住他我可高兴着呢。”

我忍不住大声冷笑起来，肆无忌惮地：“高兴？你在嫉妒，明摆着的。你不习惯分享，你不想变得没用。”

没用。这个词刺痛他了，我从他梗着脖子就看得出来。但即便如此也不妨碍他居高临下，他高高的个子挡住了刚刚升起的闪烁星星。

“重点是，你是否也被他迷住了？他利用你就像你利用他一样，是不是?”

“我没有利用任何人。”我在撒谎。我和他都心知肚明。“你根本不知道自己在说什么。”

“你说的对。”奇隆平静地说。

我惊讶得差点儿跌倒。在我们十多年的交情里，我从来没听到过这种话从奇隆·沃伦嘴里说出来。他固执得就像一截树桩，老是为自己着想而且过于自信，大多数时候是个满嘴跑火车的混蛋——但是现在，在这小山顶上，他不像是他自己了。他看起来渺小、暗淡，犹如我那旧日之光即将一闪而灭。我握紧双手，不然就要伸手碰他，看看这个奇隆是不是真实存在的。

“我不知道你当梅瑞娜的时候发生了什么，我没能去那儿帮你度过那段日子。我不会对你说我理解你，或是为你可惜、遗憾、歉然。因为那不是你需要的。”

然而这正是我需要的。所以我生他的气，也不必去听他接下来要说的话了。奇隆太了解我了，这真是够糟的。

“我能做的最好的事，就是告诉你真相，或者至少是我认为的真相。”虽然声音很平静，奇隆的肩膀还是上下起伏，粗重地呼吸着。他在害怕。“至于要不要相信我，随你的便。”

我的嘴角一动，没藏住苦涩的微笑。我已经太习惯被人推拉扯拽了，被那些最亲近的人摆布着思考行事。就连奇隆为此都感到内疚。但现在，他给了我渴望已久的自由。一个选择，尽管小之又小。他相信我有做出选择的智慧——虽然我并没有。

“你说吧。”

他张口要说，可是又停住了。话语胶着，拒绝流露。而后，他那双绿色的眼睛似乎湿润了，很奇怪。

CHAPTER18
第十八章

“怎么了，奇隆?”我叹气。

“怎么了，”他重复了一便，摇摇头，又过了好久，他才恨恨地说，“我不知道你的感觉是不是和我一样，关于我们。”

我简直想用头去撞石头。我们。谈这个太傻了，浪费时间，浪费精力。但除此之外，还有尴尬和不安。我的脸红了。我从来没想过会和他有这样一番对话。

“反正没关系，”不等我阻拦，他就继续说道，“你从来没有像我看待你一般对我，即便是在这一切发生之前，在家里的时候，也没有。我以为也许有一天你会——”他耸了耸肩，“只不过你不爱我罢了。”

当我还是干阑镇的梅儿·巴罗时，我也曾有过一样的想法。我也憧憬着自己结束兵役归来会发生什么，那样的未来几乎是笃定的。基于友谊的婚姻，和这个有着绿色眼睛的打鱼男孩，我们会有一堆孩子，住在贫苦的高脚屋里。那时候，这些就像是一个梦，不可能成真的梦。现在也是这样，永远都是这样。我不爱奇隆，不会像他所希望的那样爱他。永远都不会。

“奇隆。”我低声说着朝他走近一步。可他却往后退了两步。“奇隆，你是我最好的朋友，像家人一样的。”

他的笑容很悲伤:“是的，到我死的那一刻我都是。”

我不值得你如此的，奇隆·沃伦。“对不起。”我磕磕巴巴地说，不知还能说什么别的。我甚至都不知道自己在为什么道歉。

“这不是你能控制的，梅儿。”他回答道，仍然站得远远的，“我们无法选择自己爱谁。我其实无比希望我们有得选。”

我觉得自己被劈开了似的。我的皮肤上还留着卡尔拥抱的余温，记着刚才和他在一起的感觉。但在内心的最深处，我却不明不白地遥想着那双冰冷的眼睛，那个空洞的承诺，那游船上的一吻。

“你尽可以爱他，我不会拦着你，但是看在我的分儿上，为了你的父母，为了其他人，请不要让他控制你。”

我再次想到了梅温。但梅温遥不可及，是世界边缘的一抹阴影。他也许想杀了我，但他无法控制我。奇隆话中所指只能是皇家兄弟里的另一个，卡洛雷家族的失势子孙，卡尔——我抵御伤痕和噩梦的盾牌。然而他是个战士，不是政客，也不是罪犯，他没有操纵别人，尤其是操纵我的能力。那不是他的本性。

“他是银血族，梅儿。你不知道他能干出什么事，也不知道他真正想要什么。”

我觉得卡尔也是如此。这位被驱逐的王子，甚至比我还要随波逐流，并没有什么闪电女孩难以理解的忠心耿耿或协约同盟。“他不是你以为的那种人，”我说，“不论他的血是什么颜色。”

奇隆的脸上掠过一丝冷笑，尖刻而锐利：“你根本不信这些。”

“我不信，”我悲哀地说，“我知道，这让一切更难了。”

曾几何时，我以为血色就是世界的全部，像黑暗和光明那样泾渭分明，是无法改变、无法跨越的鸿沟。它令银血族强大、冷漠、残忍、毫无人性，而我的红血族同胞则全然不同。银血族和我们没有丝毫相像之处，他们感觉不到痛苦、同情或善意。可是，像卡尔、朱利安、卢卡斯那样的银血族证实，是我错了。他们就是普通人，也有恐惧和希望。他们并未摆脱自己的罪，我们也是。我也是。

如果他们是奇隆所坚信的那种魔鬼就好了。如果事情那么简单就好了。静默之中，我在心底偷偷地嫉妒奇隆，嫉妒他狭隘的愤怒。我希望自己也像他那样无知。可是我已经目睹了太多，经历了太多。

“我们要去杀了梅温，还有他妈妈。”我带着一股寒意很肯定地说道。杀死鬼魅，杀死暗影。“如果他们死了，新血就安全了。”

“卡尔也就自由了，夺回他的王位，然后一切回归原样。”

“那种事不会发生的。没人容许他重回王位，红血族或银血族。而且据我了解，他也不想那么做。”

“真的？”我突然很讨厌奇隆嘴边的讥讽冷笑。“那这是谁的主意？杀了梅温？”我没回答，那冷笑更甚。“这就是我的想法了。”

“多谢你的诚意，奇隆。”

我的感谢吓了他一跳，就像他让我惊讶那样，他也惊讶不已。在过去的几个月里，我们都变了，不再是干阑镇里时刻准备着吵嘴——任何话题都能吵——的少男少女了。那时的我们是小孩子，他们一去不返。

“当然，我会记着你刚才说的话。”那些王室课程从未这样近地令我感同身受，它们让我知道该如何打发奇隆而不会伤害他，就像王妃打发仆人。

但奇隆并不会那么容易就被甩开。他眯起眼睛，就像两条深绿色的缝隙，看透了我客气矜持的面具。他一副恶心透顶的样子，我以为他就要吐了。“你迟早会迷路的，”他呼了一口气，“那时我不会出现然后把带你回去了。”

我转过身，背对着我的老朋友。他的话很尖厉，我不想听，不管他说的多有道理。他的靴子擦过坚硬的地面，扬长而去，留下我站在原地，盯着树林。远处，飞机的轰鸣声传来，正在靠近我们。

我对孤独的恐惧超过其他任何事物。所以我为什么要这么做？我为什么要推开我爱的人？这对我来说是不是大错特错了？

我不知道。

我也不知道该如何停止这一切。

将这支军队集结起来并非难事。从哈伯湾弄到的档案副本指引我们深入灯塔区的城镇乡村，找到了那里的新血。从坎科达到托鲁斯，再到巴恩群岛那些半没在水里的港口，朱利安的那份名单让我们全面铺展开来，直到整个诺尔塔都被我们翻了个遍。就连德尔菲，王国里最南端的城市，也能借助飞机在几小时内往返。

每一处人口聚集的中心，不管多小，都进驻了新的银血族卫戍队，随时准备着抓住我们，上交给国王。但是，他们不可能时刻监视所有的目标，而梅温也还没强大到可以一夜之间绑架几百个新血。我们总是随机出击，没有规律可寻，常常让他们措手不及。有时我们极其幸运，他们都不知道我们就在身边。谢德一次次地证实着自己的异能，艾达和尼克斯也是。前者帮我们到达城墙边，后者则帮我们击穿它。

但最后的收场还是得我来。我面见每一个新血，解释他们是什么样的存在，让他们明白自己之于国王是何等危险。我会给他们选择的权利，而他们总会选择活命。他们总会选择我们。我们会安置好他们的家人，指示他们到各种各样的避难所和红血卫队开辟的基地去……我下令、指挥，就像法莱所说——她的话越来越含糊神秘了。还有些人甚至被送到了塔克岛，到上校那儿去寻求庇护。他可能讨厌新血，但法莱跟我保证说他绝不会拒绝真正的红血族的。

我们找到的那些新血都是惶恐不安的，还有的怒不可遏，但是有相当一部分表现出惊讶好奇，他们大多是孩子。这些人基本上并不知晓自己是什么样的人，只有少数知道，被我们突变的血液所困扰。

在哈文港的市郊，我们找到了卢瑟·卡弗。这个小男孩只有八岁，长着一头纤细的黑发，比同龄的孩子还要瘦小些。他是木工的儿子，我们在他父亲的作坊里见到了他，当时他已经退学，开始学着打理买卖了。我们没费多大劲儿就说服了卡弗先生，进了门，不过他看着卡尔和尼克斯的时候还是颇有戒心。这孩子拒绝直视我，小手指头紧张地绞在一起。我一跟他说话，他就哆嗦，还非得叫我“闪电女孩”不可。

CHAPTER18
第十八章

“你的名字在这份名单上，因为你和其他人不一样，”我对他说，“你明白我的意思吗？”

他猛地摇头，长长的刘海甩来甩去。但是他父亲像个名副其实的守护者似的站在他身后，严肃地、缓慢地点了点头。

“没关系，卢瑟，这没什么可难为情的。”我把手伸向桌子另一边——这复杂的设计和手工活儿必定是出自卡弗先生之手——可是卢瑟的手指一碰到我就闪开了，缩回去放在自己腿上。他不愿意让我碰他。

“这不是针对你。”卡弗先生说着把手放在儿子肩膀上安慰他。“卢瑟不是——他只是不想弄伤你。那东西时来时去的，越来越糟了，你明白吧。不过你们是来帮他的，是吗？”这个可怜的男人语带痛苦，声音都哑了。我感同身受，想象着，如果是我老爸面临如此境地会怎么做。理解你孩子的人就站在面前，他们能帮他，可必须带走他。“你知道他为什么是这个样子吗？”他问。

这个问题我曾问过自己无数遍，每一个新血也都会问我，可是我没有答案。“抱歉，先生，我不知道。我们只知道，这种异能来自基因突变，我们的血液里有某种无法解释的东西。”

我想起了朱利安和他的藏书、他的研究。他从来没有教过我关于大分裂的种种，在那远古时代，银血族从红血族中分裂出来，慢慢造就了如今的世界。我想，新的分裂也许已经开始了，这次，新的一支就是和我拥有相同血液的人。朱利安在被捕之前一直研究我，想找出这个问题的答案，但是他再也没有机会了。

我身边的卡尔动了动，当他绕到桌子另一边时，我以为他要做出一脸狰狞威吓的表情。他却友好地笑起来，嘴角都快碰到眼睛了。然后他弯下腰，跪了下去，这样就能看着卢瑟的眼睛了。男孩呆住了，一动不动，不只是因为看见王子如此，也是因为他正全神贯注地思考着。

“殿下。”他小声嗫嚅着，甚至还想行个礼。在他背后，卡弗先生就没那么有礼了，他皱起眉头——银血族王子可不是他欢迎的客人。

卡尔仍然笑着，目光追着男孩的眼睛。“请叫我卡尔。”他说着伸出了手。卢瑟还是躲开了，不过卡尔似乎并不在意。我觉得他早就料到这反应了。

卢瑟害羞了，脸上显出可爱的深红色：“对不起。”

“没关系啊，”卡尔说，“其实，我小时候也会这么做。那时候我比你还小一点儿呢，不过我有很多老师。我也需要他们。”他眨了眨眼睛。男孩还是有点儿怕，不过笑了起来。“但是你只有爸爸，对吗？”

卢瑟咽了口唾沫，小小的喉咙上下跳动。然后他点了点头。

“我试过——”卡弗先生说着更用力地握紧了儿子的肩膀。

“我们懂的，先生，”我对他说，“比任何人都懂。”

卢瑟踢了踢卡尔的鞋子，他的好奇心占了上风：“那你是害怕什么呢？”

卡尔当着所有人的面摊开手掌，唤起了灼热跃动的火苗。但这火苗相当漂亮，慢慢地、柔和地舞动着。黄色和红色交织，懒洋洋地动来动去。如果不是极高的温度，它看起来更像个艺术品，而不是武器。“那时我不知道怎么控制它，”卡尔说着让火苗在手指间钻来钻去。“我很怕烧到别人。我的父亲，我的朋友，我的——”他的声音几乎卡住了，“我的弟弟。但是我学会了如何运用它，不让它伤到我不想伤害的人。你也可以的，卢瑟。”

男孩呆呆地盯着火苗，他的父亲却不那么确定。不过他也不是我们见到的第一个家长了，他要问的问题我早有准备。“那些你们称作新血的人，他们也能这样？他们能——能控制自己？”

我在自己的手上编织起了电火花的网，旋转缠绕的紫色闪电完美地闪烁着。它们随后便没入我的皮肤中，不见踪影。“是的，我们可以，卡弗先生。”

CHAPTER18

第十八章

这个男人突然冲向架子，抽下一只罐子，放在他儿子面前，把我们都吓了一跳。那是一棵植物，可能是蕨类，正从罐子中的土壤中抽出枝条。其他人可能困惑不解，但卢瑟明白父亲想要做什么。“来呀，孩子，”他推了推儿子，声音慈祥而温柔，“给他们看看需要搞定的东西。”

我还没来得及反驳他的措辞，卢瑟就哆哆嗦嗦地伸出一只手，手指轻轻摩挲着那棵蕨类植物的叶子，小心翼翼，不过并无犹豫——什么也没发生。

“没事的，卢瑟，”卡弗先生说，“你做得到，让他们看看。”

男孩又试了一次，他眉头紧皱，聚精会神。这回，他用小小的拳头握住了植物的根部。慢慢地，那棵植物在他的触摸之下卷曲起来，变成黑色，折了——死了。正当我们目瞪口呆的时候，卡弗先生又从后面的架子上取下了什么东西，放在儿子的腿上。一副皮手套。

“你会照顾好他的，”他的牙齿咯咯作响，死命地挡住内心翻腾的狂风骤雨，“你要答应我。”

像所有真正的男人一样，和我握手的时候，他没有瑟缩。

“我答应你，卡弗先生。”

直到大家回到那座安全的山洞房子里，并开始给这里起名为“山谷营地”的时候，我才有机会单独待一会儿，独自思考，告诉自己，那套瞎话编得天衣无缝。我其实无法保证这个男孩——以及其他人——能在即将发生的那些波折里活下来。但是我希望他可以，我也会尽自己的一切所能，让他活下来。

就算这男孩的异能本身就与死亡有关。

并非只有新血的家人需要四处逃亡，《加强法案》让生活比以前更加艰难。为了免于劳作至死，或因为触犯条令而被绞死，很多红血族逃进森林或边陲，寻找安身之所。有些人距离我们的营地只有几英里，蜿蜒散落在北部边境附近，而那里已经降下了深秋的初雪。奇隆和法莱想帮助他们，给他们一些食物和药品，但是这请求被我和卡尔否决了。任何人都不能知道我们的动向，就算红血族的难民也不例外，至于他们命运如何，那就管不了了。他们会一直向北逃，直到抵达湖境人的边境。有些会被抓住充军，去驻守边境，而运气好的那些则会溜过国境，在苔原的寒冷饥饿中求生，躲过战壕中的枪子儿。

我的生活日复一日，每天都一样：征募新人，训练——循环往复。唯一不同的只是天气，冬天越来越近了。每天天不亮我就醒来，这时候地面上覆盖着厚厚的霜，卡尔不得不亲自去给飞机加热，给结冰的机轮和发动机化冻。大多数时候他都和我们在一起，驾驶飞机到那些有新血在的地方去。但有时他选择留下，在营地里教其他人做事。艾达之前跟他学了几天，学得又快又精准，差不多已经是一样优秀的飞行员了。而她对诺尔塔的了解，从排水系统到补给路线，一切都让人惊讶不已。我忍不住好奇，她的脑袋怎么能装得下这么多东西，而且看起来还有不少空间，可以吸收更多。她就像个奇迹，我们找到的其他新血也是。

差不多每个人都不同，各自怀有奇绝的异能，远超我们所知晓的银血族之能事，也大大超出了我的想象力范畴。卢瑟继续小心地尝试着去控制他的能力，从花朵到树苗，一一使之枯萎干皱。卡尔认为卢瑟能用他的异能安抚自己，但我们还没找到实现的办法。另一个新血是个老妇人，所有人都叫她“阿奶”，她好像能变换自己的容貌。当她变成伊拉王太后的模样轻快地走出帐篷时，可把我们吓了好大一跳。要不是她年纪太大，我真希望能带上她一起去征募新人。她也在卡尔的训练中极力证明自己，和其他人一起学习放枪和使刀。当然，如此一来，营地就会变得闹哄哄的，无疑会引起注意，即便是在巨林区的深山老林里。不过，幸亏我们有法拉赫。

这个女人是在尼克斯和艾达之后第一个加入我们的新血，能操纵声音。她吸收枪支射击的爆破声，平息掉每一轮练习子弹的声音，于是山谷里连一点儿回音都没有。

新血们拓展着自己的异能，学习着如何控制它们，就像我当时一样。而我也开始满怀希望。卡尔擅长教学，尤其是教小孩。孩子们不像大人那样有成见，即便训练结束了，也总是跟着卡尔到处跑。这些景象被看在眼里，那些上了年纪的新血也对这位被驱逐的王子有所改观了。当孩子们围在卡尔脚边，央求着再上一节课的时候，人们便很难恨得起来了。即使是尼克斯也不再冲着卡尔瞪眼了，不过还是会轻哼几声。

和卡尔相比我就逊色多了，每天一早一晚的例会都能让我惴惴不安。我想责备自己不该如此，让心神不宁搞得疲惫不堪。我的时间有一半是用来寻找征募新人的，按照名单上的名字，一个一个地搜索拜访。但这可不是全部。我是个差劲的老师。

我和琪萨一起训练。她的异能是物理性的，而且和我自己的异能有点儿像。她不能创造出电流或其他物质，不过可以毁灭。就像银血族的湮灭者一样，她也能将物体炸掉，在震荡的烟云里让物体四分五裂。但是，典型的湮灭者必须触摸到目标才行，而琪萨不受这种限制。

她耐心地等着，看着我手里的石块。我完全知道她的异能会引起什么后果，所以竭尽全力不在她引发爆炸的目光里退缩。在我们找到她的短短一周内，她已经顺利地炸毁了纸团、树叶、树枝，以及石头。其他新血也一样，他们需要的就只是展现真实能力的机会，而异能也投桃报李，就像被放出笼的动物。

其他人给了她一块比较大的地方来训练，在整个营地训练场的最里面。“控制。”我说。琪萨点了点头。

我希望能多教她一点，可是我的指导太贫乏了。我自己接受异能训练只不过才一个月而已，大部分是由朱利安来引导，但他也不是个合格的教练。而且，异能是非常个人化的体验，我很难精确解释或表达出想教给琪萨的东西。

“控制。”她重复了一遍。

她眯起眼睛，集中注意力。她那双土灰色的眼睛，虽然拥有强大的能量，却平平无奇。这很奇怪。琪萨像我一样，来自河畔村庄，可以扮演我的姐姐或是姑姑。她黝黑的皮肤和晒得脱了色的头发，总在提醒着我们昔日生活的贫瘠和不公。以她档案上的记录来看，以前的她是个老师。

我把手里的石头高举起来，尽了全力把它扔得远远的。我想起了亚尔文和他的训练。他要求我们击中靶子，但不使用异能，以磨炼我们瞄准的能力。而在尸骨碗中，我变成了他的靶子。他差点儿就要杀死我了，现在我却在这儿，模仿着他的教学方法。有些错位之感——不过有效。

石块碎成了粉末，仿佛有个小型炸弹从它里面引爆了一般。琪萨自己拍了拍手，我也勉强地鼓了鼓掌。我很想知道，当她的异能接受试验，当靶子从石块变成真实血肉时，她会有什么感觉。也许我应该让奇隆去抓只兔子来，这样我们就能知道了。

但奇隆一天天地离我越来越遥远。他把为营地寻找补给的重担揽在肩上，大多数时间都在打鱼或打猎。要不是我也无暇分身，不是忙着征募就是忙着训练，我会试着劝他振作起来。可我几乎连睡觉的时间都没有，更不用说慢慢地把奇隆哄回来了。

当第一场雪落下来时，山谷营地里已经有了二十个新血，从老太太到小男孩，什么人都有。幸运的是，这座安全的房子比我最初想象的大，它的内部向山体里面延伸，有不少隧道和隔间，像迷宫一般。少数屋子装有带拉杆的窗户，其他大多数就只能黑乎乎的了，所以每到一处，我们除了寻找新血，还得想办法偷些灯回来。当第一场雪停止时，我们一共二十六个人舒适地住在这里，房间还有空余。食物很充足，这要感谢奇隆，还有法拉赫——后者让他变成了安静且致命的猎人。物资补给随着新成员的加入而增加，从冬衣到火柴，甚至是盐。法莱和克朗斯用他们过去的走私关系弄到我们需要的东西，但有的时候，我们也得重操旧业，去偷。就这样，一个月的工夫，我们已经是上足了油的、深藏不露的机器了。

梅温没有找到我们，我们则尽了最大努力去监视他的动向。海报和报纸帮了我们。陛下到访德尔菲；梅温国王与伊万杰琳女士检阅了兰卡瑟要塞士兵；加冕巡游继续在国王州举行。头条新闻指明了他的位置，其背后的另有所指我们也心知肚明。在德尔菲，在兰卡瑟，在梅温所有的所到之处，新血都死了。他所谓的加冕巡游不过是又一个粉饰的秘密，用来掩盖一系列的死刑。

尽管动用了所有异能，想了所有办法，我们也还是不够快，来不及救出每一个人。我们每发现并带回一个新血，就另有两个被绞死、“失踪”，或暴尸街边。有些遗骸身上被铁条刺穿或卡住，能看出实施暴行的是磁控者。这无疑是托勒密干的，可能伊万杰琳也有份，她正沐浴在国王的光芒中呢。她即将成为新王后，当然会尽力应和梅温，让他满意。以前，这会让我勃然大怒，可现在，我只觉得这磁控者姑娘可怜。梅温不是卡尔，只要对自己有利，他会杀了她的。就像新血一样，死亡让他的谎言得以成立，死亡让我们争分夺秒。然而，梅温判断失误了。他以为尸体能逼我回头。

可我不会的。

GLASS SWORD

第十九章

已经连着三天一无所获了，除了新血的尸体，以及失败，于是我们便决定到坦普林去看看。它位于前往德尔菲的途中，是个安静的河边小镇，大多为居民区，由庞大的银血族庄园和逼仄的红血族屋舍组成——主子和仆人。坦普林是个棘手的地方，这里没有大片森林、隧道或拥挤的街巷可供藏身。通常我们会依赖谢德帮我们穿墙入室，但今天他没来。他前一天扭伤了腿，原本的伤势没等完全愈合就又加重了。卡尔也不在，他留在营地训练新成员，只派了艾达驾驶“黑梭”。此刻她仍然留在飞机那儿，淡定地窝在驾驶座里看书，一如往常。我尽力不显露出慌张的样子，像卡尔那样指挥有度，不过他和哥哥不在，我总有种没着没落的奇怪感觉。我还从来没有在他俩不同行的情况下去寻找征募新人，这次就是我证实自己的机会。我要告诉其他人，我不只是伺机出鞘的武器，还是他们可以与之共同战斗的人。

所幸我们还有个堪称优势的新人一起来。他名叫海瑞克，是我们两周前从欧瑞恩普拉蒂斯的采石工地找来的。这是他第一次参加征募行动，希望平安无事。这个人有着采石工人特有的细长紧绷的肌肉，胆子不大，老是缩成一团。我和法莱一致决定将他安排在马车的侧翼，暗中关注，以防他撒丫子跑了。和我们一起来的尼克斯坐在我对面，克朗斯赶着车，他俩更关心前方的路况。

我们的马车和其他车子排成一列行进，那些车上都是商人和要到镇子里去上工的劳工。我们的这辆是偷来的，马也是偷来的，长着斑点，瞎了一只眼，还跛了一只脚，老态龙钟。克朗斯紧紧抓着缰绳，赶着马往前走，想追上其他车子混进去。在前方，镇子的边界隐约可见，洞开的大门两边立着装饰繁复的石柱，中间拉着一面旗子——熟悉的标志，熟悉的家族。红橙相间的颜色，几乎要与清晨的阳光融为一体。来洛兰家族，湮灭者，德尔菲的领主。我看着它，想起了辉映厅枪击事件中那三具湮灭者的尸身，他们都是来洛兰家族的人。其中的父亲名叫贝里克斯，是被法莱和红血卫队锁定暗杀的。他的一对双胞胎儿子——比婴儿大不了多少——死于枪击之后的爆炸。他们的面孔被张贴在王国各地，出现在所有的新闻报道中，成了号召银血族团结一心的宣传符号。*红血卫队残杀儿童。红血卫队必须被摧毁殆尽。*

我看了一眼法莱，想知道她是否了解这红橙旗子的含义。但她的注意力在前头的警卫身上，海瑞克也是。他眯起眼睛，聚精会神，发抖的手紧握成拳头。我默默地碰了碰他的胳膊，鼓励他。“你做得到。”我小声地说。

他回给我一丝极小的微笑，我很肯定地坐直了。我相信他的能力——他已经花了所有时间来练习，必须相信自己才行。

尼克斯紧张起来，衬衫之下的肌肉绷紧了。法莱则没那么明显，但我知道她时刻准备着抽出靴筒里的刀子。我不会表现出恐惧的，为了海瑞克。

警卫军官守在大门边，盯着每一个经过的人，打量他们的脸，检查他们的货物，更不用说核对他们的身份证件了。这些银血族根本不在意纸片上写着什么，他们接受的命令是找到我和我们的人，而不是离他们镇子老远的什么农民。很快就轮到我们的车了，一切如常，只有海瑞克上唇上的星点汗珠儿表明，他正在做着什么。

克朗斯刹住了马车，按警卫的命令停住了。警卫盯着他的时候，他垂着脸，看着地面，毕恭毕敬，唯唯诺诺。正如我们预计，警卫没找他的麻烦。克朗斯不是新血，也没人知道他与我们有关联。梅温不会追杀他的。警卫转过身，绕着马车细细勘察，搜检着车厢内部。我们全都一动不动，大气也不敢喘。海瑞克的异能还没有练习得那么娴熟，不能掩盖住声音，只能在视觉上做手脚。有那么一瞬，警卫与我四目相交，我担心是不是海瑞克失败了。不过在这心跳都要停止的惊魂一刻之后，他便满意地走了。他看不见我们。

海瑞克的异能相当离奇特别——他能创造幻象，就像海市蜃楼那样，让人们看见原本不在眼前的东西。此刻他就用“一辆空空如也的马车”的幻象把我们藏起来了，我们置身于“空马车”里，谁也看不见。

“你运的是空气吗，红血？”警卫不怀好意地笑道。

“我是要到德尔菲城里去运货的。”克朗斯按照艾达教他的话，一字一句地回答道。她昨天研究了货运路线，只是一小时的阅读，就已经将诺尔塔的进口出口情况摸得一清二楚。“运毛纺品，长官。”克朗斯说。

不过那个警卫已经走开了，毫不关心。“走吧。”他挥了挥戴手套的手。

马车向前冲去，海瑞克一把抓住了我的手，攥得紧紧的。我也回握他，示意他再坚持一会儿，再努力战斗一会儿，再将他的幻象多维持一会儿，直到我们进入坦普林，远离城门周边。

“再坚持一分钟，”我轻声说，“就要成功了。”

我们在进入集市之前驶离了主路，穿梭在没什么人的街巷里，四周都是红血族的简陋屋舍和商铺。其他人知道要寻找什么，便开始左顾右盼，而我的注意力还在海瑞克身上。“马上就要成功了。”我再次说道，希望自己没错。再有那么一会儿，他的力量就不够支撑了，幻象便会消失，我们也就得在街上露出真面目。这儿附近的人都是红血族，但一辆满载着通缉逃犯的马车，无疑会被立刻举报的。

“左边。”尼克斯粗声粗气地说。克朗斯马上减速，让马车靠向一座有着猩红色窗帘的房子。尽管艳阳高照，那窗边仍然点着一根蜡烛。血红如同黎明。

房子旁边有一条小巷，将这所属于红血卫队的房子与另外两座控制废弃的房子隔开。房子的主人身在何方，我并不知道，他们也许为了逃离《加强法案》而远走高飞，也许因为违反它已经被处以刑罚。掩护已经够了。“现在，海瑞克，行了。”他重重地呼了一口气，幻象消失了。“干得漂亮。”我说。

事不宜迟，我们钻出马车，迅速靠近那栋红血卫队的房子，尽可能地利用屋顶雨棚投下的影子做掩护。法莱走在前面，在侧门上敲了三下。门应声而开，但什么人都没出现，只有黑洞洞的一片。法莱毫不犹豫地走了进去，我们也跟上了。

我的眼睛很快就适应了黑暗。这里与干阑镇的家很相像，让我不由得吃了一惊。这房子简陋而杂乱，只有两个房间，地板带着毛刺，窗户上沾满污垢。头顶的灯不亮，不是坏了就是灯泡被卖掉换食物了。

“上尉。”有人说话。一个有着银灰色头发的老妇人出现在窗边，吹灭了那根蜡烛。她的脸上满是岁月的刻痕，手上留着疤，腕上有一圈看起来很熟悉的刺青——一条红色带子，和威尔·威斯托手上的一样。

像在哈伯湾时一样，法莱皱起眉头，握着老妇人的手说：“我已经不是——”

但她毫不在意地一挥手："那是上校的意思，可不是司令部的。他们对你的那些事有不同意见。"司令部。她注意到了我的好奇，点头致意道："巴罗小姐。我是艾力·威斯托。"

我挑起眉毛："威斯托？那么你和——"

艾力打断了我。"那不太可能。'威斯托'只是个绰号而已，意思是'我是走私贩'。风中的口哨声（译注：英文whistle的意思是"口哨声"），我们都一样。"的确如此。威尔·威斯托的老货车上总是满载着走私或偷窃来的东西，其中有不少就是我拿去的。"我也是红血卫队的人。"她又说。

这个我倒是已经知道了。过去几周里，法莱就一直在联络她的人马，那些人不听命于上校，他们会帮我们悄无声息地行动。

"很好，"我对她说，"我们到这儿来是要找马尔谢一家的。"两个人，弥足珍贵。谭希·马尔谢和麦特里克·马尔谢，根据出生日期来看，应该是双胞胎。"他们需要被护送出城，越快越好。"

艾力仔细地听着，一副公事公办的样子。她动了动，腰上的手枪在我眼前一晃，而后看着法莱，两个人同时点了点头。"这个我能办到。"她说。

"还有物资。"法莱插进来说，"如果你有食物，我们也要，当然冬衣就更好了。"

又是点头。"我们会去弄的，"艾力说，"凡是我们能弄到的，都会尽可能快地给你，不过可能还需要个帮手。"

"我来。"克朗斯毛遂自荐。他五大三粗的无疑能让这些活儿加速。

艾力如此心甘情愿，我简直不敢相信，法莱也是。我俩交换了眼神，看着艾力着手干活儿。一个个柜橱，一扇扇地窖门板，她把整个房子里的秘密贮藏室全都亮了出来。

"感谢你的合作。"法莱回过头对她说道，暗自疑窦丛生。我也不放心，紧盯着艾力的每一个动作。她虽然年纪大了，可十分敏捷。我真想知道这房子里是不是真的只有我们。

“就像我说的，我听从司令部的指挥。他们送出来的话是：‘协助法莱上尉和闪电女孩，不惜一切代价’。”艾力说着看都没看我们一眼。

我扬起眉毛，有些意外惊喜。“你可一定得给我讲讲这是怎么回事。”我轻声对法莱说道，并且再一次为红血卫队的树大根深、组织严密而震惊。

“以后再说。”她回答道，“两个马尔谢呢？”

艾力给法莱指点方位，我则站到了海瑞克和尼克斯旁边。虽然海瑞克是第一次参与征募新人的行动，尼克斯却觉得这不过是老一套了，这倒确实不错。我都记不清他有多少次和我一起深入敌区了，为此我对他心怀感激。

“准备好了吗？”我活动活动手指。尼克斯极力做出粗鲁冷淡的样子，一副行家里手的模样，但海瑞克的眼中闪过一丝恐惧。“出去不会像进来时那么难了，要藏住的人不多，警卫都不一定会查看，你没问题的。”

“谢谢了，呃，梅儿。”海瑞克站直了，挺起胸脯，冲我笑了笑。我也笑了，尽管他念出我的名字时声音有些发抖。大多数人不知道该如何称呼我。梅儿、巴罗小姐、闪电女孩，有的人甚至还称我为“女士”。绰号听起来刺耳，但也比不上最后一个让我难受。不管我做什么，不管我多努力地成为他们中的一员，他们却还是拿我当外人。领袖也好，避之不及的人也好，我永远不是他们的自己人。我总是被隔绝在外的。

在外面的小巷里，克朗斯开始准备马车，都懒得看我们一眼。我们像银血族的荫翳人那样优雅地隐身，不过海瑞克不仅可以使光线弯折，还能让明度和暗度混在一起，造出任何他想要的幻象——一棵树、一匹马，一个完完整整的人。此刻，我们在街上，伪装成面目模糊的红血族，脏兮兮的脸上罩着帽兜。我们毫不引人注目，就算彼此看来也是如此。海瑞克告诉我，这比完全隐身要容易，混在人群里也更灵活——要是撞上一坨“空气”就麻烦了。

法莱按照艾力指点的方向走在最前面。我们穿过一个商业广场，在不少警卫的眼皮子底下走过，他们都没有拦住我们。我的头发在微风里飘动，遮在眼前，犹如一片浅金色的纱帘。我都要笑了，金发……在我的头上。

马尔谢家的房子很小，二楼似乎是匆忙之中搭建的，摇摇欲坠。但这儿有个很不错的后院，满是蜿蜒的葡萄藤蔓和光秃秃的树。要是夏天，这里一定很漂亮。我们从中穿过，尽量不把落叶踩踏出咔吱咔吱的声音。

“我们现在隐形了。”海瑞克说。我看向他，他已经不见了，我笑了笑，当然也没人看得见。

有人在我之前到达了后门边，敲了敲。没人应门，里面也没有动静。白天他们也许都出去上工了。是法莱——她压低声音骂了几句。“我们要等吗？”她问。我看不见她，但是能看见她呼出的雾气，也就知道她的脸大致在什么位置。

“海瑞克不是机器，”我为他着想，“我们进去等。”

我走向门边，不小心撞到了法莱的肩膀。我在门锁前蹲了下来，一看就知道这太容易了，自己睡着了都能把它打开。果然，不过几秒钟，我就听到了那熟悉的“咔嗒”的开锁声。

门吱吱嘎嘎地向内打开，我停住了，静待可能见到的景象。这儿像艾力的房子一样黑乎乎的，而且好像根本就没有人住。我仍然没动，仔细地听着动静。里面没有移动的声音，也没有任何电流和脉冲。马尔谢一家要么就是电量配给用光了，要么就是一件电器都没有。我满意地冲着背后挥了挥手，但什么也没发生。*他们看不见你啊，白痴。*

“进去。”我轻声说，感觉到法莱跟上来了。

后门一关上，我们就显出了身形。我冲海瑞克笑了笑，再次感激他的异能和努力。但是房子里面的空气让我一惊，陈旧，腐败，久未流通，而且还有一丝酸臭。我慌忙一甩手，碰到了餐桌上半英寸厚的积灰。

“也许他们逃走了，好多人都这么干。”尼克斯猜测着。

突然，有什么东西引起了我的注意。那极其细微——不是声音，是火花。它轻得几乎听不到，我差点儿就被晃过去了。它是从壁炉里的一只篮子那儿来的，上面盖着深红色的脏布条。我向它走了几步，看清了那是一点儿小火星。

“这不好。我们得回到艾力那儿去。海瑞克，赶紧准备好，让我们隐身。”法莱压低声音，急切地说道。

我在篮子边跪下来，膝盖蹭到了炉底的石板。酸臭的气味更重了，是从篮子里飘出来的，火星也是。我不应该这么做，我知道自己不会喜欢这新发现的。我知道。但我仍然忍不住伸出手去拉那块深红色的布。布条黏糊糊的，我用力一扯，那之下的真相便露出来了。我愣了一瞬，明白了自己眼前的一幕。

我向后摔去，屏住了呼吸，几乎要尖叫起来。眼泪落了下来，比我以为得要快。法莱是第一个冲到我旁边的，她搂着我的肩膀，扶住我。“怎么了？梅儿，是什——”

她的话卡在了喉咙里。她看见了。其他人也是。尼克斯差点儿吐了，而海瑞克竟然没晕过去，真让我惊讶。

篮子里是一个婴儿，只有几天大。死了。并非被人遗弃或照料不周。那布条上的红，乃是血染的颜色，它传递的信息清晰无误：马尔谢一家已经死了。

在婴儿小小的拳头里，因为死亡而僵硬的拳头里，捏着一只小小的——报警器。

“海瑞克，”我含着眼泪嗞嗞出声，“隐身。”他张大嘴巴，疑惑不已，我却死命地抓着他的腿。“隐身。”

他在我面前消失了，不过为时已晚。

警卫出现在窗外，他们从每扇门外冲进来，举着枪大喊大叫。“你被包围了，闪电女孩！投降吧！”他们没完没了地吼着，好像重复这些鬼话能有什么用似的。

我静静地躲在餐桌下面，希望其他人也各有藏身之地。

房子里的警卫不超过十二人，叮呤咣啷地一通搜查。四个人上楼去了，一双靴子停在了婴儿篮旁边，一只没拿枪的手扭来扭去，我便知道他一定是在盯着那个小小的尸体。过了好一会儿，他冲着壁炉呕吐起来。

“放轻松点儿，迈尔斯。”另一个人过来把他拉走了。“可怜的小家伙。”他又说了一句。“楼上怎么样？”

“什么都没有！”警卫们走下楼来，“一定是警报器坏了。”

“你确定？要是弄错了，领主会扒了我们的皮。”

“那你看见什么了吗，长官？”

一个警卫在我面前蹲了下来，仔仔细细地打量着餐桌下的世界，我差点儿叫出声来。这时我的腿上感到了一阵轻微的压力，是另一个警卫。我一动也不敢动，屏住了呼吸。

“没看见，”那个警官说道，“回报上级，报警器误报。”

他们迅速地撤走了，就像冲进来时一样快，可我直到他们的脚步声远去，过了好一阵子，才敢呼出一口气。我大口呼吸着，浑身抖个不停，海瑞克驱散了幻象，我们又能看见彼此了。

“干得好。”法莱深深一叹，拍了拍他的肩膀。海瑞克也像我一样，话都说不出来了，得扶着什么才能站得住。

“我本来能打得过他们的。”尼克斯粗声粗气地说着从楼梯底下钻了出来，几步冲到门边，一只手已经握住了门把手。“但是我也不乐意留在这儿等着他们折回来。”

CHAPTER19

第十九章

“梅儿？”法莱碰了碰我的胳膊，极其轻柔，这在她可不寻常。

我站在那个婴儿旁边，直勾勾地盯着她。朱利安的名单上没有婴儿，没有三岁以下的孩子。这个婴儿不是新血，与我们的档案副本和梅温可能掌握的情况都没有关联。她是被谋杀的，就因为她刚好在这儿。别无其他。

我下定了决心，脱下外套。我不能把她丢在这儿——躺在篮子里，身上满是自己的血。

“梅儿，不要。他们会知道我们来过——”

“让他们知道好了。”

我把外套盖在了婴儿身上，强忍着一股冲动——倒在她身边再也不要站起来的冲动。我的手指拂过她小小的、冰冷的拳头。那之下似乎有什么东西——一张字条。我不动声色地把它塞进了自己的口袋，没让其他人看到。

当我们终于回到艾达和飞机那里时，我才敢看字条上写着什么。落款的日期是昨天。昨天。这么近。

10 月 22 日

信封略显粗糙，我知道。不过这确有必要。

你必须明白自己在干什么，必须明白是你逼迫我对这些人动手的。每一具尸体都是给你——还有我哥哥的口信。向我投降，那些事便到此为止。你们投降，他们便可活命。我是个说话算数的人。

再会。

梅温

我们回到山谷的时候已近黄昏。我不能进食，不能说话，不能睡觉。其他人议论着坦普林发生的种种，却没一个人敢来问问我的情况。我哥哥试着靠近我，但是我走开了，躲到深处的暗道里。我蜷缩在那狭小的用作卧室的山洞里，明白自己此刻必须一个人待一会儿。在那些夜晚，我讨厌这孤孤单单、和其他人隔离开来的一间，现在更讨厌它了，但我无法走到他们当中去。我一直等到所有人都睡着了才四处茫然地走着。我披着一条毯子，可还是很冷，身体和心里都很冷。

我对自己说，是深秋的寒意把我赶到他的房间的，不是胃里空荡荡的感觉，不是一次次失败造就的冰冷深渊，不是我口袋里的纸条——在我心上烧穿了一个洞。

地上有一个小坑，四周干干净净地围着石块，火苗就在里面跳跃。即使在奇异的阴影里，我也知道，他醒着。他的眼睛里像是燃着火，却并非怒意，甚至都没有困惑。他伸出一只手，拉了拉床上的毯子，让出了一点儿地方。

“很冷。”我说。

我想，他知道我的意思。

“法莱告诉我了。”我坐下来的时候卡尔小声说道。他用一只胳膊揽着我的腰，柔和而温暖，除了安慰的意味并无其他。他的另一只手按在我的背上，按在那道伤疤上。*我在这儿。*它说。

我想告诉他梅温的口信，但那有什么好处呢？他只会像我一样拒绝妥协，像我一样为此感到愧疚。那只会让他痛苦，而这正是梅温的真正目的。我不会让梅温得逞的。他已经击败了我，但他不会击败卡尔的。

不知何时，我睡着了。一夜无梦。

GLASS SWORD

第二十章

从那天起，卡尔的寝室变成了我们两个人的。这是一种无需语言的默契，让我们得以凭借着什么东西把一切继续下去。我们疲惫无比，回到这里就只有睡觉而已，但奇隆无疑已经有了猜忌，他再也不和我说话了，也不再和卡尔有任何交集。有时我还挺想到大通铺那里去和其他人打成一片的，孩子们闹哄哄的，阿奶数落着让他们赶快睡觉。这让他们彼此联结，团结一体。但我只会吓到他们，所以我和卡尔一块儿待着——只有他是真的不怕我。

他并不是故意吵醒我的，但我每天夜里都能听见他的响动。卡尔的噩梦比我的更恐怖，我也很清楚他都梦见了些什么——他将父亲的头颅从肩上砍下的那一刻。我假装没被惊醒，继续睡着，知道他不想被人看到这一幕，但我感觉到了滴在我脸颊上的泪水。有时候我会以为这泪水灼伤了自己，可醒来之后也并未发现新的伤疤——至少看起来没有。

尽管每个夜晚都一起度过，可我们很少讲话。除了肩上的责任之外，没什么好讲的。我没告诉他那第一张字条的事，后面的几张也都没提过。虽然梅温远在天边，可我总觉得他就坐在我和卡尔之间。我能在卡尔的眼睛里看见他。他就像一个蹲在哥哥脑袋里的臭蛤蟆，伺机由内到外地毒死哥哥。他对我也使出了同样的伎俩，字条，或是思绪之中。我不知道为什么，就是无法将它们甩开毁掉，也没对任何人说起过这些。

我应该把字条烧掉的，但我没有。

10 月 31 日

真希望你能出席我的加冕礼。那应该是你们红血卫队乐于搞破坏的场合吧。不过仪典还是从简，毕竟我们还在为先王哀悼呢，盛大庆典总显得有些不敬——尤其是卡尔还在逃，你和你的乌合之众也还没归案。母后说，有些人仍然对卡尔忠心耿耿，不过不用担心，他们会被好好对待的。银血族的继承危机是不会发生的，就让我哥哥安心被你套牢吧。如果可以的话，请代我向他致以生日问候，并且提醒他这是他最后一个生日了。不过你的生日还是会如期而至的，不是吗？毫无疑问我们会一起庆祝的。

再会。

梅温

他的声音随着这一字一句响起，笔墨犹如刀戟。有那么一瞬，我的胃翻腾起来，像是要把晚饭一股脑儿吐出来似的。等这一阵子恶心过去，我溜下床，溜出卡尔的怀抱，翻出了我藏在屋角的那个盒子。我像在家里时那样把小东西藏起来，另有两张梅温的字条躺在盒底。

每一张都以相同的句式结尾：我想念你。再会。

仿佛有一双手掐住了我的喉咙，威胁着要榨尽我的生命。一词一字都如同增加了握力，好像只是那些墨水便能把我勒死。突然，我喘不过气来了，但那不是因为梅温的折磨——不，原因比那更糟。

因为我也想念着谁。我想念着自己信以为真的那个男孩。

他给我的烙印随着回忆发烫，我很想知道他会不会也有同感。

在我身后，卡尔动了动，不过那不是因为噩梦，而是因为起床时间到了。我慌忙把字条塞回去，赶在他睁开眼睛之前离开了。我不想看到他的怜悯，现在还不想。那太沉重了，我承担不了。

“生日快乐，卡尔。”我对着空荡荡的山洞说道。

我忘了披件外衣，当我站在户外时，十一月的寒意让我的皮肤一阵刺痛。拂晓之前，空地上黑黢黢的，几乎看不见森林的轮廓。艾达坐在篝火的煤堆边上，倚着一截圆木，身上裹着羊毛毯子和帆布。她总是值最后一班夜岗，比其他人醒得都要早。她那加速运转的大脑让她可以一边读着我给她的书，一边照看火中的木料。其他人起床的时候，她已经又学会新的技能了，这种事几乎每天早上都会发生。只是上一周，她就学会了蒂克拉斯语——那是位于东南的一个奇异的国家——以及基础外科知识。不过今天，她手上没有偷来的书，也不是独自一人。

琪萨站在篝火边，双臂张开，口中念念有词，不过我听不清楚。奇隆挤在艾达旁边，脚都快要伸到煤里去了。我又悄悄走近了一点儿，看到他皱着眉毛，全神贯注，手里拿着根小木棍，在地上画着什么。是字母。粗鲁，潦草，简单的词汇，诸如“船”“枪”，还有“家”。最后那个字写得尤其长。奇隆。这一幕几乎让我掉眼泪，不过是开心的眼泪——这东西对我来说已经很陌生了。我内心深处的空茫黑洞似乎缩小了，尽管只是一点点。

“有点儿难，不过你写得很好嘛。”琪萨说，微微笑了起来。这才是老师。

没等我再走近一点儿，奇隆就发现了我，“咔嚓”一声折断了写字用的小木棍。他从圆木上站起来，把打猎用的东西往肩上一甩，都没冲我点一下头。他别在腰上的刀子晃了一下，冰冷尖利，像是森林里树梢上垂下的冰凌。

“奇隆？”琪萨问道，不过她随后也看见了我，问题便不用回答了。“噢。”

“反正也该去打猎了。”艾达朝着奇隆模糊的身影伸出手去。虽然她的皮肤有着温暖的颜色，但因为冷，她的指尖冻得微微发蓝。不过奇隆躲开了，她只碰到了寒冷的空气。

我没去阻拦他，还往后退了退，给了奇隆他迫切需要的空间。他拉起新外套的帽兜，遮住了自己的脸，径直向林边走去。那外套是用棕色的好皮子做的，带有羊毛衬里，能让他暖暖和和的，也能在森林里顺利藏身——我上周从哈文港偷来的。我原本没想到奇隆会接受我的礼物，可即便是他也懂得保暖有多重要。

我这个下午的出现不仅让奇隆一个人恼怒别扭。琪萨在一旁看着我，几乎脸红了。“他想学。”她说，带有道歉的意味，随后就从我身边跑开，回到相对温暖舒适的山洞里去了。

艾达看着她离开，金色的眼睛亮亮的，却含着一丝悲伤。她拍了拍身边的圆木，示意我坐下，然后用自己的一条毯子盖在我的膝上，帮我围紧。“是这么回事，小姐。”她曾经是哈伯湾的一个女仆，尽管重获自由，旧日习惯却还在。我已经跟她说过很多次不要叫我“小姐”，可她就是改不了。“我想他们需要一些东西来转移注意力。”

“挺好的。还没有哪个老师能教得了奇隆呢。我一定得好好感谢她。”如果她不会再跑开的话。“我们都需要转移注意力，艾达。”

她叹了口气，表示赞同。她的嘴唇颜色深且丰满，紧紧抿着，挤出一个心照不宣的苦笑。我注意到了她的眼神，先瞥向山洞——在那里，我的一半心之所属还未醒来，随后又瞥向森林——另一半心之忧思正在那里游荡。“克朗斯和他在一起呢，法拉赫待会儿也会去的。再说也没有熊。”她说着望向漆黑的地平线。白天，如果雾气散去，我们便能看到远处的群山。“这个季节它们很消停，整个冬天都在冬眠。”

熊。在干阑镇，我们连鹿都很少见到，更不用说这些深山老林里的野兽了。贮木场、伐木队、繁忙的河运……比浣熊大的动物很难在那儿生存。但巨林区似乎到处都是野物。长着大角的鹿，好奇的狐狸，有时还会有狼嚎声回荡在整个山谷里。我连一只笨拙的熊都还没见过呢，不过一个星期之前，奇隆和其他猎人发现了一只。法拉赫的消声异能，奇隆判断下风口的本事，只有这二者能让他们躲过熊的利爪。

“你怎么知道这么多关于熊的事？”我只是想填补谈话的空隙。艾达对此心知肚明，但是愿意说点儿什么哄我开心。

“领主罗翰波茨喜欢打猎，”她耸耸肩说，“他在郊外有个大庄园，他的儿子们就弄来好多珍禽异兽关在那儿，让他打着玩儿。尤其是熊，它们可真是漂亮的家伙，黑黝黝的皮毛，很精明的眼睛。如果只是独自待着或是和饲养员在一起，它们其实挺平和的。领主的女儿，小罗尔，想要一只熊崽子，可是那些熊没等到下崽就都被打死了。”

我想起了罗尔·罗翰波茨。她是个铁腕人，虽然瘦小得像老鼠一样，却能徒手捏碎巨石。她曾参加过选妃大典，不过那已经是很久以前的事了。那时候我还是个女仆，和艾达一样。

“其实我觉得领主做的那些根本不能算是打猎。”艾达继续说道，悲伤让她的声音显得沙哑，“他把动物关在一个深坑里，然后和它们厮杀，掐断它们的脖子。他的儿子们也这么做，是在训练吧。”

熊，听起来是残忍可怕的野兽，艾达讲述的方式却让我觉得不是那么回事。她亮晶晶的眼睛似乎表明，她曾亲眼见过那个深坑，记得关于它的每一个细节。“真是可怕。”

“你杀了他的一个儿子，你知道。他叫莱克，那时执行死刑的人里有一个就是他。”

我一点儿也不想知道他的名字。我从未问起过自己在尸骨碗杀死的那些人，也没人对我提起过。莱克·罗翰波茨，在尸骨碗的沙地上触电致死，只余下一具焦黑的尸身。

“抱歉，小姐。我无意让你烦心。”她又戴上那副波澜不惊的面具，现出长期为人奴仆的完美做派。艾达身怀异能，我只能想象那种日子对她来说有多糟：目睹一切却不能倾诉，不能证明自己的价值也不能表露出真实的自我。但是思考这些本身就更糟。她不像我，她不能躲在不成熟的思绪后面。她太清楚了，那会让自己陷于万劫不复之地。她必须不停奔跑，这一点我们是一样的。

“我只为你那样称呼我而烦心。我是说，‘小姐’。”

“恐怕是积习难改。”艾达动了动，把手伸进毯子里掏着什么。我听见几声纸页的脆响，还以为会是刊载着梅温加冕巡游公告的报纸。结果，她给了我一份十分正式的文件，只是有一侧的边缘烧焦了，上面有代表诺尔塔军队的红色利剑标志。“是谢德从科尔沃姆的警卫那儿弄来的。”

“这是我电焦的那张。”我摸了摸烧坏的纸页，它又黑又脆，好像随时都能碎成粉末似的。真奇怪，那警卫都死了，这张纸怎么还在。“备战，”我仔细读着文件上的命令，“军团换防。”

她点点头：“十个军团，替换原先驻守窒息区的九个。”

风暴军团、铁锤军团、利剑军团、神盾军团……它们的名字和人数明白无误地列在上面。每个军团有五千名红血族士兵，五百名银血族军官，他们会先到科尔沃姆集结，然后再开赴窒息区，和驻守前线的官兵换防。情况是很糟糕，但也没什么特别引起我注意的。

“幸好我们已经搜索过科尔沃姆了，”我只好说道，“至少不用去对付几百个银血族军官。”

可是艾达温和地碰了碰我的胳膊，她纤长灵巧的手指寒意森森，隔着衣袖我都能感觉得到。“十个，换九个，为什么？”

“加强兵力？”我还是不明白这和我有什么关系。“梅温也可能想借此展示一下，表明自己是个战士，好让所有人都忘了卡尔——”

“那不大可能。阵地攻防战至少需要十五个军团，五个驻守，十个出击。”艾达的目光时远时近，仿佛在脑海里已经看到了战场。我忍不住挑起眉毛：据我所知，我们的人里没有军事策略专家。“王子殿下熟知战术，”她解释道，“他是个好老师。”

“你给卡尔看过这个吗？”

她没回答，只是掠过一丝犹豫。

“我觉得这是一个格杀令。”艾达低声说道，垂下眼睛，“九个军团换防就位，第十个，杀掉。”

但这太疯狂了，即使对方是梅温。“那没有意义。怎么会有人浪费掉五千个士兵？”

“他们的官方名称是‘短刃军团’。”艾达指了指纸页上的那个词。像其他军团一样，它也包括五千个红血族士兵，正在开赴窒息区前线。“不过罗翰波茨领主不这么叫它，他称之为‘小玩意儿军团’。”

“小玩意儿？”我的大脑飞速运转。突然想到了在塔克岛的时候，在医疗站，上校对我步步紧逼，他计划着用卡尔做筹码，去交换五千个要去送死的孩子。“新兵。小孩。”

“十五到十七岁的孩子。短刃军团是第一个儿童军团，国王陛下视之为‘战备力量’。”她完全无意掩饰自己的嘲讽，“只训练了两个月，如果有的话。”

CHAPTER20

第二十章

我回想着自己的十五岁。虽然那时我已经是个小贼了，却还是又瘦小又蠢，什么都不懂，想的更多的是捉弄妹妹而不是自己的未来。我那时以为自己有机会躲过兵役，步枪和尘霾缭绕的战壕还没有占领我的梦想。

“他们会被杀掉。”

艾达裹紧了毯子，脸上冷冷地说：“我想应该是这样。”

我知道她在想什么。其他人若是知道了梅温的打算会有什么想法，我也知道。这些即将被送到窒息区的孩子全是拜《加强法案》所赐，是对红血卫队在全国发动起义的惩罚。这感觉就像是我亲手把这些孩子送上战场送死，其他人无疑也会这么想。我的手上很快就会染上一片血海，而我不知道如何制止。那都是无辜的血，就像坦普林的那个婴儿一样。

“我们帮不了他们，”我垂下目光，不想去看艾达眼中的失望，“我们打不过整个军团。”

“梅儿——”

“你能想出帮他们的办法吗？”我打断了艾达，声音里有愤怒的粗粝，吓得她闭了嘴。“那么我又能有什么办法？”

“当然，你是对的。小姐。”

这个称谓极其刺耳，她是故意的。“你好好值班吧。”我结结巴巴地说着从圆木上站了起来，手里还拿着那张写着换防令的纸页。慢慢地，我把它叠起来，塞进了口袋里。

每一具尸体都是给你的口信。

向我投降，那些事便到此为止。

“几小时后我们要飞往皮塔鲁斯。”艾达已经知道我们当日的征募计划，但对她再复述一遍让我不至于太尴尬。“卡尔驾驶，把我们所需物资的清单交给谢德吧。”

“请留意，”她说，“国王又驾临德尔菲了，距离那里只有一小时飞行行程。”

我身上的伤疤感到一阵刺痛。我与梅温的种种折磨手段之间只有一小时行程之隔，与那台能让我的能量伤害我自己的恐怖机器之间，只有一小时行程之隔。

“德尔菲？再一次？”

卡尔从山洞口走出来，头发睡得乱七八糟的，眼睛却警醒无比：“为什么又去一次？”

“我在科尔沃姆看到公告，说他要和领主来洛兰会面。”艾达说道，不明白卡尔为什么突然关心起这个来。“说是要亲自表示慰问哀悼。”

“为了贝里克斯和他的两个儿子。”我只见过贝里克斯一面，几分钟后他就死了，但他是个温和的人。他不该在我出手相助的那次暗杀中殒命，他的儿子也是。

但卡尔迎着升起的太阳眯起了眼睛。他看到了我们没发现的东西，就连艾达的军团名单及其背后真相也无法解释的东西。“梅温不会浪费时间做这种事，就算为了装门面也不会的。来洛兰家族对他来说没什么用，德尔菲的新血他也都杀掉了——要是没有好理由，他不会再去一趟的。”

“什么理由？”我问。

卡尔张了张嘴，好像希望答案自己蹦出来似的。但是，没有答案，他最终摇了摇头。“我不知道。”

因为这不是军事行动，是其他的、卡尔不能理解的东西。他的天分在于战争，而不是权谋。阴谋诡计是梅温和伊拉王太后所擅长的，在这个领域里，我们毫无希望地处于下风。我们的上上策是先发制人，以我们的长处——力量，而非算计——去挑战他们。可是我们需要更多的力量。尽快。

“皮塔鲁斯，”我大声说，带着一丝决然的意味，“告诉阿奶，让她也来。”

那位老妇人自打来到这里就一直自告奋勇想要帮忙，卡尔觉得她已经准备好了。至于海瑞克，坦普林之后再也没参加过任何征募行动了。我无可责备。

不用卡尔指明，我就知道裂谷区是从哪里开始。我们飞越国王州，进入王子州，两州边界相当明显，从我们所在的高空看去更是触目惊心。飞机呼啸着掠过一大片裂谷，两两之间由层叠山峦相隔。它们看起来像是人工造物，那又长又深的裂痕就像是用指甲在地表狠狠划过一般。但它们太过巨大了，即便对银血族来说也是。这种地貌是由数千年来强大且极具破坏力的地质变化造成的。秋风拂过，将下面的森林浸染上各种各样的颜色。我们已经飞到了山谷营地以南很远的地方，但仍然可以见到山峰上的雪顶，隐藏在清晨的阳光之下。和巨林区一样，裂谷区也是一片荒野之地，不过其间富有价值的是钢和铁，而非木材。裂谷区的首府皮塔鲁斯，是这一区唯一的城市，也是全国工业命脉的中枢。它坐落在两河岔口，将炼钢厂与战事前线以及南部的煤矿城镇联结起来。虽然裂谷区由拉里斯家族的织风人统领，但萨默斯家族的原籍在这里。他们是铁矿和炼钢厂的所有者，因而也是裂谷区和皮塔鲁斯真正的控制者。如果运气够好，伊万杰琳没准儿就在附近徘徊，刚好能血债血偿。

距离皮塔鲁斯最近的裂谷在十五英里之外，但是隐蔽良好，适合着陆。在我们所有的废墟跑道中，这是最颠簸的一条，我都开始想象我们是不是会撞得惨烈。不过卡尔驾驶“黑梭”得心应手，我们安全着陆了，就是有点儿晃。

阿奶拍着手，为这趟飞行兴奋不已，满是皱纹的脸上绽放出大大的笑容。“总是这么好玩儿吗？”她看着我们问道。

在她对面，谢德做了个鬼脸。他还是没有习惯飞行，强忍着才没把早饭吐在阿奶腿上。

“我们要去找四个新血。”我的声音回荡在机舱里，那些解开安全带的噼啪声静了下来。谢德感觉好了点儿，凑过来坐在法莱旁边。再加上阿奶和加雷斯·鲍曼——这是他四天里第三次参与征募行动，因为卡尔认为这位从前的弼马官应该多多参加我们的日常任务。他曾经服务于艾尔拉·艾若夫人，替她照顾位于卡皮塔河畔家族庄园里的那一大群马。在宫廷里，人人都因为她那一头闪耀黑发和敏捷灵活的身手而称之为“黑豹”，不过加雷斯就没这么有礼貌了，他更多地管她叫“狡猾的泼妇”。值得庆幸的是，在艾若庄园的工作让他保持着结实苗条的身材，他的异能也就无可挑剔了。当我第一次问他是否有什么特别之处时，我直接上了房顶——加雷斯能控制让人得以站在地面上的重力。如果那时候我们站在户外，我很可能会飘到云彩里去，不过我真让加雷斯试了试。除了把人弄到半空，他还能利用自己的异能飞翔。

“加雷斯会把阿奶带到城里去，阿奶就乔装成总司令拉里斯勋爵的样子，进入安保中心。”我看了看阿奶，她已经不再是老太太的模样了，而是变成了一个中老年男人。他冲我点点头，活动了一下手指，好像以前没用过它们似的。这身皮囊之下是阿奶，她变身成了空军基地的银血族总司令。“阿奶会把皮塔鲁斯的四个新血以及裂谷区其他新血的档案打印出来。拿到这个之后我们就按图索骥，最后谢德把我们带出来。”

像以往一样，法莱第一个站了起来。“祝你好运，阿奶。”她指了指加雷斯，“要是你喜欢坐飞机，你也会喜欢他的。”

“我可不喜欢你这笑容，小妞。”阿奶用拉里斯的声音说道。虽然我之前见过她乔装变身，可还是很不习惯这怪异的一幕。

加雷斯笑了，帮阿奶解开安全带站起来：“上次法莱和我一起飞，落地的时候，她可真是弄得一团糟。”

“我没有。”法莱说着大跨步地往机舱外面走，也许是为了掩饰涨红的脸。谢德一如既往地跟着她，用手捂着嘴挡住笑意。法莱最近生病了，她一直极力掩饰着，比如逗大家一笑。

卡尔和我是最后离开飞机的，其实我没有理由等他。他做着常规动作，转动手柄，按下按钮，迅速有序地关闭飞机的每一个部件。我能感觉到每一组电流都渐渐归于平静，消失，只剩下电池组的低声嗡鸣。四周一下子静了下来，而我的心却怦怦直跳，下飞机的动作也不由自主地迟滞起来。和卡尔独处令我害怕，至少白天是的，可当夜幕降临，我又根本不愿意看到其他人。

“你应该和奇隆谈谈。”

他的声音让我停住了脚步，站在机舱尾部的坡道上，不上不下的。

“我不想和他讲话。”

温度一点点地升高了，他一点点地在靠近：“真好笑，你总是这么个撒谎精。”

我转过身，刚好有他胸膛那么高。这身飞行服，一个多月前他刚穿上的时候还是崭新的，现在已经有了穿过的痕迹。尽管他很努力地避开那些争夺打斗，争夺打斗还是找上门来。

“我比你了解奇隆，我知道不管说什么也不能安抚他的小脾气。”

“你知道他要求和我们一起来吗？”卡尔的眼睛忧郁暗沉，水汪汪的——他只有在快入睡的时候才是这个样子。“他每天晚上都会问我。”

我在营地山洞里的时候大多是迟钝的，不加掩饰的。我毫不怀疑卡尔也看见了我感受到的那种困惑，还有小小的嫉妒。“他跟你讲话了？他就是因为你才不和我讲话的，那到底为什么——”

卡尔突然用手指捏住了我的下巴，抬起我的头，让我不能看向别处。

“让他抓狂的不是我，他生气也并不是因为我们……”这回轮到他看别处了，“他尊重你，让你自己做选择。”

“他跟我说过这些。”

“但你不相信他。”我沉默了。“我知道你为什么觉得自己不该相信任何人——以我的血色起誓，我知道。但你不能孤单一人承受这一切。别说什么你还有我，因为你和我都知道，你也不相信这话。”卡尔声音里的痛苦几乎要将我击碎了。他的手指颤抖着，抵着我的下颌。

我慢慢地用力甩开了他的手。“我不会去谈的。”这是句半真半假的话。我对卡尔没什么义务可言，也不会让自己信任他，但我同时也无法远离他。每次我试着离开，最后还是要回去。

“他不是个小孩了，梅儿。你不必再保护他。”

想想看，一直以来，奇隆就是因为我想让他活下来而生气。这说法简直好笑。*我怎么能做这种事？我怎么能妄想护他周全？*“那么下一次带他一起来，让他以身犯险。”我知道卡尔听得到我声音里的颤抖，可还是礼貌地假装没事。“从什么时候起你开始关心他了？”

我转身走开，几乎听不到卡尔的回答：“我说这些，不是为了他。”

在跑道的另一边，其他人正在做准备。法莱忙着把阿奶绑在加雷斯胸前，用的是一条飞机座椅上的备用降落伞背带，但是谢德低头看着自己的脚。他听见我和卡尔说的每一句话了，这从他严峻的神情上就能看出来。我们走过去的时候，他看了我一眼，什么都没说。看来，另有一顿说教在等着我，不过不是现在。这一刻，我们的注意力都转向了皮塔鲁斯，期待着又一次成功的征募行动。

“把胳膊缩回来，低头。”加雷斯指点着阿奶。众目睽睽之下，她又从五大三粗的总司令变回了瘦小的自己，然后拉紧了身上的带子。

“这样更轻。”她狡黠一笑，解释道。在漫长的严肃对话和几个不得休息的夜晚之后，这一幕让我忍不住放声大笑。我实在控制不住，不得不用手捂住自己的嘴巴。

加雷斯哭笑不得地拍了下她的头顶："你总是让人惊喜啊，阿奶。随意闭上眼也行。"

她却摇了摇头。"一辈子都闭着眼，"她说，"再也不要闭眼了。"

我小时候总是梦想着能像鸟儿一样飞翔，却从未想象过这种"飞翔"。加雷斯的腿没有弯曲，肌肉没有绷起来，也没有用力蹬地。他只是平摊手掌，就这么简简单单地开始往上升了。我知道这是因为他周围的重力正在减少，就像风筝的牵线被松开了似的。阿奶和他绑在一起往半空升起，越来越快，直到变成了空中的一个小圆点。而后那"牵线"又拉紧了，将那个小圆点拉向地面。就这样，"牵线"松一松、紧一紧，一道弧线接一道弧线地往远方飘去，翻过最近的一个裂谷，不见踪影。从我们所在的地方看过去，一切似乎都还挺平稳的，不过我想自己永远也不会去亲身体验了，只是乘飞机飞行就够受的了。

法莱率先收回目光，着手眼前的工作。她指了指我们前面的陡峭群山和山顶上红金两色的树林。"走吗？"

我没说话，只是向前走去，迈开步子准备穿越裂谷。我们现在已经收集了一大堆地图，据此，知道裂谷另一边是采煤村罗森——或者至少是以前的罗森。几年前，一场煤层自燃大火把这个地方烧毁了，迫使那里的红血族和银血族抛弃了这个颇有价值——但也说不定什么时候会再爆炸的地方。根据艾达的记忆，这个地方是一夜之间人去楼空的，所以很有可能给我们留下丰富的物资。我打算从村子里横穿过去，看看能顺便带些什么回去。

先是一股煤烟尘霾的气味袭来，缭绕着裂谷的西麓，越靠下气味越大。法莱、谢德和我迅速地拉起围巾遮住了鼻子，只有卡尔完全不介意这浓重的烟味。好吧，他本来也不会介意，反而试探性地闻了闻。

“还在燃烧。”他轻声说道，看着周围的树木。和裂谷另一边不同，这儿的橡树和榆树似乎已经死了。它们叶子稀疏，树干晦暗，虬结的树根之间连野草也没有。“在地下比较深的地方。”

如果不是卡尔跟着，我会很害怕在煤层自燃的地方走来走去。但煤矿的热度和他没法儿比，这位王子自己就能掀起大爆炸，只要他想。于是我们便继续在这些垂死树木间默不作声地行动。

山坡上到处是煤矿竖井，每个都建得匆忙潦草。其中有一座竖井冒着烟，向面目模糊的天空中喷出一团团灰色的云雾。法莱忍着想要一探究竟的冲动，不过还是迅速地攀上低矮的树枝或山石，静悄悄地观察着这片区域，一贯地警醒紧张。而就在几英尺之外，谢德一眨不眨地盯着她。我默默地想起了朱利安和莎拉——两个人翩翩起舞，相伴的音乐却没有别人能听见。

罗森是我见过的最灰暗阴郁的地方。煤灰像雪一样覆盖着整座村庄，结成一片一片地飘浮在空气里，将建筑物齐腰深地埋住了。它们甚至遮蔽了太阳，围绕着村庄形成了永久的尘霾浓雾。这让我想起了灰城的技工贫民窟，但那个脏兮兮的地方仍然搏动着，像迟缓虚弱的心脏。这个村庄却是死亡已久，被一次意外事故毁了，被煤层深处的一枚火花毁了。粗劣的主街两旁是些砖石建造的店面和木板住宅，只有这一带还能看得出样子，其他地方不是塌了就是烧了。我暗自想着，我们呼吸的空气里，会不会也有人被烧成粉末的尸骨。

“没有电流。”我什么也感觉不到，连灯泡都没有。我心里不禁松了一口气：罗森废弃已久，不会有危险。“检查窗户。”

他们学着我的样子，用已经弄脏了的衣袖擦拭店面的橱窗。在所有勉强没塌掉的建筑里，我潜入了其中最小的一座，它被挤在倒塌的安保岗亭和要倒不倒的学校教室之间，几乎和衣橱差不多大小。适应了昏暗的光线之后，我发现这里全都是一排一排的书，乱糟糟地堆在架子上，随便地摞成几摞，或是散落在脏污的地上。我咧开嘴笑了——这得给艾达带回去多少宝贝啊。

突然，一阵东西碎裂的声音把我吓了一跳。我猛地转过身，却只看到法莱站在一家店铺橱窗前面。她手里拿着一块木块，脚下是破碎的玻璃片。“它们被困住了。”她解释着，指了指那家商店。

片刻之后，一群乌鸦从破碎的橱窗里冲了出来，迅速消失在雾蒙蒙的天空里，那叫声却久久不散，像是孩子啼哭的声音。

“天啊！”卡尔压住声音，冲着那方向摇了摇头。

法莱只是耸耸肩，冷笑道：“我吓到你了吗，殿下？”

他张着嘴想要回答，嘴角弯弯像是要微笑，不过有人打断了他。这个声音我不认得，发出这声音的人我也从未见过。

“还没呢，戴安娜·法莱。”这个男人就像是灰烬堆出来的一样，他的皮肤、头发、衣服都和这座死村一样是灰色的。但他的一双眼睛明亮、骇人，是血一样的殷红色。“不过你会吓到我的，你总是如此。”

卡尔燃起了他的烈焰，我也唤起了电火花，法莱掏出枪，直指着那个灰色的男人。可是这些都没有威慑到他，他反倒还向前走了一步，猩红色的目光落在了我身上。

“梅儿·巴罗。”他叹了口气，好像我的名字让他十分痛苦似的。他的眼睛湿润了。“我觉得早就认识你了，一见如故啊。”

我们谁也没动，都被他的样子弄得不知所措。我想可能是因为他的眼睛，或是灰色的头发。即便在我们看来，他的样貌也是相当特别的。但这些都不是让我动弹不得的原因，另有其他东西让我惊恐万状，那是我不能理解的直觉。尽管这个人上了年纪，弯腰勾背，不能挥拳猛击更不能和卡尔对战，可我就是忍不住怕他。

“你是谁？”我哆哆嗦嗦的声音回荡在空旷的死村里。

那个男人点了点头，挨个儿打量了我们一遍。时间一秒一秒地过去，他垂下脸，我都觉得他可能要哭了。“皮塔鲁斯的新血已经死了，国王在那儿等着你呢。”卡尔还没来得及开口，问出我们心里的那些问题，他便抬起一只手阻止了他。“我知道，因为我看到了，就像我看到你，提比利亚，一路赶来。”

“什么意思？看见？”法莱咆哮着，快步走向他，手里紧握着枪，就要扣动扳机了。“说！”

“你这脾气啊，戴安娜。”他责怪道，出人意料地迅速往旁边一闪。法莱眨眨眼睛，迷惑不已，上前一步想要抓住他。可他再次闪开了。

“法莱，住手！”我自己都被这命令惊住了。她瞥了我一眼，还是服从了，转身绕了一圈站在了这个奇怪男人的背后。“请问您的姓名，先生？”我说。

他的笑容像他的头发一样晦暗：“这不重要，我的名字不在你的名单上。我是从贵国国境之外来的。”

我正要问他是怎么知道朱利安的名单的，法莱突然全速扑向了这个人的背。她没发出一点儿声音，他也看不见她，可他轻而易举就躲开了她。法莱一头栽进煤灰里，骂骂咧咧地，但很快就站了起来，用枪对准了那人的心脏。“这个你也能躲开吗？”她冷笑着，子弹上了镗。

“我没必要躲，”他诡异地一笑，“是不是，巴罗小姐？”

当然不用了。“法莱，把枪放下，他是新血。”

“你是……你是鹰眼？”卡尔吸了口冷气，在满是灰尘的街上踉跄几步。“你能看见短时未来。”

那个人冷笑一声，摆了摆手：“鹰眼只能看到他们要搜索的东西，他们的视野不及一片草叶。”他再次用那悲伤的血色目光凝视着我们。

“而我能看到一切。”

GLASS SWORD

第二十一章

直到我们走进一家外部装潢被烧光的小酒馆之后，那个灰发男人才再次开口，我们围坐在一张烧得焦黑的桌子边，听他介绍自己。他的名字简单得让人惊讶：乔，而他的出现也使我感到了前所未有的不安。每一次他看着我，用那双血红色的眼睛，我都会觉得他的目光穿透了我的皮肤，落在了被我叫作“心”的那个扭曲的东西上。但我一直不动声色，让法莱去释放她的种种不满。她一会儿咕咕哝哝，一会儿又大喊大叫，抗议着说我们不应该相信这个从煤灰里跳出来的奇怪男人。有那么一两次，谢德不得不把手放在她的胳膊上，让她平静下来。而乔只是面带微笑地坐着不动，以目光反驳法莱的反对意见，只在她闭上嘴的时候才说话。

“我已经知道你们四个人了，所以没有必要再做介绍。”他说，朝着谢德举起了一只手。我哥哥要说的话被堵在了喉咙里，只好默不作声。“我找到了你们，因为我知道你们会去哪儿。但这不代表我想配合你们的行程。”乔说道，看向卡尔。卡尔的脸一下子白了，闪着银光。乔不再看他，转而望着我，笑容柔和了一点儿。他会是个好帮手，虽说有点儿诡异。“我没有加入你们的打算，巴罗小姐。”

这下轮到我把话咽回去了。但我还没来得及重新发问，他就回答了我没说出口的问题，那感觉就像肚子上中了冷冷一剑。“不，我不能读出你的思维，但是我能看到即将发生什么。比如说，你将要说的话。我想这样比较节省时间。”

“效率卓著。”法莱生硬地说。她是我们当中唯一没被这个男人吓呆的人。“你何不直接说说你将要讲的话、将要做的事呢？或者更进一步，告诉我们即将发生什么。”

“你的直觉表现极佳，戴安娜，”他点点头说道，“你们的朋友，易容者和失重者，即将返回。他们在皮塔鲁斯的安保中心遭到了抵抗，需要医疗救助。戴安娜在飞机内即可完成一切所需处置。”

谢德迅速站了起来，但是乔挥挥手让他坐下：“轻松点儿，你们还有些时间。国王也不打算追击。”

“为什么？”法莱扬起眉毛。

那双血色的眼睛与我四目相交，像是期待我说出答案。“加雷斯能飞，这是银血族做不到的事。梅温不想让任何人发现这一点，即便是宣誓效忠的士兵也不行。”卡尔在我旁边点了点头，他了解他的弟弟，像我一样——不，也许我们根本不了解他。“他向整个王国宣称，新血并不存在，他必须保守秘密才行。”

“这是他无数失误中的一个。”乔玩笑着说道，他的声音梦幻而邈远，可能正看着我们无法理解的未来。“你们很快就会证实这一点了。”

我以为法莱会对这些模棱两可的谜语嗤之以鼻，但谢德把她拦住了，然后他两手支撑着向前倾身子，居高临下地对乔说：“你来这儿就是为了炫耀吗？还是要浪费我们的时间？”

我也想问同样的话。

这个灰发男人丝毫没有退缩，直面我哥哥强压着的怒意。“没错，谢德，我就是。数英里之外，梅温的鹰眼会看到你们正在靠近。还是说，你们愿意走向陷阱？我承认，我能看到言行，但看不到思维，而你也许是想被抓起来，被处以死刑？”他环视我们，声音令人吃惊地带着快意。他挑起一侧嘴角，半是讥讽半是微笑。“皮塔鲁斯的行动将以死亡告终，甚至是更糟的厄运。”

更糟的厄运。在桌子下面，卡尔握住了我的手，仿佛感觉到了我对末日劫数的恐惧。我不假思索地张开手掌，反握住了他的手。至于更糟的厄运是什么，我连问都不想问。“谢谢你，乔，”我的声音里满是恐惧，“谢谢你救了我们。”

“你谁也没救。”卡尔突然说道，他的手握紧了。“任何决定都可能改变你所看到的东西——在森林里误入歧途，或是鸟儿扑打翅膀。我知道人们喜欢你这本事，也知道你的预言可能错得离谱。”

乔的笑意更浓，直至整张脸都笑开了。这比其他东西——甚至他的教名，都更令卡尔恼怒痛苦。“我比你所见过的任何银血族鹰眼都要看得更远，更清晰。但听不听在你，说不说在我。不过，你会相信我的，”他补充道，还眨了眨眼，“大约在你身陷囹圄时就会发现了。朱利安是你的朋友，对吗？”

我们两人的手都颤抖起来。

“是，”我嗫嚅着，满怀希望地睁大眼睛，“他还活着，是不是？”

乔的眼睛再次泛起光彩，他自言自语，听不清说了什么，偶尔还点点头。他的手指放在桌上，扭曲着前后移动，像是用耙子犁地。*他这是在较劲，但是，跟什么东西较劲？*

“是的，他还活着，但死刑日期已经定了，还有……”乔停住想了想，

第二十一章

“莎拉·斯克诺斯。”

接下来的几分钟更是奇异，乔一个接一个地回答了我们还没有启齿相问的问题。“梅温打算公开对他们的死刑判决，为你和你们的人设下又一个圈套。他们被关在克洛斯监狱。那个监狱没有被废弃，提比利亚，而是为关押银血族而翻新修建了。墙壁是用静默石砌成的，以钻石玻璃加固，由军队警戒看守。不，并非只有朱利安和莎拉，另有一些反对者在押，质疑新国王或挑衅王太后的人。来洛兰家族和艾若家族尤其处境艰难。新血囚犯也被证实和银血族囚犯同样危险。”

“新血？”我打断了乔急吼吼的陈述。

“你们没找到的那些，以为死了的那些，其实是被关押起来以供观察研究，但雅各勋爵拒绝研究这些人，尽管是在经受了……游说之后。”

我的胆汁直往上翻。“游说”等同于“折磨”。

“还有比疼痛更糟的，巴罗小姐。”乔轻柔地说，“那些新血现在受伊拉王太后支配，她打算利用他们——精打细算地。”他的目光掠过卡尔，两人交换了心知肚明且痛苦悲伤的眼神。“假以时日，他们将成为对付自己同胞的武器，由王太后和她的儿子控制。那是一条极度黑暗的路，你必须阻止它成真。”他开裂肮脏的指甲抠进了桌面，在焦黑的木头上刻下深而细的划痕。“你必须阻止。”

“如果我们救了朱利安和其他人，会发生什么事？”我往前凑了凑，“你能看到吗？”

如果他在说谎，我也看不出来。“不，我只能看到以当下为起始发展的未来，不管多长。举例来说，我现在看见你，躲过了皮塔鲁斯的陷阱，但四天之内另有绝地死境。你拖延太久，无法去袭击克洛斯监狱。噢，等等，有变化了，我刚才说的有变化了。”又是诡异、悲伤的微笑。“唔……”

“这毫无意义。”卡尔怒道，松开了我的手。他慢慢地、从容地站了起来，像是滚动的风雷。“听你这些所谓的预言，人会疯掉的，会被对不确定的未来的想象毁掉。”

“除了你这些话，我们没看到别的证据。”法莱插话道。这还是她头一回赞同卡尔的看法，这一点让他俩都颇为惊讶。她把椅子往后一退，动作又快又猛。“不过是取悦大伙儿的花招儿罢了。”

花招儿。预知我们想要说的话，在法莱袭击之前就预测到她的行动，这可不是花招儿。然而，“乔的本事不可能是真的”，这个论点反而更容易让人相信。这就和其他人相信梅温那些针对我、针对新血的谎言一样。他们亲眼看到了我的能力，却选择只相信他们能够理解的东西，而不是去相信真相。我会让他们为自己的愚蠢付出代价，但我自己不能重蹈覆辙，犯相同的错误。乔身上有某些东西让我心慌，但直觉告诉我，要对他所看到的未来有信心，而不是彻底相信这个人。他说的是真的，只不过说这些话背后的理由未必多高尚。

他那疯疯癫癫的笑容延展开来，扭曲成了不悦之色，透露出其性情之急躁。“我看见了滴血的王冠，无声的风暴，荫翳蜷缩在烈焰之榻。”卡尔的手抽动起来。“我看见湖水冲出堤岸，将人灭顶吞没。我看见一个有着一只红色眼睛的男人，穿着蓝色军装，枪口冒着烟——”

法莱一拳砸在桌上：“够了！”

“我信他。”这话说来相当离奇。

我不信任自己的朋友，却在此时此地和一个受人咒骂的陌生人站在同一边。卡尔瞪着我，好像我长出了两个脑袋似的，他的目光仿佛喊出了那个他不敢问的问题。我只好耸耸肩，避开乔那双血色眼睛加之于我的灼热重负。他打量着我，检视着闪电女孩的每分每寸。我第一次希望自己也有绸缎银甲加身，好扮成领袖应有的模样。然而，我只是缩在破毛衣里瑟瑟发抖，想藏好伤疤和筋骨。幸好他看不见我身上的烙印，但我觉得，他其实对此心中有数。

打起精神，梅儿·巴罗。一股力量涌起，我仰起下巴，在椅子里动了动，让自己的脊背挺得直直的。乔则在灰烬的微光里笑了起来。

“克洛斯监狱在哪里？”

“梅儿——”

“你可以半路放下我就走。”我冲着卡尔还嘴，不想去看他备受打击的脸。“我不想让他们变成伊拉的傀儡，我也不会放弃朱利安，绝不能再一次丢下他。”

乔脸上的皱纹很深，诉说着几十年的痛苦时日。他比我以为的年龄要年轻，是皱纹和灰白头发掩住了青春的活力。他看见了多少，让他变成这副模样？一切，我想起来了。一切可能发生的恐怖骇人与惊奇美好；死亡，生命，以及这两者间的所有。

“你就是我认知中的样子，一点儿不差。”他喃喃说道，双手握住了我的手。皮肤之下的血管发蓝，发紫，流动着的是红色的血。这给了我些许安慰。“见到你真高兴。”

我挤出一个克制有礼的微笑，这已经是竭尽全力了：“监狱在哪儿？”

“他们不会让你一个人去的。”乔越过我的肩膀看了看其他人，“我们都知道这一点，不是吗？”

我的脸上掠过一阵温热，红通通的，只好点了点头。

乔掉转目光，凝视着桌子，又显出那如梦似幻的恍惚眼神，不过他收回手，摇摇摆摆地站了起来，似乎仍然在看着我们尚不可知的景象。接着他吸了吸鼻子，拉起衣领，示意我们也这么做。

“下雨了。”他说道。几秒钟后，瓢泼的雨帘便落在我们之上的屋顶上。“可怜啊，我们必须得走了。”

我们在倾盆大雨里踏着泥泞徒步而行，回到“黑梭”那儿时，我觉得自己像只落汤鸡。乔领着我们，步速均匀，有那么一两次甚至还拖慢了我们，据他解释，这是为了“让事情顺其自然”。当飞机出现在视野中时，我突然明白了他的意思：加雷斯从半空中跌跌撞撞地滚了下来，就像一颗湿乎乎的、流着血的流星。他安全着陆之后，我们才看清他臂弯里抱着个婴儿，婴儿又变回了阿奶的模样。阿奶的两只脚重重地落在地上，踉踉跄跄歪向一侧，衰老的膝盖难以支撑。谢德立刻跃到她旁边，稳稳地扶住了她，法莱也跑过去架起了加雷斯的胳膊。加雷斯把重量压在法莱身上，松了口气似的，他的一条腿上滴着血，完全用不上力了。

“皮塔鲁斯有埋伏。”他低声吼着，又是愤怒又是痛。“阿奶全身而退，可我被他们包围了，毁了一整个街区才突围。”

尽管乔一再保证不会后有追兵，我却仍然忍不住去看暗下来的天空。每一朵云团都像是另一架飞机，不过我没听到声音，也没感觉到电流，只有远方雷电的震动。

“他们没来，巴罗小姐。”乔在雨里说着又诡异地笑了起来。

加雷斯莫名其妙地瞥了他一眼，还是点点头：“我也觉得没有人跟来。”尾音变成了痛苦的呻吟声。

法莱紧紧抓着加雷斯，几乎支撑着他全身的重量，正把他往飞机里送，不过她的注意力还是停留在乔身上。“那个混蛋小子在吗？”

加雷斯点头道：“禁卫军在那儿，国王应该也在附近。”

法莱骂骂咧咧的，不知道她在气愤什么：梅温伏击了我们的朋友，或是乔说对了。

“腿的实际情况比较糟。”乔在雨里喊道。这时法莱正扶着加雷斯走上机舱尾部的坡道。然后他又晃了晃手指，指着蹲伏在谢德旁边的阿奶说：“她又冷又累，应该披条毯子。”

CHAPTER21
第二十一章

“我还没老到需要被人裹起来轰走呢！”阿奶伏在地上生气地说着，她用尽全力尽可能快地站了起来，狠狠瞪了乔一眼。“让我自己走，谢德，要不我就把你骂个臭头！”

“你想怎么着都成，阿奶。”谢德咕哝着，走过乔身边时强忍着没有冷笑出来。他没扶着阿奶，让她自己走，却始终守在一臂距离之内。阿奶骄傲地仰着头，大摇大摆地走进了机舱，后背挺得硬邦邦。

“你是故意的。”卡尔和乔擦肩而过的时候说道。虽然乔爆发出一阵大笑，笑话卡尔退避三舍的姿态，可他完全不屑于回头去看。

“反正见效了。”乔压低声音说道，只有我听见了。

相信他的所见，而不相信他。这是很好的一课。“卡尔已经能应付斗智游戏了。”我警告他，抬起一只手，电流激起的火花在手指上跳跃。威胁的意味明白无误。“我也是。”

“我不玩游戏。”乔耸耸肩膀，向一侧歪着头，“即使是小时候我也不玩。我很难找到对手的，你知道。”

“这不是——”

“我明白你的意思，巴罗小姐。”他平和的笑容之前令我不安，现在却开始让我沮丧。我转过身，朝着飞机走去，可几步之后，我意识到他没有跟上来。

乔站在雨里，直勾勾地盯着什么，眼睛大睁，目光明亮。没有预言图景，他只是一动不动地站着，享受着冰冷洁净的雨水从皮肤上将煤灰冲掉的感觉。

“我只能送你们到这儿了。”

飞机发动起来了，脉冲在我的胸腔里振动着，但那仿佛是在很遥远的地方，不那么重要了。我只能看着乔。在这暴雨如注的暗淡光线里，他就像是要渐渐消失一般。像灰烬一样模糊，像雨水一样模糊，像这二者一样转瞬即逝。

“你会来帮我们解决监狱的事吧？”我的声音里充满绝望，但我听之任之。乔似乎并不在意，所以我又换了种计策。“梅温也会追杀你的。他正在追杀我们，一有机会就会杀掉你。”

这话让他笑得弯了腰：“你觉得我会不知道自己的死期吗？我知道的，巴罗小姐。而且我并不是死在国王手里。”

我把牙齿咬得咯吱咯吱响，恼怒不已。他怎么能离开？其他人都选择战斗，他为什么不那么选？“你知道我能强迫你一起来。”

在晦暗的雨幕里，我的电火花似乎亮度加倍，紫色和白色的光在雨中嗞嗞作响，它们在我的指尖之间缠绕，让我的脊骨里闪过一丝快意。

可是乔又笑了。“我知道你能那么干，我也知道你不会那么干。不过，你要留心，巴罗小姐。我们会再见面的。”他点点头，若有所思。“是的，没错，会再见面的。”

我只是在做我承诺过的事。我给了他选择的机会。我挣扎再三，还是没有硬把他拖上飞机。“我们需要你，乔！”

但是他已经开始往后退了，每一步都让他的身影更加模糊。“相信我，你不会强迫我的！我另有以下忠告给你——到西拉卡斯市郊去，到渺剑湖去。保护好你在那儿找到的东西，不然你那些监狱里的朋友将生不如死。”

西拉斯卡，渺剑湖。我重复着这两个词，直到牢牢记住。

“不是明天，不是今晚，你必须现在就去。”

飞机的轰鸣声越来越大，空气都紧绷震颤起来。“我们要去找什么？”我在巨大的噪音里喊着，一只手遮在脸前，挡住那些旋转的雨点。很痛，但我努力地眯起眼睛，只能看见那个灰发男人最后的模糊轮廓。

“你会知道的！”他在雨里喊道，“戴安娜怀疑的时候，你告诉她，她的疑问，答案是‘是的’。”

“什么疑问？”他竖起一根手指，几乎是在责骂我了。

“在意你自己的命运吧，梅儿·巴罗。”

“是什么？”

“崛起，孤独地崛起。”这句话回荡在雨里，犹如狼嚎。“我以你能够成为的样子看待你，不是闪电，而是风暴。这风暴将吞噬整个世界。”

有那么一瞬，他的眼睛仿佛放射出光芒，血红色，在灰色的映衬之下，犹如灼灼燃烧，洞穿了重重未来，也看透了我。他弯起嘴唇，疯狂地笑了，牙齿闪着银光，而后便离开不见了。

当我一个人登上飞机时，卡尔很识趣地让我自己生闷气。但绝望浇熄了我的怒火。孤独地崛起。孤独。我用指甲戳着手掌，希望疼痛能驱散悲哀。命运可以改变。

法莱没有卡尔那么体贴，她一边给加雷斯包扎伤腿，一边抬起头来，手指头上都是黏糊糊的血迹。“很好，反正我们并不需要那个老家伙。”她气哼哼地说道。

“那个老家伙能帮我们彻底打赢。”谢德轻拍她的肩膀，却只换回一个白眼。“想想吧，他能用他的异能做成多少事。”

卡尔坐在驾驶座上怒意丛生。“他已经做得够多了。”他看着我在他旁边坐下，浑身湿透。“你真的打算去闯那座监狱？专为我们这样的人建的监狱？”

“不然呢，你想让朱利安死吗？”他没回答，只是气得咝咝吸气。“我想的就是这个。”

“好吧。”卡尔叹了口气，驾驶着飞机开始滑行。起落架轮滚过凹凸不平的路面，在我们身下颠簸。“我们得重新部署，做好计划。任何人想要自愿参加都可以，但是孩子除外。”

“孩子除外。”我同意。我一下子想到了卢瑟和营地里的其他小孩。他们太年幼了，还完全不能参加战斗，可是梅温并不会因为他们年幼就放弃追杀。孩子们不会喜欢被留在后方的，可是我了解卡尔有多在乎他们。他不会允许任何一个孩子目睹武力的不义之用。

“不管你们在讨论啥，我都参加。”加雷斯绕过法莱看着我们，腿上的疼痛让他紧咬着牙齿。“不过我还是很愿意了解一下自己即将参加的工作。”

阿奶伸出骨瘦如柴的胳膊打了他一下，笑话道：“你是腿上挨了枪子儿，可也不能走神。说的是劫狱。”

“无比正确，阿奶。”法莱说，“要是问我，我会说那都是白搭，不过是个疯老头儿的话罢了。”

阿奶竟然还能笑得出来，她用祖母看孙女的眼神盯着我：“真的吗，梅儿？”

“叫人家疯老头儿有点儿难听。”谢德嘀咕着，但他没否认大家的共识。我是唯一一个相信乔的人，而他们相信我，愿意追随我。“他说皮塔鲁斯的那些话是对的，别的也都没错。他干吗要就监狱的事撒谎呢？”

崛起。孤独地崛起。

“他没撒谎！”

我的话让他们安静下来，最终只剩下飞机发动机在嗡嗡响。机舱里充斥着熟悉的单调轰鸣，跑道很快就被甩在后面。雨滴拍打着舷窗，看不清外面的景象，但卡尔技术高超，不一会儿，我们就冲出了青灰色的云层，沐浴着明亮的正午阳光，仿佛摆脱了铁块般的负重。

“我们去渺剑湖，”我小声说，“乔说我们会在那儿找到些什么，对我们有帮助。”

我以为他们会反对争论，可是没人敢反驳我——当你乘坐金属盒子飞行时，惹毛闪电女孩实属不智。

雷声在我们下方翻滚，在云层之间，闪电预示着暴风雨将至。巨大的闪电劈向地面，仿佛每一条每一道都是我身体的延伸。灵活流动，却像玻璃一样锋利，将挡在路上的一切燃烧殆尽。渺剑湖不远，就在这片暴风雨的北方，它正映着平静的天空，犹如明镜一般。卡尔绕湖飞行了一周，随后向上爬升，让飞机隐入云层，然后又在覆满植被的环湖山丘上找到了一条半埋起来的小路，勉强可以用作跑道。降落时，我从座椅里直起身子，可是自己也不知道应该寻找什么。

我冲下机尾坡道，谢德紧跟在我后面。我们急匆匆地往湖边赶，如果没记错的话，它位于北方，距离我们有一英里。我正调动起身体里的方位感，辨认着树冠的疏密，这时，一个熟悉的声音让我浑身一冷。

是枪上膛的声音。

GLASS
SWORD

第二十二章

她的枪没拿好。就连我也看得出来，对她来说，这枪太大了：闪着微光的黑色金属，枪管几乎有一英尺长，明显是给训练有素的士兵使用的，而不是她这个瑟瑟发抖的纤细少女。*士兵*，我一个激灵，*银血族*。这种枪是禁卫军用的。那是好久以前的事了。那时在辉映厅地下的监牢里，禁卫军朝我射击，用的就是这种枪。那子弹像重锤一样，直直地楔入了我的脊骨。如果不是朱利安和那个被他控制了的血液愈疗者，我肯定得死。尽管身怀异能，我还是举起双手，掌心向外，表示投降。我是闪电女孩没错，但并非刀枪不入。可她误以为这动作是威胁，更紧张了，手指紧抠着扳机。

“别动。”她厉声说道，竟然朝我靠近了一步。她的肤色黝黑，浓重得像是黑檀木的树皮，使她能很好地在森林里把自己伪装起来。然而，我看见了她皮肤之下的红润，还有她白眼球中细小的红色血管。我吸了口气，暗自想着：*她是个红血族*。“别动，不然打爆你的头。”

“我不会动的，”我对她说，“但他，可就不好说了。”

CHAPTER22
第二十二章

她茫然地皱起眉头，还来不及害怕，谢德就从空气中显形，出现在她背后，相当老到地用军队里的那一套把她制伏了。枪从她手里掉了出来，我冲上去一把接住，才没让它落到坚硬的地面。她挣扎着，咒骂着，但谢德把她的胳膊紧紧压在脑后，迫使她跪了下去。他紧扣住她的双手，嘴上露出一抹笑意：这瘦姑娘可不是他的对手。

那把枪拿在手里，有种异样的感觉：这不是我会选择的武器——我甚至还从未开枪射击过，真是好笑。事到如今我竟然没放过枪。

“把你的银血爪子拿开！”她咆哮着，不停挣扎。她虽然不强壮，可是四肢修长，灵活敏捷。要把她按住不动，就像是要按住一条鳝鱼似的那么费劲。“我不会回去的，绝不！除非你杀了我！”

我一只手拿着枪，另一只手上却亮起了电火花。这一幕把她吓住了，她一动不动，只有眼睛睁得大大的，充满恐惧。

她伸出舌头，舔了舔干裂的嘴唇：“我知道你是谁了。”

卡尔的热量比他本人速度快，他还没冲到我旁边，一股热气就已经靠拢过来。他忧心忡忡，指尖上燃着蓝色的火焰，可一见到这女孩，火焰就熄灭了。

“给你带了个礼物。”我咕哝着，把枪塞到他手里。他盯着枪，马上就明白了我的意思。

“你怎么弄到这个的？”卡尔蹲下来，好看着那女孩的眼睛。他的姿态，冷淡且严厉，让我想到了上一次他刑讯拷打时的样子。法莱的叫声和冻结的血液，现在想到这些我仍然会觉得难受。那女孩没回答，卡尔紧张起来，身上的肌肉都鼓起来了。“这把枪，怎么弄到的？！”

“我拿的！”她怒吼着，不停扭动，关节咔嚓咔嚓直响。

我不禁缩了缩，看着哥哥：“放开她，谢德。我们能看住她的。”

他点点头，巴不得放开这别扭的小青年呢。谢德一松手，她就一头往前栽了过去，不过挣扎着站住了，没摔个狗啃泥。卡尔本想帮忙，却被她甩开了。“别碰我，大官。”她龇牙咧嘴，像是要咬人似的。

“大官？”卡尔喃喃说道，一脸迷惑不解。

谢德站在一旁，眯起了眼睛。“大官，意思是达官显贵——指银血族。这是贫民窟里的黑话。”他解释道。“你是从哪个镇来的？”谢德问她，语气比卡尔温和得多。这让那女孩放松了一点儿，她看了看谢德，黑色的眼睛里满是恐惧。不过她的目光最后落在了我身上，我指间旋转流动的电火花让她看呆了。

“纽新镇，”她终于说道，“他们把我从纽新镇抓去的。”

我弯下腰，把她看个仔细。她和我截然不同：她修长瘦削，而我又矮又壮，她的头发编成辫子，黑油油地闪着光，我的头发却从原本的棕色褪色干枯成了灰色的一堆。她比我年纪小，我从她脸上就能看得出来。十五岁，或者十六岁，但她的眼睛里有着超过年龄的疲惫。她的手指长而屈曲，可能是因为被机器伤到了太多次，再也好不了了。如果她来自纽新镇，她应该是个技工，注定一辈子在工厂里劳作，操持着那些集成电路，无法离开灰霾包裹的城市。她的脖子上也有刺青，不过不像克朗斯的船锚那么浮夸。号码，我明白了，NT-ARSM-188907。这行字又粗又大，有两英寸那么宽，像条带子似的绕在她的喉咙上。

“不好看吧，闪电女孩？”她冷笑着，注意到了我的目光，鄙视轻蔑像是毒液一般，从她的尖牙利齿滴下来。“反正你也不介意难看的东西。”

她的语气让人不悦，我倒很想让她见识一下我能有多“难看”。我记起了那些宫廷礼节和仪态训练，把太多人用来对付我的那一套也甩给了她。我冲着她的脸冷冷地动了动嘴角，无声地笑了。在这儿，我说了算，她应该识趣一点儿。她的表情扭曲，被我的回应激怒了。

“你从银血族那儿拿的？”卡尔指了指那把枪，他明显不相信这女孩说的话，“谁帮你拿的？”

“没有人帮我。你应该很清楚这一点。”她回嘴道，“我只能自己干。伊格警卫没看见我。”

“什么？”多亏博洛诺斯夫人的教学，我才没大声嚷嚷起来。伊格家族的警卫，他们全是鹰眼，能看见短时未来，像是乔的异能低阶版。银血族想要不动声色地偷袭他们几乎是不可能的，更不用说红血族女孩了。这不可能。

可她只是耸耸肩膀：“我还以为银血族多难对付呢，可她根本没什么本事。而且，就算大打一架也比在牢里坐以待毙好——谁知道他们想干什么坏事。”

牢里。

我站起身，恍然大悟：“你是从克洛斯监狱跑出来的。”

她一下子看向我，下唇抖动着，愤怒的外表之下是惊恐。

卡尔抓住我的胳膊肘，扶稳我。“你叫什么名字？”他的语调称得上温柔了，像对待一只受惊的动物似的，可这让她更生气了。

她迅速地站直了，双拳紧握，长年辛劳满是疤痕的胳膊上血管迸出。她眯起眼睛，有那么一瞬间，我还以为她也要唤起闪电了。不过她只是双足踏地，骄傲地昂然挺立。

“我叫卡梅隆·科尔，不介意的话，我要去干自己的事了。”

她的个子比我高，姿态像王公贵妇那样优雅高傲。我完全站直了，脑袋也才勉强能和她的下巴齐平，但她仍然心怀畏惧，明明白白地知道我是谁，知道我是什么样的人。

“卡梅隆·科尔。”我重复着，朱利安的那份名单一下子涌入脑海，她的姓名和信息也在其中。而后是在哈伯湾拿到的档案副本，它们比朱利安的名单更为详细。这一刻我觉得自己有点儿像艾达，回溯着我记忆中的内容，又快又肯定地把它们说了出来：“305 年 1 月 5 日生于纽新镇；职业：技工学徒；契约签予：小型制造部 - 装配与修理车间；地址：纽新镇居住区 12 号 48 组；血型：未检出；基因变异；世系不祥。”她张大了嘴巴，小小地惊叹了一声。“这些对吗？”我问。

她勉强点了点头，声音也弱了下去：“对。”

谢德轻轻地吹了个口哨。“该死，乔。”他咕哝着，摇了摇头。我冲他一点头表示赞同——乔让我们来找的不是件东西，是个人。

“你是个新血，卡梅隆，就像谢德和我一样，红血族的血色，银血族的异能。这就是他们把你关进克洛斯监狱的原因，也是你能越狱成功的原因。是你的异能助你重获自由，所以你才能找到我们。”我往前走了一步，想拥抱这位新血姐妹，但她一下子躲开了。

“我越狱可不是为了找你们。”她吐了口唾沫。

我尽力对她微笑，想让她放松一些。在经历了那么多征募行动之后，说这些话是很容易的。我清清楚楚地知道自己应该说什么，也知道她会有何种反应，这些一向都是差不多的。“你不是必须和我们一起，当然，不过你会孤独地死去。梅温国王会找到你，然后——”

她又退了一步，这让我大吃一惊。她一脸嘲讽地摇着头说：“我要去的地方是窒息区，仅此而已，你和你的闪电都拦不住我。”

“窒息区？”我一下子蒙了。

在我旁边，卡尔极力做出一副凶神恶煞的样子——然而并不太成功。

“白痴，”他恶狠狠地说，“窒息区的银血族比你想象的多，他们人人都接到指令，一发现你就格杀勿论。就算你够幸运，他们也会把你抓回监狱去。”

可是她却挑起嘴角说：“在窒息区，我的孪生弟弟和另外五千个跟他一样的人正准备去送死，如果我没被抓进监狱——不管为了什么——我也应该和他们在一起。你也许有很多理由抛弃同胞，但我不会。”

卡梅隆的呼吸越来越急促，我仿佛可以看见她脑袋里的天平正在左右摇摆。她是个很直接的人，思绪和情感都明明白白地写在脸上。她撒腿冲向树林，我动也没动一下。卡尔和谢德看着我，等着我告诉他们下一步要怎么办。

我曾经对自己说过，要给每个人选择的权利。我让乔离开了，虽然我们非常需要他。不过我觉得我们更需要卡梅隆，而且这个年轻女孩不能轻信——至少这一刻还无法确定。她不知道自己有多重要，不管她到底有什么异能。她能从克洛斯监狱出来，就能带我们再进去。

“抓住她。”我轻声说道。这感觉不太对劲。

谢德冷冷一点头便消失了。树林深处，响起了卡梅隆的叫声。

我不得不和法莱换了位子，让她坐我的驾驶座，因为这样我才能坐在卡梅隆对面，好好盯住她。她被捆得结结实实的，两只手都用备用安全带绑住了。再加上我们此刻的飞行高度，想必足以避免她再次撒丫子了。不过我还是不想冒险——据我所知，她要么能飞，要么就是摔下去也死不了。所以，尽管我非常想利用返回山谷营地的行程好好睡一觉，却还是圆睁双眼，鼓起勇气迎接她的怒目相向。是她选错了，每当愧疚浮现，我便这样告诉自己，我们需要她，她太有价值了，绝不能放弃。

阿奶在卡梅隆旁边喋喋不休，从营地的种种传奇到她自己的人生故事，说个没完。我颇为期待她会像以往那样，掏出那张褪了色的孙子孙女的照片。我们大家都招架不住的这一招儿，卡梅隆却一直不为所动。和蔼可亲的老奶奶也不能打动这个愁眉苦脸的女孩，她一言不发地坐着，两只眼盯着自己的脚。

“你有什么异能呀，亲爱的？无礼超人吗？”阿奶受够了她的爱搭不理，终于冷嘲热讽起来。

这话让卡梅隆动了动脑袋，不再低头看地板了。她张着嘴想反击，可是映入眼帘的不是个老太太，而是她自己的脸。“止线吧！”她骂道，又是一句贫民窟黑话。她睁大眼睛，两只手扭来扭去，想从安全带里挣脱。“你们也看到这玩意儿了吗？”

我阴郁地窃笑，毫不掩饰脸上的嘲讽，任由阿奶把这姑娘吓得说不出话来。“阿奶能变换外貌，”我对她说，“加雷斯能操纵重力。”加雷斯从机舱另一边的临时担架上挥了挥手。“至于其他人的异能，你已经知道了。”

“我是没用的。”法莱在她的座位上自嘲道，手里来回甩着一把刀子——表明事实与此完全相反。

卡梅隆冷哼一声，眼睛盯着那把刀子闪烁的寒光。“我也一样。”她的语气里没有任何惋惜，只有平平陈述。

“不对，”我拍了拍放在身边的朱利安的笔记本，“你搞定了一个鹰眼呢，想必你忘了这事。”

“好吧，可是仅此而已，或者说也没别的了。”安全带扭动着，但仍然绑得很牢。“你抓了个没用的人，闪电女孩，你不会想在我身上浪费时间的。”

如果是别人说这话，我会觉得挺伤感的，但卡梅隆很聪明。她以为我看不出她的意图。其实不管她怎样表现自己的一无用处，我都不会相信。她的名字就在名单上，这是错不了的。也许她还不知道自己是什么样的人，不过我们肯定会找出她的异能的。我也没瞎：虽然一眨不眨地迎着她挑衅的目光，假装被她唬住了，可我还是洞悉了她暗中的把戏。她的手指灵巧敏捷，在工厂里备受磨炼，此刻正解着绳扣，虽然很慢，但还是有效的。如果我不死死盯住她，要不了多久她就会从绳套里溜出来了。

“你比我们任何人都了解克洛斯监狱，”我说这话的时候，阿奶已经恢复成自己的模样，“对我来说这就够了。”

“你们的人里面有会读心术的吗？除了这个，别想从我嘴里挖出一个字。”我都以为卡梅隆要冲我吐口水了。

我已经尽了最大努力，但耐心还是越来越少了。“要么没用，要么抵抗，选一个。”我的语气让她颇为讶异地挑起眉毛。“如果你想说谎，可得高明一点儿。”

她嘴角一撇，恶意满满地笑了：“我都忘了，你正精通这个。”

我讨厌小屁孩。

“别做出一副趾高气扬的样子了。”她步步紧逼，一字一句都像刀子似的扔了过来。机舱里只有轰鸣声，所有人都在聚精会神地听着，尤其是卡尔。“你现在可不是什么大官太太，少对我们颐指气使的。爬上王子的床你也成不了新王后。”

她头上的灯一阵乱闪，那是我的怒意。我用余光瞥向卡尔，看见他紧紧地攥住了飞机操纵杆。像我一样，他也极力保持冷静和理智，但这个小混蛋非得让我们忍不下去不可。*我们找到的怎么不是张地图呢？*

“卡梅隆，你要告诉我们，你是如何逃出监狱的。”博洛诺斯夫人一定会为我的沉着冷淡而感到自豪的。“你要告诉我们监狱的样子，牢房在什么地方，警卫如何部署，银血族和新血分别关在哪里，以及你所记得的一切，完完全全彻彻底底。清楚了吗？”

她甩了甩肩上的一绺辫子——五花大绑之下，她也就只能这么动动了。“这对我有什么好处？”

“脱罪。”我长叹一口气，“你缄口不言，就等于把监狱里的那些人都送上了不归路。”乔的话涌上了我的嘴边，像一句句徘徊不去的警告。“去死，或比死更糟。我是在把你从那种负罪感中解救出来。”*那种负罪感我太了解了。*

我的肩上感到一阵缓慢的轻压——谢德。他靠向我，让我知道他就在身边。他是我的哥哥，血缘上和战线上都是，是能与我分享胜利的人，也是能为我分担罪责的人。

任何理智尚在的人都会同意我的话，卡梅隆却更愤怒了。她脸色阴沉，情绪相当激动："你竟然有脸说这种话。是你把那么多人送到战场上去的，也是你又抛弃了他们。"

卡尔受够了，他重重地一拳擂在座椅扶手上，发出闷闷的回声："那不是她的命令——"

"可那是你的错，是你和你那伙儿戴红布的傻瓜们的错。"她瞥了一眼法莱，没给她任何反驳的机会，"你们在树林里东躲西藏，其实是在拿我们的家人，我们的生命做赌注。现在你们还以为自己成了英雄，飞来飞去地去拯救你们认为特别的那些人，值得闪电女孩花费宝贵时间的人。你从没有亲身到贫民窟和贫穷的村庄里去过，从未好好看看你对我们干的好事。"血液随着怒意喷张，让卡梅隆的两颊涨成了火烧般的深红色。"新血族，银血族，红血族，一切又和以前一样了。有些人变得特殊，有些人变得优于其他人，而有些人依旧一无所有。"

我的肚子里一阵翻腾，那是不详的预兆。"你这是什么意思？"

"分裂。让某些人优于其他人。你追踪那些和你一样的人，保护他们，训练他们，让他们为你而战。这不是因为他们想这么做，而是因为你需要他们这么做。那些就要上战场的孩子，你想过他们吗？你根本不在乎他们。你只是用他们去交换其他会走会说的火花塞罢了。"

灯又闪了起来，比刚才闪得更快。我感觉到了飞机发动机的每一转，尽管它们速度极快。这感觉快要把我逼疯了。"我是在从梅温手里救人。他要把新血变成武器，那会引发更多的流血，更多的死亡——"

"你正在做的，就是他们曾经做的。"她用捆起来的双手指着卡尔。它们颤抖着，因暴怒而颤抖。我知道那种感觉，于是强压着自己指尖下面的狂怒。

“梅儿。”卡尔发出警告，但雷鸣般的脉冲震耳欲聋，我听不见他。

卡梅隆恶语相向，无比享受：“上一个时代，银血族刚刚出现，他们为数不多，被那些认为他们危险至极的人追杀。”

我的手紧紧攥住座椅的边缘，指尖抠进了坐垫。控制。此刻，飞机在我耳边呜咽哀鸣，刺耳的尖厉声音直劈入我的骨髓。

我们在高空里颠簸起来，加雷斯叫唤着，抓住了他的腿。“卡梅隆，住口！”法莱叫着，摸索着她的安全带，带子应声而开。“你要是不能自己闭嘴，我就帮帮你！”

然而，卡梅隆只是看着我，怒意满满。“看看那条路通往何方。”她咆哮着，在绳带的捆束中极力往前探身子。我不知不觉地站了起来，随着飞机的摇晃失去平衡。我的颅骨里奔涌着金属剐蹭的尖厉声音，几乎听不到她说什么。她的双手从带子里松脱，以惊人的精准解开了自己身上的绳结。她跳了起来，冲着我的脸咒骂：“百年以后，新血国王登基，那王位正是你用孩童的骸骨为他所建！”

我的身体里，有什么东西正在撕裂。那是人与兽的分界，是理智与疯狂的分界。我一下子忘记了飞机、高度，以及依赖着我微弱控制的每一个人。我只想好好教训这个乳臭未干的死孩子，让她看看我们正在拯救的是什么。我的拳头猛地击向卡梅隆的下巴，我想让闪电击穿她的身体，把她拽到地面上去。

可是，除了我自己的关节跳痛，什么都没发生。

她愣住了，像我一样吃惊。而我们周围，闪烁的灯恢复原状，飞机也变得平稳了。我脑袋里的尖厉声音突然消失了，仿佛有一筐“安静”兜头兜脑地洒向了我的所有感官。我像是被人打了一拳似的，膝盖一弯跌了下去。

谢德立刻扶住了我，紧抓着我的胳膊，关切地问：“你怎么样？这是怎么了？”

在驾驶舱里，卡尔来回打量着我和控制台，前前后后地看着。“平稳了，”他喃喃自语，“梅儿——”

“不是我。”我的眉毛上滴下冷汗，忍着突然袭来的难受。我的呼吸变得又短又急，好像肺里面的空气都被压出去了似的。有什么东西把我闷住了。“是她。”

卡梅隆往后退了一步，震惊得连推脱都不会了。她张大了嘴巴，愤怒变成了恐惧：“我什么也没干。没有。我发誓。”

“你不是有意的，卡梅隆。”最让她惊掉下巴的可能就是这句话。“你冷静一下，你停——停——”我不能呼吸了，真的。我紧紧地抓着谢德，指甲抠进他的肉里。濒死的恐慌席卷了我的神经，没有闪电的神经。

谢德用他受伤的肩膀支撑着我的全部重量，完全顾不上自己的伤痛。至少他够聪明，能明白我想说的是什么意思。“你压制住她了，卡梅隆。你让她的异能失效了，你把她关停了。”

“我不能——怎么？”卡梅隆的眼睛里满是惊恐。

我的视野里出现了光斑，但我看见卡尔要来救场了。卡梅隆躲躲闪闪的——所有思维正常的人都会那么做。卡尔知道该怎么收拾烂摊子，他指导小孩，也指导我——关于“超常人员混乱处置”的相似一章节。

“放松。”他很镇定，不带任何宠溺，也没有怒意。“呼吸，用鼻子吸气，用嘴呼气。把卡住你的东西放下来，放松。”

*放松，拜托，放松，拜托。*我的呼吸越发短浅，快要变成倒气了。

“放开她，卡梅隆。”

我的感觉，就像是胸口压了一块大石头，它越来越沉，要榨干我的神志，要把我压死了。

CHAPTER22
第二十二章

“放开她。”

“我在放松啊！”

“放松。”

“我在试着放松呢。”卡梅隆的声音柔和了一些，不那么疯狂了，“我正在做，在试。”

卡尔点了点头，他的情绪也像海波一样渐渐平和：“对了，就这样。”

我又吸了口气，这回总算有氧气进入了我的肺。我可以呼吸了。尽管感官仍然迟钝，但它们正在恢复。我的心跳一下比一下更有力量，感官也越来越趋于正常了。

“就这样。”卡尔又说。他回过头，与我目光相接，我们之间绷紧的那根弦松了下来。“就这样。”

我并没有凝视他很久，而是看向了卡梅隆。她紧紧闭着眼睛，皱着眉头，全神贯注，脸颊上挂着一滴眼泪，两只手摩挲着脖子上的刺青。她才只有十五岁，受不了这个。她不应该害怕自己。

“我没事了。”我勉强说道。她睁开了双眼。

卡梅隆的脸上闪过一丝宽慰，但紧接着，她心里的那扇门又轰然关闭。“这不会改变我的想法，巴罗。”

要是能站起来就好了，但我浑身的肌肉仍然虚脱打战：“你想对别人也使这一招儿吗？找到你的弟弟时，也对他这样？”

就是这个。筹码是必需的。她对此也心知肚明。

“你带我们进入克洛斯监狱，我们就教你如何使用你的异能。我们会帮你变成世界上最令人闻风丧胆的人。”

我可能会后悔自己说过这些话。

GLASS SWORD

第二十三章

山谷营地的山洞里，我的声音怪异地回荡在入口处的宽阔厅堂里。风从石头之间的裂隙里吹进来，裹挟着雪粒和凝结成冰的雨滴，呼啸着扑打在对面的土墙上。寒冷随之而来，不过卡尔已经在尽力驱散它了。营地里的成员们挤在一起，围着卡尔生起来的火堆暖着身子。一双双眼睛在火苗的映衬下犹如一对对红色和橘色的璀璨宝石，它们随着抖动的火苗闪烁着，向我望过来。一共十五人，包括卡梅隆、卡尔、法莱，还有我哥哥，营地里所有的成年人都必须来听这些我不得不说的话。艾达身边坐着琪萨、海瑞克和尼克斯。一个可免疫痛感的皮肤愈疗者——弗莱彻，正伸开苍白的手掌烤火。加雷斯差点儿烫到自己，连忙往后躲开了。还有达米安——他像尼克斯一样刀枪不入，以及从肯多斯港的礁岩岛屿来的洛里。就连奇隆也来了，这让我们颇为欣喜。他坐在打猎的两个好搭档——克朗斯和法拉赫之间。

所幸没有任何一个孩子到场。他们不参加这次行动，并且会继续享有我能提供的安全和保护。阿奶带着他们留在里面的屋里，变着模样哄他们玩儿，而与此同时，所有超过十六岁的成年人都在听我解释我们皮塔鲁斯一行所得到的信息。他们全神贯注地坐着，脸上显现出震惊、恐惧或坚定的神情。

“乔说，四天太久了，所以我们得在三天内做成这件事。”

用三天来劫狱，用三天来筹谋。我自己接受了一个多月的训练，和银血族一起，而在那之前，我已经在干阑镇的街巷里混迹多年。卡尔是天生的战士，谢德在军队里服役了一年多，法莱虽然没有异能，但仍是握有实权的上尉。可其他人呢？当我环顾四周，看着我们这营地里的全部力量时，我的决心动摇了。只要我们有多一点儿时间，艾达、加雷斯和尼克斯都会成为我们的骨干，他们的异能相当适合参与突袭，而且是营地里接受训练时间最久的成员。其他人异能卓著——比如琪萨，仅需眨眨眼睛就能炸掉一个物体——可惜经验不足。他们来这儿只有几天或几周，才刚刚离开穷乡僻壤、沟渠垃圾，而那时候他们什么都不是。让他们去战斗，就像把孩子扔在车水马龙的大街上。他们对其他人是危险，对自己也是。

所有人都知道，这行动愚不可及，不可能成功，但没人说出口。就连卡梅隆都识趣地没开口。她盯着火堆，拒绝抬头看我。我也不能长久地看着她，因为她让我太愤怒、太悲伤了。她正是我极力避免成为的那种样子。

法莱先发声了。“尽管那个叫乔的人证实了他的异能，但是他告诉我们的那些话仍然可能是谎言。”她向前倾着身子，被火光勾勒出一副锋利的身影。“他可能是梅温的人。他说伊拉开始控制新血——那他会不会也被控制了呢？用来诱惑我们？他说梅温设下了陷阱，也许这就是其中一个啊。”

我的心一沉，看见有几个人附和着点了点头。克朗斯、法拉赫，还有弗莱彻。我以为奇隆也会和他的打猎同伴保持一致，但他只是一动不动，一言不发。像卡梅隆一样，他也不看我。

暖意从四面八方袭来，前方是火堆，后方是卡尔。他靠在土墙上，像壁炉似的散发着热量，却也像壁炉似的静默不语。他知道自己最好不要讲话，因为很多人之所以容许他留在这儿，是因为我，或者是因为那些孩子，抑或两者皆有。我不能依赖他去争取支持，我只能自己来。

“我相信他。”这话念在我的嘴里，就像外语一样陌生，可其他人却动也不动。这些人视我为领袖，我也必须像个领袖的样子，说服他们跟随我。“我会去克洛斯监狱的，不管是不是陷阱。那些新血面临的命运无非两种——死，或是被那所谓的王太后当作傀儡利用。这两者都是绝不能接受的。”

我极力地争取着大家的赞同，这时一阵表示同意的低语传来。是加雷斯带着另外几个人在议论。他缓缓点头，展示出一种忠诚。他亲眼见过乔，并不需要太多的游说。

“我不会强迫任何人。就像之前一样，你们有权利自己做出选择。”卡梅隆微微地摇了摇头，什么也没说。谢德就在她旁边，一直抓着她的胳膊，以免她做出什么蠢事。“选择不好做，可并非无路可选。”

要是说得够多，我自己也许都会相信这话。

“怎么做呢？”克朗斯开口了，“要是我没理解错的话，那座监狱会让你们这些人失灵。这就不光是围栏和门锁的问题了。到处都是鹰眼，到处都是身手敏捷的银血族军官、军械武器、摄像机、静默石……你能依靠的只有运气，闪电女孩。”

在他旁边，弗莱彻艰难地吞了口唾沫，他虽然感觉不到疼痛，可也吓得脸色惨白——任何有血有肉的人都会因此感到恐惧。“要是没有好运，你该怎么办呢？”克朗斯问。

“问她，”我冲着卡梅隆努努嘴，“她是从那儿跑出来的。”

这话仿佛一石激起千层浪，大家议论纷纷。现在他们总算不是盯着我一个人在看了，这让我放松了点儿。而相对的，卡梅隆一下子紧张起来，修长的四肢往里蜷着，像是要撑起屏障挡住大家的视线似的。

就连奇隆也抬起了头，不过他不是在看卡梅隆，而是将视线越过她，落在了背靠着墙壁的我的身上。轻松感一下子不翼而飞，取而代之的是一种难以名状的扭曲情绪。不是恐惧，不是愤怒，是别的。是渴望。面前火光摇曳，外面风雪交加，我都能假装我们还是蜷缩在干阑镇高脚屋下的男孩和女孩，寻找着能躲避深秋寒意的庇护所。真希望有人能控制时间，让我再回到那时候去。我会小气地牢牢抓住那些时光，再不抱怨寒冷和饥饿。现在，我一样寒冷，一样饥饿，没有毯子裹身，也没有食物果腹，可是一切都不一样了。这是我一个人的错。奇隆只是跟着我，走进了这场噩梦。

“她是哑巴吗？”克朗斯嘲弄道，他已经盯着卡梅隆好半天了，可她就是不开口。

法莱笑了起来：“要我说，她的话有点儿太多了。说吧，科尔，把你记得的那些事告诉我们吧。”

我本来以为卡梅隆会再次反唇相讥，没准儿还要咬住法莱的鼻子，但是众目睽睽让她冷静下来。她看穿了我的花招儿，可它还是起了作用。太多双满怀希望的眼睛望着她，太多人想要投身危险之旅。此刻，她无法视而不见。

“德尔菲，再往前，”她叹了口气，回忆着，眼睛里浮现出痛苦的阴霾，“离污水湾很近，近得都能闻见脏东西的味。”

污水湾是诺尔塔的南境，一道天然屏障，将诺尔塔与皮蒙山麓分隔开来，而后者归一位银血族大公统治。像纳尔希一样，污水湾也是个废弃之地，远得连银血族都懒于宣誓主权。红血卫队也无法在那里出没，因为放射性辐射可不是骗人的，而且千百年的烟霾仍然缭绕不散。

“我们被单独关押，”卡梅隆继续说道，“每间牢房关一个人，大多数人只能躺在铺位上，没力气干别的。那个地方不知有什么东西，好像会让人奄奄一息。”

“静默石。”她没发问，但我回答了，因为那种感觉我记得很清楚。我曾两次被关进那样的牢房，两次被抽走身体里的所有力量。

“没有多少光亮，没有多少食物。”卡梅隆动了动，在火光下眯起了眼睛。“也不能讲话。警卫不喜欢我们交谈，他们时时刻刻都在巡查。有时禁卫军会来带走一些人。他们虚弱得走不了路，就被拖走。人没关满，因为我看见不少牢房还空着。”她哽住了，“更多的是血淋淋的，一天一天。”

“描述一下，结构。”法莱说着碰了碰海瑞克，我便明白了她的想法。

“有一个牢区是给我们的，从灯塔区来的新血。那是一大片空地，四层悬空的牢房贴在墙壁上，每层之间由狭窄的通道相连。通道七扭八绕，乱成一团，只有晚上才由那些磁控者复归原位。牢房也是，如果他们要提审谁，要开门，才会把通道变回去。到处都是磁控者！”卡梅隆低声咒骂。我知道她的怒意事出有因——克洛斯监狱里没有卢卡斯·萨默斯，那个善良的磁控者因为我死了在阿尔贡。“那里没有窗户，但房顶上有一个天窗，虽然小，也足够我们每天看几分钟的太阳了。”

“是这样吗？”海瑞克摩擦双手，一幅幻象在篝火前铺展开来，慢慢清晰。那是由淡绿色光影构成的立方体。我适应了一会儿才发觉，这是一幅三维图像，按卡梅隆描述的监狱结构展现。

卡梅隆盯着看了一会儿，眼神打量着幻象的一分一寸。“要更宽一点儿。”她咕哝着，海瑞克的手指随之跃动，幻象也不停调整着。“通道还要多两条，顶层有四个门，每面墙上有一个。”

海瑞克按照卡梅隆的话不停修改幻象，直到她满意。他几乎笑出来了，这对他来说很容易，就像玩游戏，像画图那么简单。而我们看着这幅粗略的图像，静默无声，人人都在想着，到底要怎样才能进去。

“这是个深井啊。”法拉赫叹着气，把头埋进了双手。确实，整座监狱看起来就像一座直上直下的四方井。

艾达没有那么沮丧，她饶有兴趣地仔细观察着：“那些门通向什么地方？”

卡梅隆长叹一声，肩膀耷拉下来：“通向更多的牢房。到底有多少，我也不知道。反正我逃出来之前是穿过了三排。”

幻象随之变化，根据卡梅隆的话增加着牢房数量。看着这景象，就像被人打了一拳。太多牢房，太多门，太多地方会让我们迷失、跌撞、坠落。可是，卡梅隆逃出来了。她从来没有接受过训练，也不知道自己到底有什么异能。

“你说监狱里关押着银血族。”自打大家聚在一起开会，这是卡尔第一次开口，他的心绪显然很阴沉。他没有走近篝火照亮的地方，有那么一瞬间，看起来就像是纠缠着我的幽灵——梅温。“他们在哪里？”

这时，人群里突然爆发出一阵愤怒的大笑，坚硬得就像石头和钢铁相撞。尼克斯伸出一根手指，指指点点地指责卡尔：“怎么？你想让你的朋友们从笼子里出来？想把他们送回庄园去喝下午茶？呸！让他们烂在那儿吧！”他血管爆出的手冲着卡尔猛挥，笑声就像寒风一样凛冽。“你不能带这家伙去，梅儿。或者把他送走更好。他只想保护他们的人，根本不管别的。”

我一向是嘴巴比头脑快，但这一次，它们同步一致了：“你们中的每一个人都知道，这不是真的。卡尔曾为我们所有人牺牲过、流过血，他保护着我们，更不用说还是不少人的教练。如果他问起克洛斯监狱里的银血族，那必定有他的理由，但绝不会是要放走他们。”

“可是——”

我愣住了，睁大眼睛，惊讶的声音回荡在厅堂里：“你确实是想放走他们？”

“你们想想。他们被关起来，是因为他们反对梅温或伊拉，或二者皆有。我弟弟是在那样诡异的情形之下登上王位的，有太多太多人不相信他母亲口中的谎言。有些人机智地佯作臣服，实则是在等待时机，但有些人不会那么做。他们原本要在宫廷中实施的计划被牢狱之灾终结了。而且还有像我舅舅朱利安一样的人，他教过梅儿，帮过红血卫队，救过奇隆和法莱，而他的血正是闪耀的银色。他也在那座监狱里，和其他信任公平正义更甚血色的人关在一起。他们不是我们的敌人，至少现在不是。”卡尔张开双臂，有些疯狂地比划着，想让我们理解他眼中的战士。“如果我们把他们放出来，克洛斯监狱必定发生暴乱。为了脱身，他们会袭击警卫，会拼尽一切，做尽一切我们想象不到的事。对我们来说，没有什么掩护比这更好了。”

卡尔这段果决的建议让尼克斯泄了气。他恨卡尔，他认为女儿的死是卡尔一手造成的，但尽管如此，他也不得不承认，这是个绝妙的计划。也许是我们能想得出、做得到的最好计划了。

“而且，”卡尔退回到阴影里，这一次，他的话是只对我说的，“朱利安和莎拉肯定是和银血族而不是新血关押在一起。”

噢。我慌慌张张的，不知怎么搞得，竟然完全忘记了他们的血色和我们不一样。他们也是银血族。

卡尔则更进一步，解释道：“你要记得他们是谁，记得他们的感受。而看到这个世界分崩离析的人并非只有他们。”

*并非只有他们。*逻辑告诉我，卡尔说的是对的。毕竟，在那样有限的时间里，我就认识了朱利安、卡尔、莎拉，还有卢卡斯。这四个银血族并不是我以前认为的那么残忍冷酷。这样的人一定还有更多。他们和诺尔塔的新血一样，正在被梅温赶尽杀绝。反抗者和政见不同者都被投进了监

狱，被折磨，被遗忘。

卡梅隆急着讲话，牙齿亮闪闪的："银血族是和我们关在一起的，像拼图似的，一个银血族，一个新血，银血族，新血，以此类推。"

"交错关押。"卡尔喃喃自语，点点头，"这就把他们互相隔离开了，更容易控制，更容易对付。那你是怎么逃出来的？"

"他们每周看着我们放风一次，免得我们死了。有的警卫笑话说，如果不让我们出去透透气，牢房就能把我们弄死了。其他人走都走不动，更别提什么反抗了，但是我没事。那牢房没让我觉得任何不舒服。"

"因为它们对你不起作用。"艾达说道。她的声音克制、冷静而且平和。她这语气听起来太像朱利安了，几乎让我惊讶得跳起来。有那么一瞬间，我仿佛回到了满是书堆的教室，正被他观察检视。"你的抑制异能极强，使那种常规方法失效了。应该是抵消效应，我想，一种'静默'抑制了另一种'静默'。"

卡梅隆只是耸耸肩膀，毫不在意地说："当然。"

"所以你是翻墙出去的。"卡尔更像是自言自语，他正在理顺整个过程，假设自己处在卡梅隆的位置，想象着监狱的部署，这样他就能反推出潜入的路径。"鹰眼看不出你的计划，所以他们没去拦住你，而是都守着大门，对吗？"

她点点头表示赞同："有一个是盯着牢房的，举起了枪，但我低下头，跑了。"

克朗斯低低地吹了声口哨，为卡梅隆的胆识而惊叹。不过卡尔没受影响，继续推进："大门是什么样的？只有磁控者能打开？"

听到这个，卡梅隆气哼哼地笑了："银血族好像没那么傻了，让所有牢房和大门都掌控在那么一小撮人手里。门上另有钥匙开关，这样没有磁控者在身边时你也能开门了——用石质滑块也能关上，免得有人玩不转钥匙。”

这是拜我所赐，我意识到了，我曾利用卢卡斯打开了辉映厅的牢房。梅温因此采取了行动，以防有人故技重施。

卡尔瞥了我一眼，他所思所想正和我一样：“那你有钥匙是吗？”

卡梅隆摇头，用手指了指自己的脖子。那道刺青黝黑，比她的肤色要深许多。这表明她是技工，是工厂和烟尘的奴隶。“我是个机修工，”她晃了晃虬结的手指，“天天和机械或电控开关打交道，傻子才需要钥匙。”

卡梅隆可能会是个麻烦精，但她无疑对我们颇有助益。就算是我也得承认这一点。

“我也得服兵役，虽然我们在纽新镇有工作。”她的声音低了下去。

“监狱，卡梅隆，”我提醒她，“我们的重点是——”

“我们在那儿工作，原本是不必服役参军的，就算自愿也不用。”她打断我，声音高了起来，争辩变成了大声嚷嚷，“是《加强法案》改变了这一切。在十五到十七岁的人里面，每二十个就有一个要去服役，这完全是碰运气。我和我弟弟都被选中了，这比例也太高了，不是吗？”

“是比百分之三高一点儿。”艾达轻声说。

“他们把我们分开了，我分在灯塔军团，被派往爱国者基地。莫里却到短刃军团去了。所有找麻烦的人，哪怕只是看了军官一眼，都会落得这种下场。短刃军团就是送死去的啊，你知道的。五千个敢于反抗的孩子，他们就要被送进坟墓里去了。”

我咬紧了牙齿。那份军事文件里的命令，一下子跃入我的脑海，尖利发烫。

“他们离开科尔沃姆之后，那就是在朝着死亡行军了，这是大屠杀啊。他们要穿过交战区域，直接走到窒息区正中央去。而他们之所以把莫里送到短刃军团，就只是因为他想最后一次拥抱我们的妈妈。”

CHAPTER23

第二十三章

我那脆弱的约束力一下子濒于瓦解。我的新血成员们正在咀嚼卡梅隆的话，我在他们脸上清楚看到了这一点。艾达最甚，她盯着我，眼睛一眨不眨。那目光并非严厉苛刻，而是空洞的。她尽力保持着理智判断，不让眼睛蒙上荫翳，但那全是徒劳。火焰在地面中央狂烈地燃烧着，把她的眼白映成了金色和红色，灼灼逼人。

“克洛斯监狱里有新血，也有银血族，”卡梅隆知道自己打动了大家，步步紧逼，“但是五千个孩子，五千个红血族的小男孩、小女孩，就要永远离开人世。你会让他们去送死吗？你们会跟随她吗？”她冲着我的方向仰起头。“还有她的男宠王子？”

卡尔的手指伸向我，但我躲开了。在这儿不行。他们都知道我们共用一个寝室，谁知道还会有什么其他猜想和流言。我不能再给卡梅隆更多的话柄了，她能用的武器已经够多了。

“她说你们有权利自己做选择，可她根本不懂什么叫选择。我是她被抓到这儿来的，就像征兵的人把我带走，就像银血族的禁卫军把我关进监狱。闪电女孩才不会给人选择的权利。”

卡梅隆以为我会反驳她的指责，但我一声不吭。这感觉太挫败了，她明白得很。在那双眼睛背后，她的脑筋转得飞快。她之前就击伤过我，现在也可以再来一次。她为什么不动？她完全可以让所有人的异能灭失，然后大大方方地从这儿走出去。为什么不？

“梅儿是在救人。”

奇隆的声音听起来很怪异，仿佛苍老了很多。我胸口里的渴望又开始隐隐作痛。

“你们当中的每一个人都是梅儿从监狱或是从死神手里救出来的。她每一次走进你们的村镇都是在拿自己的命冒险。她是不完美，但她绝不是洪水猛兽。我不偏向任何人，相信我。”奇隆说，仍然不愿看我。“我见过真正的洪水猛兽，你们也早晚会见识到——如果我们把监狱里的新血留给王太后去布施善意。她会让你们自相残杀，最后一个都不剩，谁也记不起你们曾经存在过。”

善意。我忍不住冷笑。*伊拉没有善意*。

我原本以为奇隆的话不会有什么分量，但我真是大错特错。其他人带着敬意，专注地看着他，这和他们看我的眼神全然不同——对，他们看着我的时候，眼睛里总有恐惧。对他们来说，我是个领袖，但奇隆是他们的兄弟。他们爱他，却不会这样爱卡尔，甚至我。奇隆的话，他们听进去了。

于是，卡梅隆就要到手的胜利土崩瓦解。

“我们要把那个监狱弄成渣儿。”尼克斯气哼哼地说道。他一只手放在奇隆肩上，抓得很紧，但奇隆没有退缩。“我去。”

“还有我。”

“还有我。”

“我也去。”

他们的声音在我的脑海里回荡，自愿参加的人比我想象中多多了。加雷斯、尼克斯、艾达、爆破者琪萨，另一个刀枪不入的清障者达米安，以及异能卓著的洛里。当然，阿奶之前就表示愿意前往了。克朗斯、法拉赫、弗莱彻和幻象师海瑞克则沉默不语，踌躇不前。

“很好。”我向前跨了一步，用我能给出的最坚定有力的目光看着他们。“我们需要其他人留在这里，照看孩子们，免得他们把林子给点着了。当然，还要保护他们，如果有什么不测的话。”

不测。一次突袭，一次全线进攻，都可能将我极力保护的那些孩子陷于一场屠杀。但留在这里总比去克洛斯监狱要安全一些，他们呼了口气，轻松了点儿。卡梅隆看着他们，脸孔因为嫉恨而扭曲。如果可以的话，她也能留在这儿，但谁来当她的教练呢？谁来教她如何控制自己的异能——

并且使用它？卡尔不行，我肯定也不行。她不喜欢这价码，但她必须支付。

我又转而一个个地打量着那些志愿者，希望看到决心和专注。然而，我只看到了恐惧、怀疑，还有最糟糕的——后悔。我们这还没开始呢。我现在应该给他们的东西，是法莱给予红血卫队的，上校给予湖境人士兵的。就算他们对自己没信心，也至少应该对这次行动有点儿信心。我必须为了他们去相信，必须再次戴上面具，成为他们需要的闪电女孩，至于梅儿，就再等等吧。

我有些阴郁地想着，到底还有没有机会能做回梅儿。

“我需要你带着我重走一遍。”卡尔指了指卡梅隆和那幅克洛斯监狱的幻象。“其他人，好好吃饭，尽力训练。风雨停息的时候，我要看到你们回到训练场上。”

大家被镇住了，没有人不服从。当我学着像一个王妃那样讲话的时候，卡尔一直都知道如何像一位将军那样——下命令。这是他擅长的，也是他命中注定的。现在他既然有了任务——远超过征募新人和东躲西藏的任务，军事将领本色之外的一切都消失了。连我也一样。我和其他人一起离开了，让他自己去叨叨那些计划。幻象的微光折射之下，他古铜色的眼睛炯然闪耀，仿佛为之着魔。海瑞克站在后面，任劳任怨地支撑着他的幻象。

山谷营地深处的那些山洞和隧道可以保证新血们互不影响地练习，但我没和他们一起回去，而是迎着风雨，到外面去，让冰冷的寒风和雨滴打在头上，清醒清醒。卡尔身上散发的暖意迅速消失了，只剩下了我自己。

我是闪电女孩。

头顶上的乌云层层聚集，凝着雨雪，打着旋儿。水泉人能轻而易举地操控它，银血族的风暴者也能。当我是梅瑞娜的时候，我撒谎说我的母亲是诺勒家族的风暴者。她能影响天气，就像我能控制电流。在尸骨碗，梅温的士兵步步逼近时，我召唤来天空里的闪电，撑起一张紫色的屏障，保护着卡尔和我。那让我疲惫虚弱，但我现在更强大了。我现在必须更强大。

我在雨中眯起眼睛，不去管那些冰凉的雨滴落在身上的刺痛。它穿透了厚厚的冬衣，让我的手指脚趾不停发抖。但它们并没有冻得麻木。我感受着一切必需的细微之处，从自己皮肤之下的脉冲脉络，到乌云之上的东西——它缓缓敲击，就像一颗黑色的心脏。我越是专注地感知它，它越是凝重，仿佛就要滴血。我看不见旋涡中心静谧的暴风眼，直至它融入了低层的雨云。我后颈上的头发竖了起来，就像另一场亟待成形的风暴，随着能量流动而噼啪作响。雷雨将至。我握起一只拳头，紧紧地用力，期待着自己创造出的东西予以回应。

第一声雷鸣相当柔和，几乎听不到隆隆的声音。随后是一道不太强的闪电，落入了山谷之中，在雨雪造就的雾气中难以得见。我吸了口气，既自豪又疲倦。每一道闪电都像是我内在的一次绽放和闪耀，但与此同时它也带走了同等的能量。

“你得找个靶子。”

奇隆靠在山洞口，小心地躲在一块探出来的石头下面，免得被淋湿。没有篝火，他看起来更干瘦了，尽管他在这儿和在干阑镇吃的一样。这都是拜长期打猎和愤怒所赐。

“如果你一定要在家门口练习那个的话，最好还是去找一个。”他说着指了指山谷。远处，一棵高耸的松树冒着烟。“但是如果你有精进的计划，我们很乐意带你到远一些的地方去。”

“你现在是在跟我讲话？”我故意气哼哼的，掩饰着自己的气喘吁吁。我斜眼看着那棵冒烟的树——那道微弱的闪电落在了一百码之外，比我瞄准的位置远多了。

一年前，奇隆会嘲笑我的努力，会作弄我，直到我忍不住还击。但他的思想也和身体一样，日渐成熟了。那些孩子气的言行消失了。曾经我讨厌它们，现在我却为它们悲伤。

他拉起衣服上的帽兜，遮住了那头被剪得很惨的头发。法莱原想给他理一个蓬松发型，可他不愿意，于是尼克斯试了试手艺，给他留下这么个参差不齐的茶色刘海。“你会让我去克洛斯吗？”他终于问道。

“你自愿选择。”

奇隆脸上绽放出的笑容就像此刻四周的雪花那样明亮。我希望他不要这样渴望参加，我希望他能听进去我的话，留在营地。但是卡尔曾经说过，奇隆放心让我自己做出选择，那么我也必须让他自己选择。

“谢谢你在那儿帮我讲话。”我的一字一句都很郑重。

他点点头，把发楂儿从眼前甩开。他抠了抠身后的土墙，故作不在乎地耸耸肩：“你以为上过那些银血族的课就知道怎么说服别人了，其实你还傻得很。”

我们的笑声融在一起。我知道这就是那消失已久的笑声。在这一刻，我不是现在的梅儿，他也不是现在的奇隆，但我们和自己一直以来的模样一样。

我们有几个星期没说话了，我也从不知道自己是这样想念他。有那么一瞬间，我很想把一切和盘托出，但还是强忍着只字不提。梅温的字条，我每天夜里看见的那些逝者面孔，卡尔被噩梦折磨得难以入眠，把这些话咽回去，其实很难受。我想全都告诉奇隆，因为他比任何人都了解梅儿，而我也了解那个打鱼男孩。然而那两个人已经不在了。他们必须消失。在这个世界，他们活不下来。我需要成为另一个人，另一个除了自己的力量别无可依的人。但是奇隆，太容易让我退回梅儿的模样，忘记必须成为的模样。

静默逡巡不去，像我们呼出的雾气那样温柔。

“要是你敢死掉，看我不杀了你。”

他悲哀地笑了：“你也一样。”

GLASS SWORD

第二十四章

奇怪的是，我这三天睡得比之前一整个星期加起来都多。严苛的训练加上长时间的行动计划推演把我们所有人累得够呛。征募行动已经完全中止了，而我没有一点儿想念。每一次千钧一发的结果，要么是松一口气，要么是更大的恐慌，而这两者对我来说都极具摧毁力。太多无辜之人被抛上了绞刑架，太多孩子选择离开母亲，太多的割裂发生在此刻与过去的生活之间。不论好坏，这些都是我带给他们的。但是现在，“黑梭”停在地面，我的时间都花在了地图和路线图上，我感到了另一种羞愧：我放弃了营地之外的那些新血，正如卡梅隆指责我放弃了“小玩意儿军团”里的孩子。又有多少婴儿和儿童会因此而死去?

但我也只是孤单一人，只是个不再笑得出来的女孩。我把她藏起来，藏在我的闪电面具之后，不让人知道。然而她一直都在，慌乱地，惊惶地，害怕地。所有醒着的时刻，我都把她推开，可她仍然纠缠着我，永远不会离开。

CHAPTER24

第二十四章

所有人都睡得很沉，甚至连卡尔也是。他要确保大家在紧张的训练之后得到尽可能多的休息。奇隆和我恢复了交谈，重新接纳了彼此，卡尔却日渐回避，就像是他的脑袋里已经没有多余的空间用来对话了。克洛斯监狱缠住了他。他每天都比我醒得早，草草记下那些新的想法、清单，我们能搜寻来的所有纸片都被他写得满满当当。艾达是他最得力的助手，她极其专注地记忆着一切细节，以至于我都觉得她的目光能在地图上烧穿两个洞。卡梅隆从不走远，虽然卡尔命令她休息，可她还是一分一秒都更疲惫，眼上挂着黑眼圈，不是坐着就是倚着什么。但她没有过什么怨言，至少当着大家的面时没有。

今天是我们出发前的最后一天，卡梅隆显然心情糟透了，枪口对准了她的训练伙伴——洛里和我。

“够了。”洛里咬着牙，嘶嘶吸气。她单膝跪地，冲着卡梅隆的方向直摆手。卡梅隆握紧了拳头，不过又松开了，让自己的能量松弛下来，撤回了压制对方异能的帘幕。“你要对付的是我的感官，而不是我。”洛里说着费力地站了起来。尽管她来自肯多斯港——一个被风雪和海浪侵袭，几乎被遗忘了的崎岖山城，却还是冷得拉紧了外套。卡梅隆的灭失异能不仅能夺走人与生俱来的武器，还能让人整个衰竭：脉搏变慢，眼前发黑，体温下降，仿佛骨髓之中的某些东西被搅动扰乱了。

“抱歉。”卡梅隆现在能少用词就少用，相较于她那义愤填膺的演讲来说，这是个喜人的改变。“我还没掌握。”

洛里也用相同的口气说：“好吧，你最好快点儿掌握。我们今晚就要出发了，科尔，你可不是去玩儿的。”

终结争吵可不像是我会做的事：怂恿她们还差不多，不然也是袖手旁观，但劝阻嘛——好吧，我们没时间争来吵去的。“洛里，够了。卡梅隆，再来。”梅瑞娜的宫廷腔助我一臂之力，她俩都停下来听我讲话了。“锁死她的感官，让她变成普通人，控制她天生的异能。”

卡梅隆脸颊上的肌肉抽动着，但她没说任何反对的话。她知道这是必须做的事，再怎么抱怨也没用。就算不是为了我们，这也是为了她自己。学习控制自己的异能，这是她眼下所能做的最好的事——我们的交易就是这样，我训练她，她带我们去克洛斯。

洛里却没那么情愿。“你下一个来，巴罗。”她对我咕哝道。她的北方口音尖厉而冷硬，就像她和她那条件恶劣的家乡一样。“科尔，你要是再敢把我弄得这么难受，我就趁你睡觉时给你一顿胖揍。”

不知为什么，这竟然让卡梅隆脸上露出了一丝笑意。“你可以试试，”她伸了伸又长又弯的手指，“谁怕谁啊。”

我看着，等着，但是洛里的异能比卡梅隆的还难以察觉。她这所谓的“感官异能”是指听觉、视觉、嗅觉、味觉和触觉都极度提升，敏锐得不可思议。她能像鹰一样看到极远的地方，听到一英里之外树枝断裂的声音，简直堪比猎犬。不过洛里不喜欢打猎，她更喜欢在营地里负责警戒任务，用她极为锐利的视觉和听觉巡查四周的树林。

“轻松点儿。”我指点她。卡梅隆全神贯注地拧起眉毛。我了解这种感觉：身体里有某种东西要释放掉，就像是松开堤坝的闸门，让一切都喷涌而出。这相对容易。凝神聚气，收拢能量，平稳坚定地控制，这才是更难的。“它是你的，卡梅隆，你拥有它，它听从你。”

她的眼睛里有什么一闪而过。那不是她常有的愤怒，而是——骄傲。我也了解这种感觉。像我们这样的女孩，一无所有，无可期待，知道有什么东西竟然是只属于自己的，没人能来争抢，那实在令人兴奋陶醉。

洛里站在我左边，眯着眼。“有了，”她说，“营地另一边的声音我几乎听不见了。”

还是挺远的。洛里的异能还在。“再多一点儿，卡梅隆。”

CHAPTER24
第二十四章

卡梅隆照我说的做了，她猛伸出一只手，手指抽动着。那一定是在遵循着她自己的“脉冲”，随着自己的感觉将外界形塑成她意念中的样子。“现在呢？”她问。洛里点着头。

“你说什么？”她更紧地眯着眼睛。她几乎听不见也看不见了。

“这就是你要记住的定量。”我不假思索地伸出手，放在卡梅隆的肩上。“你的目标就是这个。很快它就能像按开关一样容易了，熟练得再也忘不掉。很快。”

“很快？”她说着回过头，“我们今晚就启程了。”

我仍然毫不犹豫地用手指捏着她的下巴，让她看着洛里。“先忘了那个。看看你能在不伤到她的情况下坚持多久。”

“完全看不见了！”洛里大叫着。也完全听不见了，我想。

“不管你用了什么办法，它起效了。”我告诉卡梅隆，“你不用描述那是什么，自己心里有数就好，这就是你的触发扳机。”就在几个月前，朱利安对我说过同样的话，让我找到在迷旋花园里燃起电火花的那个触发点。我现在明白了，给我能量的其实就是“释放”，而卡梅隆看来也找到了她自己的那个触点。“记住它的感觉。”

虽然很冷，她的后颈上却滴下一滴汗珠儿，滚入衣领里不见了。卡梅隆紧咬牙关，下巴绷紧，忍住了挫败的低吼。

“以后会越来越容易的。”我拍了拍她的背。我的手指能感觉到她的肌肉紧绷绷的，扭转虬结，像是系得太紧的线。当卡梅隆的异能摧毁洛里的感官时，她自己也被削弱了。要是我们有更多时间就好了。再多一个星期，哪怕再多一天也好。

至少我们到了克洛斯以后，卡梅隆不会拖后腿。在监狱里面，我希望她能尽其所能造成最大的伤害。以她的脾气和在监狱里的经历，要撂倒警卫应该不太难，她也会在石块和血肉之间为我们辟出一条路。但要是一个错的人挡在她的路上呢？她不认得的新血？卡尔？我？她的异能是我所见过或感受过的最厉害的一种，我当然也不想再次成为她的靶子——光是想一想那感觉都能让我浑身难受。在我的骨髓深处，电流回应着，冲撞着神经，我不得不将它强行按下，运用我自己的训练成果让闪电保持安静。它顺从着，减弱成了顿哑击鼓般的沉闷声音，几乎不再能引起我的注意了。但即使如此，火花还是携带着能量卷曲蛰伏。虽然我一直处于长期的忧虑和紧张之中，我的异能似乎仍然有所提升。它比以前强了，更沉重，更活跃了。至少我的某一部分是这样的，我想。因为在闪电之下，好像有其他东西在逗留不去。

寒冷的感觉一直都在，无穷无尽，比任何重负都让人难受。这寒冷是空洞的，啃噬着我的内心，它像腐烂和病菌一样蔓延扩散，有朝一日恐怕只余我一具空腔——外壳是闪电女孩，梅儿·巴罗却已然是喘气的死人。

完全看不见了的洛里翻了翻眼睛，徒劳地在卡梅隆张开的黑色巨毯中搜寻着。“开始恢复一点儿了。”她大声说，咬着牙挤出几个字，这透露了她的痛苦。就算洛里像她故乡的岩石一样坚韧，也没办法在卡梅隆的异能的冲击下保持淡定。“更糟了。”

“结束吧。”

好长一段之间之后，卡梅隆放下了胳膊，她的身体松懈下来，看起来像是整个人缩小了一圈儿。而洛里再次单膝跪地，两只手按着太阳穴，迅速眨着眼睛，让视觉恢复。

“哎哟！”她咕哝着，朝卡梅隆咧了咧嘴。

但卡梅隆没理睬她。她猛地转身，发辫甩动，直面向我——或者说，直面向我的头顶。我看见了她身上的怒意，很熟悉的那种。它会助她度过良宵的。

“怎么？”

“我今天的活儿完成了。”她居高临下地说，牙齿闪着寒光。

我忍不住环抱着胳膊，尽己所能挺直脊背，瞪着她的时候，我觉得自己可像博洛诺斯夫人了。“还有两小时才完成，卡梅隆，而且你应该多多练习，每分每秒我们都——”

“我说，完成了。”她重复道。对一个十五岁的姑娘来说，她的坚韧强硬算得上讨人喜欢。她脖子上都是汗，亮晶晶的，呼吸也很粗重。但是她没露出气喘吁吁的虚弱模样，而是努力地以一种平等的方式面对我。努力地做出一副彼此平等的模样。“我累了，饿了，而且还要再一次到我不情愿去的地方打打杀杀。要是我空着肚子死掉会受诅咒的。”

在她背后，洛里正一眨不眨地睁大眼睛看着我们。我知道要是卡尔碰见这事会怎么办。他称之为“不服从”，是不能容忍的。我应该更严厉地命令卡梅隆，罚她在训练场上跑圈，也许还要罚她用自己的异能从天上打下只鸟来。卡尔会明确这一点——这儿不由她做主。卡尔了解士兵，但这个女孩不是他军队里的一员。她不会屈从于我的或卡尔的意志。她长时间地顺从于换班的哨声，顺从于一代代传下来的，生而为奴的技工日程表。她已经体验过自由，就不会再听从她不想听从的命令。而尽管她在这里的每时每刻都在抗议，却还是留了下来。尽管异能卓著，她还是留下来了。

我不会因此感谢她，但我得让她吃饭。我默默地向旁边跨了一步。

“休息三十分钟，然后回到这儿来。”

她怒不可遏地瞪着眼，这熟悉的模样几乎要让我笑出来了。我忍不住欣赏起她来，也许有朝一日，我们能成为朋友。

她并不同意，可也没有继续争执，而是转身从我们所在的训练场一角走开了。其他人的视线都跟着她，看她公然违拗闪电女孩，但我完全不在意他们会如何以为。我不是他们的队长，不是他们的王后，我不比他们中的任何人更好或更坏，是时候让他们看看我到底是谁了——新血，战士，无他。

“奇隆抓了些兔子。”洛里像是要打破尴尬的沉默似的，她嗅了嗅空气，舔着嘴唇——这要是叫博洛诺斯夫人看见，一定会尖声斥责的。“鲜嫩多汁呢。”

“那就去吧。”我嘟哝着，朝着场地另一边的炊火挥了挥手。她立刻就去了，不用我说第二遍。

“哦对了，卡尔心情不好，”洛里跑开的时候加了一句，“至少是一直骂骂咧咧的，还在踢打东西。”

我瞥了一眼，发现卡尔不在外面。我刚觉得惊讶就明白过来了：洛里几乎能听见一切动静，只要她静下来去听。“我会去看看他的。”我说着便快步走开了。她原本想跟着一起来，但想了想最好还是不要，所以让我自己走了。我不想刻意隐藏我的关注——卡尔不是一点就着的脾气，计划行动一直让他很平静，甚至让他有些开心。因此，能让他烦心困扰的事必定也是我的忧虑，应该不只是行动前夜这么简单。

营房里空空如也，所有人都出去训练了，就连孩子们也去观摩那些大人是如何学习咆哮、射击、控制自己的异能了。我很高兴他们不在这里，不然他们会拉着我的手，问那些关于伟大英雄和流亡王子的傻问题。我可不像卡尔那样对小孩子那么有耐心。

我转过拐角的时候，差点儿一头撞上我哥哥。他正从寝室的方向走过来，法莱跟在他身后，脸上带着笑容，但一见到我就收回去了。噢。

“梅儿。”她低声打了个招呼就继续往前走，完全没有停下来的意思。

谢德也想这么干，但我伸出一只胳膊，冷冷地拦住了他。

“我能帮你做什么吗？”他问。他的嘴巴抽动着，想绷住玩乐的笑容，却没有成功。

我没有直视他，免得面子上过不去：“你应该去训练。”

CHAPTER24

第二十四章

“你担心我训练得不够吗？我向你保证，梅儿，”他挤挤眼睛，“我们没问题的。”

这话另有深意。法莱和谢德已经很长一段时间都是形影不离了。我喘着粗气，猛地打了一下他的胳膊。“谢德·巴罗！”

“噢，行了，人人都知道啊。你自己没发现，又不是我的错。”

“你应该告诉我。”我气急败坏地说，想抓住什么话柄骂他。

谢德只是耸耸肩，仍然笑着说：“你也没告诉我卡尔的事啊。”

“那个——”不同。我想这么说。我们不会在大白天一起溜走，就连夜里也不会做什么出格的事。但是谢德抬起手，不让我继续说了。

“如果你不介意的话，我根本不想知道。”他说，“要是你原谅我了，我想我应该去训练，正如你刚才极其友好地指出的那样。”

谢德向后退开，手掌朝外地举着，就像战场上人们投降那样。我松开他，挥挥手让他走开，却忍住了自己的笑意，仿佛有小小的快乐像火花似的在我胸膛里绽开了。在长久以来的绝望中，这感觉已经很陌生了。我护着这小火花，仿佛自己是根蜡烛一般，想让它一直亮着，跳跃着。但一看见卡尔，这感觉就烟消云散了。

他在我们的寝室里，坐在一个朝上放着的板条箱上，那张熟悉得不能再熟悉的纸页摊在他膝上。那是上校那张地图的背面，现在上面是卡尔煞费苦心画下来的克洛斯监狱的地图——或者至少是卡梅隆记忆中的部分。我还以为那纸页边缘会被烧焦，不过他小心地控制着自己，只是在地上烧出了一个坑。红色的火苗剧烈地跳动着，在这种光线之下应该很难看字看图，但卡尔斜着眼睛凑和着。房间的一角，我的东西没被动过，那盒子里全是梅温纠缠的字条。

我慢慢地拉过另一个板条箱，在卡尔旁边坐了下来。他看似没注意到我，但那是不可能的。没什么能逃过他战士的警醒。我用肩膀碰了碰他，他并没有从地图上抬起目光，手却摸到了我的腿。温暖一下子包围了我。他没松开手，我也没推开他。我永远无法真正推开他。

“怎么了？”我问道，一边把头靠在他肩膀上。这是为了更清楚地看地图，我对自己说。

“除了梅温还有他妈，我还讨厌兔子，还有这监狱乱糟糟的布局？什么事也没有，多谢你的关心。”

我想笑一笑，可是就连做做样子也装不出。卡尔不是爱开玩笑的人，至少在这节骨眼儿上不会。我有点儿不知怎么办才好，就像那时面对奇隆一样。

“卡梅隆练得好一些了，应该会有帮助吧。”

“是吗？”他的声音回荡在胸腔里，听起来如同沉闷的雷鸣，“所以你就跑到这儿来，不再训练她了？”

“她需要吃饭，卡尔。她可不是一块静默石。”

他吸着气，仍然盯着克洛斯监狱的布局图：“用不着提醒我。”

“静默石只在牢房那里，监狱其他地方没有。”我对他说道，希望他能听两句我的话，摆脱所思所想，从奇怪的心绪里走出来。“只要没人把我们关进去，我们就不会有事。”

“你得让奇隆知道。”他竟然为了刚才那句笑话咯咯笑了起来，着实让我恼火。他这样子就像个小学生，而不是我们需要的战士。这时，他放在我膝盖上的手握紧了。不痛，但力气大得足以让他理清思绪了。

“卡尔，”我推推他的手，像蜘蛛似的轻拍，“你到底怎么了？”

他终于抬起头，看着我，仍然笑着，可是眼睛里没有丝毫笑意。有什么黑暗阴沉的东西附着其上，让他变成了我完全不认识的人。即便在尸骨碗，即将被自己的亲弟弟宣判死刑时，卡尔也没有这样过。那时候他害怕，痛苦，慌乱，不再是王子，而是个可怜虫，可他仍然是卡尔。那个吓坏了的人，我仍然可以信任。但是这个呢？这个笑容满面、双手彷徨、眼神无望的男孩，他是谁？

“你想要清单吗？”他笑着，嘴巴咧得更大了。我心里怒骂，冲着他的肩膀狠狠地打了一拳。他块头很大，但是完全没有抵抗我那一拳的冲劲儿，而且听之任之地向后倒去，不备之下拉住了我，把我也拽倒了。我们摔在地上，他的脑袋重重地一撞，发出空洞的声音，他痛得低吼了一声。他想站起来，但我使劲一推，把他压在我的身下。

“除非你赶紧振作起来，否则就这么躺着吧。”

可令我惊讶的是，他只是耸耸肩，甚至还挤了挤眼：“这奖励没什么吸引力。”

“唷！”曾几何时，提比利亚王子挤一挤眼睛便足以让那些贵族小姐晕过去，现在却只让我觉得想吐了。于是我又给了他一拳，这次是打在肚子上。他总算没再说什么傻话，只是一脸蠢样、故作幸福状地转着眼睛。“告诉我，到底怎么了？”

他脸上的笑容凝成了愁容，双眉紧蹙，仰面倒了下去，紧盯着天花板一言不发。这总比像个傻子似的好。

“卡尔，去克洛斯的有十一个人。十一个。”

他明白我话里的意思，绷紧了下巴。如果我们赢不了这一仗，这十一个人都会死，但不去打这一仗，克洛斯监狱里会有更多人死掉。

“我也害怕，”我的声音直发抖，“我不想他们死，也不想他们受伤。”

他的手再次摸到了我的腿，但这一次不是冲动急迫的，而只是简单地告诉我：我在这儿。

“可，最重要的是，”我哽住了呼吸，终于说出了那让我濒临崩溃的真相，“我怕我，我怕那个发音装置，我怕那样的感觉。如果伊拉碰到我会怎么样，我怕极了。我知道自己何以比其他人有价值，是因为我做过的那些事，还有我能做的那些事。我的名字，我的脸，都比我的闪电更有力量，是它们让我变得重要，让我值得更高筹码。”是这一切让我孤独。“我厌恶这么想，可还是会这样想。”

原本该是卡尔溃不成声，现在变成了我在倾诉。曾有一个深夜，我向他袒露了秘密，在那条缭绕着暑热的小路上。那时候，我是个想要偷他钱的女孩，可现在，冬日降临，我要偷走的是他的整个人生。

忏悔自白的话语徘徊逡巡，在我的脑袋里喋喋不休，就像关在笼子里的鸟儿。它敲击着我的牙齿，渴求重获自由。“我想念他。”我轻声说道，无法直视卡尔的视线，“我想念我以为的那个他。”

放在我腿上的那只手握成了拳头，热量从中四散而出。愤怒。卡尔是容易被看穿心事的，在充斥着谎言的狼窝里生活了那么久，这愤怒让他得以些微喘息缓和，是好事。

“我也想念他。”

我猛地抬眼看他，不可置信地愣住了。

“我不知道怎样做才能轻易地忘记他。是该认为他并非一直如此，只是受他妈妈毒害，还是该认为他生来就是残忍的魔头。”

“没有人生来就是魔头。”但我希望有些人是，这样便可以轻松地憎恨他们，杀死他们，忘记他们的脸孔。“即便是梅温。”

我没有多想便躺了下来，心贴着卡尔的心，两颗心一起跳动，映照着我们关于那个男孩的共同记忆：伶牙俐齿，蓝眼睛，聪慧，不受关注，心怀怜悯。我们再也不会见到他了。“我们得让他解脱，”我在他颈旁低语，“就算那意味着要杀死他。”

“如果他在克洛斯——”

“我能做到，卡尔，要是你不行。”

他沉默了，不过一分钟，却仿佛永恒那么久远。我昏昏欲睡，他身上的温热比任何宫殿里的精致床幔都令人思睡。“如果他在克洛斯，我会控制不住自己，”卡尔终于开口说道，“我会拼尽我的所有去追逐他，他和伊拉。她会利用我的愤怒，然后让它朝向你。她会让我杀死你，就像让我杀死了——”

我的手指攀上了他的嘴唇，不让他说出那令人痛彻心扉的话。这一瞬间，我眼前所见的男人的全部动机就是复仇，除了被我伤害碎掉的那颗心以外一无所有。这是另一个魔头，等待时机现出真实形象的魔头。

“我不会让那种事发生的。”我对卡尔说道，把我们最深处的恐惧一把撇开。

他根本不相信我的话。这从他眼中的荫翳就能看得出来。我曾在海岭宫见到的那种虚空茫然，就要卷土重来。

“我们不会死的，卡尔。我们已经离它很远很远了。”

他干笑起来，充满伤痛的。他轻轻推开我的手，但是没松开我的手腕。“你知道有多少我爱着的人死去了吗？”

我知道他能感觉到我的脉搏。我们靠得太近了，藏不住我为他心痛的神情。他则几乎要讥笑起这份同情来。

“全都不在了。全都被杀害了。被*她*。”伊拉王太后。“她杀了他们，抹掉了他们的痕迹。”

其他人也许会以为他想起了父亲，或是曾经兄弟情深的梅温，但我知道得更多。“柯丽。”我喃喃说出他母亲的名字。朱利安的妹妹，心音王后。卡尔不记得她的模样，却还是可以为她悲泣。

“这就是我喜欢海岭宫的原因。那是她的。是父亲送给她的。”

我眨着眼睛回忆起在哈伯湾的那场噩梦，试着去回想我们搏命一战的时候，那座宫殿到底是什么样子。模糊之间，我记起了主宰那里的颜色——金色、黄色，像发旧的纸页，像朱利安的长袍。那是雅各家族的颜色。

所以他那时候才那样悲伤，才没有烧毁那些帷幔旗号——那是她的标志。

我不知道身为孤儿的感受。我一直父母双全，直到我们相互分离我才明白阖家团圆是何其幸福。卡尔的父母都已经不在人世，我却在这一刻想念老爸老妈，知道他们安好，这似乎不太对。这一刻，我前所未有地憎恨自己内心的冷漠，憎恨自己不愿独自一人的自私。在我们两人之间，卡尔远比我孤独得多。

不过，我们不能就这样沉溺在思索和回忆里，不能纠缠着这一刻不放。

“跟我说说监狱的情况。”我强行转向新的话题。我得把卡尔从这低落的情绪里拉出来，哪怕杀了我也行。

他长叹一声，整个身子都在起伏，但还是很乐于去想些别的事情。“它是个深井，是个设计得极其精妙的堡垒。大门在顶层，下面是牢房，相互之间由磁控者的狭窄走道相连，只消动一动手腕，就能让我们坠落到四十英尺深的井底，然后将我们和放出来的人一起屠杀干净。”

“那些银血族的犯人呢？你不是认为他们也会投入战斗吗？”

“在静默石筑成的牢房里关了几个星期，他们没有战斗力了。他们会拖后腿，但不会很麻烦，只是逃出去的速度慢一些罢了。”

“你是要……把他们放了？”

他没回答，但沉默就已经够了。

“他们可能会在那儿就反抗我们，或者随后追随我们。”

“我不是政客，但我认为一次越狱足以让我弟弟头痛不已，尤其是那些跑掉的人有可能成为他的政敌。”

我摇了摇头。

“你不赞同？”

CHAPTER24

第二十四章

“我不相信。”

“真让人惊讶。”卡尔干巴巴地说道。他的一根手指在我的脖子上画着圈，摸着他弟弟的新武器带给我的伤疤。“蛮力进攻无法为你赢得这些，梅儿。不管你能征募到多少新血，银血族仍然会在数量上超过你，他们仍然占有优势。”

一个战士竟然在为政治斗争说话。真讽刺。

“我希望你知道自己在干什么。”我说。

他耸了耸肩：“错综复杂的政治确实不是我所擅长的，但我要试一试。”

“即使那意味着内战？”

就在几个月以前，卡尔还是这样跟我描述反抗起义的：双方皆要投入战争，不论何种血色，红血族与红血族之间，银血族与银血族之间，无一幸免。他告诉我他不会拿他父亲传承的统治为这样的战争冒险，就算战争已是一触即发。沉默再次笼罩下来，卡尔不愿回答我的问题。我想，他也许都不知道自己是站在哪一方的。不是起义方，也不是王子，除了骨髓深处燃烧的烈焰之外，一切都不能确定。

“我们也许人数不占优势，但那不代表我们没有胜算。”我说。比两者都强大，这是朱利安发现我是什么样的存在时写给我的。朱利安，我很快——这实在让人惊奇——很快就要再见到他了。“新血的异能，银血族根本想象不到，哪怕是你。”

“你这是什么意思？”

“你要像率领一支军队那样去投入这次行动。这军队的异能是你了解的，这军队里的战士是你训练过的。”

“所以呢？”

“所以我很想看看警卫冲着尼克斯开枪时是什么样，或者磁控者把加雷斯丢下去时是什么样。”

卡尔立刻就明白了我的所指。尼克斯刀枪不入，比石皮人还要强壮威猛。而加雷斯能操控重力，不管何时何地都不可能摔坏自己。我们没有军队，但我们有战士，有银血族警卫不知如何对付的异能。当卡尔想通了这一点时，他在我脸旁笑了，拉着我坐起来。他给了我重重的热烈的一吻，只是太短暂了。

“你真是个天才，”他咕哝着，站起身来，“回卡梅隆那儿去，让每个人都做好准备。”他一只手上抓着地图，疯了一样地用力，那歪着嘴的笑容又来了，但这次我不讨厌它了。“这也许真能行得通。”

GLASS SWORD

第二十五章

在我身后，山谷营地闪了闪。我敬畏地看着这座我们住了几个月的家园，在海瑞克简简单单的一挥手之下消失了。群山依旧，用作训练的空地也还在，但是我们安营扎寨的一切迹象都不见了，就像沙子拂过平滑的石头。就连孩子们的声音也听不见了，而就在刚才，他们还跟我们挥手告别，吵闹声回荡在夜色中——是法拉赫让他们消音了。他们两人联手，为这些年幼的新血遮盖上了守护帷幕。虽然从来没有人靠近过这里，发现过我们，但多加一层保护还是让我倍感安慰——只是我自己不太敢承认罢了。很多人发出了胜利的欢呼，好像单是让山谷营地隐形就足以值得庆祝似的。让我烦心的是，带头起哄的是奇隆。他起劲地吹着口哨，可我没法儿嘲弄他，因为我们才刚恢复交谈不久。于是我挤出一丝微笑，牙齿难受地紧咬着，忍住了那句我很想说的话——*保存你的体力*。

谢德和我一样安静，他落在我旁边，没有回头去看已然空空如也的营地，而是一直向前看，看向幽深、寒冷的树林，还有前方等待着我们的任务。他腿上的伤几乎痊愈了，这让他步履轻快，我也快步跟上，领着其他人往前走。到飞机那儿的距离不远，我希望不要浪费每一秒钟。夜里的寒风吹在我毫无遮挡的脸上，很痛，但天空十分晴朗，令人欣慰。没有雨雪，没有风暴——现在还没有。风暴即将来临，即将由我或旁边的什么人一手掀起。至于谁会活着看到第二天的黎明，我一点儿想法都没有。

谢德念叨着什么，我没有听清，他的手放在我的肩膀上，仍然有两个手指弯曲着，那是我们去坎科达征募阿奶时受的伤。当时一个铁腕人想抓住谢德，在他跳起来之前挫伤了他左手的食指。后来法莱为他包扎好了，当然。可是那一幕还是让我瑟缩，让我想起了吉萨——另一个因为我而受到伤害的巴罗家的孩子。

"这代价是值得的，"他再一次说道，声音比以往更响亮，"我们正在做的是对的事情。"

我知道。尽管有着重重担忧恐惧——关于我自己的，关于那些与我最亲近的人的——我仍然知道克洛斯监狱这一役是正确的选择。就算没有乔的信誓旦旦，我也相信我们的这条路。不是吗？绝不能让那些新血受伊拉王太后耳语的摆布，绝不能让他们被杀死，或是成为没有灵魂的空洞躯壳。我们必须采取行动，让世界不再变得比此刻更糟。

谢德的担保仍然像温暖的毛毯一样让我安心。"谢谢。"我回答他，握住了他的手。

他笑了笑以示回应，像是一弯新月浅浅的白色。在黑暗中，他的样子像极了我们的老爸。撇开年龄，撇开轮椅，撇开那还未加诸肩上的重负，他们有着一样的智慧，一样的敏锐直觉，这些让他们得以在酷烈的战争前线生存下来。而现在，谢德也靠着这些在全然不同的战场上努力着。他拍了拍我的脸颊，这熟悉的动作让我仿佛回到了孩提时代，但我并未心生反感。因为这提醒着我们身上流着相同的血，不是什么基因突变，而是血缘至亲——这比任何异能都要更深刻，更强韧。

卡尔在我右边走着，我假装没感觉到他的注视。我知道他在想着他的弟弟，想着他自己那被撕裂的血缘关系。卡尔后面是奇隆，他紧抓着打猎用的步枪，搜索着树林里的那些阴影。这两个男孩处处不同，却又有着惊人的相似——他们都是孤儿，都是被抛弃的，除了我之外，没人给他们精神上的支持。

在我看来，时间过得似乎太快了些。我们好像一下子就登上了“黑梭”，一下子就呼啸着飞上了天空。我们冲进黑暗之中，掠过下方的山峦，每一秒都仿佛比上一秒更短。*这代价是值得的*，我对自己说道，一遍又一遍地重复着谢德的那句话。我必须保持冷静，以保飞机安全，我必须隐藏恐惧，以保他人心安。可是在我的胸膛里，心脏剧烈地跳动着，声音之大让我担心其他人都能听得见。

为了对抗越来越快的心跳，我紧紧抱住了膝盖上的飞行头盔，胳膊紧压着它圆润冰凉的弧形外壳。我盯着那光滑的金属，检视着自己的倒影。面前的这个女孩，我既熟悉又陌生，梅儿，梅瑞娜，闪电女孩，红血女王，或什么也不是。她看起来一点儿也不害怕，犹如石头雕刻而成，面目严峻，发辫紧紧地梳向脑后，脖子上有一道扭曲的疤痕。她不是十七岁，而是看不出年龄的；她是银血族，也不是，是红血族，也不是；她是个人——也不是。她是红血卫队的代言人，是通缉令上的那张脸，是王子的情人，是一个贼……是一个杀手。她是任由人来捏塑，唯独不由自己的傀儡娃娃。

“黑梭”上储备的备用飞行服是黑色和银色相间的，让我们这群乌合之众也有了统一的制服，顺便还能起到伪装作用。大家都在摆弄着这些衣服，想尽快地适应这一身装扮。像往常一样，奇隆扯着领子，想让那硬挺的领圈松快点儿，尼克斯的肚子大得差点儿拉不上拉链，好像随时会爆开来似的。阿奶很熟练地穿上了她的那身衣服，不过没有像我一样卷起袖口和裤腿，因为飞机降落之后，她就要变成另一副模样——会让我恶心反胃、心跳过速、百感交集的模样。

幸好“黑梭”本来就是运输机，搭乘了我们十一个人之外还有空余空间。我原以为人多量重会拖慢飞行速度，但按照仪表盘上的显示，我们的速度和以往一样，也许还更快了些。卡尔娴熟地驾驶着这飞行器，躲过了明亮的月光，把我们隐匿在诺尔塔沿海上空翻滚的秋日行云里。

他看着窗外，眼神在云层和面前闪烁的各种仪器间闪动。尽管几个星期以来一直都坐在驾驶舱里，我现在却还是不知道它们都是什么意思。在干阑镇的时候我就是个笨学生，这一点现在也没有改变。我没有办法像卡尔那样专心致志，只知道走捷径、作弊、撒谎、偷窃，知道怎样看穿人们藏起来的东西。此时此刻，卡尔也隐藏着什么。我也许会为其他人的秘密感到害怕，但我知道卡尔隐秘不言的东西不会伤害我。他一直努力将自己的软弱和恐惧埋葬。他从小就被教育着要相信强大和权力，而不是别的；摇摆不定是根本性的错误。我之前告诉他，我也害怕，但那区区几句低语，远不足以击碎多年来的信念。像我一样，卡尔也戴上了面具，不想让我看到那后面是什么。

这是最好不过的了，现实的我如此想着。但是另一个我，相当在乎这位流亡王子的我，却忧心忡忡。我了解这次行动的物理上的危险，可是在今天下午之前，我从没想过情感心灵上的险境。卡尔会在克洛斯变成什么样？他会退出吗？像加入时那样？他会彻底离开吗？

法莱已经是第十二次检查我们的武器库了。谢德想要帮忙，却被她赶走了。但这些背后还是有些许力量的。有一次，我看见他俩相互坏笑着，而后法莱便允许他帮忙数子弹了。子弹袋上有着“科尔沃姆”字样——这也是偷来的，应该是克朗斯干的。在法莱的关系网的帮助下，他想方设法弄来了更多的枪支、匕首，以及各种各样超出我想象的武器。每个人都将全副武装，自己的异能外加能找到的任何武器。我自己是除了闪电之外再不想要别的了，可其他人都迫不及待地选择手枪，或是短刀，或是——比如尼克斯在这几星期就最偏爱杀伤力很强的、伸缩式的矛。他紧紧地抱着自己的武器，恣意地用手指划过那锋利的钢铁尖刃。要是别人也敢这么干，手都要割烂了，但尼克斯的皮肉坚硬无比，这样的动作根本不在话下。另一个刀枪不入的新血达米安也学着前辈的样子，在瘤结凸起的膝上放着一把厚实的大砍刀。刀锋闪着寒光，等着直劈入骨。

我看见卡梅隆颤抖着选了一把小刀，小心地把它插进刀鞘里。在过去的三天中，她一直专注于驯服自己的异能，而不是练习劈刺刀功——这是她压箱底的一招儿了，真希望她不要用上。她迎上了我的目光，神情痛苦，有那么一瞬间，我担心她又要对我大肆批判，甚至看穿我的面具，但她只是点了点头，露出一副了然的笑容。

我也冲她点头，伸出一双看不见的友谊之手。但她的眼神硬了起来，猛地扭回头去不再看我。她的意思很明确：*我们只是盟友，不是朋友。*

“不远了。”卡尔说着碰了碰我的胳膊，于是我回过身来。*太快了*，我暗自叫着，尽管我知道一切都在按计划进行。

“这样行得通。”我的声音直发抖。谢天谢地只有卡尔能听见，不过他没有嘲笑或批评我的软弱，而是把它放过去了。“这样可以的。”我的声音更小了。

“谁占上风？”

这句话让我猛地一震，但刺痛很快便平静下来。这是教练亚尔文在训练中经常问起的一句话。他让他的学生两两一组，为血色和荣誉而战。在尸骨碗的时候，他又一次问了这个问题，但紧接着罗翰波茨家族的铁腕人就用管子刺中了他，像插起一块肥腻的猪肉。我恨他，但这不代表我从他身上什么都没学到。

我们要发起突袭，我们有卡梅隆，我们有谢德、加雷斯、阿奶，以及另外五个新血，他们很可能令银血族措手不及。我们还有卡尔——军事天才。

以及信念、事业，我们背后的血红黎明正亟待降临。

“我们占上风。”

卡尔的微笑和我的一样勉强，但它仍然温暖了我：“这才是我的姑娘。”

他的话再一次掀起了热烈翻滚却又矛盾两难的情感。

这时，无线电收发器里的静电嗞嗞声驱散了我脑海里一切关于卡尔的胡思乱想。我看向阿奶，她向我点头以示回应。就在我们眼前，她的身体变了样子，从一个耄耋老妇变成一个男孩：冰蓝色的眼睛，黑色的头发，空洞没有灵魂——梅温。她的制服也随着外貌一起改换模样，飞行服变成了精干的黑色军礼服，胸前佩着一排徽章，身后披着红色的披风，黑色的鬈发上戴着一顶王冠——我不得不强忍住想把他扔下飞机的冲动。

其他人全神贯注地看着这一幕，而我心里只有对这个人的恨意，还夹杂着一点点遗憾。因为阿奶的善意从这伪装里透了出来，她把梅温的嘴唇弯成了温柔微笑。这微笑我太熟悉了，以至于有那么痛苦的一瞬间，我以为自己正看着的就是我心里的那个男孩，而不是变成魔鬼的他。

“很好。”我勉强说道，声音因为百感交集而显得沙哑，但似乎只有奇隆注意到了。他又仔细看了看阿奶，可我微微摇头，告诉他不要在意。我们有更重要的事要关注。

“克洛斯台，这里是首相机队。”卡尔对着无线电收发器说道。在之前的飞行中，他都是极力让自己的声音显得无聊，做出对日常塔台喊话毫无兴趣的样子，但现在他一本正经。毕竟，我们要让对方以为国王就在这架飞机上——首相机队凌驾于一切检查审核之上。卡尔有亲身体会，他知道这种特别的呼叫应该用什么样的声音。“国王即将驾临。”

没有复杂的呼叫信号，也不必提出降落请求，只有绝对的权威。不论对方话务员是谁，都会因为强大的压迫感而无法拒绝。果然，应答呼叫的声音结结巴巴的。

“收、收——收到，首相机队。”一个男声。他低沉喑哑的声音完全掩饰不住紧张和不安。“不过请问，国王陛下不是原计划明天下午驾临吗？”

明天。第四天，乔预言我们会死的那一天——他说对了。梅温会带来一大批警卫和士兵，从禁卫军到致命的斗士都有，比如托勒密和伊万杰琳。我们根本不是他们的对手。

我朝后面挥了挥手，让阿奶过来，不过她已经等在旁边了。她和梅温几乎一模一样，我身上的鸡皮疙瘩都起来了。

“国王的意愿就是计划。”她冲着话筒说道，脸颊上泛起了银光。她的语气还不够尖刻，但音色是毫无偏差的。“想必我用不着和荣耀的看门人解释。”

电台的另一边发出了重重一响，肯定是话务员从椅子上摔了下去：“是——是的，当然、然，陛下。”

后面不知是谁用袖子捂着嘴冷哼了一声。可能是奇隆。

卡尔冲阿奶点了点头，拉回了无线电话筒。我看到了他身上的痛苦，和我的一样深，一样痛。“我们将于十分钟后降落，克洛斯做接驾准备。”

“我会亲自——”

卡尔不等对方说完就关闭了无线电通话设备，松了一口气似的笑了笑。其他人又欢呼起来，庆祝着根本不存在的胜利。没错，这一关算是跨过去了，但紧随其后的还有更多关卡障碍，就在我们脚下，在污水湾近旁的那片灰绿色的地带。那里隐藏着的一座监狱，也许就是我们的末路。

CHAPTER25

第二十五章

东方的地平线上露出了淡淡的日光，但比较高的天空之上仍是深沉的蓝色，“黑梭”就要在克洛斯的平坦跑道上着陆了。这里并非军事基地，所以四周并未停靠“金鱼草”喷射机，也没有大型机库，不过银血族的装备还是有不少，空气里弥漫着危险的气息。我把飞行头盔罩在头上，遮住了脸，卡尔也和其他人一样，戴上头盔，扣紧面罩。以外表来看，我们的模样一定足够吓人，全都穿着一身黑衣，不露真容，作为这位无情的年轻国王的随从莅临监狱。希望那些警卫能略过我们的脸，把注意力都放在国王身上，别盯着他的随从看。

我坐不住了，猛地从座椅上站起来，安全带被我一下子甩下去，摇晃着乱成一团。尽管万分不情愿，但我有必须得做的事。我拉住了阿奶的胳膊——触感竟然也和梅温一样。

“扫视人群，”我对她说道，声音在头盔里显得闷闷的，“皮笑肉不笑，不要闲聊，不要演讲，假装你心里有一百万个秘密，只有你自己才配知道它们。”

阿奶点点头，淡定地听着。毕竟卡尔和我已经告诉过她要如何模仿梅温了，我这只是最后的提醒，就像考试之前再扫几眼书一样。“我不傻。”她冷冷地说道。我真恨不得冲着她的下巴一拳打过去。*她不是梅温*，这话倏尔出现在我的脑海里，声音震耳欲聋。

“我觉得你已经办到了啊。”奇隆站起来，一边说一边抓着我的胳膊，把我拉远一点儿。“梅儿都要杀了你了。”

“大家都准备好了吗？”法莱站在机尾坡道那里喊道。她的手放在开关上，迫不及待地想要按下去，打开舱门了。

“列队！”卡尔喊道，听起来很像军队里的教员。但我们全都应声而动，排列成他早就设计好的队形，阿奶站在最前面。他紧挨着她，扮演起国王最信任的贴身护卫的角色。

“让我们背水一战吧。”法莱说着便按下了释放机尾坡道的开关。我仿佛听到了她的笑声。

嗞嗞声响起，齿轮转动，电路里脉冲翻涌，机尾舱门缓缓洞开，露出了黎明晨光——对我们中的某些人来说，这是最后一个早晨。

十二名士兵在距离“黑梭”机尾一段距离之外毕恭毕敬地等待着，队形紧凑且训练有素。他们一见到这位新血假扮的国王便“啪”的一声岙然肃立，完美地行礼致意——一只手放在心口，单膝跪地。从我的头盔面罩看过去，整个世界似乎更加暗淡了，但它遮不住的是士兵们雾灰色的制服，是蜷伏在他们身后貌不惊人的一片。没有铜铁大门，没有钻石玻璃——甚至连窗户都没有，就只是一座孤零零的混凝土建筑，矗立在这废弃之地。克洛斯监狱。我最后瞥了一眼我们的飞机，还有那伸向远处荫翳和尘霾的跑道。昏暗之中，我只能看到另有两架飞机在那里空转，它们的金属肚腹又宽又大——是用来运送犯人的。如果一切按计划进行，它们很快就能再次起飞了。

我们默不作声地朝着克洛斯监狱行进，一路上极力保持着步伐整齐。卡尔在阿奶侧后方，始终与她保持一拳距离。我跟在他俩后面，左边是卡梅隆，右边是谢德。法莱和奇隆位于队列的中间，时刻手不离枪。空气中好像自带电流，这电流源自危险。

我怕的不是死亡。我已经太多次地面临濒死之境，不再怕它了。但这座监狱本身，被抓起来的可能，被捆绑束缚，成为伊拉王太后的傀儡——这些才是我难以承受的。我宁愿死一百次也不愿面对这样的命运，其他人也是。

“陛下。”一个士兵开口了，还斗胆看了看那个他以为是国王的人。他胸前的红底金属徽章上有三支相交的剑，说明他是个上尉。而他的肩章有浅红和蓝色，那必定是他的家族色——艾若家族。“欢迎您驾临克洛斯监狱。”

像我们事先讲好的那样，阿奶扫了他一眼，挥了挥苍白的手把他打发了。这就足够向所有人彰显她的权威了。但是当士兵们站定之后，那个上尉开始打量我们的制服了——国王出巡竟然没有禁卫军相随。他犹豫着看向卡尔，锋利的目光紧盯着他的头盔。然而，上尉什么也没说，只是下令让他的士兵在我们旁边列队，两队人马的脚步声交织在一起。哈文、奥萨诺、普罗沃、麦肯瑟斯、伊格——我留意着制服肩章上的颜色。最后一个，伊格家族的鹰眼，将是我们的第一个目标。我拽了下卡梅隆的衣袖，用轻微点头向她示意：就是这个肩章上有着黑白二色、目光警醒、留着小胡子的金发男人。

她偏了偏头，垂放在身体两侧的手握成了拳头，默默地集中精力——偷袭开始了。

上尉在阿奶的另一侧，他走在我前面，步态平滑得我几乎分辨不出来。闪锦人。他也有着深色的皮肤，闪着光的黑发，棱角分明的脸型，与桑娅·艾若及其祖母——干练危险的“黑豹”颇为相像。我只能暗自希望这个上尉不要像她那样诡计多端，否则我们的行动就要比原计划困难得多了。

“您下达的命令马上就要完成了，陛下。”他说道，话里的深意刺痛着我。“牢房都是单独隔离的，下一批静默石将和新一组警卫一同抵达。”

“很好。”阿奶回答道，声音里没有一点儿兴趣。她加快了步子，上尉也紧跟上去，一直保持着在她身旁的位置。卡尔也一样，我们跟在后面——看起来像一场追逐。

哈伯湾的安全处堪称漂亮精致，到处都是精雕细琢的石头和闪耀的玻璃，克洛斯却是灰蒙蒙的，和它四周的废墟一样毫无希望。只有入口处镶嵌在围墙里的黑铁大门打破了整座监狱的单调。门上没有合页，没有锁，也没有把手——就像一个深渊洞开的大口。不过我感知到了电流，它们沿着门的边缘流动，来自旁边的一块小嵌板上——钥匙开关，正如卡梅隆所说。那把钥匙拴在黑色长链上，挂在艾若上尉的脖子上，但他没有把它拿下来。

这里也装有摄像机，像小眼珠似的正对着大门。不过它们丝毫没有困扰我。我更担心的是上尉和他的士兵，他们实际上已成包围之势，拥着我们往前走。

“我好像不认识你，这位飞行员，以及你的下属。”上尉说着向后微微倾着身子，好隔过阿奶，目光锐利地盯着卡尔。“你能否自证身份？”

我紧握着拳头，免得手指发抖。卡尔却一动不动，头也没转过去，好像根本懒得去看上尉似的。“叫飞行员就够了，艾若上尉。”

上尉果然不悦：“克洛斯受我指挥并在我的护卫之下，飞行员。要是你认为我能让你进去而不必——”

“不必什么，上尉？”阿奶嘴里的一字一句都像刀子似的，狠刺着我内心的最深处。上尉立刻住了口，脸上泛起银光，把不明智的反驳咽了回去。“据我所知，克洛斯尚属诺尔塔管辖，而诺尔塔又是属于谁的？”

“我只是在履行职责，陛下。”他结结巴巴地说，但显然已经败下阵来。他把手放在心口上，又行了个礼。“王太后责成我负责这座监狱的防卫，我仅遵从她的命令，以及您的。”

阿奶点头道：“那么我命令你开门。”

上尉垂下头，让步了。他的一个士兵走上前来——一个有些年纪的方下巴女人，银色发辫一丝不乱，她将手放在了铁门上。我用不着看她肩章上的黑色和银色就知道她是萨默斯家族的人。铁门在她带有电磁的触碰下动了起来，分裂成数个不规则的小块，随后便猛地回缩不见了。一股寒凉的空气扑面而来，闻起来略带潮湿和酸腐气味——*血*。大门另一侧的入口中庭却贴满了光滑刺眼的白色瓷砖，一丝污渍都没有。阿奶率先走了进去，我们紧随其后。

在我旁边，卡梅隆瑟瑟发抖，我轻轻地碰了碰她。要是可以的话，我一定会拉住她的手的。但我只能想象她此刻的感受——如果要我再回阿尔贡，我必定会心神俱碎。可是她却回到了刚刚脱身的监狱，为了我。

奇怪的是，入口处空空如也，既没有梅温的画像也没有他的旗号。这个地方用不着以气势压制谁，也用不着什么装潢，只有摄像机在嗡嗡低鸣着转动。艾若上尉的士兵们迅速地各自归位，守卫着环绕四周的四个门。我们背后的门是黑色的，它带着金属摩擦的尖厉声音缓缓关闭。左右两个门是银色的，在监狱灯光的照射下闪着刺眼的光。而正对着我们的那扇门，我们必须穿越而过的那扇门，是令人不安的血红色。

但艾若上尉停了一下，指着其中一扇银色的门说："也许您想先见见王太后殿下？"

我无比庆幸此刻大家戴着头盔，否则上尉就会看见一张张惊慌失措的脸。*伊拉在这儿*。我一想起她的那张脸就反胃，差点儿在头盔里吐出来。就连阿奶也脸色惨白，声音迟滞——尽管她已经尽了最大努力保持镇定。我感觉到奇隆就在我背后，只有几英尺，他没发出任何声音，但我还是听得见他的呐喊：*跑，跑，跑*。然而，逃跑不再是我可以做的事了。

"殿下在这儿？"卡尔突然嚷道。有那么一瞬间，我担心他忘了自己的身份。"她还在这儿？"他又加了一句，显然是在描补谎言。但这并没有打消上尉的怀疑——我在他眼睛里看到了，怀疑在激增。

幸亏阿奶大笑了起来，极力做出冰冷淡漠的样子。"母亲总是任意而为，你知道的，"她嘲讽着卡尔，说道，"不过我来这儿是为了别的事务，不必打扰她了。"

上尉露出彬彬有礼的一笑，看起来反而有几分讥刺的意味，让他精致的面孔丑态毕露。“好的，长官。”

奇隆拍了拍我的胳膊，动作很急促，我看出来的事他也发现了——上尉已经不再相信我们了。我转过身，拉住卡梅隆的胳膊肘，用力捏了一下：这是她的下一个目标。她的肌肉立刻绷紧了，将她所能调动的一切能量倾注到那个鹰眼士兵的身上，将他的异能锁死灭失，不让他预先看到即将发生的事。那个士兵的脸上划过一丝迷惑，但他立刻将它甩开，重新盯紧了我们。他根本不明白自己身上发生了什么。

“那么你们来这儿又有何贵干？”艾若上尉继续进逼，脸上还挂着尖刻的恶魔般的微笑。他朝着我们懒洋洋地跨了一步——这是他的最后一步。“请摘下头盔，如果不介意的话。”

“不。”我说。

轻易的一呼一吸之间，我控制了那些一直对准我们的摄像机。当上尉张开嘴巴想要叫的时候，我一吹气，摄像机便纷纷爆裂，像是一朵朵点燃的烟火。而后是照明灯，它们一闪一闪的，让所有人交替着陷入全然的黑暗和全然的明亮。我们对此早有准备，但那些士兵可就不是了。

火焰攀上了瓷砖，跃动着的火光映着惨白的颜色，显得十分诡异。它圈住了所有的门，又冲上了天花板，迅速地将那些士兵包围在这半明半昧的黑暗中。那个奥萨诺家族的士兵，水泉人，连忙攫取空气中的水分，但并不足以对抗卡尔爆裂燃烧的火苗。一个石皮人冲向我，他的皮肤就在我眼前变成了石头，迎接他的却是一堵墙一般的尼克斯·马斯登。达米安也加入了，这两个刀枪不入的新血合力把石皮人打了个稀烂。其他人的战况也相当不错。琪萨解决了普罗沃家族的那个电智人，她在他的心脏里引发了爆炸，把他从里到外地炸烂了。哈文家族的荫翳人士兵竭尽全力与我造就的黑暗决斗，她用异能把暗影击碎，又将其凝聚成黑雾，猛然出现的刺目亮光就连我们的头盔也无法遮挡。我忍不住闭上了眼睛，但再睁开时，她已经躺在地上了，身旁站着的是我哥哥，手里拿着刀。在他背后，伊格家族的鹰眼突然跪了下来，双手抱着头大喊大叫。

“我看不见了！”他哀嚎着，痛苦的泪水充满了眼睛，甚至还混进了银色的血。“我什么都看不见了！出什么事了？！这是什么？！你们是什么？！”然而没有人理他。

卡梅隆第一个摘下了头盔。她从来没有杀过人，即使是越狱的时候也没有。我在她脸上看到了这一点，在她由内而外扭曲的恐惧中看到了。可她没有罢手，出于勇敢还是怨恨，我说不好。她一直一言不发，直到倒地不起的那个人彻底没了动静，不再哭喊了，不再爬动了，也不再呼吸了。他死了，眼睛大睁着，盯着一片虚无，生命的最后一刻全聋全盲——那感觉一定犹如被活埋一般。

说时迟那时快，这一切不过花了一分多钟。十二个银血族士兵死了，或是被烧死，或是被电死，或是被枪打死，或是被爆了头。琪萨的那一片最是脏乱，整面墙都被她的好手艺泼满了银血。她气喘吁吁，一直也没有回头去看自己做了什么。她这爆炸异能至多也就是场面阴森、惨不忍睹罢了。

只有洛里受伤了，她和加雷斯一起解决一个磁控者的时候，胳膊上刺进了一块金属片，但是并不严重。法莱第一个跑过去，拔下那锋利的刀片，“当啷”一声扔在地上。洛里只是痛得咕哝了几声，没什么别的反应。

“我们忘了绷带。”法莱说着用手捂住了洛里的伤口。

“是你忘了绷带。”艾达一边说，一边从飞行服里面掏出一小卷白色的织物，熟练地包扎起洛里的胳膊，血立刻就止住了。

奇隆自顾自地咯咯笑了起来，似乎这会儿笑得出来的也只有他了。他没受伤，这让我松了口气。我看见他的枪是重新上过子弹的，枪筒冒着烟，至少有两个士兵挨了他的枪子儿。别人也许以为他没受影响，我却更明白：尽管笑着，可他丝毫不觉得这场血腥任务有什么可笑的。

卡尔也是。他向已经死去的艾若上尉弯下身子，从他脖子上拿下了那把黑色的钥匙。*我不会杀死他们的*。他曾经这样对我说，在我们攻击哈伯湾安全处之前。现在他打破了自己的诺言，这比任何战斗带给他的伤害都要深。

“阿奶。”他喃喃说道，无法把目光从上尉身上移开。他颤抖着用手指拂过上尉的眼睛，让他陷入永恒的沉睡。在卡尔身后，阿奶专注地看着上尉的脸，凝视着，转瞬之间就将外貌变幻成了他的模样。我轻轻一叹，倍觉轻松——即便是假的梅温也快要让我难以承受了。

这时，上尉的腰带上突然嗞嗞响了起来，那是他的对讲机——指挥中心在联系他。“艾若上尉！上尉，下面发生什么问题了吗？我们的监视器失灵了。”

“只是设备故障，”阿奶用上尉的声音说，“也许会扩散，也许不会。”

“收到，上尉。”

卡梅隆把目光从死去的伊格身上收了回来，一只手放在那扇红色的门上。

“这边。”她说。鲜血流淌的声音，垂死之人喘息的声音，她几乎充而不闻。

在我的感知里，指挥中心就像是神经中心，脉冲振动，控制着整座监狱工事里的所有摄像机。它拉拽着我，拖着我一个急转弯绕过了入口处的中庭。走廊里也贴着白色瓷砖，但是不那么干净。如果凑近去看，便能看见瓷砖之间的血迹。应该有一段时间了，血迹都变成棕色的了。似乎有人极力想擦去这里发生过的一切，但还是干得不够彻底。*红色的血是极难清除掉的*。我在这血迹里看见了王太后，看见了她在克洛斯监狱底层图谋造就的噩梦。

伊拉就在这里的某一处，继续着她恐怖的阴谋。她也许已经得到了监狱遭入侵的警报，正在朝我们这儿走来。我希望她如此，我希望她现在在拐角另一边，这样我就能立刻杀了她。

但是，转过拐角，出现的并不是伊拉，而是另一扇门，上面标着很大的字母 D，没有锁孔。卡梅隆跑过去，手里拿着刀子，开始对着控制板刺戳起来。面板几乎是瞬间就松开了，她便把手伸进错综纠缠的线路里。

“我们必须从这儿穿过去才能到达指挥中心，”她冲着门仰了仰头，“里面有两个磁控者守着。准备好。”

卡尔暗暗地清了清喉咙，在卡梅隆面前亮出一把钥匙。“噢。”她咕哝着，脸红了，接过钥匙，横眉立目地把它插进开关的凹槽里。“怎么弄到的？”

“加雷斯。”卡尔只说了一句就向前走去，紧贴在这扇金属门上。阿奶在他旁边，仍然是艾若上尉的模样。他们都知道自己应该干什么。

但其他人就不那么清楚了。琪萨一副就要哭出来的样子，两只手上上下下地搓着胳膊，好像生怕自己要被截肢了似的。法莱伸出手想帮忙，但她躲开了。我心里一沉，意识到自己根本不知道该如何安慰琪萨。她是需要一个拥抱还是一个巴掌？

“盯住我们后面。”我冲她嚷嚷，这是我选择的折中方法。她哆嗦着，瞪着我，茫然失措。她的辫子有点儿松开了，黑头发里的皮筋被她拉扯着。她最终缓缓地点了点头，转身跑到我们的视觉盲点去，看着空空如也的走廊，吸鼻子的声音时不时地回荡在瓷砖之间。

“再也不要了。”她喃喃自语，但还是坚守着自己的任务。达米安和尼克斯站在她旁边，显示出的更多是团结而非力量。如果有警卫发现这里出了什么事，至少他们会是一道非常结实的墙。这一刻也不远了。

卡尔和我一样很清楚事情的紧迫。“现在。”他命令其他人像他一样紧贴在墙上。

钥匙转动。我感觉到了开关内部有电流在跳动，操纵门的装置里有电流在奔涌。门一下子打开了，吱吱嘎嘎地缩进了墙壁里，露出一间洞穴般的牢房。和贴着雪白瓷砖的走廊相比，这里灰暗、阴冷，而且肮脏。到处都滴着水，空气潮湿，令人作呕。四层牢房向下延伸，直抵看不清的晦暗之处。它们层层堆叠，之间没有平台或楼梯连接，每层的天花板角落里都有一个摄像机，监视着该层的动静。我轻而易举地把它们关闭了。这里仅有的照明是一盏粗糙、闪烁着黄光的灯，然而我们头顶之上的那扇小小天窗却透出了蓝色——太阳正在升起。在那盏灯底下，有一条用闪着反光的金属打造而成的狭窄走道，两个磁控者身着灰色制服，被我们进入的声音弄懵了。

“是谁——”其中一个军官向我们靠近一步，他的制服上带有萨默斯家族的颜色。他一见到阿奶和旁边的加雷斯就愣住了。“艾若上校，长官。”他挥了挥手，从底层升上来一块金属长板，在我们眼前新建了一组走道，与自己所在的走道连接起来。加雷斯和阿奶便走了上去。

“新来的？”另一个军官冲着加雷斯点点头，露出有些害羞的微笑，“你是从哪个军团调过来的？”

阿奶不等加雷斯回答就打断了他：“打开牢房，放风时间到了。”

让我们懊恼的是，两个军官交换了疑惑的眼神：“他们昨天才放过风，不应该——”

“命令就是命令，我自有道理。”阿奶回答道。她掏出了艾若上尉的钥匙，摇晃着，威胁着。“打开牢房。”

“所以是真的？国王又来了？”萨默斯问道，摇了摇头，“怪不得所有人都急急忙忙地奔命呢。他一定为了守住王位在忙，我猜。尤其是他妈妈也偷偷摸摸的，不知在干什么。”

“她是个怪人，王太后，”另一个军官说着抓了抓下巴，“谁知道她在这井里干什么，倒也不想知道。”

“打开牢房。”阿奶又说了一遍，声音冷硬。

“好的，长官。”第一个磁控者咕哝着，用胳膊肘戳了戳他的同伴，两个人一起转过身，面对着从底层到顶层的数十间牢房。其中有很多是空着的，但有的里面就有人影，正在静默石的压制之下渐渐衰弱，日日煎熬。这些新血囚犯，即将被释放。

更多的走道叮叮当当地归位，那声音就像是一把大锤击打着一面铝制的墙。它们绕着这座深井一周，将一层的牢房相互连接起来，另有金属片旋转扭曲，连接成层与层之间的楼梯。有一瞬间，我心中溢满了惊奇之感。我只在战场上见到过磁控者，他们利用异能杀戮、破坏，却从不建立什么。不难想象他们设计飞机或是奢华车轿的样子，锋利的铁被他们弯折成光滑的圆弧，彰显着凌厉的美感。他们甚至还能造出伊万杰琳特别钟爱的那种金属衣裙。即便在此刻，我也承认这些造物很了不起，虽然那姑娘穿起那裙子就像魔鬼。然而，当每间牢房的栏杆都打开来，关在里面的人走动起来，我便把什么惊奇华丽全都忘光了。这些磁控者是狱卒，是杀手，让无辜之人受尽折磨，死在牢门之内。不论梅温给出的理由有多牵强，他们都照办了。是的，他们只是听令行事，但选择服从命令也一样罪不可赦。

“出来，动一动。”

“站起来，遛狗的时间到了。”

两个磁控者军官迅速地行动起来，小跑着来到第一组牢房那里。他们亲自把那些新血从铺位上拽起来，把那些动作慢的、站不起来的拖出来扔到走道上。一个小女孩摔到了走道边缘，就要掉下去了。她看起来像极了吉萨，我忍不住往前一步，但奇隆把我按了回去。“还不行。”他在我耳边低吼。

还不行。我紧握拳头，随着那两个军官距离门边越来越近，忍不住想要出手。他们还没看到我们的真面目，不过很快就会看到了。

卡尔先摘下了头盔。萨默斯停住了，仿佛被吓傻了。他眨着眼睛，似乎不相信眼前所见。不等反应过来，他便双脚离地，朝着天花板冲了过去。另一个军官徒劳地想留住微弱的重力却无济于事，紧随其后也撞了上去。加雷斯让他们两人撞在一起，狠狠拍向坚硬的水泥顶棚，只听见咔嚓咔嚓骨头折断的声音。

我们像一个人似的，以最快的速度冲进了牢房。我先奔向了那个要掉下去的小女孩，把她拉起来。她喘着粗气，小小的身子不停发抖。但静默石的压制已经解除，她苍白湿冷的脸颊上恢复了一些血色。

我摘掉了头盔。

“闪电女孩。”她喃喃说着摸了摸我的脸。我一下子心碎了。

我特别想抱起她就跑，想带着她远离这一切，但我们的任务还远远没有结束，我不能离开。即使是为了这个小女孩，也不行。所以我让她哆哆嗦嗦地站好，轻轻地从她紧握的双手中抽走了我的手。

“尽你们的全力跟着我们，尽你们的全力去拼斗！”我冲着牢房大喊。我靠近走道的边缘，向下倾着身子，以保证每个人都能听见我、看见我。在深井之下，那些坚持着活到今天的犯人已经开始攀爬楼梯了。“我们将在今晚离开这座监狱，一起离开，活着离开！”

时至此刻，我已经非常清楚，不该再撒谎了。但他们需要这谎言，好继续坚持下去。如果我的谎言能救出他们中的哪怕一个人，这便值得我交付灵魂。

GLASS SWORD

第二十六章

失灵的摄像机只能掩护我们很短的一段时间——显然已经用光了。后面的走廊里开始响起阵阵爆炸声，每一声都夹杂着琪萨的惊叫。她被自己下手造就的血肉模糊吓坏了。撕心裂肺的叫声冲击着牢房，让那些原本动作就很慢的新血囚犯愣住了。

“别停下！继续走！”法莱叫道，她急躁的脾气不见了，取而代之的是坚定的领导权威。“跟着艾达！跟着艾达！”她驱赶着他们，像赶羊似的，自己也拉扯着一些人走上楼梯。谢德更有效率，他抱着那些最年老、最体弱的人，直接从底层一跃而起——当然大部分人都被弄得晕头转向。奇隆护着他们，免得他们从狭窄的走道上掉下去，他长长的四肢变成了扶手。

艾达挥动着手臂，指引着爬上来的新血穿过她旁边的那扇门。门上有一个大大的字母 C。“跟我来！”她大喊着，眼睛飞速掠过每一个人，记着数。不知为什么，很多人冲着我跑过来，我只好把一些囚犯推到艾达那里去。还好那个小女孩明白了我们的意思，踉跄着扑到艾达脚下，紧贴着她的腿，想躲开这混乱。一切声音混合起来回荡在牢房里，在水泥墙壁和金属梁柱的作用下犹如野兽的怒吼，听起来无比恐怖。随后便有枪声响起来，尼克斯的笑声我不会听错，但他很快就要笑不起来了，如果这混战继续下去的话。

接下来就是我最害怕的部分了，也是我最为挣扎的部分。但卡尔非常清醒——*我们必须分头行动*。覆盖更多区域，救出更多的人，而且最重要的是，把他们安全地带出去。于是我逆着新血囚徒的人流往相反的方向走。卡梅隆在我旁边，把那把钥匙往后一扔，被奇隆不偏不斜地接住了。他看着我们离开，眼睛都不眨一下。这也许是他最后一次见到我，我们都心知肚明。

卡尔跟在我后面，我能感觉到几码之外传递过来的热量。他烧着了我们后面的走道，让它熔化断裂，把我们和其他人隔绝开来。我们冲到对面那扇标着“指挥中心”的门边，卡梅隆立刻着手解决开关控制板。我什么也做不了，只能干瞪眼，回头看着奇隆和我哥哥，用力地记住他们的面孔。琪萨、尼克斯和达米安跑回牢房里来了，走廊上的攻势太厉害，他们抵挡不了了。子弹呼啸而至，重击着金属和尼克斯的身体。整个世界仿佛再次放慢了速度，我真希望它就永远停在此刻。我希望乔在这儿，告诉我该做什么，告诉我哪个选择是正确的，告诉我，谁会死去。

一只热得烫人的手扶住了我的脸颊，强迫我把头转过来，不再去看其他人。“专注，”卡尔说着凝视我的眼睛，“梅儿，你现在就得忘记他们。相信你正在做的事。”

我几乎无法点头，几乎发不出声音：“好。”

在我们身后，牢房空了，在我们面前，开关闪着火花，门开了。

卡尔拥着我们冲了进去。这里的地板上铺着瓷砖，我重重地落在上面，身体的本能先于理智思考做出了反应，闪电一下子出现了，围绕在我四周。它击碎了关于奇隆和谢德的思绪，此时此刻我的脑海里只有中庭这一边的指挥中心，以及我自己必须做的事。

正如卡梅隆所说，这是一间三角形的屋子，由坚固结实、泛着波光的钻石玻璃区隔，里面满是控制面板和监视屏幕，还有六个慌了神的士兵。指挥中心的门也像牢房里的一样，是金属的，三面墙上各有一扇。我冲向第一扇门，以为它会打开，以为里面的士兵会立刻行动起来。但让我意外的是，他们仍然坐在椅子上或站在原地，睁大惊恐的眼睛瞪着我。我一拳擂在门上，痛感立刻传遍了我的手，让我一阵痛快。“开门！”我大叫着，好像这样能解决一切似的。距离我最近的那个士兵瑟缩了一下，从墙边向后跳开了。他也佩着上尉徽章。

“别动！”他下令止住了手下。

上方的警报器响起来了。

“如果这就是他们想要的。”卡尔小声咕哝着，走到另一扇门那里。

巨响的关门声吓了我一跳，我连忙转身，只见超大的花岗岩石板滑动着，取代了我们刚才进来时通过的那扇金属门。卡梅隆冲着控制面板冷笑，甚至还高兴地拍了拍它。“这能为我们赢得几分钟吧。”她站了起来，膝盖咔拉作响，一看见指挥中心里面的情况就满脸不屑。“傻瓜们被吓疯了。”她做了个非常低俗的手势，用在干阑镇的小巷子里更像样些。“我们隔着玻璃能够得着它们吗？”

作为回答，我将目光放到了监视屏幕上。它们迅速地爆裂开来，士兵们只看见一簇簇的电火花和满地碎玻璃。警报器的声音低了下去，而后就彻底不响了。甚至连指挥中心里面的金属零件都随着电流跳动不已，像油锅里的煎鸡蛋一样。士兵们聚集到了房间中央，其中一个瘫了下去，紧紧地抱着自己的脑袋。这个动作我现在已经认得了——卡梅隆紧握的拳头让他的身体猛烈摇动，在一波又一波令人窒息的能量里挣扎。血从他的耳朵里、鼻子里、嘴巴里滴了下来，要不了多久他就会被闷死。

“卡梅隆！”卡尔喊道，但她假装没听见。

“朱利安·雅各！”我大叫着，再次猛击玻璃，“莎拉·斯克诺斯！他们在哪儿？”

又一个士兵倒了下去，哀哀号叫。

“卡梅隆！”

她毫无住手的意思。她不会住手的。这些人囚禁她，折磨她，饿着她，还可能会杀了她，复仇就是她要做的。

我的闪电也加强了，在这玻璃盒子里面跳跃着，逼迫那些士兵屈从于这白紫色的怒意。闪电噼啪作响，火花四溅，爆裂着，一点点地逼近他们的血肉之躯。

“梅儿，住手——”卡尔还在叫着，可我几乎听不见他了。

“朱利安·雅各，莎拉·斯克——”

指挥中心里的那个上尉，在地上爬着，扑到我面前。“牢区G！”他喊着，用手掌拍着玻璃，离我的脸只有几英寸。“他们在G牢区！走那扇门！”

“可以了！快来！”卡尔吼道。而在玻璃盒子里，上尉的眼睛一晃，看着他们曾经敬服的王子。

卡梅隆大笑起来，声音又高又亮：“你想让他们活命吗？你知道他们对我们、对这里的所有人，还包括你们银血族，都干了些什么？”

“求你，求求你，我们只是奉命行事，是国王的命令——”上尉恳求着，躲闪着另一道闪电。而在他背后，卡梅隆的第二个目标也蜷缩着倒了下去，屈服于她无声无息的致命攻击。他的睫毛上沾着眼泪，凝成了晶莹的几滴。“殿下，请可怜可怜我，请你宽恕我——”

我想起了牢房里的那个小女孩，她的眼睛充血，身子瘦得隔着衣服都能摸到肋骨。我想起了吉萨，还有她受伤残疾的手。坦普林的那个婴儿，无辜的孩子们。那个命中注定不能平静的夏日，一个死去的渔夫就这样一环环地掀起了狂风暴雨，在我身上发生的一切，我都想到了。不，这不是他的错。是他们的错。他们的法律，他们的兵役，他们为我们每个人设下的厄运。是他们干的。是他们咎由自取。即使在现在，明明是卡梅隆和我在毁灭他们，他们却还是向卡尔祈求宽恕。他们向银血国王卑躬屈膝，却冲着红血女王吐口水。

隔着弯折的玻璃，我看着王子，他的脸像是被扭曲了似的，像极了梅温。“梅儿。”他轻语，似乎只是说给自己听的。

然而这轻语现在无法阻止我了。我觉得自己内心有什么东西焕然一新，这感觉熟悉而奇异，力量仿佛来自选择，而非血液，来自我被塑造成为的自己，而非我生来天然的自己。我转过身，不去看卡尔扭曲的面孔，因为我知道在他眼里，我也一样扭曲变形。

我露出牙齿，恶狠狠地说道：

“闪电不懂宽恕。”

以前，我曾见过哥哥们用玻璃片折射的光烧死蚂蚁。这和我做的事异曲同工——只是后者更惨烈些。

为了防止犯人出逃，单独牢房之间相互隔绝，几乎不可能传递消息，这一点在警卫之间的联络上一样有效，甚至更加困难。突发的混乱像闪电或烈焰有着相同的作用，警卫们都不愿离开自己的岗位，尤其是风闻国王就在这里的节骨眼儿上。于是，我们发现牢区 G 里有四个磁控者警卫正在争执不休。

“你听见警报了，一定是出事了——”

“也许是演习，展示给那个小国王瞧瞧。”

“对讲机收不到指令了。”

CHAPTER26

第二十六章

“刚才不是说了嘛，摄像机失灵了，对讲机也必定是一样。可能是王太后又在瞎搞，该死的老巫婆。”

我放出一道电光直劈其中一人，以吸引他们的注意：“是另一个巫婆。”

不等我脚下的金属走道坠落，我就抓住了门左侧的栏杆，卡尔则抓住了右侧的。栏杆在他灼热的抓握之下先是烧红了，而后便熔断了。卡梅隆留在门口，眉毛上划过一道亮亮的汗水，但是她丝毫没有放慢速度。一个磁控者正要往后撤回他所在的悬梁，突然就蜷缩起身子，紧抱着脑袋，从三层楼上摔了下去，落在水泥地上失去了知觉。现在还剩两个。

锋利的金属片冰雹似的向我呼啸而来，每一片都像是致命的匕首。但我迅速闪开，扒住栏杆向下滑，直到脚尖够到了下一层牢房的顶部边缘。“卡尔，帮我！”我叫道，躲开又一阵猛攻。我拼尽全力，那个磁控者却也向下移动，犹如悬空，他脚下的金属梁随之下沉，让他飘浮在了中庭上空。

让我气恼的是，卡尔没理睬我，他撬开已经半熔的牢房栏杆，背上缭绕着火焰，保护自己不被其他磁控者投来的武器所伤。在扭曲交织的火苗之中，我几乎看不见他了，但我心里明白。他非常愤怒，原因是明摆着的——我杀了那些银血族，做了他不能做的事，他因此怨恨我。我从未想过有一天会看到这样的卡尔，看到这个军人、这个战士，竟然惧怕行动。现在他正专注地打开尽可能多的牢房，却不理会我需要帮助的请求，强迫我单打独斗。

“卡梅隆，干掉他！”我叫道，向上看着那位不太牢靠的同盟。

“乐意效劳。”她冷笑着，向那个攻击我的磁控者伸出了手。他踉跄了几下，但是没有掉下去。*卡梅隆的能量正在减弱。*

我吊在牢房栏杆上一点点往前挪，脚尖也开始打滑，我的手指狠命地拉着栏杆，每一秒钟都无比艰难。我擅长奔跑，可不擅长攀爬，而且这样我几乎无法战斗。*几乎是的。*一片锋利多角的金属利刃擦过我的脸颊，一道伤口随之裂开。而后手掌上也挨了一下。当我往前抓住下一根栏杆时，握力减弱了，因为手上沾着我自己的血，不停下滑。还剩最后六七英寸时，我直接跳了下去，重重地落在一组交错牢房的中空部分。有那么一秒钟，我几乎喘不过气来了，睁开眼睛却看见一支巨大的长钉呼啸着直刺向我的脑袋。我连忙往旁边一滚，躲开这致命的一击。一支接着一支的长钉像雨点似的瓢泼而来，我不得不左躲右闪地跑成一个“之”字形才得以保命。“卡尔！”我再次叫他，这一回是愤怒多过了恐惧。

下一支长钉没碰到我就熔掉了，但是飞溅的铁水火花离我太近了，擦着了我的后背。我忍不住大叫起来，因为飞行服上的纤维熔化掉了，浸入了我背上的伤疤。这几乎是我体验过的最难忍受的疼痛了，仅次于那个发音装置发出的咔嗒声以及随之而来的昏迷。我“砰”的一声跪在地上，两条腿震得很痛。

疼痛，似乎是我的另一个触发点。

我们头顶之上的天窗不停震颤，一道闪电劈了下来，犹如一棵生长在层阶之间的紫色的树，将枝丫蜿蜒伸向牢区 G 的中空地带。它干掉了一个磁控者，她都没来得及喊一声。而最后一个也差不多要去见上帝了，他蜷缩在最后一块钢梁上，徒劳地抵抗着卡梅隆的意志。

“朱利安！”四周一静下来我就大喊，“莎拉！”

卡尔跳下来，落在另一边，手拢在嘴边。他拒绝看我，而是搜索着牢房。“朱利安舅舅！”

“我在这儿等你们。”卡梅隆从上一层的门口对我们说道。她晃荡着两条腿，看着最后一个奄奄一息的磁控者，甚至还有心情吹起了口哨。

牢区 G 和新血所在的牢区 D 一样潮湿，不过因为我，这儿已经破坏得差不多了。地板中央的一个大洞冒着烟，必然是我刚才那道闪电干的好事。从我所在的位置看过去，底层牢房几乎漆黑一片，但是每一间里都关着人。有一些囚犯蹒跚着靠在栏杆上，看着外面的这场暴动。这里面有多少张面孔是我认得的？但是他们太憔悴了，形容枯槁，因为恐惧、饥饿和寒冷，他们的皮肤甚至都泛起了蓝色。如果是卡尔被关在这儿几个星期，我恐怕也会认不出来了。我原本对这些银血族期待甚高，不过我想，这些政治犯也许和基因突变的那些秘密人群一样危险。

“在这儿。”一个嘶哑的声音。

我磕绊着跨过一个磁控者的尸体，顾不得背上伤疤每一步拉扯下的剧痛，我跑过去，看见卡尔也在那儿，他手上燃着火，正在熔断栏杆。他要救出他的舅舅，为自己犯下的过失赎罪。

牢房里的人看起来极度虚弱，就像朱利安挚爱的书籍一样老旧、脆弱、不堪一击。他的皮肤惨白，头发稀疏，脸上的皱纹更多了，更深了。我猜他也许还掉了几颗牙。然而，那双棕色的眼睛却依然如故，智慧的光芒仍然在深处灼灼闪耀。朱利安。

我等不及了，徘徊在滚烫的栏杆外面，焦急万分。朱利安，朱利安，朱利安，我的老师，我的挚友。第一根栏杆变软了，卡尔把它掰开，那空间只够我挤进去。我几乎没注意到静默石令人窒息的压迫，一把把朱利安拉了起来。他神情苦涩，仿佛骨头痛得要断了似的，那一瞬间，我担心他无法活着离开这座监狱。但随后他抓着我，手上用了劲儿，眉头紧锁，全神贯注地思考着。

“带我到那个警卫那儿去，”他沉声说道，流露出几分苍老练达的心志，“救出莎拉。”

“当然，我们也是要救她的。”我用胳膊环住朱利安的肩膀，搀着他。虽然他比我高很多，我手上的感觉却那么轻，轻得让人心惊。“我们要救出所有人。”

当我们把朱利安扶出牢房后，他虽然步履踉跄，却仍然自己站直了。

"卡尔。"他喃喃出声，伸出双手，抚摩着外甥的脸，仔细察看着这位流亡王子，犹如研读一本古老的书。"尘埃落定了，是吗？"

"是的。"卡尔低声说道，仍然没有看我。

牢狱之灾改变了朱利安的模样，却没改变他的本性。他胸中了然，点了点头，看上去非常庄严郑重。这同样也令卡尔感到安慰。"此时此地不宜思考这些，但以后再说。"

"以后再说。"卡尔重复道。他终于把灼热的目光移向了我，仿佛要将我点燃。"以后。"

"来，梅儿，带我到那个垂死的恶棍那儿去。"他指了指倒在地上的那个警卫。他已经没有知觉了，不过还活着。"让我看看自己是不是全无用处了。"

我照做了，像拐杖一样扶着他，来到那个倒地不起的警卫旁边。与此同时，卡尔跑去莎拉的牢房。她就被关在朱利安的对面，他们能听到彼此，看到彼此，但就是无法触碰——这对他们来说也是一种折磨。

我曾经见过朱利安这么做，但从未见过他如此费力痛苦。他的手指颤抖着，撑开那警卫的眼睛，然后吞咽了好几次，想发出他需要的声音。心音之歌。

"没关系的，朱利安，我们可以另想办法——"

"其他办法会让我们死掉，梅儿，我什么都没教会你吗？"

要不是情势紧迫，我就得笑出来了。我非常想拥抱我的这位老先生，但我忍住了，也藏起了笑容。

终于，朱利安深吸了一口气，半闭着眼睛，脖子上血管凸起。而后他的双眼猛然张开，明亮清澈。"醒来。"他用比徐徐落日更美的声音说道。而在我们脚下，那个警卫真的应声而动，恍惚着睁开一只眼睛。"打开牢房，所有的。"金属扭曲的尖厉声音响起，一间间牢房的栏杆齐刷刷地轰然洞开，那声音回荡在牢房里，此起彼伏。“建立楼梯和走道，连接所有。”咣啷，咣啷，咣啷。金属碎片、匕首、电击后的残余，甚至连熔化掉的金属渣滓都动了起来，它们延展平铺，重新构建，相互联结。“和我们一起走。”朱利安的最后一句命令微微颤抖，但那个警卫仍然乖乖服从，只是慢了一点儿。

“幸好你们是今天来的，梅儿。”朱利安在我的搀扶下站稳了，“我们昨天刚刚放风过，没有那么虚弱。”

我很想跟朱利安说说乔，说他的异能，他的建议。朱利安一定很愿意听他的故事。*以后再说*，我暗自想着，*以后*。

这是第一次，我心存希望。

还有“以后”可言。

克洛斯监狱里一片混乱，每条走廊里、每扇门背后都响着枪声。跟着我们的那些衣衫褴褛的银血族囚犯大多十分虚弱，但也有一些还有力气抱怨。我根本不信任他们，总是走到后面去盯住他们。很多人四散开去，溜过拐角，急切地想离开这个地方。还有些则返回监狱深处，想要报仇。只有少数人跟着我们，他们埋头看着脚下，为跟随闪电女孩而感到羞愧。不过他们还是跟上了，而且拼尽全力打斗。这就像是往平静的池塘里丢进了一块石头，刚开始涟漪很小，但一定会环环相扣，掀起波澜。每个牢区都比前一个攻得容易，直到守在里面的磁控者一见我们就跑。那些银血族囚犯比我杀的人多，他们像饿狼一样干掉了同族的背信者。但即便如此也撑不了多久。一个来洛兰家族的湮灭者炸掉了一整面墙，把牢区J露了出来，建筑残骸没有往下坠落，而是向上飞升。我还没弄明白是怎么回事，就被吸进了一个翻卷着烟尘、碎片和怪异低语的旋涡。

卡梅隆抓住了我，但是一下子又滑脱了，消失在一片浓雾里。*水泉*

人。我只能看见荫翳和模糊的黄色灯光，每一盏灯都像是遥远朦胧的太阳。我四下里乱挥，割伤了的手抓住了什么东西，那是一条冰冷的、软绵绵的腿。这才让我一个剧痛停了下来，没有跟着爆炸的冲击继续飞远。“卡尔！”我叫道，但是巨大的轰响掩住了我的声音。

我咕哝了一声，只好拉着那条腿往上爬。这一定是哪个尸体的腿，因为它一动不动。冷冰冰的恐惧一下子涌上心头，蔓延到了阵阵刺痛的手指。我几乎想放手了，因为我不愿看到这条腿的主人，不想看到他的脸。他可能是任何人，所有人。

这一刻本不应该觉得轻松，但我的确是这个感觉。我不认识这个人，他趴在牢房的栏杆上，一条腿卡住了，另一条腿仍然垂着。他无疑也是个囚犯，可我不知道他是谁，也不会为他哀伤。我觉得自己的背像是裂开了，因为旧伤和刚才的灼烧，痛得要命，但下一秒我就倚在了栏杆上，因为这一牢区的重力是异常的。加雷斯就在这儿，意味着奇隆、谢德和法莱也距离不远。不对，他们应该在监狱的另一边，释放清空那边的牢区——有人把他们逼到这儿来了，或是设圈套把他们一锅端了。

但是我还没出声，就一下子又坠了下去，好像整个牢区翻转起来。不，牢房没动，是重力在变化。“加雷斯，停下！”我对着一片虚空喊道。没有人回答。还好，我不想听见谁回答。

闪电女孩。

她的声音几乎让我的脑袋裂成了两半。

伊拉王太后。

这一回，我希望那个发音装置就在这儿，我希望有什么东西赶紧杀了我，好让我在死亡里图个安稳。我仍然在下坠，也许这能把我坠死，也许我能赶在她钻进我脑袋里、挖出我在意的一切事一切人之前死掉。但是我已经感到了伸进思维里的卷曲触手，它攫住了我。在她的命令下，我的手指扭曲起来，电火花跃动其间。不。千万不要。

我重重地撞上了牢区的另一边，胳膊也许折了，可是不痛。她把我的痛感也拿走了。

我声嘶力竭地大喊一声，做了自己必须做的事——用我最后仅剩的一丝自由意志，撞向了身下扭曲弯折的栏杆，坠入了静默石造就的牢房。它粉碎了我的异能，也粉碎了她的。电火花熄灭了，她的控制也断裂开来，钻心的剧痛出现了，从我的左臂一直蔓延到肩膀。我含着泪大笑起来。真巧啊，她建起这座监狱来迫害我和其他新血，而此刻，正是这监狱阻止了她继续干这种事。

现在，这是我最后的避难所了。

我站在牢房最里面的后墙边——我猜它原来应该是地板——看着浓雾翻滚。枪声渐弱，可能是因为子弹快用光了，也可能是在这种视觉条件下根本没法儿瞄准。一道火苗蜿蜒闪现，我以为能看到卡尔，可他的身影一直没有出现。但我还是不管不顾地叫他："卡尔！"我的声音非常虚弱，保护着我的静默石也压制着我，像是狠狠地卡住了我的喉咙。

她没用多久就找到了我。她的靴子沿着牢房栏杆缓缓擦过，有那么一瞬间，我以为自己出现了幻觉。这不是我记忆中那个光彩照人、雍容华贵的王后。珠宝华服不见了，取而代之的是干练整洁的深蓝色制服，上面点缀着白色。她原本卷曲的编成辮子的头发，也全部向后梳拢，盘成一个简单的发髻。看见她鬓角的灰白头发时，我笑了。

"我们第一次见面时，你也是在这样的牢房里。"伊拉若有所思地说道。她俯下身子，好更清楚地看着我。"那时候，栏杆不能拦住我，现在也一样。"

"那你进来啊。"我说着吐了口血沫。一定还吐掉了一颗牙齿。

"你还是老样子啊。我还以为这个世界能改变你呢，可是——"她点点头，像猫似的微笑起来，“你倒是改变了世界一点点。如果你把手给我，你能改变它更多。”

我笑得喘不过气了：“你是以为我有多傻啊？”让她一直讲话，让她分神，很快就会有人看到她了，一定会的。

“那么随便你吧。”伊拉叹了口气，站定了，冲着我看不见的某些人做了个手势。应该是警卫吧，我听着那空洞驯顺的声音暗自想着。她的手又出现了，拿着手枪，手指已经放在了扳机上。“我原本很乐意再次进入你的思维，你那些妄想相当可爱。”

我赢了，小赢。我想着，闭上了眼睛。她永远不会占有我的闪电，也永远不会占有我。的的确确是赢了。

我感觉到自己又开始坠落了。

但是子弹没有袭来，反而是栏杆击中了我的脸。我睁开眼睛，刚好看到伊拉正在渐渐远离，手枪从她手里滑脱了，她怒火中烧，面目狰狞，真是毁了一张姣好的脸。她的警卫也一起四散远去，消失在昏黄的浓云里。随后有人抓住了我没受伤的那只胳膊，把我拉向他。

“撑住，梅儿，我自己没办法把你弄出去。”谢德说着想把我从栏杆之间拽出去。我屏住呼吸，拼命推挤，尽了全力。我猜我做到了，因为四周的世界又震颤起来，雾气消散了。再次睁开双眼，我看见的是白花花的刺目的瓷砖。

我一阵高兴，几乎要晕过去了。当我看到莎拉张开双手向我跑来，奇隆和朱利安紧跟在她身后时，我真的瘫倒了。有人扶住了我，温暖包围着我，他让我侧卧着，胳膊上微微压痛，我不禁咝咝吸气。

“先是胳膊，然后是烧伤，背上的伤疤。”卡尔说，一副公事公办的口气。莎拉碰到我的时候，我忍不住呻吟出声，一股松弛幸福的麻木感攀上我的胳膊，又有什么冰冰凉凉的东西直抵我的背部，治愈了烧伤——那儿之前肯定是感染了。但是轮到那丑陋虬结的伤疤时，我挣扎着站了起来，不让莎拉继续了。

走廊尽头的门突然裂开了，是被一截迅猛生长的树桩挤开的。烟尘随之而至，旋转着扑向我们，最后进来的是一片阴影。我当然知道这是什么人干的。

卡尔甩出一颗火球，击退了蔓延过来的枝叶，那些烧焦了的余烬却成了呼啸的旋涡。“卡梅隆？”我叫着，伸着脖子寻找那个唯一能制伏伊拉的人。可她不在这儿。

“她已经在外面了。现在快走。”奇隆嚷着，推着我往前走。

我知道伊拉想要的人是我，不只是我的异能，还有我这张脸。如果能操控我，她就可以再把我当作喉舌，欺骗整个国家，一切随她心意。所以我跑得比谁都快——我一向是最能跑的那一个。而当我转过头，越过肩膀，就在我后面几步之遥的地方，目睹的一幕让自己心惊。

卡尔用力地拉着朱利安，不是因为他虚弱无力，而是因为他一直想要停下。他想面对她，想用自己的声音和她的耳语一决死战。他想为死去的妹妹复仇，为受伤的爱人复仇，为自己受辱的自尊复仇。但卡尔绝不会放手，这是他仅存的家人，所以拼命地拽着他往前跑。莎拉紧跟着朱利安，拉着他的一只手，恐惧得叫都叫不出来。

随后我便转过拐角，撞到了什么东西。不，什么人。

另一个女人，我再也不想见到的女人。

艾尔拉，黑豹，艾若家族的族长，正用煤炭一样漆黑的眼睛瞪着我。她的手指仍然泛着蓝灰色，应该是拜静默石所赐，身上的衣服也破破烂烂的。不过她的力量已经恢复了，这从她眼睛里钢铁般坚硬的目光就可见一斑。无路可躲，只有应战。我唤起闪电想杀了她，她也一直都知道我的与众不同。

她的反应比我快，一下子就抓住了我的肩膀，敏捷灵巧得简直不像人类。但是她并没有折断我的脖子或切开我的喉咙，而是把我往旁边一推，有什么东西掀起了我的头发。那是弯曲、旋转的金属片，像剃刀般锋利，有餐盘那么大。它擦着我的脸飞过去了，离我的鼻子只有几厘米。我摔在地上，惊恐不已地喘着气，紧紧抱着脑袋——它差点儿就被削掉了。而艾尔拉·艾若仍站在刚才的地方，躲闪着飞过来的刀片。它们是从中庭的另一边射过来的，那儿站着一个人，正用甲片化成金属圆盘进攻——那盔甲我再熟悉不过了。

“你父亲没教过你要尊敬老人家吗？”艾尔拉冲着托勒密冷嘲热讽，干净利落地压下一片金属盘，又从半空中截住另一个，把它回敬给了托勒密。这一招儿令人惊叹，但是没什么用，因为托勒密一挥手就挡开了，脸上还挂着冷笑。“我说，红血，你就不打算干点儿什么？”艾尔拉说着踹了踹我的腿。

我呆呆地看着她愣了片刻，然后就踉跄着爬起来，站直了，心里的恐惧也不见了。“乐意之极，夫人。”

在走廊的另一边，托勒密咧开嘴大笑：“现在就来完成我妹妹在角斗场开始的一战吧。”

“你妹妹落荒而逃的一战。”我叫道，将一道闪电瞄准了他的脑袋。他向一旁躲闪，紧紧贴在墙上，而就在他稍作喘息的时候，艾尔拉悄然逼近，一跃而起，猛蹬贴着瓷砖的墙，借助冲劲儿，狠狠地朝着托勒密的下巴给了一记肘击。

我也随之跟上，而听着背后的脚步声，我肯定不是唯一一个在行动的。

烈焰和闪电，雾和风，雨点般的金属利刃，翻转卷曲的黑暗，繁星散落般的爆炸。还有子弹，没完没了的子弹在逼近。我们冒着交战的狂风暴雨往前冲，祈祷着这监狱终有尽头，按照我们记了又记的地图摸索着。应该是这儿，不是这儿，不是这儿。在浓雾和阴影之中太容易迷失方向了。再加上加雷斯翻来覆去地改变着重力，非但没帮上忙，反而更添乱了。我又浑身是伤了，而且力量迅速地消耗着。我甚至不敢去想其他人，朱利安和莎拉，他们刚才还连走路都费劲。我们必须到开阔地去，到天空中去，到闪电能保护我们的地方去。

外面，太阳已经升起来了，艾尔拉和托勒密还在继续他们招招夺命的死亡之舞，污水湾隐约可见，在地平线上蒸腾着灰色的薄雾。我只是盯着“黑梭”和另一架在跑道上空转的飞机。一群人围在边上，新血和银血族已经没什么两样了，都想抓着能抓住的一切挤上飞机。还有一些人消失在荒野中，想徒步逃离。

“谢德，把他弄上飞机。”我大叫，一边跑一边抓着卡尔的衣领。不等他抗议，谢德就按我说的，一跃把他带到了几百码之外的地方。我一直相信谢德理解我的意思：卡尔是我们仅有的两个飞行员之一，他不能死在这儿，不能在我们眼看着就要成功的地方死掉。我们需要他驾驶飞机，安全飞行。一瞬之后，谢德又回来了，张开双臂带走了朱利安和莎拉。他们消失了，我小小地松了口气。

我凝聚起自己所剩的全部能量，将它们沉入骨髓最深处。这让我动作变慢，让我虚弱，让我意志动摇，但也让另一样东西渐渐强大起来。让我暗自高兴的是，天空暗了。

奇隆在我旁边停了下来，他肩上扛着步枪，精准地射出子弹，撂倒一个又一个追击者。很多人簇拥着王太后，保护着她，或是出于自愿，或是听从于她的耳语。她很快就要进入我的异能的有效距离了——她的异能也会开始起效。我只有一次机会。

一切似乎放慢了速度。我看见两个银血族缠斗着，在我和飞机之间。一柄长而薄的利刃，犹如一根巨大的针，刺进了艾尔拉的脖子，银色的血像喷泉般喷涌而出。托勒密借力转身，让那根长针冲着我刺过来。我连忙伏下身子，以为最糟的事情就要发生了。

我无法预知接下来的一切。

只有一个人可以。乔。可是他走开了，他放任这一切发生。他没有警示我们，他不在乎。

谢德出现在我面前，想把我带离这一片混战，却被那根残忍闪耀的长针刺中了心脏。他根本没意识到发生了什么，也没感觉到任何疼痛，跪倒在地之前就断了气，死了。

我什么也记不起来了，直到我们飞上天空。我的脸上泪水肆溢，却没办法把它擦掉。我盯着自己的双手，它们沾满了两种颜色的血。

GLASS SWORD

第二十七章

这不是“黑梭”。

卡尔驾驶的是一艘宽大的货运飞机，是用来运送车辆或机器的。现在，货舱里有三百多个逃出来的囚犯，很多人身上有伤，全都处于“炮弹休克”状态。这些人大部分是新血，也有一些银血族，他们单独聚成一堆儿，等待着未知的命运。至少在今天，这两个族群看起来全都一样：衣衫褴褛，精疲力竭，饥肠辘辘。我不想到他们那儿去，所以就一直待在机舱的上层。好歹这一区域是安静的，和下面的货舱由一条狭窄的楼梯井相隔，驾驶舱也有道门关着。我脚下放着两具尸体，我完全无法靠近他们。其中一人身上盖着白布单，在一刀穿透的心脏位置浸出鲜红的血。法莱跪在他身边，一动不动，一只手伸进布单下面，紧握着我哥哥冰冷的手指。而另一具尸体，我拒绝将其遮盖。

伊拉死去的面容相当丑陋，闪电扭曲了她的肌肉，把她的嘴角拉扯成一个冷笑——她活着的时候也许都未必能做得出这表情。她简单的制服熔进了皮肤里，浅金色的头发几乎烧没了，只剩下几绺，像补丁似的。至于其他尸体，她的警卫们，全都七零八落了，被我们丢在跑道上任其腐烂。但这位王太后，不会被认错。所有人都认得出这具尸体。我无比确定。

“你应该躺一躺休息一下。”

这尸体令奇隆心神不安，这是明摆着的。我也不知道为什么。我们明明应该额手称庆才对。“让莎拉为你检查一下吧。”

“去告诉卡尔，改变航线。”

奇隆看着我眨眨眼，迷惑不解：“改变航线？你在说什么呢？我们要回山谷营地去，要回家——”

家。这么孩子气的字眼，不禁令我冷笑：“我们要回塔克岛去。请转告他。”

“梅儿。”

“去啊。”

他没动。“你是疯了吗？你不记得塔克岛是什么地方了？你回去了上校会怎么对你啊？”

疯了。但愿。我真希望自己的神志被这种人生逼疯。简简单单地疯掉，也不失为一种轻松啊。“他想试试就请便。但现在我们人多势众，即便对他来说也是。等上校看到我带回了什么，我想他根本无法拒绝我们。”

“你是说尸体？”奇隆屏住呼吸，颤抖起来。吓到他的不是尸体，我心平气和地意识到，吓到他的，是我。“你要把尸体给他看？”

“我要给所有人看。”我又说了一遍，更加坚定，“去告诉卡尔改变航线，他会明白的。”

这话刺痛了奇隆，但我毫不在乎。他收回温和，神色冷硬，退出去照我说的做了。驾驶舱的门在他背后重重关上了，可我几乎没注意到。我脑子里想的全都是比这小小无礼更重要的事。他是什么人，可以质疑我的命令？他一文不名，只不过是个好运气的打鱼小子，被我的愚蠢好心一直保护着罢了。可是谢德不同。他是个传动者，是新血，是了不起的人。他怎么能死掉？而他并不是唯一一个。不，一定还有很多人没跟上来，没逃出来，死在了监狱里。我们只有在降落之后才能知道谁死了，谁上了“黑梭”。我们将要降落在一座岛上，而不是飞跃千山万水，返回那深山密林里的山谷营地。

“你那位预言家，可曾告诉你这些了？”

这是我们离开克洛斯之后法莱说的第一句话。她一直都没有流泪，但她的声音是嘶哑的，仿佛已经大喊大叫了好几天似的。她的眼睛骇人极了，布满了红血丝，虹膜是深蓝色的。

“那个傻瓜，乔，那个让我们这么干的傻瓜。”法莱继续说道，转头看着我，“他告诉过你谢德会死吗？他说了吗？我想这不过是闪电女孩的又一个廉价牺牲罢了，只要这能让你控制更多的新血就行，只要这能让你有更多士兵去投入一场毫无头绪的战争就行。用一个哥哥换取更多亲吻你双脚的追随者，这交易还不赖，不是吗？尤其是还赚了一个王太后呢。谁还会在乎一个无名之辈的死？你都弄到她的尸体了！”

我给了她一个耳光。她往后猛退，惊讶多过疼痛，倒下去的时候抓住了白布单，露出了我哥哥苍白的脸。还好，他的眼睛是闭上的，也许，只是睡着了。我走过去，把布单拉回原位——我不能多看他——但她用肩膀狠劲儿撞我，用身高优势把我卡在舱壁上。

驾驶舱的门“嘭”的一声弹开了，两个男孩听到我们吵闹，一起冲了出来。卡尔把法莱拎开，轻踹她的膝盖窝，她便踉跄着退开了。奇隆就没那么神勇，只是用两只胳膊把我抱离了地面。

“他是我哥哥！”我冲法莱喊道。

她也大叫着回敬我：“他远不止是你哥哥！”

她的话让我想起了什么。

当她怀疑的时候。乔让我转告她一句话。当她怀疑的时候。现在，法莱确实是在怀疑。

“乔确实告诉过我一句话，”我说着想推开奇隆，“那句话是要对你讲的。”

法莱往前冲着，张牙舞爪的，但是又被卡尔按回去了。卡尔脸上挨了一肘击，不过还是紧紧压住她的肩膀。她动弹不得，却仍然不停挣扎。

法莱，你从来不知道什么时候该罢手。我曾经为此敬佩你，现在我却只觉得同情你。

“他告诉我的是，你的疑问的答案。”

她停了一瞬，呼吸都变成了充满恐惧的小小喘息。她盯着我，睁大了眼睛。我几乎能听到她的心脏怦怦直跳。

“他说‘是的’。”

我并不明白这句话有什么深意，但它显然击中了法莱。她瘫了下去，两只手抱着头，把脸藏在剪得短短的金色刘海后面。我看见了她的眼泪。

她不会再闹别扭了。

卡尔也知道，于是放开手，往后退了几步，差点儿踩到伊拉变了形的胳膊，连忙避之不及地躲开了。“让她自己待会儿。”他咕哝着抓住我的胳膊，力气大得都能造成瘀伤了。他几乎是把我拖走的，完全不顾我的抗议。

我不想把她放在这儿。不是法莱，是伊拉。虽然她伤痕累累，烧得乱七八糟，眼睛也呆滞僵硬了，可我还是不相信她的尸体是死透了的。这担忧蠢极了，但我就是有这种感觉。

“我的天啊，你到底怎么了？”他怒骂着，“咣当”一声摔上了驾驶舱的门，把啜泣的法莱和皱眉苦脸的奇隆关在了外面。“你知道谢德对她来说——”

“你知道他对我来说意味着什么。”我答道。文明有礼并不是我首要在意的事，但我尽力了，声音都是打着颤的。我最亲密的哥哥。我曾失去过他，现在再次失去了。而这一次，他不会再回来了。永远不会回来了。“你没见过我对人大喊大叫。”

“你说的对。你只是杀死他们罢了。”

我咬着牙，嘶嘶吸气。是这个意思吗？我几乎要笑出来了：“反正我们中有一个人得那么干。”

我以为至少能大吵一架，但只有更糟。卡尔一直往后退，“砰”的一声撞上了仪表盘，他是要尽可能拉开我们之间的距离。通常，我是后退的那一个，但现在不了。他的眼睛里似乎有什么东西破碎了，他灼热的皮肤下掩藏着的伤口，就那样被我洞悉。“究竟发生了什么事，梅儿？”他轻声说道。

究竟还有什么事没发生？不必担忧的简单一天，只有这个还没发生过。万事万物推着我走到今天这一步，基因突变——还有那些我自己做出的错误选择，包括卡尔——注定我走到今天这一步。“我哥哥刚刚死了，卡尔。”

但他摇了摇头，目光始终没有移开，他的眼神仿佛在燃烧。“你杀死了指挥中心的那些人，你和卡梅隆，而他们已经在求饶了。那时候谢德还没死，别把这个也赖在他头上。”

“他们是银血族——”

“我也是银血族。”

“而我是红血族。你杀死了几百个我们的族人，别装作没事人一样。”

“可我不是为了我自己去杀戮，和你不一样。我是服从命令的士兵，听命于我的国王。在我父王还活着的时候，我和那些红血族一样无辜。”

眼泪刺痛着我的眼睛，颤抖着就要流下来。一张张面孔在我眼前浮现，那些被我杀掉的士兵和警卫，多得数不过来。“你为什么要跟我说这些？”我轻声问道，“我只是做了必须做的事，活下来，救人——救你，你这个愚蠢固执、一无是处的王子。你比任何人都该知道我身上的重负和负罪感，你怎么敢让我更内疚？”

“她想把你变成残忍魔头，”他冲着门外点点头，意中所指是那具扭曲变形的尸体，“我只是试着证实，你还没变成那样。”

“伊拉已经死了。”这句话说出来像美酒一样甜。她不在了，不能伤害我了。“她再也无法操控任何人了。”

“可是，你仍然不曾为逝者感到一丝懊悔同情。你竭尽所能地想要忘记他们。你没说一句话就抛掉了你的家人。你控制不了自己。你不是逃避领导责任就是满怀愧疚像个不能碰的殉道者，好像只有你一个人为这事业有所付出。看看你周围，梅儿·巴罗。死在克洛斯的不只谢德一人，你也不是唯一一个做出牺牲的人。法莱背叛了她的父亲；卡梅隆违背自己的意愿，被迫加入我们；你可以回避一切，除了朱利安的名单；现在你又打算把那些孩子扔在山谷营地。为了什么？为了踩在上校的脖子上？为了夺取王位？为了杀掉所有错看了你、误解了你的人？”

我感觉自己像个挨了批的小孩，不能张口也不能反驳，除了强忍着不哭出来之外，什么也干不了。

“你还紧紧抓住梅温不放，而他根本就没出现。”

他的话像是掐住了我的喉咙，越抓越紧：“你看了我的东西？”

“我没瞎。我看见你从尸体上拿走了字条。我以为你会把它们撕了，但是你没有——我只是想看看你要拿它们怎么办，烧掉，扔掉，沾上银色的血再送回去——怎么都不该是留下它们，怎么都不该是趁我在你旁边睡着的时候去读去看它们。”

“你说过你也想念他，你说过的啊。”我轻声说道，克制着自己不要像个小孩似的跺脚。

“他是我弟弟，我想念他的方式和你非常不同。”

我的手腕上突然感到一阵尖锐的疼痛，原来是我在悲愤之中把自己刮伤了，想用身体的疼痛来遮掩内心的痛苦。他看着，进退维谷。

“我做的每一件事，都有你在背后支持。”我说，“如果我正在变成残忍魔头，你也一样。”

他终于垂下目光：“爱是盲目的。”

“如果这就是你的爱——”

“我不知道你有没有爱过谁，”他厉声说道，“如果你把一切都看作工具和武器，把所有人都看作可操纵控制、可牺牲抛弃的。”

我完全无法反驳如此尖锐的指责。我该怎样证明他是错的？我该怎样让他明白我做过的事，我正准备去做的事？为了保护那些我在乎的人，我变成了今天这副样子，我该怎样让他明白？我的挫败感有多深重，我的感觉有多可怕，那些伤疤和回忆多么痛苦，他知道吗？他这些话伤我至深。我无法证明自己对他的爱，或是对奇隆、对我的家人的爱。我无法用语言来表达这些感受，我也没必要这么做。

所以我就不解释。

“在阿尔贡爆炸案之后，法莱和红血卫队利用银血族的新闻直播宣布对该事件负责。”我说得很慢，平静且有条理地陈述着，“现在，我要做同样的事，用王太后的尸体。我要让这个国家里的所有人都看到，是我杀死了这个女人，看到那些被她囚禁起来的新血和银血族。梅温一直在喋喋不休地编织谎言，我要终结他在这场较量里的主导权。我们已经做成的事情还不足以击倒他。我们需要让整个国家为我们做这件事。”

卡尔张着嘴，愣住了：“内战。”

“家族对抗家族，银血族对抗银血族，只有红血族团结一心。而我们会以此获得最终的胜利。诺尔塔会垮台，我们会崛起，血红如同黎明。”这是一个简单，代价不菲，对于双方皆致命的计划。但这一步非走不可。是他们逼迫着我们一路走来，我只是顺应时势，去做必须做的事而已。“我们在塔克岛着陆之后，你可以返回山谷营地接回孩子们。但我需要上校，需要他的人力物力来推动计划。你明白了吗？”

他艰难地点头。

“在这之后，嗯，我会北上，到窒息区去，去救那些我故意抛下的人。至于你想怎么做，随便你，王子殿下。”

“梅儿。”卡尔碰了碰我的胳膊，但我甩开了，差点儿撞到舱壁上。

“再也不要碰我。”

这句话听起来就像是猛然摔上了门。我想它们确实是的。

塔克岛一片安宁，而且讨人厌地天光晴朗。无云，无风，只有秋季的凉爽和阳光。谢德不该死在这样美丽的一天，但他死了。很多人都死了。

我第一个走下了货运飞机，后面紧跟着两副蒙着布单的担架。奇隆和法莱站在其中一副担架两侧，各有一只手放在谢德身上。不过我更在意的是另一副担架。抬着它的人似乎很害怕那上面的尸体，就像我之前一样。在过去的几小时里，我盯着伊拉冰冷的尸体，安静反思，颇有一种怪异的安慰之感。她再也不会醒过来了，就像卡尔再也不会对我讲话了——在我们彼此说了那些话之后。我不知道他在队伍的什么位置，或者他根本就没下飞机。我告诉自己不要担心，想他是在浪费时间。

我手搭凉棚遮住阳光，才看见上校在跑道上设置的路障。他站在一辆救护车上，四周围绕着身着白衣的护士。艾达一定是事先用无线电通知过他，说我们迫切需要救援。她驾驶的“黑梭”已经停在那儿了，是视野中唯一的一片黑影。在我身后，第一个囚犯踏足跑道，而另一架飞机那熟悉的舱尾坡道打开了。走出来的人比我想象中的要少，跟在艾达后面。她步履轻快地走向荷枪实弹的湖境人和不苟言笑的红血卫兵，神情颇为好奇。我则默默地咒骂自己。我的家人就在这里，等着见他们的孩子，可他们只能见到我一个人。

你根本不在乎你的家人。也许卡尔是对的，因为我确实把他们忘了。哪个正常人也不会这样吧。

“站在那儿就好，巴罗小姐。”上校大声说着抬起一只手。我照做了，在离他五码之外的地方止步。在这么近的距离，我能看见对着我们的枪口，但更重要的是枪后面的人。他们很警惕，但并非高度紧张。他们没收到枪杀令，现在还没有。“你是来完璧归赵的吗？”

我勉力微笑，好让双方都放松一点儿。“我是带着礼物来的，上校。”

上校挑起嘴角。“你是指这些——”他精心挑选着合适的词汇来形容跟在我身后的乌合之众，“人？”

“他们是囚犯，今早刚越狱成功，从一个名叫‘克洛斯’的秘密监狱逃出来的。是梅温国王下令将他们囚禁起来，以供研究试验、折磨，最后杀死。”我往后瞥了一眼，原以为会看见备受摧毁的心神，然而，我看见的是不屈不挠的骄傲和自尊。那个差点儿从走道上掉下去的小姑娘含着眼泪，可她的小拳头紧紧握着，并没有哭。“他们是像我一样的新血。”在小姑娘身后，一个皮肤苍白、橘色头发的少年以守护之姿站着，仿佛是她的卫兵。“这里还有一些银血族，上校。”

他的反应如我所料。“你这个白痴，你把银血族带到这儿来了？”他惊恐地大喊大叫，“准备射击！”

湖境人有两排，每排大概二十人，他们听从命令，齐刷刷地将子弹推进枪膛，响起“咔拉”一声。随时可以开枪。在我背后，囚徒们瑟缩着，往后退着，但是没有一个人求饶。他们已经受够了求饶。

“无用的威胁。”我强忍着笑意。

CHAPTER27
第二十七章

他摸到了胯上的手枪："不要试探我。"

"我知道你也受令于人，上校，他们不会杀死闪电女孩的。司令部给你的命令是留我活口，不是吗？"我还记得艾力·威斯托，她是接到命令全力帮助我的红血卫兵之一。她无法违抗上校，上校也无法违抗司令部，不管那些人到底是谁。

上校的气势渐弱，但并没有让步的意思。

"把她带过来。"我看向担架，厉声说道。那两个抬着伊拉尸体的人忙不迭地把担架放到了我脚下，他们哆哆嗦嗦的每一步都被枪指着。我能感觉到准星，对着我的心脏，我的脑袋，我全身的每一寸。

"给你的礼物，上校。"我踢了一下担架，上面盖着白布单的尸体也随之晃了晃。"你不想看看吗？"

他的那只好眼闪了一下，快得不易察觉，它在人群中寻找法莱，眉间的深深皱褶立刻展开了一点儿。我脑海中一闪，明白了这是为什么——他以为我杀了她。

"这是谁，巴罗？王子？你杀了自己手里最有用的谈判筹码？"

"并没有。"人群里传出一个声音。卡尔。

我没有回头去看他，而是选择把注意力放在上校身上。他迎着我的目光，丝毫没有闪躲。我慢慢地抬起一只手，而后是另一只，拉掉了布单，将她呈现在所有人面前。她的四肢已经僵硬，手指怪异地卷曲着，右手的骨头露了出来。狙击手首先做出了反应，他们放低了手中的武器，有一两个甚至倒吸冷气，用手捂着嘴压低了声音。上校完全呆住了，不说话，也不动，就只是瞪着眼。过了好一会儿，他眨了眨眼。

"这是我以为的那位？"他声音嘶哑地说。

我点头。"米兰德斯家族的伊拉，国王之母，诺尔塔的王太后。她被新血及银血族所杀，死在她自己为这二者建造的监狱之中。"这解释让他沉思了片刻。

他血红色的眼睛闪烁着："你对此有何计划？"

"国王和全国人民都该对她好好说个再见，你觉得呢？"

上校笑起来的时候，真是像极了法莱。

"重来。"上校嚷嚷着，退回原位。

"我是梅儿·巴罗。"我冲着摄像机说道，尽可能地不让自己看起来像个傻瓜。毕竟，这已经是我在十分钟之内的第六次自我介绍了。"我出生在卡皮塔河谷边的干阑镇。我的血是红色的，但是因为这个——"我伸出双手，唤起两团电火花。"我被带到了提比利亚六世的宫廷，被赋予了新的名字、新的身份，被塑造成一个谎言。他们称我为梅瑞娜·提坦诺斯，并向全世界宣布我是银血族。但我不是。"我略略瑟缩，用刀子划向手掌，刺破了皮肉。在这间空机库的粗粝光线下，我的血流了出来，仿佛红宝石一般。"梅温国王称其不过是花招儿，"我让火花在伤口上跃动，"它不是。其他像我一样的人也不是什么花招儿把戏，你们生来有着红色的血和奇异的银血族异能。国王知晓你们的存在，正在将你们赶尽杀绝。现在，我告诉你们，快跑，来找我，来找红血卫队。"

在我旁边，上校骄傲地挺直了身子。他脸上围着红色的围巾，好像他那一只血红色的眼睛还不够醒目似的。但我没什么可抱怨的。他已经同意接纳新血，并且看清了自己之前的错误。他现在明白了那些像我一样的人的价值——和力量。当然，他也无法承担与我们为敌的后果。

"不同于银血族国王，我们对自己和其他红血族一视同仁。我们将为你们而战，为你们而死，只要这意味着造就一个全新的世界。放下你们手里的斧头、铁铲、针线、扫帚。拿起枪。加入我们。战斗。揭竿而起，血红如同黎明。"

CHAPTER27

第二十七章

接下来的部分让我反胃，真想用醋酸什么的擦擦手。我用手指卷起伊拉磨损的头发，把她的头提起来，面对着嘎吱作响的旧摄像机，这时候我是强忍着眼泪的。尽管恨她入骨，我却更憎恨这一刻。这一刻是反人性的，是违反我内心仅剩的善良的。我几乎已经失去了卡尔——我抛弃了他——但是此刻我觉得自己正在失去的是灵魂。可是我仍然说出了自己的台词。我相信这些话，它们多少有点儿帮助。

“战斗，而后取得胜利。这是伊拉，诺尔塔的王太后，我们已经杀死了她。这场战争并非毫无胜算，有了你们，它更是正义的胜利。”

我待在原地，尽最大努力不眨眼，不然眼泪就会掉下来了。我什么都思考不了，除了手里的尸体。“现在，红血卫兵们正在悉数出动，等待迎接任何听从我们召唤的人。”

“武装你自己，兄弟姐妹们，”上校说着向前一步，“你们的人数比那些主子要多，他们心知肚明，惶然惧怕。他们怕你，怕你即将成为的人。到树林里去找那些威斯托吧，他们会带你回家的。”

在五次尝试之后，我们总算齐声说出了这句话：“揭竿而起，血红如同黎明！”

“至于诺尔塔的银血族，”我快速地说，手里攥紧了伊拉的头发，“你们的国王和王太后对你们撒了谎——背叛了你们。红血卫队今早解放了一处监狱，其中既有红血族也有银血族。你们这些失踪的同胞，来自艾若家族、来洛兰家族、奥萨诺家族、斯克诺斯家族、雅各家族，等等。他们被不公正地囚禁，被静默石折磨，就要为莫须有的罪名而死。不过现在，他们和我们在一起，仍然活着。你们遗失的族人还活着。站出来帮助他们，站出来为那些我们未能救出的人复仇。揭竿而起，加入我们，因为你们的国王乃是残暴魔头。”我凝视摄像机，知道他会看到这些。“梅温，乃是残暴魔头。”

上校瞪着我，一副被冒犯了的样子。摄像机停了，他扯下脸上的围巾，气呼呼地说："你在干什么，巴罗？"

我则回瞪他："我在让你的日子轻松些。分裂，征服，上校。"我指了指负责摄像的工作人员，懒得去记他们的名字。"你们到银血族的营房去，拍一些他们的画面，避开警卫。记住我的话，这会让整个国家陷入战火，就连梅温也无力熄灭。"

他们没说话，乖乖照做了。我转过身。"结束了。"

上校跟在我身后，一路小跑地追着我走出机库："巴罗，我可没说过我们要——"但我停住脚步，他也停住了。我不需要用闪电来吓唬人了，再也用不着了。

"来说服我啊，上校。"我伸出胳膊，看他敢不敢碰，看他敢不敢试探我。"来啊。"

这个人曾把卡尔关在牢里，统领着不计其数的士兵，杀过不计其数的敌人。我不知道他亲眼见过多少战役，或多少次逃脱死亡。

他没理由害怕我这样的一个女孩，但他就是怕。我回到塔克岛，与他势均力敌，比他人多势众，占据上风。他也清楚这一点。

我缓缓地转过脸对着他——这不过是因为这样做符合今时今地罢了："是什么改变了你，上校？因为我知道，你自己是不会有如此优越的判断力的，甚至你的司令部也未必能有。"

冗长乏味的一阵子之后，他点头了："跟我来。他们会与你会面。"

GLASS
SWORD

第二十八章

塔克岛现在有了三百个从克洛斯监狱逃出来的人，再加上上校自己的人，显得比我记忆中小了很多。他领着我在所有人面前招摇过市，步子快得我得费点儿力气才能跟得上。很多新兵都是湖境人，他们像枪支和食物一样，从遥远的北方被悄悄运送到塔克岛的码头，不过这里的诺尔塔人也不少。农民、仆从、逃兵，甚至还有身上打着编码的技工，在营房之间的空地上操练着。其中有些人已经来这儿几个月了，他们是逃离《加强法案》的第一批人，无疑还有更多人在路上。想到这些，我本该笑一笑，但这些日子以来，笑已经变成了太难的事，它拉扯着我的伤疤，会让整个脑袋疼痛不已。在跑道上，熟悉的轰鸣声响起，“黑梭”爬升冲上天空。是要飞向山谷营地吧，我能肯定，是卡尔驾驶着。这更好，我不需要他在我身边转来转去，监视和批判我的一举一动。

1号营房。上次我来是偷偷摸摸的，现在我则是光明正大地走进去，还有上校陪同在侧。我们穿过水下暗堡的狭窄走廊，每一处关卡都有湖境人士兵把守，他们全都向一旁让开，请我通过。我对这个地方的感受相当尖锐——我曾经被囚禁在这儿——不过现在已经没有丝毫恐惧了。我们沿着顶壁之中的管道，走向营房和整个塔克岛的心脏。控制室很小，很拥挤，满是屏幕和无线电设备，所有能挂图的地方都是地图。原本以为会看见法莱在这儿发号施令，但是我遍寻不见她的身影，反而是“湖境蓝”和“卫队红”颇为和谐地共存着。有两个男人和他们不同，身上穿的是厚重褪色的绿色制服，上面带有黑色的装饰细节。我不知道这是代表哪个国家或王国。

“清理房间。”上校咕哝着。他用不着高声粗气，其他人立刻就依令而行。

只有两个绿衣男人没动。我觉得他们似乎是一直在等我的。他们俩的动作出奇地一致，完全同步地转身面对我们。他们的制服上都佩有肩章，上面的图案是一个白色圆圈，里面一个深绿色的三角形——上次我在这儿见到的那些走私板条箱上，也有这个图案。

让人不安的是，这两个人是双胞胎，长相一模一样，不过似乎远不止如此。他们都有着卷曲的黑发，浓密得像帽子似的，泥灰色的眼睛，棕色皮肤，整洁完美的胡子。唯一不同的地方是一道参差不齐的疤，一个在左颊，一个在右颊——仅用于区分二人。我不禁心中一凛，而他们也眼神一晃。

“巴罗小姐，很高兴终于见到你了。”右颊有疤的男人伸出手来，但我不愿意去握。他不甚在意地继续说道：“我叫拉什，这位是我弟弟——”

“塔希尔，乐意为你效劳。”另一个接口道。随后他们优雅地点头致意，仍然是那种令人惊讶的同步。“我们远道而来，就是为了找到你和你的追随者。而等待仿佛——”

“尤其漫长。”拉什替他说完，看了一眼上校，后者眼睛深处微微闪烁，我看见了。“我们为你带来了一个口信，以及一项提议。”

“谁的？”我感觉难以呼吸，甚至头晕目眩起来。毫无疑问这两个人是新血——他们之间的联结并不是自然的——他们既不是诺尔塔人也不是湖境人。远道而来，他们刚才说，从哪儿来？

他们异口同声，犹如肃穆合唱：“蒙弗自由共和国。”

我突然很希望朱利安就在身边，好帮我回忆起他的那些课程，还有他烂熟于心的地图。蒙弗，一个山国，遥远得像是在世界的另一端。不过朱利安曾经告诉过我，蒙弗和南方的皮蒙山麓一样，由一些大公统治，他们全都是银血族。“我不明白。”我说。

“法莱上校也并不了解。”塔希尔说。

拉什插进来道：“因为共和国守卫严密，被群山——”

“积雪——”

“围墙——”

“刻意掩护着。”

这简直太讨厌了。

“容我致歉，”拉什注意到了我的不自在，“我们的基因变异与大脑相联结，这可能相当——”

“烦人。”我替他说了。他俩都笑了，但上校仍然眉头紧皱，血红色的眼睛闪着光。“所以你们也是新血了？像我一样？”我问。

两人一齐点头。“在蒙弗，我们被称作‘忠烈阿尔当’。不过每个国家的叫法都不一样，谁也不知道究竟该如何称呼那些既是红血族又是银血族的人。”塔希尔说道，“像我们这样的人很多，遍及世界，有些人身份公开，比如在我们共和国，有些人则身份隐秘，比如在你们这里。”他看了看上校，颇有深意地说：“不过我们之间的联系远超国家边境。我们保护自己，因为其他人不会伸出援手。蒙弗已经严守秘密二十年，在残忍镇压之中建立起了我们自己的共和国。我相信你能理解这些。”确实，我甚至都没在意自己的微笑扯痛了伤疤。“不过我们现在不再隐蔽了。我们拥有自己的军队和空军，它们终于有事可做了。除了诺尔塔和湖境之地，其他国家也仍然牢守政权。在红血族死伤无数之时，忠烈阿尔当则面临着更糟的命运。”

啊。原来上校接纳我们并非出于善意，甚至也不是出于需要，而是因为害怕。游戏的又一个玩家出现了，而他不了解他们。至少，他们拥有共同的敌人，这一点是显而易见的——银血族，像梅温那样的人，我们的敌人也一致。但我心里掠过一丝无法忽略的凛冽：卡尔也是银血族，朱利安也是银血族，他们打算如何处置他们？我必须像上校那样不动声色，看看这些人真正想要的是什么。

“首相戴维森，共和国的领袖，以大使之权责派遣我们来到这里，向红血卫队伸出友谊之手。”拉什说道，他自己的手则在大腿外侧抽搐着。“法莱上校已在两周前接受了这一同盟关系，他的上级、司令部的红血将军们也如是。”

司令部。法莱含糊其辞的所指，越来越近了。她从来也没解释过这个词到底是什么意思，而我开始一点点地窥见红血卫队的全貌。我没听说过“红血将军”，但我还是面无表情。他们并不知道我了解的情况有多么多——或多么少。不过以这孪生两兄弟讲话的方式来看，他们应该把我也当成了个领袖，可以掌控红血卫队。可我连自己都掌控不了。

“我们已经联合了相似的组织和团体，范围遍及所有陆地国家，这一网络犹如车轮辐条那般复杂。”拉什看着我说，“我们提供安全的通道，这里的任何一个忠烈阿尔当都可以前往给予他们安全、自由的国家。他们不需要战斗，只需要活着，自由地活着。这就是我们的建议。”

我的心狂跳起来。你只需要活着。我有多少次渴望这个东西？多不胜数。包括在干阑镇，当我痛苦地认识到自己平淡无奇，只是个无名小卒的时候，我想要的也只是“活着”。干阑镇教会了我平凡生活里的价值、配给，也教会了我别的东西，那是更重要的一课：任何事情都有代价。

“那么，你们想要什么作为回报？”我咕哝着，并不想听见他的回答。

拉什和塔希尔交换了颇有深意的一瞥，他们眯起了眼睛，却静默无声。我毫不怀疑这兄弟俩可以用语言之外的东西沟通交流，就像伊拉的耳语那样。“首相请求由你来护送他们。”两个人一起说道。

一个“请求”，才不会有这种东西存在呢。

“你本身就是燎原之火，对即将到来的战争将大有裨益。”他们不需要战斗。我就知道这里面根本不包括我。“你将拥有自己的军队，自己精心挑选的忠烈阿尔当，他们将追随守卫你左右。”

新血国王登基，那王位正是你为他所建。

几天前，当我逼迫卡梅隆加入我们的时候，她曾对我说过这样的话。现在我知道她究竟是什么感受了，也惊恐无比地发现她的话可能成真。

“只有忠烈阿尔当吗？”我答道，稳稳地站了起来，“只有新血？告诉我，你们共和国的真面目是什么样？你们只是用银血主子来交易新的东西吗？”

两兄弟仍然坐在那儿，用恳切的目光望着我。“你误会了。”塔希尔说着拍了拍左眼之下的那道伤疤。“我们和你一样，梅儿·巴罗。我们因自己身为忠烈阿尔当而备受苦楚，只是希望不要再有人重蹈覆辙。我们出于善意提供庇护，尤其是对你。”

撒谎。都是谎言。他们提供的不过是另一个舞台，要我在上面表演罢了。

“我眼下所在之处并无不妥。”我看向上校，盯着他那只好眼。他现在不再皱着眉头了。“我不会走的，现在不会。这里有一些事情亟待处理，都是些你们无所谓的红血族的困扰罢了。任何想跟你们走的新血，你们皆可带走，但我不会走的。如果你们想强迫我做出任何违反我自己意志的事，我会让你们尝尝被电熟的滋味。我不在意你们的血是什么颜色，也不在意你们声称的自由。告诉你们的领袖，仅有承诺无法打动我。”

“那么，你想要什么行动？”拉什问道，扬起修整精致的眉毛，“什么才能打动你，使你站到首相这一边呢？”

这条路我已经走过一遍了。在这局棋里，我有了自己的王牌——随便他们管这叫什么。但跟这两兄弟多说无益，所以我只是耸了耸肩。“行动给我看看，然后再说吧。”我暗自发笑，转身准备离开，“把梅温·卡洛雷的头拿来，你们的领袖便可以踩着我上位。”

可是，塔希尔的回答让我浑身的血都凉了：“你杀了那条母狼，可那对杀死小国王没有任何助益。”

我步履轻快地走出了控制室。

“这很奇怪，巴罗小姐。”

“怎么了？”我怒气冲冲地对着上校说道。他就不能让我平静地走出这座营房。他表露无遗的神情吓了我一跳，那是一种类似理解的表情，而我根本就没指望他会理解。

“你带了更多的追随者回到这儿，却失去了和你一起离开这儿的那些人。”上校扬起眉毛，倚在冰冷潮湿的走廊舱壁上。“那个村里的男孩，你的王子，我的女儿，他们看起来全都在躲着你。当然，还有你哥哥——”我猛地往前一步，让他把后半截话咽了回去。“节哀顺变，”他停了好一会儿才继续说，“失去家人总是难以承受的。”

我想起了上校房间里的那张照片。他有妻子，有另一个女儿，但这两个人不在这里。“我们都需要一点儿时间。”我说道，希望他不再深究。

“不要给他们太多，让他们了解你的罪过可不好。”

我没有心情争论，不过他说的没错。我重重伤害了那些与我最亲密的人，让他们看到了我躯壳之下的残忍。

“你刚才提到的‘红血族的困扰’是指什么？”上校继续说，“是否可以告知我？”

在飞机上，我曾对卡尔说我会到北方去。这话有一半是出于愤怒，想要向他证明自己，另一半则是因为那是正确的事，应该去做的事。因为长久以来我忽略了太多事了。

“几天前，我们拦截了一份行军命令，第一支儿童军团正开赴窒息区。”我想起艾达的话，呼吸滞涩。“他们接到的命令是穿越战壕，直接走到交战区域，这相当于去送死，是一场大屠杀。一共五千人，命在旦夕。”

“是新血吗？”上校问。

我摇摇头：“据我所知，不是。”

他一只手按着腰间的手枪，挺直了脊背，冲着地板吐了口唾沫：“好吧，司令部命令我协助你，看来我们是时候一起做些有用的事了。”

医务中心很安静，是个等待的好地方。莎拉获准离开银血族专用的营房，手脚麻利地为所有受伤的人做了治疗。现在，所有的床位都空了，只有一个除外。我侧躺着，盯着面前一扇长长的窗户。之前颇不真实的湛蓝天空变成了铁灰色，也许是又有一场风暴要来了，也可能是因为我的眼睛模糊了。我今天可不能再看阳光了。床单被浣洗过很多次了，非常柔软，我很想把它们拉起来裹住脑袋，好像那样就能阻止我回忆过去似的。而那些回忆仿佛一道道钢铁波浪，猛烈强硬地袭来。谢德的最后时刻，他的眼睛大睁着，一只手向我伸过来，而后鲜血溅满胸膛。他是折回来救我的，结果自己送了命。此刻的感觉像是几个月前，我藏在树林里，无法面对吉萨和她受伤残疾的手。我只要一想到，要面对家人，面对谢德留下来的黑洞，就觉得难以承受。他们一定在猜测着我身在何方——我这个牺牲掉他们一个儿子的女孩。不过，找到我的并不是巴罗家的人。

“我应该过一会儿再来吗？还是你已经自责够了？”

我猛地坐起来，只见朱利安站在床边。他的脸色已经恢复如常，掉了的牙也归位了，这都该归功于莎拉。他身上的衣服是塔克岛的备用品，很不合身，可他看起来仍然是老样子。我原以为他会对我笑一笑，甚至说句感谢，怎么也不该是冷嘲热讽吧——但那样就不是他了。

“我一个女孩就不能在这儿清净片刻吗？”我气鼓鼓地回敬他，又躺回了薄薄的枕头上。

“据我估计，你在这儿躲了半小时。这可比‘片刻’长多了，梅儿。”我的老先生努力想显得和蔼可亲一点儿，不过显然没成功。

“如果你非要知道的话，我是在这儿等上校呢。我们有一项行动要部署，我们说话的这会儿他正在招募志愿者。”*没什么可说的。*不过，朱利安可不是好打发的。

“所以你觉得花时间来小睡更有用——比如说，安置其他新血，安抚紧张不安的银血族，接受些医疗护理，或是跟你悲痛欲绝的家人说说话——都不如这有用？”

“我并不想念你的演讲，朱利安。”

“谎撒得真好，梅儿。”他笑了。

他快步走近我，在我旁边坐下了。他身上闻起来干净清爽，想必是洗过澡了。离得这么近，我能看到他瘦了很多，能看到他眼睛里的空洞虚无。*就连莎拉也无法治愈思想。*“演讲需要听众，而你已经不再听我的话了。”朱利安压低声音，捏着我的脸转向他，让我看着他。我太累了，只好听之任之。“或许任何人都不再听了，甚至卡尔也是。”

“你也要对我大喊大叫了吗？”

他笑了笑："我那么做过？"

"没有，"我轻声说，真希望自己不必如此，"你没有。"

"我现在还不想开始。我只是来告诉你一些你需要听的东西。我不会强令你听，不会强令你服从。我让你自己选择，这是理所应当的。"

"好吧。"

"我曾经告诉过你，任何人都可能背叛任何人，我知道你记得。"噢，我当然记得。"现在我要再说一遍这句话。任何人，任何事物，都可能背叛你——即便是你自己的心。"

"朱利安——"

"没有人生来就是魔鬼，正如没有人生来孤独。它们是逐渐形成的，经由选择和环境。后者无法控制，但前者……梅儿，我非常担心你。事情已经在你身上发生了，没有人理应遭受那些。你目睹了恐怖骇人的东西，做了恐怖骇人的事，这些会改变你。一旦做出错误的选择，你会成为什么样子，我太忧心了。"

我也是。

我握住了他的手，这触碰足以使我平静，但还是太弱了。我们之间的联结相当紧张勉强，我不知道该怎样把它稳定下来。"我会努力的，朱利安，"我喃喃说道，"我会努力。"

而在内心深处，我猜想着：有朝一日，朱利安会和别人讲述我的始末吗？当我变成了邪恶残忍的人，像伊拉一样的人，没有任何人爱她的人，他会议论我吗？我能保持原来的样子，一直是个努力的女孩吗？不，我不能这么想。我不会变成那样的。我是梅儿·巴罗。我足够强大。我确实做了一些事，恐怖骇人的事，并且不值得被原谅宽恕。但我还是在朱利安的眼睛里看到了原谅宽恕，这让我充满了勇气。我不会变成残忍魔头的，不论在以后的日子里还有多少"不得不"。我不会失去自我，就算因此而死，也在所不惜。

“那么现在，你是否需要我带你去你家人的铺位？还是你自己能找到？”

我忍不住哼了一声：“难道你知道怎么走？”

“质疑长辈是不礼貌的，闪电女孩。”

“曾经有个老师叫我质疑一切呢。”

朱利安的眼睛亮了，颇为自豪地挺起胸脯：“你的老师真是个智者。”

我注意到他的目光游移，眼神里的光亮消失了。他盯着我的锁骨，盯着那个烙印。我本想把它遮住，不过还是没有动。我不会遮掩这个烙进我身体的字母 M，不会对他遮掩。

“莎拉能复原这个，”他轻声说道，“要我叫她来吗？”

我颤抖着两条腿站了起来。浑身上下伤痕累累，很多处我都希望莎拉帮我治愈，但这一处不必。让它留在这儿，提醒我们所有人吧。

我们手挽着手离开了空荡荡的医务中心。我们的脚步声回荡其间，白色的房间正渐渐褪为灰色。外面，暗色笼罩了整个世界，冬季蛰伏已久——它就要降临了。不过我喜欢寒冷的空气，它让我得以清醒。

我们穿过中央场院，向 3 号营房走去。一路上我留意观察四周，看到一些熟悉的面孔混迹在不同的人群中。有些在训练，有些则在运送货物，有些就是毫无目的地瞎转悠。艾达钻进一辆货车底下，手里拿着修配说明书。洛里跪在她旁边，在一堆工具里挑挑拣拣。几码之外，达米安加入一队红血卫兵之中，正和他们一起慢跑。从山谷营地来的人，我只看见了这几个，不由得一阵反胃。卡梅隆、尼克斯、阿奶、加雷斯、琪萨……他们在哪儿？我心里难受极了，可还是把这些情绪压了下去——我只有力气为确定已经死去的人哀伤。

朱利安是不允许进入 3 号营房的。他对我提起这个时，脸上带着谨慎的微笑，言辞间却流露出些许不屑。虽然那些命令毫无道理，但他还是顺从听任了。“我只是在努力做个‘好’银血族。”他干巴巴地说，“上校准许我们离开自己的营房，这已经很友善了。我可不愿意辜负他的信任。”

“我过一会儿来找你，”我紧握他的肩膀，“那儿的情况必定越来越糟。”

朱利安只是耸耸肩：“莎拉正在花时间为大家愈疗——我们想减少伤员病号和营养不良者，那些愤怒激进的银血族另有地方安置。他们知道你为他们做的一切，所以没有理由找麻烦——暂时。”*暂时*。简单而有效的警示。上校不懂得该如何妥善处理数量如此众多的银血族流亡者，要不了多久就会拿错主意。

“我会尽力的。”我叹了口气，在我那“未尽事宜列表”里又填上了一条：预防可能的暴乱。*别在老妈面前哭；向法莱道歉；想出拯救五千个孩子的办法；哄好一撮银血族；以头撞墙*——看起来挺可行的。

营房和我记忆中的一样，满是迷宫一般的拐角曲折。我走错了一两次，不过最后还是找到了那扇把手上绑着紫色布条的门。它紧紧地关闭着，我不得不抬手敲门。

来开门的是布里。他刚刚哭过，脸涨得通红，这样子让我也立刻就要哭出来。“等了你够久。”他怒声说着往后退了一步，让我进屋。他冷硬的口气让我瑟缩，但我一点儿也不想反击，而是拉住了他的胳膊。他愣住了，不过没有甩开我的手。

“对不起。”我对他说。而后，我放大了声音，对屋子里的其他人说：“对不起，我没有早点儿过来。”

吉萨和特里米坐在不配套的椅子上，老妈蜷缩在铺位上，老爸的轮椅稳稳地停在她身旁。老妈转过头，把脸埋在枕头里，而老爸直直地盯着我。

“你要事缠身。”老爸说。他还是那么粗鲁，但比以前更尖刻了。我活该。“我们明白。”

“我应该早些过来。”我往屋子里走了几步。这个狭小的地方怎么会让我如此恍然若失呢？“我把他带回来了。”

“我们看见了。”布里厉声说道，在老妈对面的铺位上坐下，壮实的身子把床铺压得一沉。“一根针，小小的一击，就把他带走了。”

“我记得。”我没来得及拦住自己的话。

吉萨盘坐在椅子上，两条瘦瘦的腿压在身下。她把那只受伤的手弯来折去，好分散自己的注意力。“你知道是谁杀了他吗？”

“托勒密·萨默斯，一个磁控者。”在尸骨碗的角斗场，卡尔本可以把那个邪恶的男人杀掉，可他心软了。他的仁慈害了我哥哥。

“我知道这个名字。”特里米说，他只是想说点儿什么来缓解紧张气氛，“他是那时要对你行刑的刽子手，没能杀死你，反倒杀了谢德。”这话听起来像是指控，我不由得低下头看着自己的鞋子，不去对视那伤人的目光。

“至少你还把他带回来了。”布里没办法安稳待着，又站了起来，居高临下地看着我，做出一副威吓的样子。他忘了，我现在已经不会被蛮力吓到了。“是吗？”

“我杀了很多人。”我的声音颤抖沙哑，但仍继续说道，“我甚至都不知道究竟有多少人。不过我知道，王太后是其中一个。”

老妈从床上坐了起来，终于看向我。她的眼睛里满含着泪水。“王太后？”她轻声说道，屏住了呼吸。

“我们也把她的尸身带回来了。”我颇为急切地说。谈论她的尸体要比为我哥哥悲伤容易得多。于是我对他们讲了录影带的事，还有我们打算做的事。

那段骇人的东西今晚就送出去，将夹在晚间新闻简报里播出。这简报现在已经是每日强制的了，是《加强法案》的补充，强迫王国里的每个人伴着谎言和洗脑宣传吃下晚餐。内容通常是年轻热情的国王，前线的胜利，诸如此类。不过明晚就不是了。诺尔塔将看见死去的王太后，全世界将听到我们揭竿而起的号召。布里踱着步子，想到内战便忍不住狂笑起来，特里米也跟着他走来走去，张狂大笑，像以往一样。他俩闹哄哄地讨论着，已经想象着一块儿进军阿尔贡，把红旗插上白焰宫废墟的情景了。但吉萨冷静得多。

“我猜，你不会在这儿停留太久。”她有些绝望地说道，“他们需要你回到大陆去，去继续征募新成员。”

“不，我不会去征募新人了，至少这一阵子不会。”

我就要打破他们的希望了，尤其是老妈，一想到这个我就难以承受。我也可以什么都不告诉他们，但上次就不告而别，我不想再有那种事了：“我会去窒息区，很快就要去。”

老爸突然大声嚷嚷起来，我都担心他会从轮椅上摔下去。“你不准去！只要我还有一口气，你就不能去！”他重重地呼吸，强调着自己的观点。“我的孩子绝不能再到那个地方去。永远不能。你敢说一句我不能阻止你，试试看！相信我，我能，而且我一定做得到。”

窒息区曾经夺去了老爸的一条腿、一个肺。他在那个地方失去了太多。现在，他一定以为也会在那里失去我。“我绝对相信你办得到。”我想幽他一默，这招儿通常都是很有效的。

但这一次，他挥挥手让我别来这套，然后转动着轮椅冲到我面前，速度快得都撞到我的小腿了。他满面怒火地瞪着我，用颤抖的手指指着我：“你得跟我保证，梅儿·巴罗。”

“你知道我不能那么做。”随后我便对他讲了前因后果。五千个孩子，五千个别人家的儿子、女儿。卡梅隆的话是对的，血色的区隔仍然存在，且非常坚实，他们已经忍无可忍了。

“那就让别人去。”他咆哮着，强忍着不让自己崩溃。我从来没想过会看到老爸流泪，现在我希望自己能忘记这一幕。“上校，王子，其他人不管谁都行。”他紧紧钳住我的胳膊，就像一个漂浮在海上的人。

“丹尼尔。”老妈的声音温柔、平静，就像空旷天空里的一片云彩。“让她去吧。”

当我从自己手腕上扳开老爸的手时，我发觉自己也在哭。

“我们会和她一起去。”

布里冲口而出，我都没来得及阻止他。老爸的脸涨成了紫色，悲痛转变成了愤怒。“你想让我犯心脏病死掉吗？”他嚷嚷着，转身看着我的长兄。

“她从来没去过窒息区，不知道那里是个什么情况。”特里米插进来说，“但是我们去过，我们俩在那战壕里待的时间加起来将近十年。”

我连忙摇头，抬手不让他继续说下去，免得老爸真的崩溃：“上校会去的，他知道窒息区，所以没必要——”

“他只知道湖境人那一边的情况。”布里已经站在行李箱旁边，开始翻检他的东西了。他在找要带走的东西。“可是诺尔塔的战壕是不一样的设计，他要不了多久就会晕头转向。”

在我的记忆里，这可能是布里说过的最有智慧的话。他从来不被人当作聪明孩子，但是话说回来，他毕竟在前线待了五年还能活着复员，比大部分人的四年兵役都要长，这不可能全凭运气。我突然意识到，两个哥哥身上的勇气，远比我以为的多。我曾经想过，哥哥们错过了多少我的成长历程，但反之亦然，对我来说也是一样的。他们已经不是我记忆中的样子了。他们像我一样，已经是战士了。

我的缄口不言犹如默许，他们立刻就开始打包行李了。我真希望自己能告诉他们不要去。如果我真心实意那么说，他们也许会听的。但我说不出口。我需要他们，一如我需要谢德。

我唯有祈愿，不要把这两个哥哥也送进坟墓里去。

我就那么待了好一会儿，才发现自己抖个不停。我爬上老妈旁边的铺位，任由她抱着我，一直抱着我，很久。我做了最大的努力，不让自己哭出来。但我的努力永远不够。

GLASS SWORD

第二十九章

乱糟糟的大厅里人满为患，但不是为了吃饭。上校发出“绝对优先－顶级任务”的征集令不过一小时，这里便挤满了他精心挑选的亲信和主动前来的志愿者。湖境人都很安静，训练有素，严肃刻板，红血卫兵就要吵闹得多了，就连法莱也难以一下子整顿好。她已经被重新任命为上尉了，但是看起来毫不在意。她一言不发地坐着，心不在焉地捏着一条红色的围巾。当我走进这一片混乱，身后还带着我的两个哥哥时，嘈杂的声音一下子消散了，所有人都在盯着我看。法莱除外。她连头都没抬。我穿过大厅时，洛里和达米安还鼓起了掌，让我不禁一阵脸红。接着，艾达也开始拍手，让我十分惊喜的是，她身旁站着阿奶，还有卡梅隆。她们没事。我微微吸气，想要放松一点儿，可是环顾四周，我也没见到尼克斯、加雷斯和琪萨。他们可能是自愿不来参加的，因为伤得太重，尚未脱险。我这么想着，在法莱身边坐下了。布里和特里米跟过来，紧挨着我身后，像是两个贴身护卫。

第二十九章

我们并不是最后到场的，海瑞克也来了。他应该是刚从山谷营地被接来，匆匆冲我点了下头。他没关门，奇隆随后走了进来，后面跟着卡尔，还有朱利安和莎拉。我的心霎时狂跳起来。大厅里一下子静了——但表达的是截然相反的情绪。很多人——大多是湖境人，一见到这三个银血族就站了起来，叫嚷声此起彼伏，听不清他们到底在说什么，但意思明白无误：我们不希望你们在这里。

混乱之中，卡尔和我四目相交，也许只有短短一秒钟，他便先转过头，在房间后面找了个位子坐下了。朱利安和莎拉跟在他身边，无视其他人的揶揄和敌意，奇隆则走到前面，拉过一把椅子就坐在了我旁边。他很随意地朝我点了点头，好像只是来吃顿饭。

“所以这到底是要干吗？”他说道，嗓门儿大得足以压过其他人的议论声。

我盯着自己的这位好朋友，有些茫然无措。上一次见面，还是他把我从法莱身边拽走，一脸厌恶的神情。现在他却满面笑容，甚至还从外套里掏出一只苹果，让我咬第一口。我有些犹豫，但还是接受了这好意。

“你都不像你自己了。”他在我耳边轻声说道，随后把苹果抢回去，自己咬了一大口。“忘了那些，还像我们在干阑镇时那样瞎胡闹，怎么样？”

微笑扯动伤疤，一阵疼痛。“好啊。”我压低声音，只让他一个人听见，“谢谢你。”

有那么一瞬间，奇隆愣住了，颇为少见地若有所思起来。不过很快他就挥了挥手，语带讥讽地说：“拜托，我可见过你干更荒唐的事。”这不过是安慰我的谎言罢了，但我还是任由他说。“现在这个‘绝对优先－顶级任务’到底是什么？是你的主意还是上校的？”

说曹操曹操就到，上校走进大厅，张开双臂，让所有人安静下来。“我的。”我嘟哝着。这时抱怨议论的声音已经低下去了。

“安静。”上校的吼声犹如一记鞭子，湖境人立即服从了，动作迅速地在座位上坐好。他扫视四周，那些持异议的人也都闭上了嘴。他看着房间后面——卡尔、朱利安和莎拉，说道：“他们三个是银血族，没错，不过也是我们行动的可靠盟友。他们来这儿是获得我许可的，你们对待他们要像对待其他盟友一样，要像对待我们同一战线的兄弟姐妹一样。”

所有人都默不作声。目前是。

“你们来到这里，是因为一项你们尚不清楚的特殊行动。这是一种真正的勇气，我要因此赞扬你们所有人。”上校继续说着站到了大厅的最前面。我猜想他以前应该做过同样的事，因为在这个位置，他那参差不齐的头发、血红色的眼睛和指挥若定、居高临下的口吻赋予了他绝对的权威感。“正如你们所知，征兵令年龄下调至十五岁，导致更多年轻人入伍。目前，就有这样一个军团正开赴前线。军团有五千人，统统只接受过两个月的训练。”人群里冒出了愤怒的议论声。“我们要感谢梅儿·巴罗和她的团队为我们提供了这一信息。”

我忍不住瑟缩发抖。*我的团队*。他们是法莱的人，甚至是卡尔的人啊，唯独不是我的。“巴罗小姐也是第一个自愿站出来阻止这一悲剧发生的人。”

奇隆猛地回头看我，脖子发出“咔嚓”一声。他睁大了绿眼睛，不知是因为愤怒还是感动，也许二者皆有。

“他们被戏称为‘小玩意儿军团’。”我说着强迫自己站起来，好面对一屋子的听众。他们盯着我，悬悬而望，每一道目光都犹如一把利刃。博洛诺斯夫人的课程这会儿可派上用场了。“根据我们的情报，这些孩子将被直接派往窒息区，依令穿越交战区域。国王想要他们的命，这样便可以不动声色地恫吓人们，一旦我们毫无作为，他就成功了。我建议双管齐下，分头行动，由法莱上校和我分别领军。我将在科尔沃姆之外，设法用士兵假扮十五岁的少年混入军团，以区隔银血族军官和无辜孩童。随后我们将直接前往窒息区。”我尽了全力，想让目光盯住屋后的墙壁，它们却一直滑向卡尔。这一回，是我闪躲开了。

“这是自杀啊！”有人喊道。

上校走到我旁边，摇着头说：“我将率领部下返回北方，在湖境人的阵线等待接应。我与那里的驻军有联系，可以为巴罗小姐赢得足够的时间，穿越交战区域。一旦她抵达我部，我们将一起撤回伊德里斯湖。两艘运粮货船可以载我们抵岸，我们便从那里进入争议地区。”

“荒唐！”

我都不用抬眼看就知道是卡尔站了起来。他的脸泛起银光，双拳紧握，被这愚蠢之极的计划惹恼了。看着他的样子我差点儿笑出来。

“一百年以来，从来没有一支诺尔塔军队跨越过窒息区。从来没有。你觉得你能领着一群小孩成功？”他转向我，急切恳求道，“要是运气够好，你最好带他们返回科尔沃姆，藏在树林里，不管怎样都比穿越那该死的杀戮地好得多。”

上校泰然自若地听着，而后问道：“你最近一次到窒息区是什么时候，殿下？”

卡尔不带一丝磕绊：“六个月前。”

“六个月前，湖境人在前线布控了九个军团，以抗衡诺尔塔的军事力量。而现在，湖境人只有两个军团在那里。窒息区几乎是四敞大开的，而你的弟弟并未意识到这一点。”

“陷阱？或者，声东击西？”卡尔急急说道，思索着这究竟是什么意图。

上校点头道：“湖境人计划向塔里翁湖推进，这样，当诺尔塔军队正忙着保卫一片无人在意的荒地时，巴罗小姐便可以放心大胆、毫发无损地穿越交战区了。”

“这就是我的计划。”我慢慢地、坚定地武装着自己的心。我希望自己看起来英勇无畏，因为我真的没体会到这种感觉。“谁愿意和我一起去？”

奇隆第一个站了起来，这在我意料之中。还有很多人也站起来了——卡梅隆，艾达，阿奶，达米安，甚至还有海瑞克。不过，没有法莱，她像生了根似的坐着，任由自己的副官也站起来加入了。那条红色的围巾紧紧缠在她的手腕上，勒得她的手泛起了淡淡的蓝色。

我极力不去看他。我真的尽力了。

在房间后面，流亡的王子站了起来。他迎住了我的目光，仿佛只是他的眼睛便可以点燃我。没用的。我已经没有什么可燃烧的了。

塔克岛的公墓里，泥土翻了起来，混着纠结的海草，显然这儿的墓茔都是新的。四处搜集来的石头矗立着，用作墓碑，每一座上面都由挚爱之人刻下了伤痛的词句。我们把谢德的棺木沉入墓穴，所有巴罗家的人围拢着站成一圈。此时此刻，我意识到我们其实算是幸运的——至少至少，我们还有遗体可以收敛下葬。很多人连这种好运都没有，比如尼克斯、琪萨，以及加雷斯。据艾达所说，他们既不在“黑梭”上，也不在货运飞机上。他们死在了克洛斯，和另外四十二个人一起死在那儿了。艾达的计数不会错的。但是，有三百人活下来了。用四十五条命，换三百个人，很合算。我对自己说。合算的交易。即便只是在脑海里想一想，这话都让我觉得刺痛不已。

寒风之中，法莱紧紧地箍住自己，却拒绝披上一件外套。上校也来了，保持敬意地站在比较远的地方。他不是为谢德来的，而是为了他悲痛欲绝的女儿，尽管他并没有去安慰她。让我惊讶的是，法莱身旁的是吉萨，她用一只胳膊搂住了上尉的腰。而更让我吃惊的是，法莱竟然同意她这么做。我不知道她们俩是什么时候认识的，居然已经如此熟识亲近了。

不知为何，在我的悲伤之下，另有一丝嫉妒。没有人来安慰我，就连奇隆也没有。谢德的葬礼规格很高，远超他所应享有的仪礼，然而他已经高高坐在天上，远得没有任何人看得见他哭泣。他的脸渐渐晕染消散，没法儿再看着布里和特里米往墓穴里填土了。

我们什么也没说。这太艰难了。呼啸的风扑面而来，我迫切地想要一点儿温暖，一点儿抚慰的热度。但是卡尔不在这儿。我的哥哥死了，卡尔却固执强硬，都不愿来参加他的葬礼。

老妈铲上了最后一点儿土，她的眼窝是干的，泪已经流尽了。至少，在这一点上我们相同。

墓碑上刻着：谢德·巴罗。这几个字母看起来犹如刨抓楔刻，更像是某种猛兽所为，而不是我父母写的。他不该葬在这儿。他应该回到我们的家乡，在河边，在他喜欢的树林里。不该在这儿，在这个贫瘠的岛上，四周尽是些沙丘和水泥，唯一相伴的，只有一望无际的天空。这不是他应有的归宿。乔知道这一切会发生。乔放任它发生了。更幽暗的思绪攫住了我。也许这是另一桩交易，另一种筹码。也许这已经是他所有可能的命运中，最好的一个了。我最聪明的哥哥，我最在乎的哥哥，他总是会来救我，总是懂得该说什么。这怎么能是他的结局？这怎能称得上公平？

这世上什么都有，偏偏没有公平——我再清楚不过了。

我的视野模糊了，盯着那已经覆盖上泥土的坟墓，不知过了多久，直到只剩下我和法莱还在公墓里。当我抬起头时，她正看着我，身上涌动着愤怒和悲痛。风吹起了她棕色的头发，它们长了几个月，已经长及下巴了。她猛地把它们撩开，动作粗暴得简直像是抽了自己一巴掌。

“我不会跟你一起去。”她终于挤出一句话。

我只能点点头：“你为我们做的已经够多了，太多了。我明白。”

她冷冷一笑：“你不明白。我并非对保护自己毫不在意。至少现在是在意的。”她看向那座新坟，落下一滴眼泪，但她没注意到。“我的疑问的答案。”她喃喃自语，似乎不是在对我讲话。她随后摇摇头，靠近我。“它现在已经不是问题了。我已经知道了，深深埋在了心里。我想谢德也一样。他很有悟性，和你不一样。”

“我为你失去的所有亲人感到遗憾，”我生硬地说道，“我很抱歉——”

法莱只是挥了挥手，拒绝了我的歉意，甚至都不管我是怎么知道这些的。“谢德、我的母亲、我的妹妹。还有我的父亲，他本该活下来的，但我还是失去了他。”

我记起了上校脸上的忧虑，当我们返回塔克岛时，他的关切是很明显的。他在为他的女儿担忧害怕。“我不太确定，但真正的父亲都不会离开他所深爱的孩子的。”

风吹拂着法莱的刘海，挡住了她的脸，也几乎挡住了她眼睛里震惊的神色。震惊——以及希望。她一只手抚着肚子，出奇地温柔，另一只手则拍拍我的肩膀。“我希望你这次也能活着成功，闪电女孩。你并不是糟糕透顶的。”

这大概是她对我说过的最好的话。

她转过身，再也没有向后看。几分钟后，我离开时，也没有回头。

没有时间为谢德或其他人悲伤。二十四小时之后，我将再次登上“黑梭”，忘记内心的柔软，准备战斗。这是卡尔的主意，他提议我们等到天黑，等我们那段强行插播的录像传遍全国，再离开塔克岛。当梅温的走狗来追击时，我们已经腾空而起，飞往科尔沃姆郊外的秘密空军基地了。上校则会一直向北，在夜色的掩护下渡过湖泊，穿过包围圈。到了早上，如果计划顺利实施，我们将各自率领军团，在窒息区边境两侧就位。而后，便是长驱直入。

CHAPTER29

第二十九章

上一次我离开老爸老妈时，是不告而别，那可要容易多了。和他们说“再见”简直太难了，我几乎想落荒而逃，跑到“黑梭”上去寻求熟悉的安全感。但是我强迫自己分别抱了抱他们，多少给他们一点点的安慰，尽管那可能都是谎话。

“我会保护他们安全的。”我轻声说，把头埋在老妈肩上。她的手指绞动着我的头发，飞快地为我扎好辫子。灰色的发梢散开来，就快及肩长了。“布里和特里米。”

“还有你，”她也轻声回答，“也要保护好你自己啊，梅儿，拜托了。”

我黏在她身上点点头，一点儿也不想动。

老爸的手握住我的手腕，温和地拉了拉。虽然早些时候还大发脾气，他却是那个提醒着我必须前往窒息区的人。他的视线越过我的肩膀，望向我们身后的“黑梭”。其他人都已经登机了，只有巴罗家的人还在跑道上。我猜，他们可能是想给我们一些私人空间吧，不过我根本不需要这种东西。前几个月，我生活在一座山洞里，再往前，是一座满是摄像机和警卫的宫殿。我根本不在乎旁观者和监视者。

“给你。”吉萨突然说道，伸出她那只没受伤的手，摊开一块黑色的绸子。它摸起来冰凉而光滑，就像是用香油编织的。“以前的。”

绸子上装饰着红色和金色的花朵，那是刺绣大师的杰作。“我记得。”我喃喃说道，用一根指头抚摩着这难以置信的完美艺术品。这是好久好久以前她在绣的，直到被警卫砸伤手骨的前一晚还在绣。这条绸子一直没有绣完，仿佛是她曾经的命运。就像谢德一样。我颤抖着，把它系在了自己的手腕上。“谢谢你，吉萨。”

我掏了掏口袋：“这个是给你的，小姑娘。”

是一件不值钱的小玩意儿：一只耳环，和我们四周的冬季海洋很相称。

她接住的时候屏住了呼吸，一下子泣不成声。但我不能去看那些眼泪，我转过身，把他们留在背后，登上了“黑梭”。舱尾坡道在我身后关上了，当我的心跳恢复正常时，我们已经飞上了天空，在大海的上空呼啸而过。

和上校带领的那批前往湖境之地的士兵相比，我这里的人手相当少。毕竟，我能选择的就不多：得看起来年幼，可以假扮“小玩意儿军团”里的孩子，最好还是服过兵役的，知道士兵都是如何行事。符合要求的有十八名红血卫兵，也在“黑梭”上。奇隆和他们坐在一起，努力地帮他们适应我们这组织严密的小分队。艾达没有和我们在一起，达米安和海瑞克也是，他们没法儿假扮青少年，所以加入了上校的队伍，做些力所能及的事。阿奶虽然年纪很大，可她是不受限的，她的外貌可以随时变化，多少张各不相同的年轻脸庞也难不住她。卡梅隆当然也在——到窒息区去，最初就是她的目的，她兴奋不已，差点儿因为肾上腺素而跳起来。她在想着她那个被掳到军团里的弟弟。我发觉自己有些嫉妒她：她还有机会救他。

卡尔和我的两个哥哥是最难化装的。布里虽然有张娃娃脸，可他的块头太大了，根本不像十五岁的孩子。特里米太高，卡尔更能让人一眼认出来。不过，他们的用处并不在于外貌，甚至也不在于强壮和力量，而是在于他们对交战区域的熟悉。如果没有他们，我们绝不可能穿过迷宫般的战壕，进入窒息区那噩梦般的荒野。我只在照片上、新闻里，还有梦里看到过窒息区。发现自己的异能之后，我还以为自己永远都不必到那里去了。我还以为自己逃脱了那样的命运。我真是大错特错。

“三小时后抵达科尔沃姆。”卡尔大声说道，仍然看着他面前的仪表设备。他旁边的座位引人注目地空着，那是我的位置。但我没去加入他，谁叫他抛下我独自面对谢德的葬礼的。

“揭竿而起，血红如同黎明。”红血卫兵们齐声高喊，同时用枪敲击地板，咣咣有声。我们全都吓了一跳。尽管卡尔装作什么都没发生，我还是看见他的嘴角不自在地撇了一下。我不是你们革命的一部分，他曾经这么说。好啊，你看起来就是其中一员呢，殿下。

“揭竿而起，血红如同黎明。”我静静地说道，不过相当坚定。

卡尔展开眉头，看向舷窗之外。这个神情很像他的父亲，我不禁想着，他原本会成为什么模样：一个心思深沉的战士、王子，和恶毒的伊万杰琳结婚。梅温曾说，卡尔根本活不过加冕礼当晚，但我并不真的相信这话。金属由烈焰锻造，而不是反过来。他不仅会活着，而且还会统治全国。至于会做些什么，我就说不好了。我以前以为自己懂得卡尔的心，但现在我发觉那根本就不可能。没有一颗心能真正被人理解懂得，甚至你自己的也不例外。

时间在令人窒息的静默中一分一秒地过去，飞机之内，我们一动不动，可地面之上，一切都在运转。我那段录像经由新闻转播已经传遍了整个王国。

我希望自己身在阿尔贡，站在车水马龙中央，看着整个世界发生巨变。银血族会如我所愿做出反应吗？他们会正视梅温的背叛和出卖吗？还是会转过头去，视而不见？

“科尔沃姆着火了。”

卡尔靠在驾驶舱的舷窗边，目瞪口呆。“中心城区，还有里弗镇的贫民窟。”他一只手抓抓头发，有些不知所措，“暴动了。”

我的心脏漏跳了一拍，紧接着又沉了下去。战争开始了，而我们并不知道会有什么样的代价。

机舱里的其他人却爆发出一阵欢呼，鼓掌，握手，让我不由得反胃。我踉跄着离开座位，两只脚相互绊在一起。绝不能摔倒，绝不能。但我勉强撑到机舱尾部时，几乎已经要瘫成一堆了。我感觉头晕目眩，恶心想吐，好像马上就要把晚饭喷出来了——哦，我根本没吃晚饭。我一只手摸索着附近的金属配件，用冰凉的触感让自己冷静。这有了点儿效果，但我的头还是很晕。你想要的就是这个。你等待的就是这个。是你让它发生的。这是交易。这是筹码。

我极力忍耐着不适，可这太难了，控制力开始松懈。飞机上的每一阵脉冲，发动机的每一转，我都能感知得到。它们在我的脑袋里交织，构成一幅白色和紫色的地图，明亮尖锐，让我无法承受。

“梅儿？”奇隆从座位上站了起来。他朝我走来，伸出一只手——这样子太像是谢德的最后时刻了。

“我没事。”我撒了谎。

好像是警报响了，卡尔从驾驶座上转过身，目光立刻找到了我。他穿过机舱，靴子踏在金属的地板上，脚步声有力而从容。其他人不敢拦住他，他们害怕这位烈焰王子。我害怕的却不是这个，便用后背对着他。他一下子把我扭过来，丝毫温柔也无。

“冷静。”他厉声说道。现在没工夫压制暴躁脾气了。我很想把他推开，但我明白他要做什么。我点点头，表示同意，努力地按他说的做。而这倒让他平静了一些。“梅儿，冷静。”他重复道。但这一句是只对我说的，仍然有着我记忆中的柔软。要不是因为飞机上的轰鸣脉冲，我都要以为我们又回到了山谷营地，在我们的寝室里，在我们的小床上，被我们的梦境包裹着。“梅儿。”

警报又一次响了，随后机尾便爆开了。

冲击力猛拍向我的背，让我眼冒金星。我的嘴里满是血腥味，而且感到了爆炸的高热。如果不是卡尔在，光是这大火也能把我烧成灰了。幸好，火苗舔舐着他的胳膊和背，而我被他护在身下，没被烧到。火燃烧得猛烈，退去得也迅速，因为它们被卡尔用自己的异能压制住了，偃旗息鼓成了小小的火苗。然而，即便是卡尔也无法将飞机复原——或是挽救我们于坠落空中。巨大的声响像火车似的隆隆轰鸣，仿佛有上千个音爆者同时发声，简直要把我的脑袋劈开。我四下乱抓，不管是金属还是血肉。

当我的视野清晰起来之后，我看见的是黑色的夜空和古铜色的眼睛。我们紧拉着彼此，像两个被困在流星中的孩子。而在我们四周，“黑梭”四分五裂，片片块块相互摩擦着，发出令人毛骨悚然的声音。时间一分一秒地过去，“黑梭”的大部分都消失了，只有薄薄的金属板还在。它刺骨冰冷，让人窒息，而且完全没办法按我的意志活动。我攀住身体下面的金属板，用尽了所有力气。我眯着眼睛，看见了黑乎乎的地面，它正飞速迫近，让我惊恐万状。一片阴影闪过，它有着电力驱动的心脏和闪耀的机翼——金鱼草。

“黑梭”的残骸向下坠落，我的胃也猛然下沉，翻腾难当，我连叫喊的力气都没有了。但其他人还能叫，我听得到。他们哭喊着，祈求着，恳求重力的拉扯大发慈悲。四周的零部件震颤起来，随之响起的，是熟悉的声音。金属，撞击着，重建着。我心里一惊，明白了到底发生了什么。

飞机不再是飞机了。它变成了一个笼子，一个陷阱。

一个坟墓。

如果我能说话，我一定会对卡尔说对不起，说我爱他，说我需要他。但寒风和坠落挤压得我开不了口，喘不过气。我已经无话可说了。他的触碰还是那样熟悉，一只手放在我的脖子上，恳求我看着他。像我一样，他也口不能言了。但我仍然听见了他的道歉，他的懂得。我们只需要彼此，别无他求。地平线上科尔沃姆的灯火，疾速靠近的地面，还有我们要去寻觅的命运，全都不复存在了。只有他的眼睛，即使在黑暗之中，也闪烁着光芒。

风太强了，吹着我的脸和头发。老妈梳的辫子散开了，她留给我的最后一点儿念想也消散了。我很想知道，谁会把我的死讯告诉她——如果真有人能知道我们的结局。这正是梅温朝思暮想的结局。这一定是他的主意——杀了我们，并在此之前给我们时间，弄明白即将发生什么。

当这个笼子猛地停止下坠时，我大叫了起来。

我垂下的胳膊底下有一片坚硬的草叶，轻轻拂着我的指尖。怎么？我想着，要把它推开。但是要保持平衡太难了，我一下子倒了下去，整个笼子也晃了起来，就像吊在树上的鸟笼。

“别动。”卡尔咆哮着，一只手扶住我的后颈，另一只手抓住了一块铁板，把它烧红了。

我循着他的目光看去，只见森林中间被辟出了一个大大的圆形空地，中间围着一圈人。银色的头发明白无误地表明，他们是萨默斯家族的磁控者。他们伸出双臂，动作整齐划一，让笼子渐渐放低。当它落下最后一英寸时，我们同时叫了起来。

“松开。”

那声音犹如一道闪电劈来。我挣脱开卡尔的手，跳起来撞向铁笼的接缝处。但是我还没碰到它，铁板就散开了，惯性推着我往前冲了好几步。我跌跌撞撞地扑向冻结成冰凌的草丛，划破了膝盖。有人打了我的脸，把我掀翻在泥地里。我朝着他们的方向射出一道电光，但这还击太仓促了，我击中的是一棵树，它爆裂开来，咔嚓咔嚓地倒了下去。

一个铁腕人用膝盖撞向我的背，力气大得把我肺里的空气都挤了出来。一只手攫住了我的喉咙，那手指的触感很奇怪，似乎覆盖着塑料，也许是戴着手套。我抓向这只手，冲它放出电火花，但是无济于事。他毫不费力地把我拎了起来。我只能拼命踮着脚尖，免得吊死自己。我想叫喊，可也没有用。我惊慌失色，犹如万箭穿心，瞪大了眼睛搜寻着脱身的办法。然而，我却只看见我的朋友们仍然困在铁笼里，徒劳地拉拽着铁板。

金属碎片再次震颤抖动起来，它们旋转扭曲，每一片薄板都成了一间监狱。我透过青肿的眼睛，看见那些金属长蛇纠缠着卡尔、奇隆，以及其他人，盘绕上他们的手腕、脚踝、脖子。即使是像熊一样强壮的布里，也没办法挣脱这些卷绕的铁条。卡梅隆拼尽全力，一个接一个地灭失掉磁控者的异能，但是对方人数太多了，一个倒下了，立刻就有下一个接替上来。只有卡尔能真正称得上抵抗，不停地灼烧熔化着那些靠近的板条。可他才刚从高处坠落，一时分辨不清方向，而且一只眼睛上方受了伤，流着血。这时一块硬板击中了他的后脑，只听“咔嚓”一声，他便失去了知觉。他的眼皮抖动着，我急切地希望他赶快醒过来。可是那些银色的藤蔓攀了上去，越收越紧，尤其是勒在他脖子上的那条，深深楔进了皮肉，足以让他窒息。

“住手！”我哽咽着，拼命地发出声音。铁腕人的钳子毫无新意，而现在我也是用自己平凡瘦弱的血肉之躯在抗争。然而一切努力都没有用。“住手！”

“你没资格讨价还价，梅儿。”

梅温惺惺作态地待在暗处，待在他的阴影里。我看着他的身影近了，那顶镶嵌着锋利尖钉的王冠就在他的头上。当他走到星光之下时，我感到一阵心满意足的刺痛。这张脸和那拖着长音的腔调太不相符了：他的眼睛下面挂着黑眼圈，像被人打了一样，前额亮晶晶的覆着一层汗。他妈妈的死还是有所冲击的。

卡住我喉咙的手松开了一点儿，让我可以开口说话。但我的身子还是半吊不吊，脚尖蹭着冰冷的草叶和泥土。

不是讨价还价，不是交易。“他是你哥哥。”我说。但是不用想就知道，梅温根本不在乎这些。

“所以呢？”他挑起眉毛。

在空地上，奇隆扭动着身体想挣脱束缚，但那些板条只是捆束得更紧了。他开始呼吸困难，嗞嗞地吸气。在他旁边，卡尔眼皮翕动，他就要醒来了——然后梅温一定会杀了他。我没有时间，根本没有一点儿时间了。我愿意付出一切让他们两人活命，让我干什么都行。

在最后一股愤怒、恐惧、绝望都爆发过了之后，我任由自己松懈下来。我杀死了伊拉·米兰德斯。我原本也可以杀死她的儿子和他们的士兵。但铁腕人早有准备，手上的力量越来越大。他戴着手套，任由我发出闪电也伤不到他的皮肉，而后便可为所欲为了。我喘不过气来，想冲着天空大喊大叫。但我的视野里出现了斑点，脉搏缓慢地在我的耳朵里拍击。在云彩聚集起来之前，我就会被他勒死。而其他人也会一同送命。

我愿意做任何事，只要能让他活下去，只要能让他和我在一起，只要能不孤独一人。

我的闪电从未像此刻这样虚弱、绝望，火花慢慢地熄灭了，像是垂死的心脏渐渐地停止跳动。“我还有可交易的东西。”我嘶哑地轻声说道。

“噢？”梅温向前一步，他的靠近让我不寒而栗。“说说看。”

我的领子又松开了一点儿，但那个铁腕人用大拇指抵住了我喉咙上的血管——明明白白的威胁。

“我会与你斗争到底，”我说，“我们所有人都会，会一直斗争至死。我们甚至不会放过你，就像你老妈一样。”

梅温眼皮一跳，暴露出他心底的痛苦：“你会为此受到惩罚的，记住我的话。”

喉咙上的拇指应声而动，往下按得更深，也许会留下触目惊心的伤痕。但这肯定不是梅温所说的惩罚，远远不是。他留给我们的筹码必然会险恶至极。

卡尔手腕上的铁条变红了，热量让它们半明半昧地闪烁着。他深陷的眼睛映着星光，屏住呼吸凝视着我。我真想告诉他，不要动，假装晕厥，让我做完我的事。让我救他一次，像他无数次救我一样。

在他身旁，奇隆一动不动。他比任何人都了解我，明白无误地解读着我的表情。慢慢地，他的下巴绷紧了，来回地摇着头。

“放了他们，让他们活着。”我低语道。铁腕人的手像是锁链，我想象着它们一寸一寸地蠕动，仿佛缠绕蜿蜒的铁蛇。

“梅儿，我不知道，你是不是理解‘交易’的含义。”梅温冷笑着，步步紧逼，“你必须给我什么。”

我不会回去的，不论为了谁。我曾经对卡尔这样说过。那时，我从发音装置的袭击里刚醒来，而他意识到了这一切究竟是为了什么。

投降。梅温的字条里这么写着，乞求着我转身返回。

“我们不会再斗争，我不会再反抗。”铁腕人松开手丢下我，我心里的防线一下子土崩瓦解。我低垂下头，不愿向上看。这样子像是卑躬屈膝。这就是我的筹码。“让其他人离开——我便愿意做你的俘虏。我会投降。我会回去。”

我盯着草叶中的双手，那寒霜的冰冷感觉是如此熟悉。它召唤着我的心，一个大洞就从那里破裂开来。梅温的手捏着我的下巴，那温度来自一种病态的燃烧。他敢碰我，这是个再明确不过的讯息了：他不怕闪电女孩，或至少是看起来如此。他强迫我看着他，可我只能看见一片黑暗，过去的那个男孩早已不见踪影。

“梅儿，不要！别犯傻！”我几乎听不见奇隆恳切的声音了。我脑海里的嘈嘈切切太响，太痛。那不是电流嗞嗞流动的声音，而是我身体内的另一种东西——是我自己的神经，啸叫着本能地抗议。但是与此同时，我又有一种怪异扭曲、如释重负的感觉。我，还有我的选择，已经导致了太多牺牲。我得悉数偿还，接受命运的惩罚，接受最后的筹码，这才算是公平。

梅温已经领会了我的意思，寻找着合适的谎言来自圆其说。我也一样。尽管故作姿态，他却是真的因我做过的那些事而感到恐惧，为闪电女孩的言辞和影响力感到不安。他来这儿原本是要击垮我，杀死我的，但现在他发现了更有价值的东西。这是我自愿交与他的。他天生就是个叛徒，不过这筹码是他想要的。我从他的眼睛里看得到，从他的字条里读得到。他想要的是我，如果能重新束紧我身上的绳索，他什么都干得出。

奇隆冲撞着四周的牢笼，但是毫无用处。“卡尔，快做点儿什么！”他大叫着扑向旁边的人，两个人相撞的声音发出一连串空洞的回响。“拦住她啊！”

我无法去看他。我希望他能记住另一个我——昂然挺立，盎然自我——而不是现在这副样子。

“成交吗？”我放低身段，低三下四，乞求着梅温把我重新关回笼子里去。“你不是说话算数的人吗？”

梅温居高临下地看着我，听到这句话，笑了，利齿闪烁。

此时此刻，其他人正在哭号叫喊，在手铐脚镣里颤抖。但我什么都听不见了。我的思绪切断了外界的一切，全神贯注于我必须达成的这笔交易。我猜，乔预见到了这一幕。

梅温的手从我的下巴滑到我的喉咙，握紧了。他的力气比不上铁腕人，却更令我痛苦欲死。

“成交。”

GLASS SWORD

尾声

时间一天天地过去——至少，我感觉是一天天的。我绝大部分时间都处于全盲状态，只能受制于听觉。不过痛苦已经不那么深重难忍了。这要感谢我的狱卒，他控制所谓“药剂量”的技术堪称完美，让我无知无觉，唯有头骨撕裂的剧痛依旧。而每当我醒来，视野中就会出现很多穿白色长袍的男人。他们转动转盘，再次启动机器，咔嗒咔嗒的声音便会响起。虫豸在我的脑袋里钻孔打洞，咔嗒咔嗒，咔嗒咔嗒，无知无求。有时候我会感觉自己被拉扯着，可又不足以完全清醒过来。有的时候我还会听见梅温的声音，随后这白色牢狱就变成了黑色和红色，浓重得难以承受。

当我再一次醒来时，咔嗒咔嗒的声音不见了。世界一片明亮，甚至微微模糊，而我也没有再次坠入昏迷。我真的醒过来了。

我的锁链透亮清澈，也许是塑料的，甚至可能是钻石玻璃做的。它们捆束着我的手腕、脚踝，紧绷绷的毫无舒适可言，却又留有血液循环的余地。最糟的是手铐，它们锋利无比，摩擦着敏感的皮肤，渗出的血刺痛着旧日伤痕。殷红色衬着我身上的白色长裙，显得尤其醒目，但是没人在意这个，没人来擦掉它。现在，梅温无法藏住我的真实面目了，他必须展示给全世界看，谁知道是出于什么扭曲的诡计。锁链叮当作响，我发觉自己是在一辆装甲车上，而且正在行驶。这一定是专门运送犯人的车，因为没有车窗，车厢壁上还有挂环。我的锁链就挂在其中一只挂环上，微微晃动着。

我对面是两个白衣男人，全都剃着光头，脑袋像鸡蛋似的。他们和教官亚尔文有着明显的相似之处，也许是他的兄弟，或表亲。原来如此，怪不得我觉得窒息难耐、呼吸困难呢。他们让我的异能静默无声，让我成了困在自己皮囊里的人质。但奇怪的是，他们仍然需要锁链锁住我。没有闪电，我只不过是个十七岁的女孩——现在快要十八岁了。我忍不住笑了起来。我要以囚徒之身过这个生日了，还是我自愿的。去年的这个时候，我还以为自己就要到前线去服役了呢。现在我却不知道自己要去往何处，和两个很乐意取我性命的人一起被关在滚滚向前的车子里——似乎也没什么长进。

看来梅温说对了。他警告过我，要和我一起过下一个生日。这么说他还真的是个说话算数的人。

“今天是几月几日？”我问。他们甚至连眼睛也没眨一眨，更不用说回答了。他们的注意力都在我身上，专注地压制住我的异能。他们的意志简直牢不可破。

在外面，颇为怪异地传来了沉闷的咆哮声。我听不出声音是打哪儿发出来的，也不想为此耗费力气。反正我很快就会知道的。

果然，没过几分钟，车子便减慢速度停下了，后门猛地打开了。咆哮怒吼声涌了进来，急不可耐。我瞬间惶然惊骇，想着自己是不是被送回尸骨碗了。梅温曾经想在那里的角斗场上杀死我，他一定想把未完成的夙愿了结掉。有人从挂环上解下我的锁链，猛拉着把我往外拖。我差点儿在车厢里摔倒，不过被一个亚尔文家的静默者扶住了。他也并非出自好意，只是必须这么做罢了。我必须看起来危险邪恶，像闪电女孩原来的模样。没人会在意一个虚弱的囚犯，没人想捉弄一个哭鼻子的懦夫。他们想看到的是一个跌落的征服者，一个喘气的战利品，这才是我现在的角色。

我是自愿走进这牢笼的。

我总是如此。

但当我意识到自己身在何处时，还是不禁浑身发抖。

阿尔贡桥。我曾经目睹它坍塌、燃烧，但这强大和权力的象征已经重建。而我必须再次踏足其上。我光着的双脚被划破了，锁链和看守就在近旁。我看着脚下，不想抬头，不想去看那么多的脸孔，那么多的摄像机。我不能让他们看见我的崩溃无助，那是梅温想要的，我永远不会便宜他。

我以为被公开示众没什么大不了的——毕竟我已经经历过一回了。不过这次情况更糟。在林间空地时感受到的如释重负，此刻已经不复存在，取而代之的是恐惧忧虑。一双双眼睛上上下下地打量着，在我这张出名的脸上搜索着伤痕。他们找到了不少。我试着不去听他们的叫喊，有那么几秒，我似乎成功了。不过随后我就反应过来，听懂了他们的话，看见了他们举起来让我看的东西。*名字。照片。那些死去或失踪的银血族。*我曾掌控着这些人的命运。他们朝我大叫大嚷，那些恶毒中伤的话，比扔东西砸我可要厉害多了。

当我终于来到阿尔贡桥的另一端，进入拥挤的恺撒广场时，眼泪突然流了下来，怎么也止不住了。所有人都看见了。每走一步，我的身体就紧绷一些，我奢求着不属于自己的东西，奢求着无法救我逃出生天的异能。我几乎无法呼吸了，仿佛绞索已经套紧了我的脖子。*我都干了些什么？*

白焰宫前的阶梯上围着很多人，急切地想看我走向毁灭。达官贵族、文臣武将们都穿上了哀悼的黑衣，这该是为了王太后。伊万杰琳的裙子还是那么夺人眼球，暗夜刀锋般咄咄逼人，她一动就闪闪发光。

只有一个人穿着灰色衣袍，也只有这个颜色衬他——乔。他和其他人站在一起，看着我走近。他的眼睛里泛着血红色，装满了我永远无法接受的歉意。*我就不应该放他走。*我咒骂着自己。

他曾说过，我会孤独地崛起。现在我才明白他在撒谎，因为我已经坠落。

演讲用的平台又升起来了，前部清空，是死刑示众的绝佳地点，这正是梅温求之不得的。他坐在那儿，等待着，身下的王座，我并不认得。

狱卒推着我，强迫我走近国王。我不知道他是不是要当着所有人的面杀了我，然后用我的血点染他的宫殿。他站起身的时候，我不禁一颤——我们面对面，在一堆人的面孔前面突兀地站着，正像两个订了婚的人那样。但这不是婚礼，而是我的葬礼，我的结局。

他手里有什么东西一闪。*是他父亲的剑？行刑用的刀？*然而，当他把那东西套到我脖子上的时候，我才战栗着意识到那是——*项圈*。宝石镶嵌，闪耀夺目，带着锋利的尖角，美丽，恐怖。我的眼泪模糊了视线，唯一能清晰感觉到的就是走在我前面的身着黑色盔甲的国王，还有我锁骨上滚烫的烙印。

项圈上连着一条链子。一条狗链。*我只不过是条狗。*他的拳头紧握着这条链子，我还以为他要把我拖上平台，可是他停住了。

他狡猾地拽了拽，试验着牵引狗链的手感，让我踉跄着靠近。项圈上的尖角刺进了皮肉，我猛地一噎，喘不过气来。

“你将她的尸身示众。”梅温的嘴唇贴近我的耳朵，咬牙切齿地说出这句话，声音里含着痛苦，“我会以其人之道还治其人之身。”

我看不懂他的表情，但他的话清楚明白。他伸出一只手，指了指自己脚下。他的手指比我记忆中的还要苍白。

我照做了。

屈膝，下跪。

致谢

在向大家致谢之前，我要先感谢刚刚吃剩的披萨。味道真是不错。

像上次一样，我要感谢的人很多很多，我会尽力把他们一一写全。首先，最重要的，我要感谢我的父母，希瑟和卢易斯，他们的支持已经到了“令人不堪忍受”的地步。如果没有你们，我是绝对无法完成并继续进行写作的。当然，也要感谢我的小弟弟安德鲁，他现在已经算是长大成人了。我不太知道这是何时发生的，但看到你不断成长，我真的很高兴，很为你自豪。感谢我的祖父母——乔治和芭芭拉，玛丽和弗兰克——我爱你们，珍惜你们，真想使劲地亲你们。感谢我的其他家人，叔婶姑舅，兄弟姐妹，等等，感谢你们的支持和友善。尤其要感谢和祝贺的是米歇尔，她自己也成为一名作家，正走在出版的路上。

去年的致谢写得很长，这一次我打算尽量缩短篇幅。感谢我在东西海岸的所有朋友，抱歉老是麻烦你们。真诚地感谢摩根和珍，感谢你们容忍我有时还鼓励我的无稽之谈。

ACKNOWLEDGMENTS

致　谢

感谢 Benderspinke 团队，你们不遗余力地在将《红血女王 1》搬上银幕的路上大跨步地前进，而且也让我的影视剧创作生涯平稳地发展着。感谢克里斯托弗·科斯莫斯、丹尼尔·王、杰克、JC、大卫，以及所有的同人。当然，还要感谢珍妮弗·哈钦森和萨拉·斯科特，我等不及要看看我们能走多远了。最后还要感谢我的律师史蒂夫·杨格，他总是毫无条件地支持着我。

对新叶文学的感谢我能写好几页，不过我还是放过你们，长话短说吧：他们毫无疑问是最棒的。从上到下，从内到外，机构的所有人都是天赋异禀，令人惊叹的。能和他们一起工作，我真得好好感谢我的幸运星。感谢乔、普亚、丹尼尔、杰基、杰达、杰丝、凯瑟琳、戴夫——感谢你们屈尊迁就我。感谢苏西——我说过很多遍了，因为这是真的——你精妙绝伦，无可比拟，让我可以做我想做的事。

鉴于我的情绪尚未平息，我还得继续写几句。我真的认为《红血女王 1》的成功是一个小小的魔法，而施魔法的就是哈珀青少的那些神仙。首先我要感谢卡里·萨瑟兰，我的第一位编辑，第一位也是唯一一位愿意出版我的作品的人。他相信我的书稿，并且让它得以问世。我还要诚挚感谢克里斯汀·佩蒂特，她是一位穿着漂亮衣服的牧者，拥有对故事绝佳的品味。感谢你持续不断的工作，坚持不懈地将我黏土般的思绪雕琢成故事的美妙雕塑。感谢伊丽莎白·林奇，你的工作太努力了，而且总是容忍我。哈珀团队的其他人也都很与众不同：凯特·杰克逊（你的美食博客老是馋我）、苏珊·卡茨、苏珊娜·墨菲、珍·克洛斯凯，全都是奇才。在市场营销方面，我要感谢工作不辍的伊丽莎白·沃德、卡拉·布拉姆，还有杰出的超级巨星玛戈特·伍德，以及“史诗阅读”的所有人。少了你们任何人，《红血女王 1》都不会取得如此成就。感谢我可爱的出版人吉娜，让我见到了更多读者。在编辑和制作方面，我要大大地感谢历珊德拉·阿列索、莉莲·孙、史蒂芬妮·埃文斯、艾瑞卡·弗格森、格温·莫顿、乔西·维斯，如果没有你们，《红血女王 1》和《红血女王 2》就只能是乱七八糟的一团了。在销售方面，感谢安德里亚·帕彭海姆、凯瑞·莫纳、凯西·法勃尔、苏珊·伊格、珍·怀根特。特别要感谢的是凯特琳·罗斯，她与世界各地的出版商协同工作，很是辛苦。最后，感谢设计团队，我觉得你们是不是有什么魔法？说真的，你们有没有仔细看过封面啊？那绝对不是凡人做的。感谢你们的艺术大作：莎拉·考夫曼、艾力森·唐纳提、巴布·菲茨西蒙、托比和彼得。

在现实的文学世界里，书真正地出版问世了，我明白它有多么珍贵——同时也备觉诚惶诚恐。感谢所有帮助我从新苗作者转变为真正作家的人，你们让这一过程平稳顺利。感谢博客和推特粉丝、读者、信鸽，感谢你们一直支持《红血女王 1》和《红血女王 2》。谢谢，谢谢，谢谢。感谢写信支持我的朋友们，你们的友善让我太幸福了。我列举了很多名字，但还有太多太多我叫不出名字的人，称你们为我的朋友，显得有点儿吹牛了。再次感谢艾玛·利奥特，她是《红血女王 1》的头号粉丝，慷慨地发来私信，而且随时都可以聊天。

按照传统，我还要感谢一些“非人”的东西。唔，首先是人的集体——新英格兰爱国者队。去年我也感谢了你们，而你们赢得了超级杯。继续。感谢 Free Brady，感谢维基百科，感谢国家公园系统，感谢苏格兰，感谢塔吉特百货，感谢圣地亚哥动漫大会，感谢季节变迁，感谢羊绒围巾，感谢新的打印机和地球仪，感谢加了好多奶油的咖啡，感谢我三点一线的生活，还有早午餐。感谢激发我灵感的托尔金、罗琳、马丁、斯皮尔伯格、卢卡斯、杰克逊、贝。是的，我指的是迈克尔·贝。

写到这儿，我还得重复几句，这很重要，所以既然读到这儿了，就请你读下去。感谢摩根，感谢苏西，再次感谢我的父母，这一切都与你们相伴始终。